M. J. RIVER

Fuck PERFECTION

IMPRESS

© privat

M. J. River ist studierte Übersetzerin und Dolmetscherin. Sie lebt mit ihrem Mann und den zwei Söhnen in München, wo sie seit ihrer Elternzeit freiberuflich als Nachhilfelehrerin für Erwachsene und Jugendliche arbeitet. Ihr Schreibstil ist locker, frech und zynisch – genauso wie sie selbst. Und auf eben diese Art widmet sie sich in ihren Romanen mit einer gewissen Leichtigkeit den schwierigen Themen, ohne deren Ernsthaftigkeit zu verharmlosen.

An alle Sams da draußen: Das hier ist für euch.
An alle Dannys da draußen: Danke.

Vorbemerkung

Liebe Leserin, lieber Leser,

dieser Roman enthält potenziell triggernde Inhalte. Aus diesem Grund befindet sich hier eine Triggerwarnung. Am Romanende findest du eine Themenübersicht, die Spoiler enthält.

Entscheide bitte für dich selbst, ob du diese Warnung liest. Gehe während des Lesens achtsam mit dir um. Falls du auf Probleme stößt und/oder betroffen bist, bleibe damit nicht allein. Wende dich an deine Familie und an Freunde oder suche dir professionelle Hilfe.

Wir wünschen dir alles Gute und das bestmögliche Erlebnis beim Lesen dieser besonderen Geschichte.

M. J. River und das Impress-Team

Prolog

Caleb – Fünf Jahre zuvor

Der Mauszeiger schwebt über der Videodatei, die ich eben illegal heruntergeladen habe. Dafür komme ich in die Hölle. Oder zumindest in den Knast.

Meine Hände zittern und das Herz pumpt in meinen Ohren.

Hoffentlich habe ich meine Spuren ausreichend verwischt. Da ich erst am Anfang meines Informatikstudiums stehe, weiß ich auch noch nicht alles.

Mit schweißnassen Händen wische ich mir über die Stirn und schlucke trocken. Ich *muss* wissen, warum sie mich verlassen hat. Warum sie mit ihrer Freundin sang- und klanglos aus meiner Welt, aus *unserer* Welt, verschwunden ist. Dafür wird es doch einen triftigen Grund gegeben haben.

Sie liebt mich nicht mehr? Das ging aber verflucht schnell. Vom einen auf den anderen Tag. Das kann doch gar nicht sein. Oder hat sie mich die ganze Zeit über angelogen? Hätte ich nicht etwas merken, zumindest eine dunkle Ahnung haben müssen?

Der Mauszeiger in meiner Hand hat mittlerweile ein Eigenleben entwickelt und zittert nervös über den Bildschirm.

Es ist inzwischen fast ein Jahr her, warum kann ich es nicht gut sein lassen? Warum ist sie immer noch in meinem Kreislauf, beherrscht meine Gedanken?

Ich atme einmal tief durch.

Jetzt habe ich die Scheiße eh schon auf dem Laptop, also kann ich mir auch ansehen, was der Grund dafür ist. Der Grund für alles.

Ein schneller Klick und meine Welt wird dunkel.

1

Sam

Fuck, schon wieder zu spät! Ich kann es nicht fassen. Da stelle ich mir brav den Wecker, bitte meine herzallerliebste Freundin mich notfalls aus den Laken zu schmeißen, mache also alles dafür, dass das nicht noch einmal passiert, und dann haben sich anscheinend die Batterien meines Weckers über Nacht verabschiedet und meine herzallerliebste Freundin pennt auf einmal bei ihrem One-Night-Stand. Seit wann übernachtet man bei seinem One-Night-Stand?

Ich bin immer davon ausgegangen, dass eine der ungeschriebenen Gesetze eines One-Night-Stands ist, sich danach aus dem Staub zu machen, um den Walk-of-Shame beziehungsweise den Walk-of-Satisfaction in sein eigenes Zimmer anzutreten. Da habe ich mich wohl getäuscht.

Und hätte ich mein Handy nachts nicht immer aus, hätte ich vielleicht die von ihr eingehende Nachricht heute Morgen um kurz nach Mitternacht gehört, die da lautete:

> Sorry, ich werde es nicht nach Hause schaffen und kann dich in der Früh nicht wecken. Ich erzähl dir alles morgen – inklusive schmutziger Details. XOXO.

Auf die schmutzigen Details könnte ich sogar verzichten, wenn ich dafür nicht heute mit Verspätung in den Vorlesungssaal von Professor Meyerson einlaufen würde. Das dritte Mal in zwei Wochen.

So ein Mist.

***

Meine Tasche klatscht mir gegen die Oberschenkel, während ich über den

Campus der Universität von Rhode Island flitze und nebenbei versuche nicht wie eine völlig Geistesgestörte auszusehen, die eben aus der Psychiatrie entflohen ist.

Wenigstens habe ich meine weißen Chucks an. Sie sind zwar nicht unbedingt die besten Laufschuhe, aber immerhin besser als Pumps. Nicht, dass ich davon eine große Auswahl hätte. Ich gehöre eher zur Chucks- und Doc-Martens-Fraktion.

Doch Chucks hin oder her, egal wie schnell ich renne, ich werde mich verspäten. Dabei bin ich richtig gut im Laufen. Ich laufe für mein Leben gern, aber mit meinen ein Meter sechzig muss ich meine Beine eben doppelt so flink bewegen wie Junie mit ihren geschmeidigen ein Meter sechsundsiebzig.

Junie. Diese untreue ...

Rumms!

»Pass doch auf, Mann! Du kannst hier nicht so um die Ecke schießen«, mault mich jemand mit tiefer Stimme an, dem ich allerdings keine Beachtung schenken kann.

Bei unserem Zusammenstoß ist die Unitasche von meiner Schulter gerutscht und nun liegt der komplette Inhalt auf den Stufen vor der Eingangstür. Bücher, Kulis, Blöcke, Lippenstift, Bürste, Skittles-Packungen, Tampons ...

»Wäre mein Vibrator in der Tasche gewesen, wäre der auch noch rausgefallen.«

»Was hast du gesagt?«

Da ist die Stimme schon wieder. Kann der nicht einfach die Klappe halten?

Diese Steilvorlage würdest du dir auch nicht entgehen lassen.

Hab ich das etwa laut gesagt?

Yep.

Verflixt.

Während ich meine Sachen hektisch vom Boden aufsammle und in meine Tasche werfe, will ich einen kurzen Blick nach oben zur Quelle der Stimme werfen, aber aufgrund der Wegstrecke dauert das länger als gedacht.

Wie groß ist der Typ eigentlich? Und breit wie ein Baumstamm. Die verwaschene Bluejeans spannt sich um muskulöse Oberschenkel, die ungefähr den Umfang meiner Taille haben. Der graue Hoodie mit dem Logo der Universität liegt eng an einem austrainierten Oberkörper, der ganz klar einem Sportler gehört. Footballspieler, tippe ich mal. Nur die sind so abartig trainiert.

Als ich endlich beim Gesicht ankomme, fallen mir als erstes schokobraune Augen auf, die belustigt auf mich herabblicken. Sie sehen sanft aus und passen somit überhaupt nicht zum Rest.

Dann öffnen sich zwei volle Lippen, strahlend weiße Zähne kommen zum Vorschein und der Mund sagt: »Wozu brauchst du einen Vibrator? Du könntest auch mich haben ...«

Und schwupps, bin ich wieder auf dem Boden der Realität geknallt.

Das wurde aber auch Zeit.

Sehr unladylike schnaufend rapple ich mich auf, versuche meine innere Stimme zu ignorieren, lege meine Stirn in Falten und hoffe, dass ich ihn mit meinem abgrundtief genervtesten Gesichtsausdruck anblicke.

»Der Spruch war ja mal originell. Ich bin überrascht, dass du nicht erst fünf Minuten darüber nachgedacht hast.« Ich muss blöderweise meinen Kopf in den Nacken legen, um ihm ins Gesicht sehen zu können.

Mein Gegenüber schmunzelt und fährt sich durch wuschelige dunkelbraune Haare, die sich im Nacken leicht kräuseln. Hohe Wangenknochen, eine gerade Nase und eine kleine Narbe, die von der linken Augenbraue bis zur Schläfe reicht, machen sein Gesicht interessant. Und leider auch extrem gut aussehend.

Frech grinst er auf mich hinunter.

»Ich hatte auch gedacht, du brauchst für deinen länger, nachdem du mich eben offensichtlich abgecheckt hast. Hätte ja sein können, dass sich dabei das Blut, das man normalerweise zum Denken braucht, bei dir kurzfristig in andere Regionen verabschiedet hat.«

Bähm, in my face!

So ein arroganter Arsch.

Ich starre ihn perplex an und hole dann zum ultimativen Gegenschlag aus.

»Da hast du völlig recht«, schnurre ich und fahre mit einer Hand meine Seite langsam hinab, die andere hält den Griff der Unitasche umklammert. »Ich muss mal schnell für Königskätzchen und mein nasses Höschen wechseln. So kann ich mich unmöglich in die Vorlesung setzen, sonst hinterlasse ich noch Spuren auf den Stühlen, so wahnsinnig scharf machst du mich.«

Meine Hand hält inne, als sie am Saum des kurzen Wintermantels angekommen ist. Rasch hebe ich sie an die Lippen und fahre mit meinem Mittelfinger lasziv an ihnen entlang, als ich mich schon umdrehe und ihn mit offenem Mund an der Eingangstür der Uni zurücklasse.

Bähm, in your face!

2

Danny

Was war das denn eben? Oder besser gesagt: *Wer* war das? Ich erhole mich von dem verbalen Tritt in die Eier und muss lachen.

So was ist mir auch noch nicht untergekommen. Normalerweise hätte ich sie schon nach meinem ersten Satz in eine Besenkammer ziehen können. Das geht für Footballspieler so einfach, dass es fast lachhaft ist. Aber das Mädchen hier spielt anscheinend in einer völlig anderen Liga.

Klein und zierlich, zumindest soweit es unter ihrem kurzen Mantel zu erkennen ist. Lange pechschwarze Haare, Haut wie Milch und Zucker, sanft geschwungene volle rote Lippen, eine Stupsnase und große tiefblaue Augen, die unter einem seitlichen Pony hervorblitzen. Ihre Stimme hat sich tief und leicht rauchig angehört, was so gar nicht zu ihrem Äußeren passt.

Holy, die könnte mir gefährlich werden.

Während ich die Tür zur Uni erneut öffne, durch die sie vor ein paar Sekunden gestürmt ist, erhasche ich einen letzten Blick auf ihren schwarzen Wintermantel, der im Vorlesungssaal von Meyerson verschwindet.

So unauffällig wie möglich quetsche ich mich hinter zwei anderen Nachzüglern durch die Tür, suche die oberen Ränge des Saals ab und kann meine beiden Kumpel ausmachen, die mir zuwinken.

Meyerson scheint heute ebenfalls spät dran zu sein, da ausgelassene Stimmung herrscht und der Platz vor der riesigen moosgrünen Tafel vorn noch frei ist.

Zügig mache ich mich auf den Weg zu Connor und Nick und suche dabei die Reihen nach dem kleinen Schneewittchen ab, entdecke es aber nirgends.

Yep. Schneewittchen. Haut, weiß wie Schnee, Lippen, rot wie Blut, und

Haar, schwarz wie Ebenholz. Ich habe meiner Granny beim Märchenerzählen immer brav zugehört.

Beinahe enttäuscht lasse ich mich auf den freien Stuhl neben Connor fallen, der sich gerade angeregt mit Nick über die Taktik für unser kommendes Spiel unterhält.

»Yo, Leute«, begrüße ich sie, nachdem ich meine ein Meter zweiundneunzig auf dem Stuhl zusammengefaltet habe und meine Knie schmerzhaft an den Tisch vor mir stoßen.

Warum die Vorlesungssäle so beengt gebaut werden mussten, erschließt sich mir nicht. Wobei ich mit meinen Körpermaßen auch nicht unbedingt dem Durchschnitt der Studenten entspreche.

»Yo, Danny, alles klar bei dir?« Connor hält mir eine Faust zur Begrüßung hin, gegen die ich schlage, während Nick und ich uns zunicken.

»Ich hatte eben eine Begegnung mit Schneewittchen«, raune ich ihnen zu und lege die Bücher aus meinem Rucksack auf den Tisch.

»Schneewittchen? Hast du gestern das Ei zu heftig abbekommen?«, will Connor stirnrunzelnd wissen, als Meyerson den Vorlesungssaal betritt, mit langen Schritten zum Pult geht und seine Enzyklopädie für Strafrecht auf den Tisch donnern lässt.

Im Nu herrscht Schweigen, und alle Augen sind auf ihn gerichtet. Er ist der einzige Dozent, der, ohne seine Stimme erheben zu müssen, eine natürliche Aura an Respekt ausstrahlt. Keine Ahnung, wie er das macht. An seinem Äußeren kann es nicht liegen, da er weder besonders groß ist noch außergewöhnlich autoritär aussieht.

Mit einer flinken Bewegung richtet er seine Brille und räuspert sich.

»Tut mir leid, dass ich heute zu spät komme. Aber nur, weil ich mich hier das erste Mal in fünfzehn Jahren verspäte, bedeutet das nicht, dass ich es dulde, dass *Sie* zu spät kommen.« Er lässt seinen Blick über die Brille hinweg durch die Reihen schweifen. »Ms Mathison, glauben Sie nicht, ich hätte Sie nicht über den Campus rennen sehen! Obgleich mich Ihr Tempo nachhaltig beeindruckt hat, ist es das dritte Mal, dass Sie unpünktlich erscheinen. Nachdem ich es Ihnen heute gleichgetan habe, lasse ich es gut sein, aber passiert das noch einmal, dann wissen Sie, dass ich Sie aus meiner Vorlesung werfe.«

Ich verrenke meinen Kopf so weit, bis ich glaube, die angesprochene Ms Mathison ausgemacht zu haben, und werde mit einem schwarzen Haarschopf belohnt.

Sie zupft sich verlegen am Mantel und nuschelt: »Ja, Professor Meyerson.«

Das ist also Schneewittchen.

Zufrieden lächelnd lehne ich mich zurück, denn nun kenne ich zumindest ihren Nachnamen.

»Und Sie, Mr Huntington, können sich Ihr Grinsen sparen. Mir ist nicht entgangen, dass auch Sie zu spät dran waren. Das Gleiche gilt für Mr Jervais und Mr Caulter. Sie sind zwar noch keine Wiederholungstäter, aber ich habe ein Auge auf Sie. Jetzt fangen wir an. Zack, zack, wir sind spät dran!«

»Was grinst du denn so dämlich?«, flüstert mir Connor zu.

»Ich habe Schneewittchen gefunden«, raune ich zurück und rutsche auf meinem Stuhl hin und her. So. Verdammt. Unbequem.

»Sam? Du meinst Samantha Mathison?«

»Wenn sie so heißt. Moment mal, woher kennst *du* sie?« Ich kassiere einen vernichtenden Blick von unserem Prof.

»Später«, murmelt Connor und richtet seine Augen auf die Unterlagen.

Na, da bin ich ja mal gespannt.

Sam Mathison also ... aka Schneewittchen.

***

Sobald wir den Vorlesungssaal verlassen haben, bombardiere ich Connor mit Fragen. Nick ist gleich zur Sporthalle abgedüst und so holen nur wir beide uns einen Kaffee.

»Also, wer ist Sam Mathison? Ich habe sie hier noch nie gesehen. Ist die neu?«

Connor lacht und hebt beschwichtigend die Hände.

»Woah, immer langsam. Ich weiß nur, dass sie die beste Freundin von Junie Chaplan ist. Sie sind beide nach den Midterms hierhergewechselt.«

»Ist sie das Mädchen, mit dem du gestern von Kellys Party abgehauen bist?«, hake ich nach.

»Yep. Die Musik war mächtig laut und echt ätzend, wir haben uns gut unterhalten und dann beschlossen, die Unterhaltung in meinem Zimmer fortzuführen. Nein, nicht das, was du denkst. Es ist nichts passiert.«

Nun bin ich ernsthaft schockiert. Es ist nichts passiert? Ich glaube eher, dass Connor gestern ein Ei zu viel abbekommen hat. Wenn hier nämlich einer nichts anbrennen lässt, ist er das.

Gut, ich bin auch kein Heiliger. Umso mehr erstaunt es mich, dass er sich tatsächlich ein Mädchen nur zum Quatschen mit aufs Zimmer nimmt.

»Dann wurde es so spät, sie wollte nicht mehr allein über den Campus laufen, also habe ich ihr angeboten, dass sie bei mir pennen kann.«

Jetzt bleibe ich stehen und starre ihn unverhohlen an.

»Und da ist nichts gelaufen? Oder hast du nur so viel gesoffen, dass du es vergessen hast?« Die Hoffnung stirbt zuletzt, oder?

Connor zuckt nur die Achseln und geht weiter. Eine richtige Antwort bleibt er mir schuldig, da wir gerade die beiden Mädchen vor der Cafeteria ausmachen können.

»Komm.« Connor grinst mich verschmitzt an. »Lass sie uns überraschen.«

3

Sam

»Du treulose Tomate.« Ich knuffe Junie in die Seite. Mich wegen eines One-Night-Stands hängen zu lassen.

»Ich hab dir geschrieben«, verteidigt sie sich, als sie mit schnellen Schritten Richtung Cafeteria eilt. »Außerdem konnte ich doch nicht ahnen, dass dein Uraltwecker ausgerechnet heute den Dienst quittiert.«

»Sind bestimmt nur die Batterien.« Ich krame in meiner Tasche nach meinem Geldbeutel. »Wo warst du eigentlich die ganze Nacht, beziehungsweise bei wem?«

Junie stellt sich an der langen Schlange an.

»Bei Connor Jackson. Ein Runningback der Rhodies. Ich habe ihn gestern auf der Party von Kelly kennengelernt. Aber keine Sorge, ich habe ihn nicht gleich in mein Höschen gelassen«, flüstert sie vergnügt und schaut mich strahlend wie ein Atomreaktor von der Seite an.

»Ist das nicht der Sinn der Sache bei einem One-Night-Stand?« Der wäre mir bei ihr tausendmal lieber, als wenn sie sich tatsächlich verlieben würde. Es ist zwar nicht so, dass ich es ihr nicht wünschen würde, aber dann wäre ich hier auf mich gestellt.

Ich puste mir die schwarzen Ponyfransen aus dem Gesicht.

»Wer hat denn etwas von One-Night-Stand gesagt? Wir haben nur gequatscht, und weil es ziemlich spät geworden ist, hatte ich keinen Bock mehr, allein über den Campus zu rennen. Also hat er mir angeboten, bei ihm zu pennen. Er ist Senior, daher hat er ein Zimmer für sich. Ich war ganz brav und habe nur geschlafen.« Sie schaut mich viel zu unschuldig an, wischt sich ihre weizenblonden Haare von der Schulter und zwinkert mir mit ihren braunen Augen zu. Nicht Schoko. Eher Karamell.

»Zwei Kaffee, bitte«, rufe ich der Frau hinter der Theke zu, als wir an der Reihe sind, und reiche ihr zehn Dollar. »Ein Runningback, der nur quatscht? Willst du mich verarschen? Ich dachte, die könnten nicht schnell genug ihre Kerben in die Bettpfosten ritzen. Da würde jemand wie du seinen Schnitt aber gewaltig versauen.« Ich nehme mein Wechselgeld entgegen.

»Nur weil er Footballspieler ist, heißt das nicht, dass er hinter jedem Rockzipfel her ist«, verteidigt sie ihn.

Ich ziehe die Augenbrauen hoch. Come on!

»Okay, vermutlich hast du recht.« Sie kichert niedlich mädchenhaft. Nur sie kriegt es fertig, dass es sich nicht tussig anhört. »Aber daran habe ich eben kein Interesse. Wobei ...« Sie runzelt die Stirn und sieht plötzlich fast ein wenig verzweifelt aus. »Ich glaube, nächstes Mal werde ich mich nicht mehr zusammenreißen können, Grinch. Er ist so verflixt sexy.«

Ich muss lachen. Wir nehmen unsere Tassen und schlendern zu einem der hinteren Plätze. Meine Unitasche lasse ich auf den Tisch plumpsen und mich auf die Bank davor.

»Der im Shady's schmeckt um Welten besser«, würgt Junie hervor, nachdem sie einen Schluck von ihrem Kaffee genommen hat, und verzieht angeekelt ihr Gesicht.

»So, so. Nur gequatscht, ja? Du bringst mich um meine erotischen Fantasien.« Ich blicke sie mit traurigen Welpenaugen an.

»Leider kann ich dir nicht mehr erzählen, als dass er wahnsinnig gut küssen kann. Schmecken tut er auch lecker. Mmh, und riechen sowieso«, schwärmt sie, während sie die Kaffeetasse in ihre Hände nimmt. Ihre kurzen Fingernägel sind mal wieder kunterbunt lackiert und strahlen mir in sämtlichen Regenbogenfarben entgegen.

»O Mann, er wird mir gefährlich, oder?« Ich blicke auf meine zerknibbelte Papierserviette. Das machen meine Hände ständig: alles, was sie in die Finger kriegen, in Einzelteile zu zerlegen.

»Keine Panik, Grinch. Ich bleibe dir erhalten, ob ich nun jemanden kennenlerne oder nicht.« Sie holt tief Luft. Das macht sie jedes Mal, wenn eine Ansage kommt.

Meine Hand wandert unter den Ärmel zu meinem rechten Gelenk und schnalzt mit dem Gummi.

Autsch!

Besser. So, was kommt jetzt?

»Vielleicht ist es an der Zeit, dass du mal jemand anderen an dich rankommen lässt außer mir.« Sie senkt ihre Stimme und schaut mich warm an.

Ah, in die Richtung geht's mal wieder ...

»Denk an die Liste. Vielleicht solltest du versuchen ein oder zwei weitere Punkte abzuhaken.« Sie legt ihre warme Hand auf meine kalte.

Sie sind immer kalt. Ich schwöre. Immer. »Hast ja recht.« Hat sie wirklich. Das weiß ich auch. Ich bemühe mich.

Hoffentlich.

Mal sehen.

Das sagst du ständig.

»Aber ich weiß nicht genau, wie ich das anstellen soll. Das würde ja implizieren, dass ich unter Leute müsste. Partys und so. Uah!«

Junie schmunzelt und zwei niedliche Grübchen bohren sich in ihre Wangen.

»Ja, uah, so was Ekliges aber auch.« Dann wird sie ernst und sieht mich einmal mehr aufmerksam mit ihren Karamellaugen an. »Gib dir einen Ruck, okay? Bei der nächsten Party bist du meine *Plus one* und ich verspreche dir, ich lasse dich nicht wegen Connor hängen.«

»Wie? Kommt er jetzt etwa jedes Mal mit?« Gespielt entrüstet reiße ich die Augen auf.

»Buh!«, macht es plötzlich hinter Junie.

Sie zuckt zusammen und lacht dann laut auf, während ich meinen Kaffee vor lauter Schreck über meine Unitasche kippe.

Als ich gerade anfangen will zu fluchen, brummt eine leise und tiefe Stimme viel zu dicht an meinem Ohr ebenfalls: »Buh«. Auch wenn es nicht laut war und mich keinesfalls mehr erschrecken sollte als das »Buh« hinter Junie, fährt mir der Schreck eiskalt in die Glieder. Mein Herz stolpert, meine Ohren klingeln und meine Hände beginnen zu zittern. Solche bescheuerten Aktionen kann ich nicht ausstehen. Ich bin extrem schreckhaft. Junie witzelt jedes Mal, dass ich irgendwann wegen so eines blöden Scherzes einen Herzinfarkt bekommen würde.

Den Trottel knöpfe ich mir vor!

Ruckartig schiebe ich meinen Stuhl nach hinten und wirble herum.

Der riesige Typ von heute früh blickt belustigt auf mich hinunter.

»Schneewittchen, ich hab dich schon vermisst«, brummt er und wackelt mit den Augenbrauen.

O Mann. Hört der Tag denn nie auf? Außerdem ... *Schneewittchen*? Ernsthaft? Mit der habe ich so viel gemein wie die Zwerge mit der bösen Stiefmutter.

Nervös fahre ich mir übers Gesicht und streiche ein paar Ponyfransen aus der Stirn.

»Jetzt ist meine ganze Tasche voller Kaffee, das ist nicht witzig, du Idiot!«, fauche ich ihn an, während Junie immer noch lacht und dem Typen, der hinter ihr auftaucht, mit der flachen Hand auf den Oberarm schlägt.

»Voll erwischt, Connor«, gibt sie fröhlich zu.

Connor. Hätte ich mir denken können. Und yep, er sieht heiß aus. Absolut.

Intensive türkisblaue Augen spähen amüsiert hinter blonden ausgeblichenen Strähnen hervor. Er trägt das Haar etwas länger und im Kinn hat er ein kleines Grübchen. Muskulöser und großer Körperbau. Footballspieler eben. Wie es aussieht, lerne ich hier ausschließlich Riesen kennen. Und wandelnde Klischees.

Junie wirft mir einen kurzen, prüfenden Blick zu.

Ich ignoriere meine zitternden Hände und wische fahrig den Kaffee mit ein paar Papiertüchern von meiner Tasche, als der Typ von heute früh von hinten an meine Seite tritt.

»Warte, ich helfe dir. Hätte ich heute Morgen schon tun sollen, aber da war ich zu überrascht.« Er zwinkert mir zu und sieht mich dann verwundert an. »Alles okay? Du bist weiß wie eine Wand.«

Scheiße, echt?

Junie eilt mir zur Rettung und drängt sich zwischen den Typen und mich.

»Lass mich mal, ich hab noch ein paar Taschentücher.« Fix hilft sie mir beim Aufwischen.

»Stell mich vor, sonst wird das alles noch megapeinlich«, raune ich ihr zu.

Sie schmeißt die vom aufgesaugten Kaffee durchnässten Tücher auf einen Haufen und zieht dann Connor am schwarzen Hoodie zu sich.

»Connor, das hier ist Sam, meine beste Freundin auf der ganzen Welt, und Sam, das ist Connor, meine bislang kürzeste Freundschaft auf der ganzen Welt.«

Natürlich muss ich meinen Kopf in den Nacken legen, um ihm ins Gesicht schauen zu können. Ich kann meine Körpergröße ernsthaft nicht ausstehen.

Mit Augen, die mich an die Karibik erinnern, schaut er mich freundlich an und lächelt, während wir uns die Hände schütteln.

»Freut mich. Junie hat mir gestern schon ein wenig von dir erzählt und ich habe dich schon ein paar Mal in den Vorlesungen gesehen. Das hier«, er deutet auf den Typen mit den Vollmilchschokoaugen, so sanft und ...

Spinnst du eigentlich? Wegen ihm hättest du fast einen Herzinfarkt bekommen!

»... ist Danny, mein Kumpel.«

Danny streckt mir die Hand entgegen und grinst schief.

»Sorry, ich wollte dich nicht so erschrecken, sollte nur ein Scherz sein«, meint er versöhnlich.

Was soll ich da noch machen?

Schlag ein, sonst bist du die doofe Zicke.

Ist ja gut, ich mach ja schon.

Mit zerknirschtem Gesicht reiche ich ihm also meine Hand, die regelrecht in seiner riesigen Pranke versinkt.

Schön warm ist sie.

So. Schluss jetzt!

Ich will sie schon zurückziehen, weil ich merke, dass Danny sie länger als nötig festhält, als er sie im selben Moment freigibt und mich neugierig ansieht. Wirklich schöne Augen. Offen und ehrlich.

Wenn er nicht so ein überheblicher Footballidiot wäre ...

Schnaubend schüttle ich den Kopf. Ich habe keine Zeit für so was. Ich bin hier, um meinen Abschluss zu machen, und das so gut wie möglich. Dann verpisse ich mich wieder. Punkt.

»Ich muss los, Leute«, murmle ich leise. Meine Hände haben aufgehört zu zittern und mein Herz hat sich auch beruhigt. Na bitte, läuft doch.

Zügig lege ich mir meine Tasche um die Schulter, nehme die versifften Tücher und eile zum Ausgang.

»Bis später«, ruft Junie mir hinterher. »Und denk dran: Bei der nächsten Party bist du fällig.«

Ihr glockenhelles Lachen verfolgt mich noch bis vor die Tür und in diesem Moment würde ich es ihr am liebsten wieder rückwärts in den Hals stopfen.

Ja, das ist wahre Freundschaft.

4

Danny

Das mit dem Erschrecken war wohl keine besonders clevere Idee. Schneewittchen sah hinterher ziemlich blass aus. Man sah ihr an, dass sie es nicht erwarten konnte, von uns wegzukommen. Das habe ich ja ganz hervorragend hinbekommen.

Ich blicke ihr nach.

Ihre Figur ist so zierlich, wie ich dachte, der graue Wollpulli liegt eng an ihrem schlanken Körper und ihr knackiger Hintern, der in einer punkigen rot-schwarz karierten Stoffhose steckt, hat eine Apfelform, für die sicher viele Frauen morden würden. Ihre Hand hat sich ein bisschen zu kalt angefühlt und ist winzig im Gegensatz zu meiner – und ihre Haut ist ganz weich.

Als ich mich zu ihr hinuntergebeugt habe, um sie zu erschrecken, konnte ich den Duft von Orangen und Zimt wahrnehmen. Nicht der übliche pappsüße Geruch vom neuesten Designer. Und dann ihre seltsam tiefe, rauchige Stimme.

Dann sind mir da noch die ganzen Sticker unterschiedlicher Bands und Musiker auf ihrer beigen Unitasche aufgefallen. Beastie Boys, Coldplay, Nirvana, Alanis Morissette. Sogar die Beatsteaks waren mit dabei und das hat mich kurzfristig aus dem Konzept gebracht.

Sie sind außerhalb Europas kaum bekannt und ich kenne sie auch nur durch meinen Bruder, der ein Auslandsjahr in Berlin verbracht hat und als großer Fan von ihnen zurückgekommen ist. Punk und Ska hat bei uns in den USA keine besonders große Fanbase. Umso mehr überrascht es mich, dass Sam sie kennt.

Was soll ich sagen? Schneewittchen hat Suchtpotenzial.

»Erde an Danny?«, reißt mich Junie aus meinen Gedanken. »Hör mal, wenn du spielen willst, such dir lieber eine andere. Sam ist kein Mädchen für deinen Bettpfosten, kapiert?«, stellt sie klar und sieht mich ernst an.

»Warum denkst du, ich hätte solche Absichten?« Ich mache einen auf unschuldig, denn ganz ehrlich? Jeder Mann bei klarem Verstand würde wollen, dass ein Mädchen wie sie bei ihm im Bett landet.

»Weil ich euren Ruf kenne und jetzt deinen Blick sehe, der mich an ein Raubtier erinnert, das Witterung aufgenommen hat.«

»Was sollte das übrigens heißen, ›Sam ist auf der nächsten Party fällig‹?«, fällt mir noch ein, bevor Junie sich umdrehen und zum Ausgang schlendern kann.

»Ach«, sie winkt ab, »ich versuche sie davon zu überzeugen, mal auf eine Party mitzukommen, damit sie ein paar Leute kennenlernt. Sie ist eher der introvertierte Typ.«

»Ehrlich? Das hat heute Morgen aber ganz anders gewirkt«, erwidere ich erstaunt.

»Wie meinst du das? Ihr seid euch schon mal begegnet?«, fragt Junie überrascht zurück.

»Ja, sie hat mich heute in der Früh über den Haufen gerannt, dabei durfte ich in den Genuss ihrer verbalen Schlagfertigkeit kommen.«

»O ja, die hat sie drauf. Trotzdem, sei nett zu ihr, sonst trete ich dir dahin, wo es richtig wehtut.«

Sie zwinkert mir zuckersüß zu, aber ich bin nicht so blöd, die Ernsthaftigkeit ihrer Aussage auch nur für eine Sekunde infrage zu stellen. »Verstanden.« Ich tue so, als ob ich mich geschlagen gebe, und setze mich in Bewegung. Genau das Gegenteil ist allerdings der Fall. »Wir müssen zur nächsten Vorlesung, Connor. Kommst du?«

»Schon unterwegs. Bis später, Sunshine.« Er nickt Junie zu, die uns strahlend anlächelt und mit wippenden Haaren aus der Cafeteria steuert.

»Soso. *Sunshine*, was?«, ziehe ich Connor auf.

»Und was für ein scharfer.« Er geht mit langen Schritten neben mir her. Mit seinen ein Meter achtundachtzig ist er fast so groß wie ich und in derselben Gewichtsklasse sind wir ohnehin. Allerdings ist er vom Aussehen her eher der Surfertyp. Kommt bei den Ladys genauso gut an.

Junies Vorbehalte uns gegenüber kann ich schon verstehen, ein paar davon stimmen nämlich, und unser Verschleiß an Frauen gehört definitiv dazu. Aber meine Güte, was soll ich sagen? Wir sind jung, testosterongesteuert und solange die Frauen mitmachen, why not?

Allerdings mache ich mir um Connor gerade ehrlich Sorgen. Er grinst wie ein grenzdebiler Trottel. O Mann, hoffentlich bleibe ich von so etwas verschont.

Meine letzte Beziehung ist eine Weile her; ich habe sie mit der Highschool hinter mir gelassen. Claire hat sich für ein anderes College entschieden und uns war beiden klar, dass eine Fernbeziehung nicht funktionieren würde. Wehgetan hat es trotzdem. Sogar verdammt weh. So weh, dass ich mir geschworen habe, hier auf der Uni meine Zeit zu genießen, mich auf das Studium und das Footballspielen zu konzentrieren und mein Leben voll auszukosten. Ernst genug wird es nach der Uni ohnehin, also haue ich lieber jetzt noch mal ordentlich auf die Kacke.

Connor sieht das ähnlich, allerdings kam er schon als Single hier an. Aber nun sieht es so aus, als würden seine Vorsätze ins Wanken geraten, wobei er und Junie sich ja erst kennengelernt haben.

Wenn er mit ihr allerdings mehr als einmal im Bett landet, fresse ich wirklich einen Besen.

5

Sam

Hoffentlich war mein Verhalten in der Cafeteria eben nicht ansatzweise so schräg, wie ich das Gefühl hatte. Das Letzte, was ich hier gebrauchen kann, ist, dass sich jemand zu sehr für mich interessiert.

In Gedanken versunken betätige ich die Spülung, entriegele die Tür und trete nach draußen an die Waschbecken.

Und Danny ... O Mann, klar ist der heiß, ich habe ja Augen im Kopf. Aber er ist der typische Klischee-Footballspieler und so etwas brauche ich nicht.

Andererseits, für ein bisschen unverbindliches Rummachen ist er vielleicht genau der Richtige. Immerhin ist er sicher nicht auf der Suche nach einer Beziehung, wie auch immer sie geartet sein mag, und ich erst recht nicht. Erfahrung hat er offensichtlich genug, sodass er es vielleicht auf die Reihe kriegt, eine Frau zu befriedigen, schließlich haben sich da schon zwei andere vor ihm die Zähne an mir ausgebissen.

Ich stapfe zur nächsten Vorlesung – Psychologie 2.0 – und natürlich sitzen Danny und Connor schon in der letzten Reihe und winken mir zu.

Abgrundtief seufzend stülpe ich mir mein allerbestes *Ich-zeig-der-Welt-die-Zähne*-Grinsen über und setze mich in die erste Reihe neben Kelly. So heißt sie, glaube ich.

Das hätte ich lieber bleiben lassen sollen, denn ich fange mir gleich einen zickigen Seitenblick von ihr ein, da sie mitbekommen hat, dass Danny und Connor mir zugewunken haben.

»Woher kennst *du* die denn?« Unruhig rutscht sie mit ihrem dürren Hintern auf dem Stuhl herum und streicht ihr Oberteil glatt.

Ihre lockigen platinblonden Haare – so was von gefärbt – hat sie zu einem lockeren Zopf im Nacken geflochten. Groß und hübsch ist sie. Aber mit ihrem Style macht sie es kaputt. Ihre Nippel piksen nahezu pervers durch den dünnen kobaltblauen Pulli, dessen Ausschnitt so weit ist, dass man quasi nicht umhinkommt hineinzufallen. Ihre Möpse sind hundertprozentig fake, sie passen nicht zum Rest ihrer mageren Figur, und ihr schwarzer Lederrock ist zu kurz.

»*Kennen* ist zu viel gesagt«, erwidere ich müde. Ich habe keine Lust auf ein Wortgefecht mit ihr. Bin zu erledigt. Es ist ohnehin ein Wunder, dass ich mir ihren Namen gemerkt habe, aber dass sie die Chefin der Cheerleaderinnen des Footballteams ist, ist selbst zu mir durchgedrungen. Und wenn ich ihr Aussehen mit ins Gesamtbild aufnehme … unfassbar eigentlich. Klischees, so weit das Auge reicht.

Sie funkelt mich mit ihren hellblauen Augen wütend von der Seite an und kann mir gerade noch ein »Pfoten weg, das ist nicht dein Jagdgebiet« zuraunen, bevor Dr. Novak den Hörsaal betritt.

Gott sei Dank.

Da bleibt mir nur so zu tun, als würde ich mich voll und ganz auf die Vorlesung konzentrieren. Allerdings kann ich es verflixt noch mal nicht lassen, mich vorher kurz zu Danny und Connor umzudrehen und mit meinen Lippen ein stummes »Hilfe!« zu formen.

Danny lacht tief und brummig auf und ein kleiner Schmetterling fängt daraufhin an, in meinem Bauch erste Flugversuche zu starten.

Verflucht.

Rasch drehe ich mich wieder um.

Kelly neben mir knirscht mit den Zähnen. Na bravo. Wenn Blicke töten könnten, wäre ich die erste Leiche in Psycho 2.0. Wenigstens hätte man keine Mühe damit, die Täterin zu überführen.

Die Richtung, in die das alles geht, gefällt mir ganz und gar nicht.

Nach der Vorlesung sehe ich zu, dass ich Land gewinne. Glücklicherweise war das die letzte für heute und ich flitze aus dem Hörsaal. Mein Bedarf an Menschen ist vorerst gedeckt.

Ich laufe zum Literatursaal, aus dem Junie hoffentlich gleich kommt, um mit mir auf einen Kaffee ins Shady's zu gehen. Wenn es dieses Gesöff nicht gäbe, wäre ich völlig am Arsch.

»Hey, Grinch!«, ruft sie mir fröhlich entgegen, als sie aus dem Vorlesungssaal stürmt, und hakt sich bei mir unter. »Kaffee im Shady's?«

»Aber so was von«, stimme ich ihr sofort zu und wir verlassen den Campus.

6

Junie

Sam hat einen Schritt drauf, ich kann kaum mithalten, als ich mich bei ihr unterhake und sie mich vom Campus zu Shady's Diner zieht.

»Du hast es aber eilig.« Ich versuche sie auszubremsen.

»Heute ist der Wurm drin«, murmelt sie erschöpft und kräuselt ihre kleine Nase. »Erst komme ich wieder zu spät zu dieser blöden Vorlesung und dann ruiniere ich mir auch noch wegen diesem Danny fast meine Unitasche.«

»Na, komm schon, er konnte doch nicht ahnen, wie schreckhaft du bist. Außerdem – sieh es mal positiv: Du hast heute immerhin zwei neue Bekanntschaften gemacht«, necke ich sie und versuche sie aus der Reserve zu locken.

»Danny und Connor?« Sie pustet sich mal wieder den pechschwarzen Pony aus den Augen. Ihre Haare fliegen ihr beim Laufen über die Schultern und die rote Carhartt-Mütze sitzt schief auf ihrem Kopf.

Mit einer kurzen Bewegung rücke ich sie gerade.

»Also Connor ist ja wohl eher *deine* Bekanntschaft und Danny ist ein selbstverliebter Footballspieler, der nach einer neuen Kerbe in seinem Bettpfosten Ausschau hält.«

»Schon. Aber vielleicht wäre er genau der Richtige für dich.«

Ich handle mir einen schiefen Seitenblick ein.

»Was denn? Was ist mit deiner Liste? Wie war doch gleich Punkt sieben? Dritte Base? Du sollst dich ja nicht gleich verknallen, sondern nur Spaß haben.«

»Klar. Und wenn das Spaßhaben schiefgeht, was dann? Uni wechseln?« Ironisch grinsend schaut sie mich mit ihren riesigen blauen Augen an.

»Ben war ein Arsch. Der zählt nicht«, sage ich. »Ernsthaft, Grinch.« Wir sind bei Shady's angekommen und ich schubse die Tür mit meiner linken Schulter auf, mein rechter Arm ist immer noch bei Sam untergehakt. »Selbst wenn es in die Hose geht, können wir noch genügend Ausreden erfinden, damit es nicht peinlich für dich wird.«

»Na, mal sehen.«

Ihre Unitasche wirft sie auf eine gepolsterte Sitzbank in einer der Nischen und rutscht hinein. Sie sieht jedes Mal wie ein Kind aus, wenn sie in diesen großen lederbespannten Diner-Nischen sitzt, da ihre Füße den Linoleumboden kaum berühren.

»Ich habe ihn ja quasi erst vor zwei Minuten kennengelernt. Abgesehen davon glaube ich ohnehin nicht, dass ich in sein Beuteschema passe.«

»Ach so? Was ist denn sein Beuteschema?«, frage ich sie interessiert, schnappe mir eine der Getränkekarten und überfliege sie flüchtig.

»Du zum Beispiel«, kommt wie aus der Pistole geschossen zurück. »Oder Kelly.«

»Schmeißt du mich etwa mit diesem wandelnden Silikonmonster in eine Schublade? Hast du sie noch alle?« Ich bin ernsthaft empört, werfe die Karte in Sams Richtung und verfehle sie natürlich um Armesbreite.

Während sie sich bückt, um die Karte vom Boden aufzulesen, stellt sie fest: »Dafür, dass wir im Leichtathletik-Team sind, wirfst du richtig beschissen.«

»Ich laufe. *Laufe*. Okay? Das hat null mit Werfen zu tun«, kontere ich, als die Kellnerin an unseren Tisch tritt.

Wir geben unsere Bestellung auf und Sam lässt gedankenverloren ihr Gummiband unter dem Ärmel schnalzen.

»Ich werfe dich nicht mit Kelly in eine Schublade. Ich wollte damit nur sagen, dass er sicher eher auf die klassischen Schönheiten mit den dementsprechenden Maßen steht. Himmel, hast du mitbekommen, *wie* groß der ist? Ich bräuchte eine Leiter, um überhaupt in die Nähe seines Mundes zu kommen.« Sie deutet einmal mit ihrer Hand an ihrem zierlichen Körper auf und ab.

»Na und?« Schmunzelnd zucke ich mit den Schultern und knote mir fix meine Haare zu einem Pferdeschwanz nach hinten. »Deine Größe hat auch ihre Vorteile.«

»Ach ja? Da bin ich jetzt mal gespannt.« Sie sieht mich erwartungsvoll an und verschränkt die Arme vor der Brust.

Ich grinse sie breit an. »Klar. Du könntest ihm locker im Stehen einen blasen.«

Sams Augen werden kullerrund und ihre Augenbrauen schießen in die Höhe. Dann fängt sie laut an zu prusten. »Du blöde Kuh«, sagt sie kichernd, als die Bedienung mit unserer Bestellung kommt.

Sam grapscht nach den Zuckerpäckchen und reißt drei davon auf.

»Dass bei dir der ganze Zucker nicht ansetzt, ist so was von unfair«, murre ich und krame in der Tasche nach meinem Lippenstift.

»Guter Stoffwechsel. Außerdem ist das ausgleichende Gerechtigkeit. Dafür hast du Endlosbeine.« Mit einem Schwupps ertränkt sie den Inhalt der drei Zuckerpäckchen in ihrem Kaffee.

»Du kriegst sicher irgendwann Diabetes oder so einen Mist«, orakle ich.

»Und wenn schon? Irgendeinen Tod muss man schließlich sterben«, meint sie gelassen, lehnt sich zurück und pustet in ihren Kaffee.

Wo sie recht hat, hat sie recht.

1

Sam

In der Umkleidekabine herrscht eine seltsam stickige Luft. Es riecht nach Schweiß, Deo und Duschgel. Aufgrund der hohen Luftfeuchtigkeit, die aus den Duschen in die Kabinen wabert, bekomme ich die enge, graue Laufleggins nur mit Mühe über meine feuchten Beine. Das ist schlimmer, als mit nassen Beinen in eine Jeans ohne Stretch-Anteil zu kommen.

Nach einem fünfminütigen Kampf voller Gewurschtel, Gepresse, Gestöhne und Gefluche habe ich es endlich geschafft, dieses Höllenteil über meinen Hintern zu ziehen, und binde mir die Haare zu einem hohen Pferdeschwanz.

Junie ist längst fertig und dabei, ihre Beine, die in roten Laufjoggern stecken, an der Sitzbank zu dehnen. Mal wieder werde ich mir der bodenlosen Ungerechtigkeit bewusst, als ich auf ihren Körper schiele.

Ihre ganze Erscheinung ist eine Frechheit. Wenn ich sie nicht so lieben würde, müsste ich sie hassen. Alle, die dem weiblichen Geschlecht angehören, würden diese Frau hassen, die so topmodelmäßig aussieht, als wäre sie geradewegs vom *Victoria's Secrets*-Laufsteg gekippt. Neben ihr bekommt jede Frau Minderwertigkeitskomplexe. Es geht gar nicht anders.

»Fertig, Grinch?« Sie blickt mich verschmitzt an.

Blöde Nuss.

***

Da es seit Montag ohne Unterlass wie aus Kübeln schüttet und wir mittlerweile Mittwoch haben, müssen wir unsere Bahnen in der großen Indoorhalle drehen. Das mag ich eigentlich nicht, da ich frische Luft der stickigen hier drin vorziehe, aber es hilft ja nichts.

In der Mitte der Laufbahn liegt das große Footballfeld, das nur dann genutzt wird, wenn draußen die Welt untergeht. Soweit ich weiß, spielen die Footballspieler bei so gut wie jedem Wetter an der frischen Luft, aber anscheinend ist das Feld dort mittlerweile vom Dauerregen so aufgeweicht, dass sie mit ihren Stollenschuhen vermutlich kaum Halt finden.

Deswegen hat sich die komplette Mannschaft heute ebenfalls in der Halle versammelt. Es stört mich nicht, da ich beim Laufen meistens alles um mich herum vergesse. Zumindest nach den ersten zehn Minuten. Die brauche ich, um meinen Rhythmus zu finden. Dann jedoch wird mein Kopf angenehm leer und ich spüre nur noch meinen Körper. Deshalb mag ich das Laufen so gern. Für mich ist es der beste Sport, um den Kopf freizubekommen.

Meine Füße klatschen in regelmäßiger Geschwindigkeit auf der Tartanbahn auf, mein Atem geht gleichmäßig und wie immer habe ich das Gefühl, ich könnte ewig so weiterlaufen.

Junie joggt im gleichen lockeren Rhythmus neben mir her.

»Schau mal, da ist Connor.« Sie nickt in Richtung Footballfeld, das wir langsam umrunden, und schnauft noch nicht einmal. Sie muss ihre Beine auch nur halb so oft anheben wie ich meine.

Ich blicke auf das Feld, kann den großen Hünen mit den Karibikaugen ausmachen und winke ihm kurz zu. Zurück winken allerdings zwei Riesen. Ich muss meine Augen gar nicht erst zusammenkneifen, um zu wissen, wer der zweite ist.

»Und Danny auch«, stellt Junie unnötigerweise fest.

Ich weiß, ich habe Augen im Kopf.

»Er sieht auch echt heiß aus, oder?«

Ich will laufen! Mein Kopf ist eben noch so schön leer gewesen.

Aber sie hat recht, oder?

Auf wessen Seite bist du eigentlich? Kannst du dich mal entscheiden?

Nö. Kannst du ja auch nicht.

Ich will einfach nur in Ruhe joggen, das ist doch nicht zu viel verlangt.

Aber er IST heiß.

Ja, er *ist* auch ein Frauenaufreißer.

Ja … und?

Ach, lass mich in Ruhe.

Junie rempelt mich im Laufen von der Seite an und jetzt reicht's mir.

»Lust auf einen Sprint?« Im Rennen bin ich richtig gut. Da kriege ich sie immer. Und gerade dürstet es mich nach Rache.

Belustigt sieht sie mich an. »Kompensierst du wieder etwas?«

»Halt die Klappe und versuch mitzuhalten«, rufe ich ihr zu und ziehe mein Tempo an. Meine Füße hämmern auf die Bahn ein, meine Oberschenkel beginnen angenehm zu ziehen. Hinter mir höre ich Junie lachen. Das spornt mich noch mehr an.

In hohem Tempo rase ich um das Footballfeld herum, bis meine Lunge anfängt zu brennen, meine Oberschenkelmuskulatur übersäuert ist und es unangenehm in meinen Seiten sticht. Junie habe ich hinter mir gelassen.

Locker laufe ich aus und lasse meine Arme kreisen, bis sie mich eingeholt hat.

»Angeberin!«, schnauft sie außer Atem.

»Wer kann, der kann.« Ich grinse und trete meinen Rückzug in die Umkleidekabinen an. Aber nicht, ohne noch einmal zum Footballfeld zu schielen.

Aus den Augenwinkeln mache ich Danny aus, der mir zugewandt steht. Ob er mich ansieht, kann ich nicht erkennen, dafür ist die Distanz zu groß. Die Tatsache allein, dass er in meine Richtung sieht, reicht jedoch aus, dass mir ein angenehmer Schauer über den Rücken läuft.

Heilige Scheiße! Das ist nicht gut …

Hast *du* nicht vorhin gesagt, er sei heiß? Das hast du jetzt davon.

***

Junie tippt auf ihrem Smartphone herum und murmelt irgendetwas vor sich hin, während ich meine Sportklamotten nebst Shampoo und Duschgel in meine alte Sporttasche schmeiße, die wahrlich schon bessere Tage gesehen hat. Doch nachdem auch sie, wie alle anderen Taschen und Rucksäcke von mir, mit Stickern und Aufklebern von Bands verziert ist, bringe ich es nicht über mich, sie auszurangieren. Mein Vater würde mich vierteilen. Immerhin habe ich ihm achtzig Prozent meines Musikgeschmacks, der Sticker und der Aufkleber zu verdanken.

»Später treffen sich noch ein paar Leute bei Connor. Kommst du mit?«, fragt Junie und wirft das Handy in ihre Tasche.

»Sind wir dann quitt?« Ich will mich absichern. Das ist bei ihr nie verkehrt.

Sie enttäuscht mich allerdings sofort.

»Vergiss es. Ich habe von einer richtigen Uniparty gesprochen. Das bei Connor heute Abend ist mehr ein Sit-in. Keine Party. Aber netter Versuch, Grinch.«

»Mal sehen.« Ich binde mir meine noch leicht feuchten Haare wieder zusammen.

»Komm schon, gib dir einen Ruck. Es wird bestimmt lustig und Netflix läuft dir schon nicht davon«, erwidert sie und spielt prompt auf mein Binge-Watching an. »Wir werden nie mehr so jung sein, Baby.«

»Ja, ja, ist ja schon gut. Gott, du kannst echt nerven, weißt du das?«, kapituliere ich.

Ich kenne sie viel zu gut, sie würde mich ansonsten so lange reizen, bis es Tote gibt.

***

Ein paar Stunden später stehen wir also mit zwei Flaschen Weißwein bewaffnet vor Connors Wohnheimtür und ich will Junie umgehend meine Faust ins Gesicht rammen.

»Du fiese Kuh hättest mir sagen können, dass er sich mit Danny eine Bude teilt«, fauche ich sie an und bin kurz davor, ernsthaft wütend zu werden. Das hat sie mit Absicht gemacht und so etwas mag ich gar nicht.

»Hätte ich, klar, und was wäre dann gewesen?«, stichelt sie und klopft an.

Arg, ich könnte sie ... doch Connor reißt schon die Tür auf.

»Cool, dass ihr da seid.« Er lächelt freundlich und zieht Junie kurz in seine Arme.

Als er sich zu mir hinunterbeugen möchte, um mich ebenfalls zu drücken, drücke ich ihm die Flasche Wein an die Brust.

»Damit ihr uns nicht aushalten müsst.«

Mit gerunzelter Stirn sieht er mich an.

Ich nutze die Gelegenheit, um mich an ihm vorbei in die recht volle Küche zu mogeln. Natürlich bin ich mal wieder die Kleinste. Das ist aber kein Kunststück, denn ein kurzer Blick reicht mir aus, um festzustellen, dass fast nur Footballspieler hier sind.

Ich blicke zu Junie, die mich schuldbewusst ansieht. Sie weiß genau, dass sie später Ärger bekommt. Ich kann es nicht ausstehen, so überrumpelt zu werden.

Mir wird von Connor ein volles Glas Weißwein in die Hand gedrückt.

»Danny steckt hier auch irgendwo.«

Ach was? »Da wäre ich im Leben nicht draufgekommen«, murmle ich.

Connor hebt leicht konsterniert eine Augenbraue.

»Sorry. Sollte nicht zickig klingen. Ich bin nur müde«, schiebe ich hinterher, bevor Junie mir warnend auf den Fuß treten kann.

»Sei nett, Grinch, okay?«, zischt sie mir ins Ohr.

Also zerre ich meine Mundwinkel nach oben und flöte: »Bin ich das nicht immer?«

»Klar. Deswegen nenne ich dich auch *Grinch.*« Sie weicht vorsorglich ein paar Schritte von mir zurück und hakt sich bei Surfer-Connor unter. Feigling.

Ergeben nehme ich einen tiefen Schluck von meinem Weißwein. Kein Alkohol ist auch keine Lösung und heute definitiv nicht. Mein Blick schweift durch die Küche und bleibt an einer geöffneten Zimmertür hängen.

Die WG der Jungs ist genauso geschnitten wie unsere und somit alle anderen auch, daher weiß ich, dass jedes Zimmer mit einem Bad in der hinteren Hälfte ausgestattet ist. Das nutze ich aus und mache mich auf den Weg dorthin.

Kelly und eine andere Cheerleaderin haben es sich auf dem Bett gemütlich gemacht. Zwei weitere hünenhafte Footballspieler lehnen an dem kleinen Schreibtisch und unterhalten sich angeregt, während Kelly mich ansieht, als hätte ich keinerlei Daseinsberechtigung. Keine Ahnung, was genau ihr Problem ist, sie kennt mich ja noch nicht einmal.

Ich laufe in Richtung Badezimmer und will gerade die Tür öffnen, als jemand sie zeitgleich von innen aufstößt. Da ich nicht mehr rechtzeitig ausweichen kann, donnert die Tür direkt in mich hinein. Das Glas Wein wird mir aus der Hand geschlagen und der Inhalt ergießt sich komplett über meine schwarze Bluse.

Na bravo.

»Verdammt noch mal!«, fluche ich mal wieder sehr undamenhaft.

»Tut mir leid, Sam«, brummt es erschrocken über mir und ich stolpere einen Schritt nach hinten.

Nach oben brauche ich gar nicht erst zu sehen, ich weiß auch so, wer da jetzt vor mir steht, *die* Stimme kenne ich nämlich.

Ich blicke an meiner Bluse hinunter und bin verflixt froh, dass Schwarz meine Lieblingsfarbe ist. Trotzdem. Erst der Kaffee, jetzt der Weißwein, und immer wieder er.

Hinter mir lacht jemand tief auf.

»Mann, Danny, so macht man aber kein Mädchen an«, merkt einer der zwei großen Typen an und kommt mit einer Kleenex-Packung vom Schreibtisch auf uns zugeschlendert. Er drückt sie mir in die Hand und gluckst freundlich: »Die wirst du brauchen.«

Dankbar nehme ich sie ihm ab.

»Ich bin Nick«, stellt er sich vor und streckt mir die Hand hin.

»Sam. Sorry, meine Hände sind voller Weißwein«, weiche ich aus.

Nick ist so groß wie Danny und seine Haut so dunkel wie Erdöl. Mit blitzenden, fast schwarzen Knopfaugen sieht er mich unter einem grauen Basecap offen an und zieht seine Hand zurück.

»Ich gebe dir lieber gleich ein Handtuch. So durchnässt wie deine Bluse aussieht, kommst du mit den Kleenex nicht weit«, mischt sich Danny ein und sieht mich ehrlich zerknirscht an. »Ich hätte die Tür nicht so heftig aufreißen sollen.«

»Du scheinst darauf zu stehen, mich mit Getränken zu bekleckern«, murre ich.

Er trägt ein dunkelgraues Vans-Shirt, ausgewaschene Jeans und weiße Sneakers. Also stinknormale Klamotten. Warum sieht er darin dann so gut aus? Die Ärmel des grauen Shirts spannen sich um muskulöse Oberarme und seine breiten Oberschenkel sprengen beinahe die Jeans. Seine Unterarme sind von Sehnen durchzogen und seine Hände sind zwar riesig, aber die Finger feingliedrig und gepflegt. Ich stehe auf gepflegte Hände. Verflixt. Seine braunen Haare sind verwuschelt und fallen ihm tief in die Stirn. Und diese Schokoaugen erst ...

Belustigt hebt Danny seine dichten Augenbrauen. Die Narbe an der Seite verzieht sich dadurch leicht und lässt ihn noch männlicher wirken, als er es eh schon ist. Falls das überhaupt möglich ist.

»Genau genommen hast du selbst den Kaffee in der Cafeteria umgeworfen. Außerdem ist er auf deine *Tasche* gelaufen, nicht auf dich«, verteidigt er sich mit einem Schmunzeln.

»Weil *du* mich so erschreckt hast. Vorsätzlich. Und meine Tasche ist mir heilig. Genauso wie meine Bluse.«

Er hebt kapitulierend die Hände, holt mir ein Handtuch aus dem Badezimmer und reicht es mir.

»Denk dir nichts dabei, Sam, Danny wollte dich wahrscheinlich nur anmachen.« Nick rückt mit einer Hand das Basecap auf seinem kurzen Afro gerade und schlägt Danny kumpelhaft mit seiner anderen auf den breiten Rücken. Mich hätte der Schlag vermutlich quer durchs ganze Zimmer katapultiert.

»Nächstes Mal wäre es super, wenn er das macht, ohne mir dabei etwas drüberzuschütten«, nuschle ich, drücke mich an ihnen vorbei ins Bad und versuche mit dem Handtuch den Weißwein aus meiner Bluse zu saugen.

»Hey.« Junie linst ins Bad. »Hui, das war mal ein Volltreffer, was? Danny? Hast du ein Shirt, das du Sam leihen kannst?«, ruft sie aus dem Bad in sein Zimmer.

»Moment«, brummt es zurück und zwei Sekunden später reicht mir Junie ein schwarzes T-Shirt mit einem Bandnamen darauf: Radiohead. Geschmack hat er, das muss ich ihm lassen.

Sie schließt die Tür hinter sich und lehnt sich an die Duschwand.

Nachdem ich mich von der klatschnassen Bluse befreit habe, trockne ich mich ab und ziehe mir sein T-Shirt über. Wenigstens hat mein schwarzer BH nichts abbekommen.

Ergeben drehe ich mich zu Junie um, die laut auflacht.

»Du siehst aus wie zwölf, Grinch! Da schwimmst du ja regelrecht drin.« Sie kriegt sich kaum noch ein und ich werfe ihr einen hoffentlich tödlichen Blick zu.

»Wenn du konstruktive Verbesserungsvorschläge hast, nur zu. Ansonsten halt die Klappe.« Ich versuche mir das Shirt in die Hose zu stopfen. Sieht auch bescheuert aus.

»Komm her«, gluckst sie immer noch und zieht mich am Shirt zu sich. Gekonnt fasst sie es an meinem Bauch mit einem Ruck zusammen und macht einen Knoten hinein. Die viel zu großen Ärmel rollt sie bis zu meinen Schultern auf.

»Nicht mega-sexy, aber das willst du ja eh nicht sein.« Sie schmunzelt und sieht mich prüfend an. »Yep. Kann man so lassen.« Dann zieht sie mich aus dem Badezimmer und wieder in die Küche.

Danny steht am Kühlschrank und gießt mir ein neues Glas Weißwein ein.

»Sorry noch mal. War echt keine Absicht«, entschuldigt er sich erneut und reicht mir das Glas.

Weiß ich doch. Es war ein Unfall. So etwas passiert. Wirklich böse war ich ihm eh nicht. Das muss er aber nicht wissen.

»Du wolltest mich nur in einem deiner Shirts sehen, oder?«, frotzle ich.

Verdutzt sieht er mich an. Dann verziehen sich seine Mundwinkel zu einem frechen Grinsen und er beginnt mich von oben bis unten zu mustern.

Okay? Ist er dann mal fertig?

Unruhig trete ich von einem Bein aufs andere, während er mich anstarrt. Seine Augen funkeln verschmitzt.

»Gut erkannt. Du siehst genauso cool darin aus, wie ich erwartet habe.«

Aus dem kleinen Schmetterling in meinem Bauch ist auf einmal ein kräftiger Falter geworden und fliegen kann er mittlerweile auch. Hilfe, wann ist das denn passiert?

Danny steht so nahe bei mir, dass ich einen Hauch seines Parfüms ausmachen kann. Es mischt sich mit dem Duft eines frischen, männlichen Duschgels. Herb, zitronig, minzig und erinnert irgendwie auch an eine Meeresbrise … mmh … Yummie!

Jeez, Sam. Reiß. Dich. Am. Riemen.

8

Danny

Sam sieht scharf aus in meinem Shirt. Es ist ihr natürlich viel zu groß, aber durch den Knoten, den sie sich am Bauch gebunden hat, und die aufgerollten Ärmel hat sie das Beste daraus gemacht. Zusammen mit der beigefarbenen Karohose und ihren Doc Martens sieht sie wirklich sexy aus.

»Nächstes Mal bekommst du etwas von mir übergekippt. Vorzugsweise kochendes Wasser«, motzt sie noch ein wenig, aber ernsthaft sauer scheint sie zum Glück nicht zu sein. »Und dann gebe ich dir eins meiner Snoopy-Shirts. Mal sehen, ob du da auch so drauf stehst.« Ihre tiefblauen Augen blitzen mich herausfordernd an und die Haare, die sie sich zu einem dicken Zopf geflochten hat, hängen locker über ihre Schulter.

»Für dich würde ich alles tragen«, kann ich mir nicht verkneifen zu sagen.

Sie verdreht ihre Augen, öffnet den Mund und deutet an, sich einen Finger in den Hals stecken zu wollen.

Junie rempelt sie von hinten an.

»Was haben wir gesagt, Grinch?«

»Ja, ja, ist ja schon gut«, murmelt sie und nimmt noch einen Schluck Wein.

»Radiohead also«, fragt sie mich, bevor ich dazu komme, etwas zu sagen, und deutet auf mein T-Shirt. »Du hast Geschmack. Zumindest, was Musik angeht.«

Was soll das denn heißen? »Wo habe ich bitte schön keinen?«

»Keine Ahnung. Dafür kennen wir uns noch zu wenig.« Sie zuckt mit den Schultern und grinst keck. »Aber ich wette, da gibt's genug.«

Kleines Biest.

»Und du? Woher kennst du die Beatsteaks?«, frage ich, während sie mich überrumpelt ansieht, bis der Groschen fällt.

»Ach ... die Unitasche.«

»Yep. Also, woher kennst du sie? Ist ja eine deutsche Band, die kennt hier keiner.«

»Mein Vater ist Europäer. Engländer, um genau zu sein. Und leidenschaftlicher Musiker. Daher habe ich eine frühe, sehr eigenwillige Musikerziehung genossen.«

Das erklärt ihren Klamottengeschmack, der tatsächlich ein bisschen britisch wirkt. Scheiße, sie wird noch cooler.

»Musiker? Welche Musikrichtung?«

»Punk und Ska.« Sie schnalzt nebenbei mit dem Gummiband, das sie um ihr schmales Handgelenk trägt. »Er ist der Leadsänger einer Band. Aber das macht er nicht hauptberuflich. Dafür sind sie nicht erfolgreich genug.«

»Was macht er hauptberuflich?«

»Er ist Ingenieur. Also ein ganz normaler, gutbürgerlicher Beruf. Nachts lebt er dann seine dunkle Seite aus.« Sie wackelt bedrohlich mit den Augenbrauen und sieht dabei zuckersüß aus.

»Was machen deine Eltern?«, will sie von mir wissen und ich lehne mich an den Kühlschrank.

»Mein Dad ist Staatsanwalt und meine Mom arbeitet als Physiotherapeutin in einer großen Klinik. Keiner von beiden hat dunkle Seiten, die nachts ausgelebt werden müssten, zumindest nicht, dass ich wüsste.«

»Sag das nicht. Jeder hat eine dunkle Seite«, flüstert sie mir geheimnisvoll zu und nimmt noch einen Schluck von ihrem Weißwein.

Gentlemanlike greife ich mir die Flasche aus dem Kühlschrank und schenke ihr nach.

»Ach, ist das so? Was ist deine dunkle Seite?«

»Das willst du nicht wissen«, grummelt sie mit übertrieben tiefer Stimme.

»Doch, unbedingt.« Wirklich. *Unbedingt!*

»Ich müsste dich töten, würdest du sie kennen.«

Ich lache. »Okay, okay. Ich geb's auf.« Meine Bierflasche ist leer und ich öffne abermals den Kühlschrank.

Als ich mich umdrehe, steht Kelly direkt vor mir und sieht mich erwartungsvoll an.

Ich hätte nicht mit ihr in die Kiste springen sollen. Sie ist eins von den Mädchen, die die Definition eines One-Night-Stands nicht kapieren wollen.

Hastig weiche ich ihrem Blick aus und sehe Sam bei Junie und Connor stehen.

»Hier, nimm meins, ich habe es gerade erst aufgemacht.« Ich drücke ihr meine Flasche in die Hand, greife mir eine neue aus dem Kühlschrank und will mich wieder auf den Weg zu Sam machen, als Kelly besitzergreifend ihre Hand auf meinen Unterarm legt.

Ihre langen Nägel bohren sich unangenehm in mein Fleisch, die lockigen blonden Haare kitzeln mich nervig an der Schulter und ihr Ausschnitt überlässt nicht mehr viel der Fantasie. Ihr Griff um meinen Unterarm wird noch eine Spur fester. Das ist ihre Art, ihr Revier zu markieren. Sie scheint offensichtlich erfolgreich zu verdrängen, dass ich keinerlei Interesse an ihr oder einer Beziehung habe. Es war nicht so, als hätte ich ihr das vor unserem One-Night-Stand nicht klipp und klar gesagt. Sie hat behauptet, es sei okay für sie, und ich dachte eigentlich, es hätte sich damit erledigt.

Tja. Blöd gelaufen.

»Bleib doch hier, Babe. Wir könnten …«, fängt sie an mir zuzuflüstern. Bevor es noch peinlicher für sie werden kann, unterbreche ich sie.

»Nein, Kelly, könnten wir nicht. Ich habe kein Interesse, okay?« Aus den Augenwinkeln kann ich sehen, wie Sam sich ihren Wintermantel über die zierlichen Schultern wirft. Geht sie etwa schon?

Sie wirft mir einen Blick zu und lächelt mich an, als sie auch schon die Tür zu unserer WG öffnet.

Wie bescheuert glotze ich ihr mit meinem Bier in der Hand hinterher und bin mehr als nur irritiert darüber, wie scheiße ich es finde, dass sie gegangen ist.

***

»Komm schon, Bro, beeil dich mal ein bisschen«, nörgelt Connor, weil ich immer noch im Bad bin.

Blöderweise funktioniert in Connors Bad seit zwei Tagen die Dusche nicht. Seitdem muss er auf meins ausweichen. Gemeldet hat er es zwar schon, aber erfahrungsgemäß kann es dauern, bis der Schaden behoben wird.

»Entspann dich, du kommst schon noch rechtzeitig zu deinem Jupiter«, rufe ich ihm mit einer Zahnbürste im Mund zu. Seitdem wir am Mittwoch herausgefunden haben, dass Junie die Kurzform für Juniper ist, ist das der Running Gag – zumindest bei mir. »Sobald ich sie treffe, werde ich sie gleich in deine Umlaufbahn werfen.«

»Du bist so witzig, dass ich vor lauter Lachen nicht mehr atmen kann«, mault er und drängt mich aus dem Bad. »Wegen dir muss ich mich nun abhetzen. Ich hab ihr versprochen, dass ich sie vor dem Verbindungshaus treffe. Sie *und* Sam, übrigens.« Er hebt eine Augenbraue in meine Richtung und knallt die Tür hinter sich zu.

»Dann beeil dich lieber und rasier dir nicht zu lange die Eier, sonst sucht sich dein Planet am Ende doch noch eine andere Umlaufbahn«, provoziere ich ihn weiter und ziehe eine schwarze Jeans an.

Es ist mittlerweile später Freitagnachmittag und ich habe einen höllischen Muskelkater vom Training. Da ich das Magnesium jedes Mal danach pro forma nehme, hat es wohl seine Wirkung verloren. Andererseits will ich nicht wissen, wie ich mich ohne fühlen würde. Ich probiere es lieber nicht aus.

Während ich mir ein schlichtes weißes Shirt überziehe, denke ich an Sam. Für meinen Geschmack denke ich viel zu häufig an sie, seitdem sie am Mittwoch in unserer WG war.

In meinem Schrank wühle ich nach einem Pulli. Den werde ich vermutlich auf der Party eh gleich wieder ausziehen, aber wir haben arktische Temperaturen da draußen. Endlich werde ich fündig und ziehe einen dunkelgrauen Wollpulli mit Rundkragen aus den Untiefen meines Schrankes hervor, während ich aus dem Bad höre, wie die Dusche abgestellt wird.

Connor ist ein echter Blitzduscher. Ich könnte ewig unter dem heißen

Wasserstrahl stehen, vor allem nach dem Training. Connor hingegen ist prinzipiell in unter drei Minuten fertig. Das könnte an seinen drei Brüdern liegen. Es musste ständig fix gehen, da die Schlange vor dem Badezimmer nie abriss.

Ein letztes Mal strubble ich mir durch die Haare, schlüpfe dann in den Pulli und meine weißen Turnschuhe und werfe mich aufs Bett. Mit dem Handy vor der Nase warte ich auf Connor, während ich meinen Instagram-Account checke und feststelle, dass ich ein paar Follower mehr habe. Allesamt Mädchen. Manche Gesichter kommen mir bekannt vor, die meisten habe ich noch nie gesehen.

Wenn du Footballspieler an einer Universität oder einem College bist, gibt es immer Groupies, die sich nicht dafür interessieren, wer du wirklich bist. Du bist Spieler und kommst womöglich noch aus einem reichen Elternhaus, wie es bei mir der Fall ist? Her damit. Der Rest interessiert sie einfach nicht. Sie sind nur auf Ansehen und Prestige aus.

Bislang hat mich das auch nicht gestört. Klar ist das superoberflächlich. Aber meine Güte, ich bin ja nicht hier, um die Frau fürs Leben zu finden. Ich will spielen, studieren und Spaß haben. Punkt. Mehr nicht.

Apropos, Sam hat wohl keinen Account, zumindest nicht auf Instagram und unter ihrem richtigen Namen. Nicht, dass ich geguckt hätte.

Connor kommt mit einem Handtuch um die Hüften aus dem Bad gelaufen und verzieht sich in sein Zimmer.

Eine Minute später ist er angezogen und steht vor meinem Bett. Er ist speedy fucking Gonzales auf Acid, ernsthaft.

»Können wir?«

***

Als wir beim Verbindungshaus der Delta Chi ankommen, treiben sich davor schon eine Menge Studenten herum, amüsieren sich über alles Mögliche und haben eine gute Zeit.

Connor hält nach Junie und Sam Ausschau und hat mir auf dem Weg hierher noch einmal versucht ins Gewissen zu reden.

»Ein Jupiter-Joke und ich kotz dir heute Nacht in deine Nikes.«

»Ist ja schon gut, mach dich locker«, habe ich beruhigend geantwortet, da das Mädchen ihm tatsächlich etwas zu bedeuten scheint.

Nick und David, ein weiterer Teamkollege, stehen in einer Gruppe von Studenten vor dem Verbindungshaus und winken uns zu. Junie und Sam sind direkt hinter ihnen, scheinen sie aber weder zu bemerken noch ihnen weitere Beachtung zu schenken.

Verstohlen mustere ich Sam, die gerade in eine andere Richtung sieht. Die Spitzen ihrer schwarzen Haare flattern im Wind, da sie sie heute offen trägt. Ihren kurzen schwarzen Mantel hat sie fest um ihren zierlichen Körper gezurrt und darunter spitzt ein knielanges rot-schwarz gestreiftes Kleid hervor.

Gerade will ich Connor in die Seite stoßen und ihn auf die beiden aufmerksam machen, als mir bewusst wird, dass er schon auf dem Weg zu ihnen ist. Er schlägt in Nicks und Davids Hände ein, während er an ihnen vorbeiläuft, und nimmt Junie, die sich ihm zuwendet, in den Arm.

Ich stopfe meine Hände tiefer in die Jackentaschen und schlendere auf sie zu.

Sam fährt sich durch die Mähne und dreht sich in meine Richtung. Ihr Blick schweift durch die Menge der Studenten, bis er an mir hängen bleibt. Erst heben sich die Ränder ihres zuckersüßen rot geschminkten Munds ganz leicht, dann blinzelt sie kurz und übrig bleibt ein leicht süffisanter Gesichtsausdruck.

»Hi«, grüße ich freundlich in die Runde, nachdem ich ebenfalls Nicks und Davids Hand abgeklatscht habe, die mittlerweile bei Sam, Junie und Connor stehen.

David sieht mich mit seinen stahlgrauen Augen grinsend an. Seine blonden Haare sind kurz geschnitten und auch er steht uns in Sachen Körpergröße in nichts nach. Man muss für diesen Sport von Haus aus eine entsprechende Statur mitbringen, sonst wird man auf dem Feld platt gewalzt.

Verstohlen schiele ich zu Sam. Ihre Augen sind wie immer kaum geschminkt, ein wenig Rouge auf den Wangenknochen kann ich erkennen, aber das war's auch schon – bis auf den roten Kussmund. Mehr braucht sie auch nicht, um gut auszusehen. Vermutlich sieht sie morgens im Bett ungeschminkt genauso gut aus, wenn nicht noch besser.

Ist nur die Frage, ob ich das jemals herausfinden werde ...

9

Sam

»Auf. Gar. Keinen. Fall«, sage ich bestimmt zu Junie, die mir ein rot-schwarz gestreiftes Kleid aufschwatzen will.

»Komm schon, das hast du ewig nicht mehr angehabt. Es geht doch bis zu den Knien. Sollte spießig genug für dich sein, oder?«, versucht sie mich durch die Badezimmertür zu überreden.

»Du hast vergessen, den Ausschnitt zu erwähnen. Wir gehen auf eine Verbindungsparty, Jeans und T-Shirt reichen locker aus. Ich geh da nicht hin, um aufgerissen zu werden, sondern um dir einen Gefallen zu tun.«

»Ach, nein? Wie war das doch gleich mit der Liste?« Junie kommt aus dem Bad. Blickdichte schwarze Strumpfhosen, kurzer schwarzer Lederrock und einen bordeauxroten weiten Kaschmirpulli, der ein bisschen über die linke Schulter rutscht und einen Blick auf ihren schwarzen BH-Träger zulässt. Das ganze Outfit wirkt cool – nicht zu aufreizend oder billig, nicht zu brav, nicht zu chic. So wie Junie eben.

Ich seufze.

»Bloß kein Neid. Ich würde alles darum geben, so eine Pfirsichhaut wie du zu haben. Du hast nie irgendwelche Pickel. Nirgendwo.« Sie bückt sich, um in ihre Schuhe zu steigen.

»Woher willst du das denn wissen?« Ich will das Kleid auf einen Bügel in den Schrank zurückhängen.

Junie nimmt es mir resolut aus der Hand und wirft es über meinen Kopf.

»Ich hab dich schon öfter nackt gesehen«, raunt sie mir heiser ins Ohr und ich muss lachen.

Verflixt, warum bin ich nicht lesbisch? Das würde so vieles einfacher machen.

»Arme hoch«, befiehlt sie, als sie meine Hände in die langen Ärmel steckt und das Kleid über meinen Körper zieht.

Der Ausschnitt ist nicht so tief, wie ich es mir eingebildet habe, dafür habe ich vergessen, dass es ziemlich eng anliegt. Ich zupfe daran herum, korrigiere die Cups meines schwarzen BHs und beuge mich vor, um zu kontrollieren, ob *Mann* einen zu tiefen Einblick bekommen könnte, sollte ich mich mal bücken müssen.

Passt eigentlich.

»Sieht spitze aus.« Junie nickt zufrieden, geht einmal um mich herum und gibt mir einen kleinen Klaps auf den Hintern.

»Ist ja gut. Dann eben doch das Kleid«, brumme ich ergeben und schlüpfe ebenfalls in schwarze Strumpfhosen und meine Doc Martens.

Geschminkt sind wir beide schon, wobei ich, was das betrifft, recht sparsam bin. Mehr als ein wenig Wimperntusche, Lippenstift und ein bisschen Rouge, da meine Haut so hell ist, lege ich eigentlich nie auf.

Fehlen noch unsere Wintermäntel und dann auf in den Kampf.

Yippie.

***

»Du lässt mich da nicht allein rumstehen, verstanden?«, versichere ich mich noch mal, als wir uns auf den Weg machen.

Der Himmel hat sich dunkelblau verfärbt, und nur noch ein paar rosafarbene Streifen am Horizont erinnern an die späte Wintersonne, die vor Kurzem untergegangen ist.

»Ich schwör auf Chanel.« Sie hebt feierlich die Hand, während wir den Quad – eine riesige quadratische Rasenfläche in der Mitte des Campus – entlang zum Verbindungshaus eilen. »Übrigens, wir treffen Connor vor dem Eingang, er hat mir gerade geschrieben. Scheint wohl schon die Hölle los zu sein.«

»Es ist doch gerade mal 17 Uhr und ... Moment, Connor? Kommt Danny auch?« Plötzlich werde ich nervös. Dieses Detail hat sie mir natürlich verschwiegen. Typisch.

Ich habe ihn seit Mittwoch nicht mehr gesehen, aber ich würde lügen, wenn ich behaupten würde, dass ich nicht ab und zu an ihn gedacht habe.

Hm?

Ja, ja, schon gut, vielleicht auch öfter. Ist doch jetzt auch egal. Junie wird mich zwar auf der Party nicht allein lassen, wenn ich das nicht will, aber ich muss nicht unbedingt an ihr kleben, wenn Connor auch da ist. Wie sieht das denn aus? Aber ansonsten kenne ich dort nicht wirklich jemanden ... Und dann wäre da noch Danny. Ob das mal alles gut geht?

»Schätze schon, aber entspann dich. Ich lass dich schon nicht allein. Du kommst mit Connor und mir mit und falls Danny auch aufschlägt, dann kann er sich uns ja anschließen. Es ist eine Party, Grinch, jeder kann sich frei bewegen und hingehen, wo er mag, okay? Du auch. Probier's mal. Macht Spaß.«

Ha, ha.

Wir sind am Verbindungshaus angekommen und Connor hat recht gehabt. Es hängt schon ein Haufen Studenten vor dem Haus herum.

Junie und ich bleiben hinter einer Gruppe von Footballspielern stehen – sind die eigentlich überall? – und ich wische mir nervös die Hände am Mantel ab. Sie sind kalt und nass. Sexy, wirklich. Immens.

Im nächsten Moment drückt Connor Junie schon an sich. Seine blonden Haare sehen gekonnt zerstrubbelt aus, seine Augen funkeln fröhlich. Sie gibt ihm einen Schmatz auf die Wange, während uns Danny, der hinter Connor steht und gerade die Hände zweier Footballspieler abgeklatscht hat, zunickt. Einen der Spieler erkenne ich von Connors und Dannys Sit-in vom Mittwoch wieder. Es ist Nick. Der andere kommt mir ebenfalls vage bekannt vor, doch ich habe seinen Namen vergessen.

»Hi.« Danny blitzt mich verschmitzt an.

Ich mustere ihn von der Seite und klar: Mir gefällt, was ich sehe. Wenn das nicht so wäre, wäre meine Libido vollkommen hinüber.

Dannys braune Haare glänzen im Nacken, als wären sie feucht, und kräuseln sich leicht. Die schwarze Jeans liegt eng an seinen Oberschenkeln, die graue Winterjacke umspannt seine Schultern. Die weißen Turnschuhe runden den ganzen Look ab. Schlicht, unaufgeregt und cool.

Hastig wende ich meinen Blick von ihm ab, bevor es jemandem auffällt.

Connor zieht Junie am Arm zum Verbindungshaus und der Rest von uns trottet ihnen hinterher. Danny geht schräg vor mir und sein Geruch steigt in meine Nase. Minze, Zitrone und das Meer.

Libido fängt an zu sabbern und mein Schmetterling im Bauch hat anscheinend ein paar Freunde zu sich eingeladen.

Scheiße.

10

Danny

Hat mich Sam gerade abgecheckt? Das hat sie schon bei unserem Zusammenstoß an der Eingangstür der Uni getan.

Als sie sich eben ihren Mantel ausgezogen hat, musste ich erst mal kurz schlucken.

Ihr Kleid schmiegt sich an ihren Oberkörper wie eine zweite Haut und obwohl sie klein ist, hat sie Kurven an den richtigen Stellen. Durch den Ausschnitt sieht man den Ansatz ihrer Brüste, aber nur einen Hauch davon, sodass es vielversprechend und sexy wirkt. Sie würden sicher perfekt in meine Hände passen. Ihre Beine stecken in Strumpfhosen und sind schlank, aber trotzdem muskulös. Wundert mich nicht, so, wie sie rennen kann. Das ist mir am Mittwoch in der Halle nicht entgangen.

An ihrem süßen Hintern kann man leicht die Umrisse ihres Slips erkennen, wenn man ganz genau hinsieht. Was ich natürlich tue. Eh klar. Es ist schließlich das erste Mal, seit ich sie kenne, dass sie keine Hose trägt. Sie gefällt mir. Richtig gut.

Verflucht!

Sie steht mit Connor und Junie in der Küche, während ich mich mit Nick und David auf eines der Ledersofas schmeiße. Eigentlich hätte ich mehr Bock, zu Sam in die Küche zu gehen, aber ich will nicht den Anschein erwecken, ihr hinterherzulaufen. Das wäre ja noch schöner. Außerdem würdigt sie mich keines Blickes.

Kaum haben wir uns gesetzt, macht es sich Kelly auf meinen Knien bequem. Als würde sie dort hingehören oder hätte irgendein Anrecht darauf, sich auf meinen Schoß zu setzen.

»Soll ich dir ein Bier holen, Danny?«, säuselt sie in mein Ohr.

Ihr süßes Parfüm steigt mir in die Nase und ihre blonden Locken kitzeln mich nervig am Hals, als sie sich zu mir vorbeugt.

Ich drehe meinen Kopf zur Seite und schiebe sie vorsichtig, aber bestimmt von meinen Beinen hinunter.

»Lieb von dir, aber ich kann mich selbst bedienen, danke. Jetzt geh runter, Kelly.« Sie scheint meine ständige Abfuhr komplett zu ignorieren und zieht einen Schmollmund, was bei ihr duckface-mäßig aussieht.

»Falls du es dir anders überlegst, weißt du, wo du mich finden kannst.«

»Holy, Kelly … hab mal ein wenig Respekt vor dir selbst. Ich habe dir schon öfter gesagt, dass das mit uns nichts wird und ich kein Interesse an dir habe. Hör auf mir hinterherzulaufen«, mache ich meinen Standpunkt einmal mehr klar und stehe auf, um mir in der Küche ein Bier zu holen.

Junie und Connor sind immer noch dort und scheinen sich prächtig zu amüsieren, jedenfalls lacht Junie sich gerade über irgendetwas schlapp. Andererseits muss, glaube ich, viel passieren, dass sie mal nicht lacht, grinst oder kichert. Bei ihr wirkt es allerdings nicht aufgesetzt, sondern erfrischend und ansteckend.

Kurz sehe ich mich um, kann aber Sam nirgendwo entdecken.

Nachdem ich mir ein Bier aus dem Kühlschrank geschnappt habe, schlendere ich wieder ins Wohnzimmer; dort ist die Musik mittlerweile voll aufgedreht. Hört sich nach 90er-Revival an.

Nachdem ich dem Treiben eine Weile zugesehen habe, kommt Sam mit Worthington die Treppe herunter. Ausgerechnet mit diesem Pisser.

Unbewusst spanne ich mich an, während ich die beiden beobachte. Offensichtlich unterhalten sie sich gut. Irgendwie lässt es mich nicht kalt – und das nervt mich.

Nach einem weiteren Schluck von meinem Bier schallen die ersten Takte von Alanis Morissettes *You Oughta Know* aus den Boxen.

Junie kreischt begeistert auf und brüllt mir entgegen: »Wo ist Sam?«

Ich zucke mit den Schultern und will erwidern, dass ich nicht ihr Babysitter bin, als Sam schon in die Küche saust und Junie an der Hand auf die Tanzfläche schleift.

Connor grinst ihnen hinterher und ich sehe ihnen dabei zu, wie sie die Tanzfläche rocken. Sie schreien sich gegenseitig den Text ins Gesicht, während sie sich zum Lied bewegen, was vor allem bei Sam richtig gut aussieht. Kein Wunder, ihr Vater hat ihr diese Musik vermutlich schon an der Wiege vorgesungen. Sie bewegt sich treffsicher zum Beat des Songs, ihre schwarze Mähne fliegt ihr um die Schultern. Es sieht mächtig cool aus.

Mein Blick fällt auf Worthington, der nach wie vor am Rand der Tanzfläche steht und Sam ungeniert blickfickt.

Automatisch schließt sich meine Hand fest um den Hals der Bierflasche.

»O Mann, Bro, bist du etwa eifersüchtig?«, zieht Connor mich auf.

»Red keinen Müll, ich kenne Sam doch gar nicht. Aber Worthington geht mir tierisch auf den Sack. Du weißt, wie er ist. Wir sind vielleicht auch manchmal scheiße, aber immerhin wissen die Mädchen, auf was sie sich mit uns einlassen. Dem da«, ich zeige wütend in Worthingtons Richtung, »ist jedes Mittel recht, um ein Mädchen ins Bett zu kriegen. Du kennst die Gerüchte.«

Connor nimmt einen Schluck von dem Mördergesöff, das Mike neben uns zusammengemischt hat.

»Dann komm ihm bei Sam zuvor. Aber tu mir einen Gefallen«, er stößt sich von der Tischkante ab, an der er sich angelehnt hat, »stell klare Regeln auf, ich brauche kein Drama zwischen uns. Junie ist scharf auf mich und ich habe nicht vor, mir das versauen zu lassen, nur weil du deinen Schwanz bei ihrer Freundin nicht in der Hose lassen kannst.«

Daraufhin lässt er mich in der Küche stehen und schlendert zu Junie auf die Tanzfläche, die zum Refrain von Radioheads *Creep* abrockt.

Sie scheint ihm ernsthaft den Kopf verdreht zu haben, was absolut nachvollziehbar ist. Sie sieht hammermäßig aus, scheint wirklich nett zu sein, ist überhaupt nicht zickig und noch dazu unkompliziert. Bei einem Mädchen eine sehr seltene Kombination.

Sam kann ich nicht mehr sehen, also mache ich mich auf den Weg zum Ausgang.

»Hey, Danny!«, brüllt mir ein hübsches brünettes Mädchen aus meiner Jahrgangsstufe, deren Namen ich vergessen habe, über die Musik zu. Als sie sich auf den Weg zu mir machen will, winke ich ab und rufe zurück: »Bin gleich wieder da!«

Ich brauche frische Luft. Dringend. Vielleicht komme ich dann mal von meinem komischen Schneewittchen-Trip runter.

Doch ich habe jetzt schon das dumpfe Gefühl, dass der gerade erst angefangen hat …

11

Sam

Der Abend ist lustiger, als ich dachte, aber ich würde mir eher die Zunge abbeißen, bevor ich das Junie auf die Nase binde. Das wäre ihr Freifahrtschein, um mich von jetzt an auf jede Party zu schleifen, und das kann sie vergessen. Trotzdem muss ich zugeben, dass es sich gut anfühlt loszulassen, zu tanzen und mit anderen Studenten oberflächlich zu quatschen.

Außerdem ist mir nicht entgangen, dass Danny mich immer wieder gemustert hat, auch als ich mich mit Jerry unterhalten habe. Leider habe ich auch Kelly nicht übersehen, die auf seinem Schoß herumgerutscht ist. Und auf meinem Weg nach draußen hat sich schon die Nächste in seine Richtung aufgemacht.

Wundert's dich?

Nope. Klar, er sieht gut aus.

Mehr als gut. Also so richtig gut. So total ...

Ja, ja, ich hab's verstanden. Aber es nervt mich, dass er es auch genau weiß. Arroganter Schnösel. Ich sollte mir jemand anderen für mein Experiment suchen. Danny ist nicht der Richtige.

Weil er dich jetzt schon verwirrt?

Genau. Und Verwirrung ist das Letzte, was ich gebrauchen kann.

Aber er sieht so lecker aus ...

Halt die Klappe.

Hmpf.

Libido sitzt maulend in der Ecke.

Jerry scheint nett zu sein. Oberflächlich, aber nett. Er hat mich angequatscht, wir haben uns gut unterhalten, alles ganz okay so weit. Nun ist er allerdings verschwunden. Ist kein großer Verlust. Außerdem wird es mir auf der Tanzfläche eh langsam zu voll. Ich kann es nicht ausstehen, von Menschen angerempelt zu werden.

Also mache ich Junie ein Zeichen, dass ich zum Luftschnappen nach draußen gehe. Sie nickt fröhlich und dreht weiter auf der Tanzfläche ab.

Ich drängle mich durch die Menge zur Haustür und ziehe meinen Mantel aus einem riesigen Kleiderstapel, als ich Jerry draußen an der Außentreppe stehen sehe. Cool fährt er sich über seine raspelkurzen schwarzen Haare und nimmt einen Schluck von seinem Bier. Er unterhält sich mit Nick und ich bin mir nicht sicher, ob ich mich in das Gespräch einklinken soll.

Also stehe ich erst einmal unschlüssig auf der Veranda herum, da ich ansonsten keine bekannten Gesichter ausmachen kann. Weder Danny noch Connor sind hier und auf Kelly, die weiter rechts bei einer Gruppe Cheerleader steht, kann ich getrost verzichten.

»Yo, Sam! Hier!«, ruft mich Jerry zu sich, und ich bin erleichtert, dass ich nicht mehr wie der letzte Idiot allein herumstehe.

»Hey.« Ich stelle mich zu ihm.

»Ich hol mir noch ein Bier, braucht ihr was?«, fragt uns Nick.

Wir verneinen beide, und er macht sich auf den Weg ins Haus.

»Gefällt es dir hier?«, will Jerry von mir wissen.

»Unerwarteterweise, ja.« Zurückhaltend lächle ich ihn an. »Ich steh eigentlich nicht so auf Partys«, schiebe ich erklärend hinterher und blicke auf die Grünfläche vor der Veranda.

»Magst du ein Stück laufen?« Jerry deutet auf den leeren Campus.

Ich weiß, dass das der Code für Rummachen ist, doch ich könnte Bewegung vertragen. Drinnen ist es mir zu voll geworden, gehen will ich aber auch noch nicht, da ich mit Junie zusammen zurücklaufen möchte und weiß, dass sie gern noch bleiben würde.

»Ein Stück laufen, hm?« Ich hebe eine Augenbraue. »Okay. Wenn jeder seine Hände bei sich behält, klar.«

Jerry sieht mich überrascht und irgendwie seltsam aus seinen grünen Augen an, lacht dann aber kurz auf, nickt und will mich an der Hand nehmen.

Hm ... das mit den Händen ist nicht so ganz bei ihm angekommen, oder?

Geschickt weiche ich ihm aus und stecke sie in meine Manteltaschen.

»Fängt ja schon gut an«, witzle ich und habe auf einmal doch keine so große Lust mehr auf einen Spaziergang. Andererseits ist der Abend bis jetzt echt in Ordnung.

Also folge ich Jerry die Treppe hinunter auf den Campus. Wir gehen ein paar Schritte und halten an einer Bank abseits des Verbindungshauses.

»Ist dir kalt?«, fragt er und legt ungefragt einen Arm um mich.

So etwas mag ich nicht. Überhaupt nicht.

Da ich seine Nähe nicht will, schon gar nicht ungefragt, versteife ich mich, aber bisher liegt nur sein Arm um meine Schulter.

Na gut. Ich werde es überleben. Es wird wirklich Zeit, dass ich wieder ein bisschen mehr Körperkontakt zulasse, gerade von Menschen, die nicht Junie heißen. Da hat sie schon recht.

Klar hat sie das. Hat sie meistens.

Außerdem sind wir nicht allein, es stehen genügend Studenten auf der Wiese vor dem Verbindungshaus herum.

Jerry und ich plaudern weiterhin über Belanglosigkeiten, als ich merke, wie seine rechte Hand auf meinen Oberschenkel wandert. Langsam wird es mir zu viel und ich rücke ein Stück von ihm ab.

»Wie war das mit *Jeder lässt seine Hände bei sich?*«, erinnere ich ihn nervös an meine anfängliche Bedingung und will aufstehen.

Jerry zieht mich am Handgelenk auf die Bank zurück und drückt schnell und fest seine Lippen auf meinen Mund. Sie fühlen sich spröde und hart an.

Spinnt der?

Ruckartig ziehe ich meinen Kopf nach hinten und spüre, wie sich sein Griff um mein Handgelenk verstärkt. Das sollte er besser nicht tun.

Ich reiße mein Handgelenk abrupt an meinen Oberkörper, nur um ihm anschließend sofort beide Fäuste in die Brust zu rammen. Wütend stehe ich auf, hole aus und schlage ihm mit der offenen Hand mitten ins Gesicht.

Nimm das, du Mistkerl!

»Ich habe gesagt, nur laufen! Was verstehst du daran nicht? Such dir eine andere, wenn du rummachen willst, klar?«, schreie ich ihn an und will mich umdrehen, um Junie zu suchen. Mir reicht's. Ich habe jedoch keinen Bock mehr auf die Party. Kackpartys. Jedes Mal der gleiche Mist.

Jerry sieht das anscheinend anders, springt mit einem Satz auf und reißt mich am Arm zurück.

Nicht gut. Gar nicht gut.

Ruhig bleiben, Sam!

»Bist du wirklich so naiv, dass du dachtest, ich will nur mit dir spazieren gehen? Was hast du auf einmal für ein Problem, Tussi? Angst vorm Ficken?«

Er sieht mich herausfordernd an und mir bleibt das erste Mal seit Langem die Spucke weg.

Hat der Todeswünsche? Die erfülle ich ihm gern. Ich spüre das Adrenalin in mir aufsteigen. Fein, dass du hier auch mal aufschlägst, dich brauche ich jetzt.

»Erstens lässt du jetzt sofort meinen Arm los«, zische ich ihn an. »Zweitens, bevor ich so einen Scheißkerl wie dich auch nur in die Nähe meines Höschens lasse, geh ich lieber ins Kloster. Und drittens …« Ich versuche mich aus seinem Griff zu winden, den er nicht ein bisschen gelockert hat. Seine grünen Augen sind nicht mehr freundlich, sondern sehen mich gierig und berechnend an. Langsam, aber sicher gesellt sich zum Adrenalin leider auch noch Panik, da ich ewig nicht mehr so hart angepackt wurde. »Drittens, ich habe dir klar zu verstehen gegeben, dass ich kein Interesse an dir habe. Wenn du zu dämlich bist, das zu begreifen, ist es nicht mein Problem!« Meine Stimme wird wieder lauter, denn ich bin mir durchaus über das Ungleichgewicht unserer Körperkräfte im Klaren.

Er steht so dicht vor mir, dass ich meinen Kopf ganz in den Nacken legen muss, um ihn anzusehen. Wobei ich ihn sowieso kaum noch erkennen kann, da mein Sichtfeld mehr und mehr schrumpft. Ich fange an zu zittern, mein Herz wummert immer lauter in meinen Ohren.

Reiß dich zusammen!

Tu ich doch!

Anscheinend nicht genug.

Ich arbeite daran, wie du merkst.

Jerry zieht mich zu sich und jetzt reicht's mir endgültig. Also hebe ich mein Bein und trete ihm mit voller Wucht auf den Fuß. Doc Martens trifft Vans.

»Spinnst du jetzt völlig? Lass. Mich. Los!«, brülle ich und merke, dass ich die Kontrolle verliere. Über die ganze Situation, aber auch über mich.

Plötzlich werde ich von hinten von zwei großen Händen gepackt und hinter einen noch größeren Körper geschoben.

Jerry flucht, als er versucht seinen Fuß zu entlasten, und Danny – natürlich Danny, wer sonst? – baut sich vor ihm auf. Er ist ernsthaft groß. Größer als Jerry und wesentlich breiter und muskulöser.

Ich bin froh, dass er da ist. Aber das werde ich ihm sicher nicht sagen. Eher beiße ich mir die Zunge ab. Eingebildeter Playboy.

Das Wummern in meinen Ohren wird leiser und ich kann wieder besser sehen. Minze, Zitrone und das Meer wehen mir um die Nase. Mmh ...

Gott, Sam, du bist echt krank im Kopf.

Na, *du* musst es ja wissen ...

»Du checkst es nicht, oder? Sie hat dir deutlich zu verstehen gegeben, dass du sie loslassen sollst«, knurrt er Jerry an und geht so dicht an ihn heran, dass sich ihre Nasenspitzen fast berühren.

Bevor Danny sich bemüßigt fühlt mich zu retten – das habe ich nämlich selbst auch ganz gut hinbekommen, finde ich –, mische ich mich ein. Ich atme ein paar Mal tief durch und schiebe Danny auf die Seite. Das ist nicht so einfach, da ich ihn mit meinem vollen Körpergewicht anrempeln muss, bevor er merkt, was ich von ihm will. Ein letztes Mal pflanze ich meine ein Meter sechzig vor Jerry auf.

»Verpiss dich, du Arsch, und sprich mich nie wieder an. Sonst handelst du dir eine Anzeige wegen sexueller Belästigung ein, hast du das kapiert?«, fauche ich ihn an und drehe mich dann zu Danny um. »Danke, dass du mir helfen willst, aber ich habe hier alles unter Kontrolle und muss nicht gerettet werden. Ich kann selbst auf mich aufpassen und auf einen muskelbepackten Footballhelden in schimmernder Rüstung kann ich verzichten, klar?« Mit diesen Worten lege ich einen filmreifen Abgang hin, schleudere meine Haare nach hinten und stapfe endgültig davon.

Ich komme gerade mal ein paar Meter weit, denn dummerweise zittern meine Beine plötzlich so dermaßen, dass ich das Gefühl habe, die Balance auf einem Presslufthammer halten zu müssen.

Wäre auch zu schön gewesen ...

Reiß dich zusammen, du blöde Kuh! Bis zu Junie wirst du es ja wohl noch schaffen!

Du hast leicht reden. Außerdem weißt du genau, was passiert, wenn sich das Adrenalin verpisst. Mir wird dann immer schummerig.

Dann sei doch so freundlich und warte damit, bis du bei Junie bist.

Das würde ich ja gern! Du könntest mir auch mal dabei helfen, oder?

Wie denn?

Keine Ahnung, rede mit meinem Kreislauf?

Mit dem hab ich ewig schon nicht mehr gesprochen.

Du bist echt keine Hilfe.

Hinter mir höre ich Danny und Jerry herumbrüllen, doch ihre Stimmen klingen, als wären sie weit weg. Ich halte an, beuge mich im Stehen nach vorn und stütze meine Hände auf den Knien ab.

Atmen – ein, aus, ein, aus – bis zehn zählen – komm schon! Wird schon. Ein, aus ...

Verdammter Mist.

Als ich zum Verbindungshaus blicke, kann ich nur verschwommene Gestalten erkennen. Es reicht aber nicht aus, um Junie in der Menge auszumachen, wenn sie überhaupt draußen steht.

Erst davon reden, dass ich keinen Helden brauche, und dann zusammenklappen. Das hat mir gerade noch gefehlt!

»Ach, Scheiße ...«, kann ich mich noch murmeln hören, als auch schon der Boden auf mich zurast. Weit weg höre ich eine tiefe, brummige Stimme »Fuck, Sam!« schreien, rieche wieder Minze, Zitrone und das Meer, spüre auf einmal große, warme Hände an meinem Gesicht, die sich überraschend sanft anfühlen und dann ... nichts mehr.

12

Danny

»Du kleines Arschloch.« Stinksauer fange ich an, ihn zu schubsen.

Jerry schlägt meine Hände weg und geht sicherheitshalber einen Schritt zurück. Aus Erfahrung wissen wir beide, wer hier gewinnen wird. Das ist nicht unsere erste Auseinandersetzung. Doch in dem Moment, als Jerry etwas erwidern will, höre ich einen dumpfen Schlag und fahre herum.

Sam liegt ein paar Meter hinter mir leblos auf dem Boden.

Was ...?

»Sam!«, höre ich mich erschrocken rufen. »Hau ab, du Wichser und lass dich hier nicht mehr blicken«, knurre ich Worthington noch an, bevor ich mit vier langen Schritten neben ihr bin und sie vorsichtig umdrehe.

Ihre Augen sind halb geschlossen, die Lippen leicht bläulich.

Ich lege meine Hände an ihre Wangen. Sie fühlen sich eiskalt an.

»Sam, kannst du mich hören?« Ich streiche ihr ein paar schwarze Haarsträhnen aus dem Gesicht. Sie reagiert nicht auf mich.

Scheiße.

Hilfe suchend blicke ich auf, als ich Connor und Junie auf uns zurennen sehe.

»Was ist passiert?«, ruft mir Junie entgegen und kniet sich neben Sam.

»Ich weiß auch nicht«, antworte ich und habe wirklich keine Ahnung, warum sie umgekippt ist. »Sie ist einfach umgefallen. Davor hat Worthington sich ziemlich an sie rangeschmissen, sie hat ihm die Meinung gegeigt, ich bin dazugekommen, weil er nicht aufgehört hat, sie zu bedrängen, dann hat sie mich noch angefaucht, ist davongestürmt und eine Minute später aus den Latschen gekippt.«

Junie presst wütend ihre Lippen aufeinander.

»Dieser blöde Mistkerl.« Von ihrem sonnigen Gemüt ist nichts mehr übrig. »Okay«, sagt sie dann gedämpft und richtet sich an mich. »Kannst du sie tragen? Wir bringen sie heim und stecken sie ins Bett. Ist sicher nur der Kreislauf.« Sie streicht ihr sanft übers Haar und steht auf.

»Ja, klar. Natürlich.« Ich fädle einen Arm unter ihre Kniekehlen und den anderen unter ihrem Rücken hindurch, hebe sie vorsichtig an und drücke sie an meinen Oberkörper. Meine Güte, eine Feder ist schwerer als sie.

Connor dreht sich zu den Schaulustigen, die sich mittlerweile um uns gebildet haben, und brummt: »Hier gibt's nichts zu gaffen, macht weiter Party.«

Kelly sieht aus, als würde sie Sam in meinen Armen am liebsten erschießen. Worthington hingegen hat sich verpisst. Besser so.

Junie hechtet ins Haus, um ihre und Sams Tasche zu holen, und wir machen uns gemeinsam auf den Weg zu ihrem Zimmer.

Sams Kopf ist an meine Brust gelehnt. Mir steigt ihr Geruch aus Orange und Zimt in die Nase. Ich betrachte ihr Gesicht, das ganz entspannt und friedlich aussieht und im krassen Kontrast zu ihrer Mimik von vor ein paar Minuten steht.

Sanft geschwungene schwarze Augenbrauen, ewig lange und dichte Wimpern in der gleichen Farbe, diese kleine Nase und die schönen, vollen und bestimmt sehr weichen Lippen ... Holy. Es ist nicht gut, dass ich ihr so nahe bin. Ein wenig Farbe ist in ihr Gesicht zurückgekehrt, was vermutlich auch mit meiner Körperwärme zusammenhängt.

Junie und Connor laufen vor mir her und öffnen mir die Türen, damit ich ungehindert mit Sam auf dem Arm in deren Zimmer komme. Die Mädchen müssen richtig Glück bei der Zimmervergabe gehabt haben, auch sie teilen sich nämlich eine Wohneinheit.

Junie schlägt die Decke von Sams Bett zurück und ich lege sie behutsam ab. Unschlüssig stehe ich im Zimmer, als sie Sam schon die Schuhe auszieht.

»Keine Sorge, Danny. Ich kenn das schon. Ist nur der Kreislauf«, erklärt sie mir.

Wie auf Kommando beginnt Sam sich langsam zu rühren.

»Ich geh dann mal«, sage ich. Ich will nicht stören und habe das dumpfe Gefühl, Sam wäre es nicht recht, dass ich hier bin. Also trete ich den Rückzug an.

Connor wartet in Junies Zimmer auf sie.

»Wir sehen uns später, Bro.«

»Du Glücksschwein.« Ich schmunzle und gönne es ihm. Junie scheint wirklich in Ordnung zu sein.

Sie steckt noch einmal kurz den Kopf zur Tür heraus. »Danke dir, Danny. Für alles.«

»Nicht dafür.« Kurz hebe ich die Hand zum Abschied und laufe dann in unser Wohnheim hinüber.

Sobald ich die Tür unserer WG aufgeschlossen habe, werfe ich mich müde aufs Bett. Meine Jacke riecht nach Orange, Zimt und Schneewittchen. Sie triggert etwas in mir, von dem ich dachte, ich hätte es mit Claire erst einmal hinter mir gelassen.

Und ich weiß nicht, ob mir das gefällt oder nicht.

13

Sam

Ich. Kann. Nicht. Mehr. Atmen! Ich bekomme keine Luft mehr! Mein Herz wummert in meinen Ohren, Sternchen blitzen vor meinen Augen, als mir die Sauerstoffzufuhr mehr und mehr abgeschnitten wird. Plötzlich lässt der Druck auf meinem Kehlkopf nach. Ich hole so tief Luft, wie ich nur kann, und fange an, aus vollem Halse zu schreien.

Mit einem Ruck setze ich mich halb heulend, halb japsend im Bett auf.

Junie reißt meine Zimmertür auf und stolpert auf mich zu. Ihre blonden Haare stehen in alle Richtungen ab, auf ihrer linken Wange sieht man den deutlichen Abdruck ihres Kopfkissens und das Schlafshirt hat sich vorn mit einem Zipfel in ihre kurzen Pantys verirrt. Ohne zu zögern, krabbelt sie unter meine Bettdecke und drückt mich an sich.

»War fast klar, dass die Nacht kacke wird, oder?«, murmelt sie verschlafen in meine Haare und streichelt mir über den Rücken.

Mein Herz wummert immer noch, aber es droht wenigstens nicht mehr, mir aus dem Hals zu hüpfen. Das ist schon mal ein Fortschritt. Alles an mir klebt; ich merke erst jetzt, dass ich noch das Kleid von der Party trage, und erinnere mich an das Ende des gestrigen Abends.

Ich ziehe meinen Rotz hoch – ja, wir Frauen können das auch, zumindest die emanzipierten unter uns – und befreie mich aus ihrer Umarmung. Dann versuche ich, aus dem nass geschwitzten Wollkleid zu schlüpfen. Das ist nicht so leicht, wenn alles klebt.

»Ich kann es nicht fassen, dass Danny mich ins Bett getragen hat«, stöhne ich. »Was ist denn genau in der Zeit passiert, als ich weg war?«

Junie hat mir gestern nur kurz berichtet, dass ich umgekippt bin und Danny mich heimgetragen hat. Das hat mir erst einmal gereicht. Nachdem ich mir dann unbedingt wahllos irgendwelchen Mist auf Netflix reinziehen musste, bin ich wohl darüber eingedöst. In voller Montur. Mein Laptop liegt wie zum Beweis immer noch neben mir im Bett.

Während ich mich aus der Strumpfhose schäle, lässt Junie den gestrigen Abend genauestens Revue passieren und beginnt danach, ohne Unterlass von Danny zu schwärmen.

»Du hättest sehen sollen, wie er Jerry fertiggemacht hat! Und als du weggekippt bist, war er sofort neben dir. Er sah ernsthaft besorgt aus. Als er dich dann auch noch wie eine Prinzessin in dein Zimmer getragen hat, hätte ich vor lauter Kitsch fast gekotzt.« Sie lacht fröhlich und sieht so gar nicht nach Kotzen aus.

Frustriert fahre ich mir mit beiden Händen übers Gesicht.

»O Mann, das ist mir so peinlich. Ich hasse es, die Prinzessin in Nöten sein zu müssen. Das bin ich nicht. Ich kann selbst auf mich aufpassen, da muss kein Danny kommen und mich retten.«

»Wenn Danny nicht eingegriffen hätte, hätte es hoffentlich jemand anderes getan, denn ganz ehrlich, Grinch, ich weiß, dass du schlagfertig bist und dich verbal sehr gut verteidigen kannst, aber du weißt genauso gut wie ich, dass du kräftemäßig solchen Typen unterlegen bist. Das ist ein Fakt. Außerdem hat Danny es gern gemacht. Ich glaube, er hätte mit Vergnügen zugeschlagen und mit Sicherheit hätte er sich davon auch nicht abhalten lassen, wenn du nicht umgefallen wärst.« Sie zupft an der Bettdecke herum und meint dann verschmitzt: »Jetzt solltest du duschen, Prinzessin in Nöten, du stinkst.« Schnell hebt sie abwehrend die Hände vor ihr Gesicht, als schon mein Kopfkissen an ihnen abprallt.

»Ich mache uns einen Kaffee, es ist eh fast sieben, jetzt kann ich auch nicht mehr einschlafen«, beschließt sie, während ich bereits in die Dusche tappe.

Dort angekommen, schlüpfe ich zügig aus BH und Slip und stelle mich unter die warmen Wasserstrahlen. Dieser Mistkerl, Jerry. Der soll mir noch mal unterkommen.

Nachdenklich massiere ich mir das Shampoo in die Haare und finde schon, dass ich ganz gut meine Frau stehen konnte. Ich war noch nie ein Mädchen, das sich hat einschüchtern lassen oder das sich nicht gewehrt hat, ich werde auch nie so eines werden.

Als ich mit Duschen fertig bin, schlüpfe ich in meinen Bademantel und schleiche müde in die Wohnküche.

Es riecht bereits lecker nach Kaffee und Junie sitzt in Jogginghose und Unishirt am Tisch. Die Haare hat sie zu einem unordentlichen Zopf geflochten. Ihr iPod liegt auf dem Küchentisch und das Album *Boombox* von den Beatsteaks dringt durch einen kleinen Lautsprecher, den sie daran angeschlossen hat. Über die Jahre hat mein Musikgeschmack auf sie abgefärbt.

Durch ihre Tür kann ich ihr zerwühltes Bett sehen, unter dem eine Socke hervorlugt. Sie sieht definitiv zu groß für Junies Fuß aus.

Ich schenke mir eine Tasse Kaffee ein, schnappe mir eine Packung Skittles aus unserem Vorratsschrank, lasse mich auf den Stuhl neben ihr plumpsen und frage scheinheilig: »Wie war Connor so?«

Ertappt sieht sie mich an und fängt dann an zu strahlen. »Mmh ... lecker.«

Ich lache und nehme einen großen Schluck.

»Ich habe noch nie so guten Sex gehabt.«

»Äh, ich weiß nicht, ob ich das alles so genau wissen will«, wehre ich sie ab.

Sicher, die Erzählungen aus ihrem Sexleben sind so ziemlich das einzige Sexleben, das ich habe – abgesehen von meiner rechten Hand –, doch wenn ich dann nur wenig später den Typen dazu sehe, wird es immer ein wenig peinlich. Und dass ich Connor in Zukunft öfter sehen werde, ist für mich so sicher wie das Amen in der Kirche. Ich habe keine Lust, mir jedes Mal seinen Schwanz vorstellen zu müssen, wenn er mir über den Weg läuft, und so etwas passiert zwangsläufig, wenn Junie mir kurz vorher einen genauen Tatsachenbericht geliefert hat.

»Wie soll ich sagen ... Er ist wirklich überall gut gebaut. Also ... *überall*«, präzisiert sie.

Genau *das* meine ich.

»Yep, ich habe verstanden«, beeile ich mich zu sagen und rühre Zucker in meinen Kaffee. Danach landet eine Handvoll Skittles in meinem Mund.

»Aber das Wichtigste ist, dass sie wissen, wie man damit umgeht. Bringt ja nichts, eine riesige Karre zu haben, wenn man nicht weiß, wie man einparken soll.«

»Mhm«, nuschle ich mit vollem Mund und zupfe nebenbei an meinem Gummiband herum.

»Und er weiß ganz genau, was er mit seinen Händen und seiner Zunge anstellt. Übung hat er, so viel ist klar«, schwärmt Junie weiter.

Ja ... jetzt reicht's. Abrupt stehe ich auf und sehe zu, dass ich Land gewinne.

Junie lacht mir fröhlich hinterher. Sie weiß genau, wie sie mich provozieren kann.

***

Nachdem auch sie duschen war und sich angezogen hat, steht sie bei mir in der Zimmertür.

Die Unterlagen von Strafrecht liegen quer auf meinem Bett verteilt und ich versuche gerade, einen roten Faden in meinem Chaos ausfindig zu machen.

»Hör mal«, meint sie vorsichtig.

Oh, oh. Das ist nicht gut.

»Ich weiß, dass das gestern mit Jerry scheiße gelaufen ist. Aber schubs deswegen nicht wieder jeden weg, der dir zu nahe kommen könnte. Danny ist echt ein netter Kerl und ich glaube, er mag dich wirklich sehr. Ich weiß, was er für einen Ruf hat, den gleichen hat Connor ja auch. Und wohin mich das noch führen wird, weiß ich nicht so genau. Vielleicht war es das jetzt auch mit uns.« Sie schiebt ihre Unterlippe vor und sieht aus wie ein schmollendes Kind, dem man den Lutscher geklaut hat. »Oder wir werden Freunde mit gewissen Vorzügen. Oder doch mehr? Keine Ahnung.« Ungeduldig fuchtelt sie mit ihrer Hand in der Gegend herum. »Egal. Was ich sagen will, ist, es wäre vielleicht nicht verkehrt, wenn du mal wieder ein bisschen Nähe zulässt. Zu einem Mann, meine ich.« Anzüglich wackelt sie mit den Augenbrauen. »Dafür wäre Danny, glaube ich, nicht verkehrt. Er weiß sicher, was er tut, und ist dir offensichtlich alles andere als abgeneigt. Und egal was du sagst, ich habe doch gesehen, wie du ihn ständig abcheckst.«

Ich mache den Mund auf, um es zu leugnen, sehe dann aber ihren Blick.

Mist. Zwecklos. Das hat man davon, wenn jemand einen so gut kennt. Also Mund wieder zuklappen.

»Du sollst dich ja nicht gleich in ihn verlieben oder ihm deine dunkelsten Geheimnisse anvertrauen, aber ein bisschen Spaß solltest du wieder zulassen, Grinch. Die Uni ist der beste Ort dafür«, beendet sie ihre Ansprache und sieht mich offen an.

Gedankenverloren reibe ich mir über die Stirn.

»Du hast ja recht, Junie. Ich weiß schon, was du meinst. Aber das letzte Mal, als ich das probiert habe, ist es nicht so gut gelaufen, sonst wären wir nicht hier.«

»Ben war ein Arschloch. Aber das heißt nicht, dass jeder Typ so drauf ist. Gib Danny wenigstens eine Chance.«

»Gott, das klingt fast so, als wäre es schon in trockenen Tüchern, dass da etwas zwischen uns laufen wird.« Erschöpft winke ich ab, weil ich gar nicht weiß, ob ich das will. »Er ist ein überheblicher Footballadonis, der ganz genau weiß, wie gut er aussieht, und der hinter jedem Rock her ist. Deshalb weiß ich nicht, ob er unbedingt meine erste Wahl wäre für mein Unterfangen.« Um eine genauere Beschreibung drücke ich mich herum, weil ich keine Ahnung habe, wie weit ich mit ihm kommen wollen würde. Oder überhaupt kommen würde.

Mist ... zweideutige Wortwahl.

»Probieren geht über Studieren«, lässt sie weise vom Stapel.

»Was ist das jetzt zwischen Connor und dir?«, will ich wissen. Erstens, weil ich wirklich neugierig bin und zweitens, um endlich von meiner Person abzulenken.

Junie lässt sich, ganz die Dramatikerin, mit einem Bauchplatscher auf mein Bett fallen. Natürlich direkt auf die sortierten Strafrechtsunterlagen.

»Die habe ich vorhin erst geordnet, Junie«, stöhne ich auf, und versuche zu retten, was noch zu retten ist.

Sie dreht sich derweil auf den Rücken und zieht die letzten Blätter unter ihren Beinen hervor, als sie beginnt zu sinnieren: »Ich weiß auch nicht. Er ist heiß, wirklich heiß. Und der Wahnsinn im Bett. Aber ich weiß nicht, ob er wirklich Beziehungsmaterial ist. Ich weiß noch nicht mal, ob wir das wollen. Freiwillig ist er heute Nacht jedenfalls nicht gegangen, ich musste ihn rausschmeißen. Das sagt ja auch schon etwas aus.« Sie dreht sich wieder auf den Bauch und sieht aus wie die Grinsekatze aus *Alice im Wunderland,* als sie mich erneut ansieht. »Mein Fazit lautet also: abwarten und weiter Spaß haben. Der Sex ist viel zu gut, auf den will ich erst einmal nicht verzichten.«

»Na dann, meine kleine Nymphomanin …« Ich rolle sie von meinem Bett herunter. »Ich werde eine Runde laufen gehen und bringe auf dem Rückweg Bagels mit. Kommst du mit oder willst du nur fett werden?«

Laufen ist jetzt genau das Richtige für mich, der Sprint am Ende hat mir bisher immer geholfen. Außerdem steckt die kurze Nacht in meinen Gliedern, daher wird mir frische, kalte Luft guttun.

»Fett werden finde ich im Moment um einiges verlockender. Draußen ist es saukalt«, seufzt sie, gähnt einmal herzhaft und macht sich auf den Weg in ihr Zimmer.

Alles klar. Zwei Bagels für den Vielfraß.

14

Danny

Ungläubig starre ich auf den Wecker neben meinem Bett. Schon 12 Uhr durch. So viel zum Thema trainieren. Die Jungs sind sicher schon fertig.

Normalerweise schlafe ich nicht so lange, mehr als sieben Stunden brauche ich nicht, und die paar Bier gestern haben bei meiner Körpermasse keinen Schaden angerichtet.

Allerdings kam Connor irgendwann mitten in der Nacht nach Hause und hat in der Küche einen enormen Lärm veranstaltet, von dem ich aufgewacht bin. Es hat ewig gedauert, bis ich wieder einschlafen konnte, da ich – einmal wach – an Sam denken musste.

Wie es ihr wohl geht?

Ich habe mich ziemlich erschrocken, als sie da plötzlich auf dem Boden lag. Es hätte ja auch sein können, dass sie irgendeinen Anfall oder gesundheitliche Probleme hat. Laut Junie war es zwar wohl nur der Kreislauf. Trotzdem. Ein komischer Zufall, dass der ausgerechnet in diesem Moment schlappgemacht hat. Aber gut.

Und dann Worthington ... Erst macht er Sam an, was ja schon schlimm genug ist, und dann bedrängt er sie auch noch. Arschloch. Der soll sich erst einmal nicht mehr blicken lassen. Keine Ahnung, ob ich mich ansonsten unter Kontrolle hätte.

Kerle wie Worthington hat die Welt nicht verdient. Wenn er nicht das bekommt, was er will, fängt er an, die Leute einzuschüchtern. Vor allem Mädchen – und das geht gar nicht.

Männer sind den meisten Frauen nun mal körperlich überlegen. Unser Job ist es deshalb auch, sie zu beschützen und nicht, sie zu verängstigen oder ihnen gegenüber Gewalt anzuwenden. Wenn ich an solche Sachen nur denke, könnte ich kotzen. Gewalt gegen Frauen ist das Widerlichste, das es gibt – mal abgesehen von Gewalt gegen Kinder. Mein Vater spricht inzwischen mit mir und meinem älteren Bruder Sean ab und an über einige seiner Fälle, soweit es sein Berufsethos zulässt. Was ich da schon alles gehört habe, hat mich solchen Themen gegenüber um einiges sensibler werden lassen.

Wie Sam sich nicht hat unterkriegen lassen und ihm verbal eine nach der anderen verpasst hat, fand ich mächtig beeindruckend. Sie ist tough. Es hätte mir klar sein müssen, dass sie nicht von mir gerettet werden wollte. Doch ich konnte nicht zulassen, dass Worthington noch mehr Scheiße abzog. Es wäre ihm durchaus zuzutrauen gewesen. Wie gesagt, es gibt Gerüchte. Vielleicht sollte ich sie darüber aufklären, dann versteht sie sicher, warum ich eingegriffen habe.

Obwohl … Kann mir das nicht scheißegal sein? Ich könnte jedes Mädchen auf dem Campus haben, warum sollte ich also ausgerechnet Sam hinterherlaufen, die offensichtlich nicht an mir interessiert ist? Aber sie ist mir eben nicht scheißegal. Genau das ist mein Problem.

Frustriert reibe ich mir übers Gesicht und spüre Bartstoppel am Kinn.

Gähnend schlurfe ich ins Bad, schlüpfe aus meinen Shorts und stelle mich unter die warme Dusche. Sams Geruch hängt mir noch in der Nase … und wie weich sich ihre Haut angefühlt hat. Überhaupt, ihr Körper so nahe an meinem gestern … Da waren zwar viel zu viele Klamotten drumherum, doch wenn ich mir vorstelle, wie sie sich unter diesem Kleid anfühlt … Sicher ist ihre Haut überall so samtig.

Mein Kopfkino spult sämtliche nicht jugendfreie Sequenzen ab, angefangen bei ihren Lippen, die sich auf meine pressen, bis hin zu ihren großen, dunkelblauen Augen, die von unten zu mir heraufschauen, während mein Schwanz tief in ihrem Mund steckt. Die Rundungen ihrer Brüste konnte man durch das Kleid gestern deutlich erkennen, sie fühlen sich bestimmt weich und prall an und scheinen von der Größe perfekt in meine Hände zu passen.

Mittlerweile ist meine Morgenlatte dermaßen hart, dass ich, ohne Hand anzulegen, definitiv nicht mehr aus der Dusche herauskomme. Also schließe ich die Augen und mache genau das, während ich mir Schneewittchen in allen möglichen Positionen vorstelle: vor mir, unter mir, auf mir, Doggystyle, ihre Lippen, ihre Brüste, ihre ... fuck!

***

Als ich entspannt und frisch geduscht in unsere Wohnküche schlendere, sehe ich Connor durchgeschwitzt am Tisch lehnen und eine Flasche Wasser exen. Anscheinend ist er erst zur Tür hereingekommen, er hat immer noch die dreckigen Sachen vom Training an. Seine Haare sind an den Seiten schweißnass und seine Augen blitzen.

»Ich dachte schon, du bist tot«, meint er, nachdem er die Flasche restlos geleert hat. Ein markerschütternder Rülpser folgt.

Davon unbeeindruckt steuere ich die Kaffeemaschine an.

»Bist du gestern noch mal zur Party gegangen, oder wieso warst du heute früh nicht wachzukriegen?«, will er wissen.

»Schlecht geschlafen. Außerdem bin ich von deinem nächtlichen Gepolter aufgewacht. Was hast du in der Küche veranstaltet?«

»Nach dem wahnsinnigen Sex gestern hatte ich mordsmäßigen Hunger.«

Ich hebe die Augenbrauen. »So gut, ja?« Connor grinst zufrieden vor sich hin. »Was wird das jetzt? War das eine einmalige Sache?«

»Keinen Plan. Mal sehen. Aber wenn sie noch mal abhängen will, sag ich sicher nicht Nein.« Im Laufen zieht er sich sein Shirt über den Kopf und verschwindet in meinem Badezimmer.

Überrascht blicke ich ihm hinterher.

»Wie war das mit *Ich bin der One-Night-Stand-King-of-the-fucking-world?*«

»Dafür war der Sex zu gut!«, ruft er mir über die Schulter zu und schubst mit seinem Fuß die Badezimmertür ins Schloss.

»Räum deine Essensreste nächstes Mal gefälligst selbst weg, klar?«, murre ich ihm leicht angepisst hinterher und schiebe mit spitzen Fingern die Reste von seinem Teller in den Müll.

Dass er bei Junie landen konnte, während ich mir bei Sam realistischerweise eher geringe Chancen ausrechne, macht mich schon neidisch. Klar, sie hat mich abgecheckt. Mindestens zweimal. Aber ansonsten scheint mein Charme an ihr abzuprallen. Das nervt mich. Tierisch. Weil ich das so gar nicht gewohnt bin.

15

Sam

Der Samstag verlief bisher ereignislos.

Nach meinem Lauf vom Vormittag habe ich versucht mir Strafrecht einzuverleiben, was mehr schlecht als recht funktioniert hat. Mein Bett sieht aus wie ein Schlachtfeld; überall liegen Marker, Arbeitsblätter, Gesetzbücher und leere Skittles-Packungen herum – ich bin ernsthaft süchtig nach dem Zeug.

Junie reißt die Zimmertür auf und präsentiert sich mir mit einem großen »Tadaaa!«.

Ihre Beine stecken in einer blauen Skinnyjeans, der korngelbe Zopfpulli schmeichelt ihrer Taille. Die Haare hat sie sich zu einem kunstvoll hochgesteckten Knoten gebunden, aus dem einige Strähnen auf ihre Schultern fallen.

»Wohin geht's?«, frage ich stirnrunzelnd und versuche mich daran zu erinnern, ob ich irgendwas verpasst habe. Eigentlich dachte ich, dass wir es uns heute vor dem Laptop gemütlich machen und irgendeinen Serienmarathon starten würden.

»Connor holt mich gleich ab. Wir wollen ins Kino. Auch Lust? Hier scheinst du eh nicht weit zu kommen.« Sie beäugt das Chaos auf meinem Bett.

»Wem sagst du das.« Frustriert donnere ich ein Lehrbuch auf den Boden. »Geh du nur ins Kino, ich räume hier noch auf und schau dann mal, was es Neues auf Netflix gibt. Außerdem habe ich nicht allzu viel Lust, das dritte Rad am Wagen zu sein. Bevor ich euch dabei zugucken muss, wie ihr euch gegenseitig auffresst, mache ich lieber Beautypflege.«

»Ich könnte Connor Bescheid sagen, dass er Danny mitbringen soll. Dann wäre es ein Doppeldate.« Sie sieht mich hoffnungsvoll an. »Wolltest du dich nicht bei ihm fürs Nachhause-Tragen bedanken?«

»Lass mal, Junie, ich bin ehrlich platt und will früh ins Bett gehen. Nächstes Mal vielleicht.« Ja, ich sollte mich bei ihm bedanken, doch ich habe es bisher erfolgreich vor mir hergeschoben.

Ehe ich noch etwas sagen kann, klopft es an der Tür und Connor steht im Rahmen.

»Hey, Ladys.« Er nickt freundlich in meine Richtung und zieht Junie in eine Umarmung.

Sie geben ein schönes Paar ab. Beide groß und weizenblond, er mit Karibikaugen, sie die Karamellfraktion ...

Apropos, mir fällt gerade auf, dass ich wie ein Schlumpf aussehe: weiße Jogginghosen und ein blaues Longsleeve-Shirt. Noch dazu bin ich komplett ungeschminkt und meine Haare fallen mir wirr ins Gesicht.

Hastig versuche ich, es zu bändigen, grapsche nach einem Bleistift und stecke mir die Mähne zu einem unordentlichen Dutt nach oben.

»Hey, Connor«, antworte ich und bringe es zügig hinter mich. »Bevor ihr geht, kannst du mir noch Dannys Nummer geben? Ich wollte mich bei ihm bedanken. Für gestern.«

»Klar, gib mir deine, dann schicke ich sie dir gleich.« Ich rattere die Nummer herunter und Connor tippt sie in sein Handy. Zwei Sekunden später vibriert meins.

»Danke dir.« Ich schnappe mir mein Smartphone, um sie einzuspeichern.

»Fang *Sex Education* bloß nicht ohne mich an«, flötet Junie mir noch zu, bevor sie hinter Connor zur Tür hinausrauscht.

Nachdem ich Dannys Nummer abgespeichert habe, schreibe ich nervös die Nachricht.

Einfach Danke sagen. Wirst du ja wohl hinkriegen.

Ja, ja, ist ja schon gut.

Hey, Danny, ich bin's, Sam. Ich habe gehört, du hast mich gestern nach Hause getragen, und wollte mich bedanken. Also Danke. Ach, dein T-Shirt habe ich auch noch.

Ich gehe auf *Senden* und schmeiße dann das Handy aufs Bett. Warum bin ich plötzlich so hibbelig? Ob er mir wohl zurückschreibt? Und wenn er es tut, wann? Und wenn nicht?

Das kann dir doch piepegal sein. Du hast dich bedankt, weil du gut erzogen bist. Ende der Geschichte.

Schnaubend stehe ich auf, um das Chaos auf meinem Bett, so gut es geht, zu beseitigen. Dabei ertappe ich mich, wie ich ständig auf mein blödes Smartphone schiele.

Während ich die Unterlagen in meine Schreibtischschublade stopfe, fällt mir die Liste in die Hand, die ich vor Jahren geschrieben habe. Dementsprechend zerfleddert sieht das Blatt aus. Mein Blick flirrt zwischen dem siebten und dem achten Punkt hin und her.

7. Mit einem Typen Sex haben
8. Mich in einen Typen verlieben

Er bleibt an Punkt acht kleben. Schokobraune Augen schieben sich vor meine innere Linse und ich kaue angespannt auf meiner Unterlippe herum.

Okay, ich glaube, ich muss mir jetzt mal etwas eingestehen: Ich bin so was von am Arsch.

16

Danny

Connor ist zu Junie abgedampft, um sie fürs Kino abzuholen, während ich mit dem Gedanken spiele, mir noch einmal die Unterlagen für die Klausur in Strafrecht zu Gemüte zu führen. Sean, der vier Jahre vor mir seinen Abschluss hier an der Uni gemacht hat und momentan kurz vor seinem zweiten Staatsexamen in Jura steht, hat sie mir vererbt.

Mein Vater hätte es gern, wenn ich so wie Sean in seine Fußstapfen treten würde. Football spiele ich zwar gern, aber ich rechne mir keine besonders großen Chancen aus, jemals Profi zu werden. Dafür fehlen mir die Leidenschaft und der Ehrgeiz, denn als Footballprofi muss man sich voll und ganz diesem Sport verschreiben und dafür ist er mir nicht wichtig genug.

Aber Jura? Es scheint mir zwar zu liegen, ich finde viele Themengebiete auch recht interessant. Dennoch ist es ein tierisches Gebüffel und kann furchtbar öde und trocken sein. Dank Seans Unterlagen muss ich mich nicht zu sehr anstrengen, um gute Leistungen zu erzielen, das musste ich bei Jura aber sowieso noch nie. Das ganze Auswendiglernen bleibt mir trotzdem nicht erspart.

Als ich von meinem Bett aufstehen will, um mir doch lieber ein Bier aus dem Kühlschrank zu holen, vibriert mein Handy. Überrascht reiße ich die Augen auf, als ich meine Nachrichten checke.

Sieh mal einer an.

Ich grinse mir eins und lasse mich auf die Bettkante zurückplumpsen. Fix speichere ich Sams Nummer ab und überlege, was ich antworten könnte.

Nicht dafür, Schneewittchen. Freut mich, dass du dich meldest.

Geht es dir wieder gut? Dachte, du bist mit ins Kino gegangen? Das T-Shirt kannst du mir irgendwann zurückgeben.

Ihre Antwort kommt keine zwei Minuten später.

Klar, war nur der Kreislauf. Und nein, danke. Bevor ich den beiden zuschauen muss, wie sie sich gegenseitig abschlecken wie Eis am Stiel, lerne ich lieber Strafrecht.

Kurz lache ich auf. Hm, sie hockt also auch vor den Büchern und büffelt. Ich lasse das Smartphone ein paar Mal auf meinen Oberschenkel klatschen und überlege.

Du auch? Scheint ja, als hätten wir tatsächlich mal etwas gemeinsam.

Was du nicht sagst? Dachte, dir fliegt Strafrecht genauso zu wie die Höschen der Cheerleader?

Ich schmunzle vor mich hin.

Wenn, dann fliegen mir nicht nur ihre Höschen zu.

O Mann. Passt du mit deinem Ego noch durch normale Türrahmen, oder musst du seitlich gehen?

Ein breites Grinsen tackert sich in mein Gesicht.

Nope, seitlich gehen, klappt nicht. Mein Schwanz würde so niemals durch die Tür passen.

Eine Minute. Zwei Minuten. Drei ...

So ein Riesenknüppel muss dich doch einschränken? Hast du dich schon um einen Behindertenausweis gekümmert, oder soll ich dir dabei helfen?

Ich lache. Die Queen des Schlagabtauschs.

Ach, lass mal. Ich leb ganz gut mit meiner Behinderung und beschwert hat sich auch noch keine.

Uaaahh, too much information! Ich muss weitermachen, sonst werde ich mit dem blöden Strafrecht nie fertig. Muss einiges aufholen, haben an unserer alten Uni ein anderes Kapitel zuerst behandelt. Jedenfalls, danke noch mal. Wir sehen uns.

Halt, warte!

Soll ich dir helfen? Ich habe noch die ganzen Unterlagen von meinem Bruder, die sind recht übersichtlich und ziemlich verständlich geschrieben.

Mein linker Fuß hat sich selbstständig gemacht und wippt auf dem Boden auf und ab. Hm. Das hätte ich nicht schreiben sollen. Vielleicht kann ich die Nachricht ja noch zurückrufen?

Zwei Häkchen. Sie hat sie schon gelesen.

Shit.

Ich starre auf den Minibildschirm. Drei Punkte flirren auf dem Display hin und her. Sie schreibt also. Kann sie nicht schneller schreiben? Wie lange kann man für ein simples Ja oder Nein schon brauchen?

Weil ich pinkeln muss, stehe ich auf und gehe ins Bad. Danach wasche ich mir extra lange die Hände, um mir selbst zu beweisen, wie schnuppe es mir ist, ob und was sie mir geantwortet hat. Ist mir egal. Fuckegal sogar.

Mein Handy piepst erneut.

Ich hechte so schnell aus dem Bad, dass ich mit meinem kleinen Zeh am Türstock hängen bleibe.

Holy, tut das weh!

Ich beuge mich nach vorn und atme zischend die Luft aus, die ich eben noch angehalten habe. Nachdem der fiese Schmerz sich gelegt hat, schnappe ich mir das Smartphone, dessen Display schwarz geworden ist. Akku leer. Logisch, wie sollte es auch anders sein?

Also mache ich mich auf die Suche nach dem Ladekabel, was eine gefühlte Ewigkeit dauert. Als ich es dann endlich unter meinem Schreibtisch entdecke, sind sicherlich fünf Minuten vergangen. Mindestens.

Ab in die Steckdose das Ding und ans Handy gestöpselt. Handy anschalten. Das Ding fährt hoch. Es dauert. Und ich bin so *megafuckingcool,* dass ich ausrasten könnte.

Und endlich geht das blöde Teil wieder an.

Hast du nichts Besseres mehr vor, als dir mit mir Strafrecht reinzuziehen?

Immer schön locker bleiben.

Du hast doch anscheinend auch nichts Besseres mehr vor. Zusammen ist es sicher weniger langweilig.

Mein Fuß hat ein komplettes Eigenleben entwickelt. Der kleine Zeh pocht vor sich hin, doch das hält ihn nicht vom Wippen ab.

Ich würde dir ja anbieten vorbeizukommen, bin mir aber nicht sicher, ob dein Mega-Ego zusammen mit deinem Riesenknüppel durch meine bescheidene Zimmertür passen.

Meine rechte Faust schießt siegessicher in die Luft. Mentales High-Five mit mir selbst. Habe ich schon erwähnt, wie cool ich bin?

Keine Sorge. Da fällt mir sicher etwas ein. Wann?

Eine Minute. Zwei. Drei. Wehe, sie macht jetzt einen Rückzieher. Dann werde ich persönlich bei ihr vorbeikommen und …

Ist 20 Uhr okay? Muss noch aufräumen, sonst passt ihr nie alle zusammen in mein Zimmer. Die Zimmernummer kennst du ja.

Yep. Bis gleich.

Noch eineinhalb Stunden. Ich starre an die Decke. Blicke wieder aufs Smartphone. Starre wieder an die Decke.

Mein Fuß hört nicht auf zu wippen und ich frage mich, wann genau ich so eine Pussy geworden bin – und wie zur Hölle das noch mal passieren konnte.

17

Sam

Was hat mich denn da geritten? Ich habe *tatsächlich* zugesagt! Er wird *tatsächlich* rüberkommen. Und Junie ist nicht da ... verflixt! Jetzt kann ich nicht mit ihr darüber reden. Außerdem wäre mir wohler, wenn ich sie eine Tür weiter wüsste.

Mir hat das mit Jerry gestern eigentlich wieder vollauf gereicht. Deswegen bin ich über meinen eigenen Mut mehr als erschüttert, Danny zu mir einzuladen, den ich im Grunde genommen genauso wenig kenne wie Jerry.

Sicher, er hat mir gestern geholfen und mich ins Bett getragen wie eine Prinzessin. Dabei ist keine weiter davon entfernt, eine zu sein, als ich, das ist der größte Witz an der Sache. Außerdem hat er sich mir gegenüber immer korrekt verhalten. Wobei wir uns erst seit einer Woche kennen. Also was weiß ich schon?

Völlig schockiert sitze ich auf meinem Bett und kann mich keinen Zentimeter bewegen. Gott, das ist so was von lächerlich. Er kommt nur zum Lernen rüber.

Aber er ist ein Typ und ein verdammt scharfer noch dazu.

Ja und? Auch die müssen lernen.

Es ist Samstagabend und ein verdammt scharfer Typ kommt in eineinhalb Stunden zu dir ins Wohnheimzimmer.

Hör sofort auf, mich noch nervöser zu machen.

Ob sein Schwanz wirklich so groß ist?

So. Es reicht. Halt die Klappe. Ich werde das vermutlich eh nie herausfinden, schon gar nicht heute.

Wieso?

Weil ich *ich* bin und er *er* ist.

Bevor ich noch weiter mit meinem inneren Miststück diskutieren kann, laufe ich schnurstracks ins Bad und stelle mich noch mal unter die Dusche. Als die warmen Strahlen auf meinen Rücken prasseln, entspanne ich mich ein wenig. Danny kommt nur zum Lernen rüber, das ist alles.

Nach dem Duschen schlüpfe ich in neue Unterwäsche, diesmal weiße, und lege Rouge und Lippenstift auf. Mehr mache ich nicht. Ich will nicht, dass er denkt, ich hätte mich für ihn chic gemacht. Wie gesagt: Er kommt zum Lernen und dann geht er wieder.

Jaaa ... ist klar.

Klappe.

Ich schlüpfe in eine schwarze Skinnyjeans sowie in ein graues T-Shirt und werfe mir eine rot-schwarz karierte Strickjacke über. Meine langen, noch feuchten Haare fasse ich zu einem hohen Pferdeschwanz zusammen.

Zurück in meinem Zimmer versuche ich die Unterlagen einigermaßen geordnet auf dem Bett zu drapieren, damit wir nicht ewig nach den benötigten Themengebieten suchen müssen, und laufe dann in die Küche, um unseren Getränkebestand zu überprüfen.

Wasser? Check. Bier? Noch sechs Flaschen. Sollte reichen. Wir wollen ja kein Besäufnis veranstalten. Weißwein? Check. Wobei ich heute, glaube ich, keinen Alkohol trinken werde. Andererseits, Alkohol beruhigt ja bekanntlich die Nerven. Wobei ich keinen Grund habe, nervös zu sein. Er kommt ja nur zum Lernen rüber. Kein Ding.

Noch bevor ich es realisiert habe, habe ich auch schon die Weißweinflasche geöffnet, mir ein Glas geschnappt, einen Schluck eingeschenkt und den auch gleich hinuntergestürzt.

Das tut gut. Bin nullkommanull aufgeregt. Ich bin die Queen der Coolness. Völlig relaxt. Total entspannt. Feuchte Hände? Nicht mit mir.

Es klopft an der Tür.

Kreisch!

18

Danny

Sam öffnet mir die Tür und grinst mich unsicher an.

»Hey.«

»Hi«, gebe ich zurück und beuge mich zu ihr hinunter, da ich sie zur Begrüßung kurz umarmen will. Ihr Orangen-Zimt-Duft steigt mir in die Nase.

Sie erwidert die Umarmung kaum und versteift sich ein wenig, lächelt mich aber freundlich an. Na gut. Wenigstens habe ich keine geklebt bekommen. Das ist schon mal ein Anfang.

Sie tritt einen Schritt zur Seite und lässt mich in die Küche.

»Magst du dir etwas zu trinken nehmen? Wir können hier lernen, die Unterlagen liegen alle quer über meinem Bett verstreut. Daher wäre der Tisch wohl am besten«, schlägt sie pragmatisch vor.

»Macht es dir etwas aus, wenn wir uns vor deinem Bett auf den Boden setzen? Dann kommen wir gut an die Unterlagen ran und ich muss mich auf keinem Stuhl zusammenfalten.« Ich beäuge kritisch die kleinen Klappstühle.

Sie überlegt kurz und zuckt dann mit den Schultern.

»Klar, warum nicht? Also, etwas zu trinken?«

Den Rucksack lasse ich von meinem Arm rutschen und befördere ihn schwungvoll in ihr Zimmer.

»Gern. Ein Bier, wenn du eins hast. Ansonsten nehme ich ein Wasser.«

»Bier ist da, kein Thema.« Sie geht zum Kühlschrank und drückt mir anschließend eine kalte Flasche in die Hand.

Unsere Fingerspitzen berühren sich kurz, was nicht der Rede wert ist. Trotzdem lässt sie die Flasche so schnell los, dass sie mir beinahe aus der Hand gerutscht wäre. Das nervt mich, weil ich ihr Verhalten nicht kapiere.

Mich einerseits abchecken, aber andererseits zurückzucken, sobald ich sie berühre.

Egal. Ich bin zum Lernen hier.

Sie nimmt ihr Glas Wein vom Küchentisch und geht in ihr Zimmer vor. Obwohl sie nichts Spektakuläres trägt – Jeans, T-Shirt und Strickjacke kann man kaum als sexy Outfit betiteln – sieht sie klasse aus. Ihr langer schwarzer Pferdeschwanz wippt bei ihren Schritten von links nach rechts, und ich überlege, wie es sich wohl anfühlen würde, an ihm zu ziehen, während wir …

»Ich setze mich hierhin, dann kannst du deine Beine zur Tür ausstrecken«, unterbricht sie meine Gedanken, bevor die noch versauter werden können, und lässt sich mit der Badezimmertür im Rücken auf den Boden fallen.

»Okay.« Ich lehne mich ans Bett und strecke meine Beine aus. Aus ihrem iPod dudelt leise Radiohead. Ich schmunzle. »Den Musikgeschmack teilen wir zumindest.«

Sie lächelt mich an. »Sieht ganz danach aus. Was hörst du denn gern? Außer Radiohead und den Beatsteaks? Dabei fällt mir ein …« Flink springt sie wieder auf, holt mein altes Radiohead-T-Shirt aus ihrem Schrank und legt es auf meinen Rucksack. »Danke fürs Leihen.«

»Das war das Mindeste.« Schief grinsend blicke ich zu ihr, als sie sich in ihrer Ecke niederlässt.

Sie winkt ab, sitzt mit angezogenen Knien und dem Kinn darauf abgestützt da und sieht mich aufmerksam an.

»Da gibt's vieles«, fahre ich daher fort und überlege. »Da wären die Beastie Boys. Mein älterer Bruder Sean hat noch alte Vinylplatten von ihnen. Schätze mal, so, wie dein Vater deinen Musikgeschmack geprägt hat, hat es Sean bei mir getan. Er ist ein richtiger Musik-Nerd.«

Sie lacht rauchig auf. »Mein Vater wäre schwer begeistert. Spielt er ein Instrument? Oder du?«

»Bis ich auf die Uni kam, habe ich jahrelang Klavier gespielt. Sean und meine kleine Schwester Jules auch. Meine Eltern sind der Meinung, dass es zur intellektuellen Bildung gehört, mindestens ein Instrument ansatzweise zu beherrschen.« Mit einem hoffentlich mitleiderregenden Blick sehe ich sie an. »Mir wäre Schlagzeug lieber gewesen … aber was hätte ich machen sollen? Ich war erst fünf, als sie mich dazu genötigt haben, da konnte ich mich noch nicht wehren.«

»Och, du Armer. Du scheinst es knapp überlebt zu haben. Sei froh, dass es keine Flöte war. Oder Harfe.« Sie lacht sich kaputt. Die hat's anscheinend lustig im Kopf, das kleine Biest. Ihre Lache klingt heiser und verflucht sexy.

»Außerdem bin ich froh, dass du dich noch mit etwas anderem als Höschen auskennst.«

Da ist sie wieder, die Schlagabtausch-Queen.

»Na, hör mal! Ich ficke vielleicht gern, das heißt aber noch lange nicht, dass ich von sonst nichts eine Ahnung habe. Ich bin multitaskingfähig«, verteidige ich mich leicht beleidigt.

Andererseits bin ich ja selbst schuld, dass ich so einen Ruf habe. Er hat mir auch noch nie etwas ausgemacht. Bis jetzt.

»Wenn du meinst …?« Sie hat sich wieder einigermaßen beruhigt, zwinkert mir verschmitzt zu, räuspert sich und schnappt sich ihre Unterlagen. Auf ihrem Bett liegen diverse leere Skittles-Packungen. Sie scheint das Zeug richtiggehend zu inhalieren. »Dann lass mal sehen, ob die Unterlagen deines Bruders wirklich so gut sind.«

Das nenne ich mal Themawechsel. Aber okay.

Ich greife nach meinem Rucksack, hole meine Notizen heraus und wir vertiefen uns in die Arbeit.

***

Gegen halb zehn fängt mein Magen an zu knurren.

Sam guckt mich amüsiert an.

»Hast du ein paar Orks aus *Herr der Ringe* verschluckt?«

»Nope«, seufze ich theatralisch. »Ich hab einfach nur Hunger. Sorry.«

Bevor ich mich auf den Weg zu ihr gemacht habe, habe ich mir zwar noch ein Sandwich reingezogen, aber das ist schon fast zwei Stunden her. Also für mich quasi eine Ewigkeit.

»Alles klar!« Sie springt auf und greift nach ihrem Handy nebst einer ordentlichen Anzahl von Take-away-Flyern, die auf ihrem Schreibtisch liegen.

Ich staune nicht schlecht.

»Ihr seid erst seit vier Wochen hier und habt schon so viele Flyer gesammelt?«

»Junie hat permanent Hunger und kochen können wir beide nicht.«

Sie zupft verlegen unter dem Ärmel der Strickjacke an ihrem Handgelenk herum und ich höre es leise schnalzen.

»Auf was hast du Lust? Italienisch, Asiatisch, Griechisch, Japanisch ...«

»Pizza geht immer. Aber Thai ist auch okay. Wenn ich es mir recht überlege, würde ich im Moment auch eine Schuhschachtel appetitlich finden.«

»Von Schuhschachteln steht hier nichts«, erwidert sie gespielt ernsthaft und sieht mich bedauernd an. »Aber ja, Pizza geht immer.«

Nachdem sich jeder eine ausgesucht hat, bestellt sie.

»Magst du noch ein Bier?« Auf dem Weg in die Küche wirft sie mir einen fragenden Blick über die Schulter zu.

»Gern.« Nachdem auch ich aufgestanden bin, strecke ich meine Gliedmaßen, die sich inzwischen ziemlich steif anfühlen, und folge ihr. »Aber das kann ich mir auch selbst holen. Ich bin schon groß, weißt du?«

»Ist mir noch gar nicht aufgefallen.« Sie reicht mir das geöffnete Bier blind nach hinten, weil sie mit der anderen Hand die Weißweinflasche aus dem Kühlschrank nehmen will. Dabei schwappt ein wenig Flüssigkeit auf mein T-Shirt.

Ich dachte, Frauen haben die Multitasking-Fähigkeit erfunden?

»Ist das jetzt die Retourkutsche, oder wie?«

»Erwischt«, lächelt sie und greift nach einem Geschirrtuch, um es mir an den feuchten Fleck am Bauch zu drücken. »Ich hol dir gleich eins meiner Snoopy-Schlafshirts.«

»Hättest du wohl gern.« Schmunzelnd nehme ich ihr das Tuch aus der kleinen Hand.

Diesmal zuckt sie nicht zurück, als unsere Finger sich berühren. Ihre Nägel sind kurz geschnitten und knallrot lackiert, was einerseits mädchenhaft, andererseits ziemlich lässig aussieht.

Holy, ich bin schon so weit, dass ich auf ihre Fingernägel achte. O Mann ...

»Logisch. Aber ich glaube, dafür ist es noch nicht nass genug.« Ihre Stimme ist auf einmal noch eine Spur rauchiger als sonst und sie sieht mir direkt in die Augen.

Wenn ich mich nur ein bisschen zu ihr hinunterbeugen würde, würden meine Lippen direkt auf ihre treffen. Vor Schneewittchen hätte ich das in dieser Situation bei jedem Mädchen gemacht. Mich hinuntergebeugt und sie geküsst. Aber Sam ist anders. Sie ist nicht *irgendein* Mädchen.

Gott, ich kenne sie noch nicht mal eine volle Woche und fasle schon etwas von *sie ist nicht irgendein Mädchen.*

Ihre Lippen sind leicht geöffnet, ihre kalte Hand hält immer noch einen Zipfel des Geschirrtuchs umklammert. Den Kopf hat sie in den Nacken gelegt, um mich anschauen zu können, und ihre Augen blinken so dermaßen dunkelblau wie das Meer an der tiefsten Stelle.

Fuck.

19

Sam

Mein Herz rast so schnell in meiner Brust, dass ich das Gefühl habe, ich muss es anleinen, damit es mir nicht aus dem Hals springt. Er hört es sicher klopfen, er hat ja Ohren. Gott, ist das *laut*. Und es fühlt sich so komisch an, denn das erste Mal seit Langem ist es ein gutes *Laut*, ein gutes Rasen, ein gutes Klopfen.

Der große Schmetterling in meinem Bauch hat sich anscheinend Verstärkung geholt oder vermehrt, oder was weiß ich. Jedenfalls flattern da auf einmal lauter Falter hin und her. Ich weiß gar nicht, wohin mit mir und meine Finger krallen sich einmal mehr in das blöde Geschirrtuch.

Die Farbe seiner Augen sieht aus wie geschmolzene Schokolade, sein Blick ist sanft. Sind das grüne Sprenkel in seinen Iriden? Die sind mir bisher noch nicht aufgefallen. Wie sich seine Lippen wohl anfühlen? So weich, wie sie aussehen? Und wie sie wohl schmecken?

Verdammt, wo bleibt Junie? Warum poltert sie jetzt nicht mit Connor in die Wohnküche? Das ist doch in diesen ganzen duseligen Romcom-Filmen immer so.

Die Lippen kommen näher und er lässt mich dabei nicht eine Sekunde aus den Augen. Dann stoppt er kurz vor meinem Mund und sieht abwartend auf mich hinunter.

Jetzt liegt die Entscheidung bei mir. Das auch noch. Aber dass er mich küssen will, ist hiermit klar.

Willst du ihn küssen?

Natürlich. Sofort.

Dann mach doch.

Äh ...

Herrgott, jetzt schalte mal deinen Kopf aus und lass deinen Bauch übernehmen.

Leichter gesagt als getan.

Und weil in meinem Hirn ein einziges, großes Chaos herrscht, ist eh schon alles egal. Also schließe ich die Augen und überbrücke die letzten paar Millimeter zwischen uns.

Seine Lippen fühlen sich warm und weich an, schmecken nach Bier und Minze und ich erwarte, dass er gleich seine Zunge in meinen Mund schieben wird; zumindest kenne ich es von Kev und Ben nicht anders.

Aber er tut nichts dergleichen. Er tupft kleine Küsse auf meine Lippen und knabbert dann ganz leicht an meiner Unterlippe. Seine warme Hand legt sich an meine Wange, sein Daumen streichelt leicht über meinen Wangenknochen und im Hintergrund dudelt leise *Access Adrenalin* von den Beatsteaks.

Ohne darüber nachzudenken, öffne ich meinen Mund ein kleines bisschen mehr, um mit meiner Zungenspitze über meine Lippen zu fahren. Oder über seine. Das weiß ich noch nicht so genau, ich kann gerade nicht denken, da ich plötzlich seine Zunge spüre, die meine anstupst und sie langsam umkreist. Sein Daumen zieht träge und sanft die gleichen Kreise um meinen Wangenknochen.

Meine Beine werden butterweich. Bevor ich irgendetwas dagegen unternehmen könnte, entweicht mir ein leises Keuchen.

Gott, wie peinlich! Das hat er bestimmt mitbekommen.

Leicht spüre ich, wie sich seine Lippen an meinen nach oben ziehen. Lacht er mich etwa aus?

Bevor ich mich allerdings von ihm lösen kann, lässt er das Geschirrtuch los, nimmt mein Gesicht in beide Hände und dringt mit seiner Zunge ein wenig tiefer in meinen Mund ein.

Der Kuss ist so anders als die Küsse mit Ben und Kev. So liebevoll, dass sich in meinem Bauch alles zusammenzieht und ich merke, wie es zwischen meinen Beinen zu kribbeln anfängt.

O Gott, o Gott, o Gott!

Er zieht meine Unterlippe zwischen seine Lippen und beißt ganz leicht hinein. Viele Vergleichsmöglichkeiten habe ich nicht, aber die brauche ich auch nicht, um zu spüren, dass er ganz genau weiß, was er tut.

In meinem Kopf breitet sich eine weiche, wattige Leere aus. Ich kann an nichts anderes mehr denken als an seine Hände, seine Lippen und seine Zunge.

Nach viel zu kurzer Zeit zieht sich Danny ein Stück von mir zurück, legt seine Stirn an meine und greift mit einer Hand wieder nach dem blöden Tuch zwischen uns. Verschmitzt sieht er mir in die Augen.

»Wenn du es loslassen würdest, könnte ich anfangen, den Fleck aus meinem Shirt zu reiben.« Seine Stimme hört sich noch tiefer an als sonst.

»Natürlich. Klar, sorry.« Ich trete hastig einen Schritt zurück.

Er dreht sich zur Seite und somit ins Licht und beginnt mit dem Geschirrtuch sein T-Shirt zu bearbeiten. Dabei erhasche ich einen kurzen Blick auf sein Sixpack ... und Libido rastet aus.

Kannst du es ihr vorwerfen? Sie hat ewig nichts mehr zu lachen gehabt.

Sei still. Später können wir diskutieren, jetzt ist es schlecht.

Verlegen lasse ich unter dem Ärmel mein Gummiband schnalzen. Ursprünglich hat mir Tracy dazu geraten, es zu tragen, da ich streckenweise aus Nervosität so stark an meinem Nagelbett herumgekaut habe, dass es ständig an irgendeiner Stelle aufgeplatzt ist. Innere Anspannung.

Die hast du jetzt auch.

Verstohlen beobachte ich Danny von der Seite.

Der Kuss war der Hammer. Seine ganze Art hat mich vollkommen überrascht. Er hat mich nicht überrumpelt und keine Sekunde lang in irgendeine Richtung gedrängt, sondern er hat versucht herausfinden, was ich möchte. Dafür, dass ich das noch nicht einmal selbst so genau wusste, hat er sich verdammt gut angestellt.

Aber wieso hat er den Kuss unterbrochen? Stinke ich aus dem Mund? Hat es ihm nicht gefallen? Ja, das kommt eher hin, immerhin ist er sonst ganz andere Frauen gewöhnt. Frauen, die wissen, was sie wollen. Die erfahren sind. Die zumindest anständig küssen können. Anscheinend kann ich das nicht.

Ich spüre, wie das Hochgefühl nagenden Selbstzweifeln Platz macht. Bevor sie aber ihre Klauen komplett in meine krüpplige Seele schlagen können, klopft es dankenswerterweise an der Tür.

Der Pizzabote schaut mich erschrocken an, als ich die Tür förmlich aus den Angeln und ihm die Pizzakartons aus der Hand reiße.

Bevor ich protestieren kann, reicht Danny ihm über meinen Kopf hinweg das Geld.

»Stimmt so.«

»Meinen Anteil will ich dir aber zurückgeben«, sage ich bestimmt, als ich die Tür mit meinem Fuß zuschubse.

»Ich kann es mir gerade noch leisten, dich auf eine Pizza einzuladen«, widerspricht er mir und marschiert mit den Kartons in mein Zimmer.

»Kann schon sein, ich mag das aber nicht. Ich habe dann das Gefühl, ich würde dir etwas schulden«, erwidere ich, während ich ihm folge. Ich will ihm das Geld in die Hand drücken, aber er zieht sie schnell weg.

»Du hast mir dafür das Bier ausgegeben. Wir sind also quitt.« Er setzt sich auf den Boden und schnappt sich seinen Pizzakarton.

Wenigstens ist dank der Störung des Lieferanten die Stimmung nicht mehr so aufgeladen und ich lasse mich ergeben neben ihn plumpsen.

20

Danny

Holy, war das ein Kuss! So ganz anders als die Küsse, die ich normalerweise mit meinen Eroberungen austausche. Die sind eher rau und wild. Andererseits ist Sam auch keine meiner Eroberungen. Aber was ist sie dann?

Ihre Lippen haben süßlich sowie ein wenig nach Weißwein geschmeckt und sind weich wie Watte. Ihre Haut hat sich so samtig angefühlt, dass es mich meine ganze Kraft gekostet hat, meine Hände nur an ihrem Gesicht zu lassen. Ich musste die Notbremse ziehen. Eine Sekunde länger, und ich hätte für nichts mehr garantieren können. Ich bin mir sicher, sie hätte mir spätestens dann eine gescheuert.

Ihre geröteten Wangen, ihre leicht geschwollenen Lippen und ihre tiefseeblauen Augen, mit denen sie mich überrascht angesehen hat, als ich mich von ihr gelöst habe ...

Vielleicht war es doch ein Fehler und ich hätte weitergehen können?

Beim Küssen wirkte sie einerseits so schüchtern und war gleichzeitig so sinnlich, dass es mir fast den Boden unter den Füßen weggezogen hätte.

Und dieses kleine Keuchen.

Fast wäre ich in meiner Hose gekommen und das ist mir das letzte Mal mit vierzehn passiert.

Ihre Schüchternheit hat mich trotzdem überrascht – sie passt nicht zu ihrem Mundwerk und ihrem übrigen Auftreten.

Wie sie mir nun gegenübersitzt und ihre Pizza verschlingt – man könnte meinen, den Kuss hätte es nicht gegeben, so unbeeindruckt, wie sie sich verhält. Hat es aber doch. Ich kann sie immer noch schmecken.

Ich habe an die Beerdigung meiner Großmutter denken müssen, um endlich meinen Schwanz unter Kontrolle zu bekommen, als ich versucht habe, mein Shirt trocken zu rubbeln. Das will etwas heißen. Claire war das letzte Mädchen, das mich dermaßen schnell so heiß machen konnte.

Das sieht wirklich nicht gut aus. Connor und ich scheinen zeitgleich diesen beiden Neuankömmlingen verfallen zu sein. Wie machen die das?

Ich schiele zu Sam, die trotz Käsefaden an ihrem Kinn verboten gut aussieht. Sie haut ordentlich rein. Sehr sympathisch. Ein Mädchen ohne Schlankheitswahn. Das gibt es leider nicht allzu oft.

Gerade will ich etwas sagen, als die Wohnheimtür mit einem lauten Donnern an die Wand knallt und Junie und Connor knutschend hineinstolpern.

Sam neben mir zuckt so heftig zusammen, dass ihr der Pizzakarton von den Beinen auf den Boden rutscht. Wirklich sehr schreckhaft.

»Hey!«, ruft sie und beeilt sich, aufzustehen. »Ist der Film schon zu Ende?«

Junie und Connor fahren sofort auseinander und sehen uns beide verblüfft an.

Mein Abend mit Schneewittchen ist hiermit wohl vorbei. Missmutig begebe auch ich mich in die Vertikale.

»Ihr hättet ja auch zu uns gehen können.«

Connor zuckt nur mit den Schultern und schaut mich neugierig an.

Später, nicht jetzt, versuche ich ihn mit meinem Blick zu signalisieren.

Junie bekommt ihre Augen überhaupt nicht mehr auf ihre normale Größe justiert und stiert zwischen Sam und mir hin und her. Ihre Mundwinkel fangen an zu zucken.

»Du kleines Miststück!«, kreischt sie plötzlich fröhlich, ist keine drei Schritte später bei Sam und knufft ihr so stark auf den Oberarm, dass die einen Schritt Richtung Bett taumelt. »Unsereins geht an einem Samstagabend brav ins Kino, während ihr hier Keine-Ahnung-was-für-Sauereien veranstaltet!«

Junie scheint sich ein Loch in den Bauch zu freuen, was mich irritiert. Immerhin haben wir hier nur gelernt und das war es dann auch schon. Also fast. Kann sie aber ja nicht wissen und selbst wenn, warum freut sie sich so darüber?

Sam hat sich von Junies Schlag einigermaßen erholt und klaubt ihre Pizza vom Boden.

»Vielleicht sollten wir nächstes Mal auf den alten Socken-an-der-Türklinke-Trick zurückgreifen. Oder ihr macht die Zimmertür zu«, schlägt Connor vor.

Sams Weinglas steht halb unter ihrem Bett und ich will es eben aufheben, damit keiner aus Versehen darüberstolpert, als Junie Connor zuruft: »Bier, Babe?«

Babe? Seit wann denn das? Das ging aber schnell.

»Klar, warum nicht?«, kommt umgehend seine Antwort und er lässt sich auf Sams Bett fallen.

»O Mann, war der Film öde.« Er fischt sein Handy aus der Hosentasche. »Nur Rumgeballer und die Dialoge waren so was von lahm.«

Junie kommt mit der Flasche Weißwein und dem Bier für Connor in der Hand zurück und reicht sie ihm.

Nachdem die Gläser der Mädchen gefüllt sind, schnappt sich Junie Sams iPod.

»Die Beatsteaks in allen Ehren, aber ich brauche jetzt etwas Ruhigeres.« Sie tippt auf dem Ding herum, bis Coldplay aus den Miniboxen tönt. Zufrieden schmeißt sie den iPod auf den Schreibtisch und lässt sich neben Connor aufs Bett plumpsen.

»Also, woher kennt ihr zwei euch? Kindergarten? Highschool? Oder habt ihr euch erst hier kennengelernt?«

Connor legt einen Arm um sie. Die Geste wirkt so vertraut, dass wir beide uns mal dringend unterhalten müssen. Da geht viel mehr als nur bloßes Rumgeficke. »Connor hat meine kleine Schwester in der Schule angegraben und ich habe ihm eine reingehauen«, fasse ich kurz unsere erste Begegnung zusammen.

»Highschool.« Connor grinst schief. »Nicht, dass ihr noch auf dumme Gedanken kommt.«

»Einzelheiten, bitte«, verlangt Junie.

»Meine Schwester Jules ist zwei Jahre jünger als ich. Als wir in der Senior High waren, war sie gerade mal in der Junior High.«

»Aber sie sah älter aus und ich hatte keine Ahnung, dass sie deine Schwester ist«, wirft Connor verteidigend ein.

Ich sehe zu Sam und verdrehe die Augen. Sie lächelt und spielt mit ihrem Pferdeschwanz. Mit dem würde ich jetzt auch gern spielen. Krampfhaft versuche ich, mich wieder auf die Unterhaltung zu konzentrieren.

»Wie seid ihr dann Freunde geworden?«, hakt Junie nach.

»Ich habe ihm versprechen müssen, die Griffel von seiner Schwester zu lassen. Als ich ihm dann bei der nächsten Prügelei den Rücken freigehalten habe, fanden wir uns nicht mehr so scheiße. Außerdem waren wir beide im Highschool-Footballteam. Wir mussten uns also ohnehin zusammenreißen. Und ihr?«, fragt Connor zurück.

»Wir haben uns schon im Kindergarten kennengelernt. Ein kleines Ekelpaket hat mir die Strumpfhose zerschnitten, kurz nachdem ich nach Plymouth gezogen bin.« Junie schmunzelt und schaut zu Sam. »Weißt du noch?«

»Logisch. Der hat sich danach nichts mehr getraut«, erwidert Sam zufrieden.

»Natürlich nicht. Mit dir legt man sich ja auch besser nicht an, Grinch«, gluckst Junie. »Jedenfalls war es mein erster Tag im neuen Kindergarten und Sam hat kurzen Prozess mit dem Mickey-Mouse-T-Shirt des kleinen Vollidioten gemacht. Er hat Rotz und Wasser geheult, aber Sam hat ihn nur angesehen und gemeint: ›Siehst du? Ist doch doof, wenn etwas Schönes kaputt gemacht wird.‹ Dann hat sie mich gefragt, ob wir Freunde werden wollen, und der Rest ist Geschichte.«

»Hast du Geschwister?«, frage ich Sam weiter aus, da ich auf einmal so viel wie möglich von ihr wissen will.

»Nein. Bekennendes Einzelkind.« Sie streckt ihre Beine aus.

Unsere Fußsohlen berühren sich nun fast. Ihre Füße sind genauso klein wie ihre Hände und stecken in rot-schwarz geringelten, dicken Wollsocken.

»Ich schätze, vom Schock ihrer überraschend frühen ersten Schwangerschaft musste sich meine Mutter erholen und tut es anscheinend immer noch«, meint sie schulterzuckend.

»Wie alt war sie denn?«, hakt Connor nach.

»Ein Jahr jünger als ich heute. Zwanzig. Sie hat meinen Dad auf der Uni kennengelernt. Ganz klassisch. Nur dass ich ein Unfall war. Nicht ungewollt, aber eben zu früh.« Sam kramt mit ihrer Hand wieder im Ärmel ihrer Strickjacke herum. *Schnalz.*

Warum macht sie das ständig?

»Was ist mit dir? Geschwister und wenn ja, wie viele?«, fragt sie Connor.

Mir entgeht nicht, dass sie damit von ihrer Person ablenken will. Wieso?

»Zwei ältere Brüder und einen jüngeren«, erwidert er.

»Und einer ist ziemlich berühmt.« Junie fährt mit ihrer Hand in seine, die an ihrer Schulter herunterbaumelt. »Sogar berühmter als dein Dad, Sam. Er ist Profi bei der NFL.«

»Na, dann ...« Sam grinst. »Hals- und Beinbruch. Vielleicht schafft er es ja, ohne Gehirnschäden und Querschnittslähmung aus der Sache rauszukommen.«

Ich lache. War klar, dass jetzt so etwas kommt.

Connor sieht sie mit großen Augen an und weiß anscheinend nicht, ob er wegen ihres Kommentars angepisst oder belustigt sein soll.

»Grinch«, stöhnt Junie. »Sei nett, okay?«

»Nett ist die kleine Schwester von Scheiße. Ergo: Ich bin *immer* nett.« Sie grinst noch breiter und ich finde sie cooler und cooler.

»Ist dein Dad auch Sportler?«, hakt Connor nach.

Sam verschluckt sich beinahe an ihrem Weißwein.

»Gott, nein! Weit gefehlt. Er ist Musiker und gar nicht berühmt, Junie übertreibt maßlos.«

»Er gibt Konzerte und bekommt Geld dafür. Das ist für mich so gut wie berühmt«, beharrt Junie auf ihrem Standpunkt und nimmt ihrerseits einen Schluck aus ihrem Glas. »Weißt du noch? Das Festival letzten Sommer? Das war richtig groß! Sie haben den Leuten ziemlich eingeheizt.«

»Ich kann mich vor allem noch dran erinnern, wie *du* den Leuten ziemlich eingeheizt hast«, prustet Sam los. »Ich sag nur *Bonjour.*«

»Halt die Klappe.« Junie schmeißt ihr von hinten ein Kissen an den Kopf.

Connor sieht ratlos, aber recht amüsiert zu mir.

»Okay. Klärt uns auf.« Ich stupse Sams kleinen Fuß mit meinem großen Zeh an.

»Ich hasse dich, Grinch. Das kriegst du so was von zurück«, faucht Junie, aber in ihren Mundwinkeln zuckt es verdächtigt.

»Komm schon, das war echt lustig«, keucht Sam unter Tränen.

»Ja, ja ... ich hab mich schlapp gelacht.«

»Ladys, weiht uns ein«, fordert nun auch Connor und kitzelt Junie an der Seite.

»Ist gut, ist gut. Meinetwegen. Himmel, das war das erste und letzte Mal, dass mir wirklich etwas peinlich war. Aber so richtig«, meint sie und seufzt ergeben.

Das könnte spannend werden.

»Wir haben in einem Zelt auf dem Gelände gepennt, neben hundert anderen Leuten. Beim Konzert ist der Alkohol in Strömen geflossen und es könnte eventuell sein, dass ich ein klitzekleines bisschen zu viel hatte«, beginnt sie zu erzählen und sieht dabei so unschuldig aus wie eine Katze vor einer toten Maus.

»Ein klitzekleines bisschen ist gut ...«, grätscht Sam dazwischen.

»Hey, *meine* Geschichte, klar?« Ein weiteres Kissen macht sich in Richtung Sams Kopf auf, die diesmal jedoch schnell genug ist und es lachend abwehrt. »Jedenfalls durften wir noch in den Backstage-Bereich und haben mit den Bands gequatscht. Einer von ihnen hatte Geburtstag und es gab eine gewaltige Sektdusche. Die habe ich voll abbekommen. Genau auf meinen Rock.«

»Der war patschnass«, wirft Sam erklärend ein. »Als treue Freundin, die ich nun mal bin, habe ich Junie danach ins Zelt geschleppt. Sie war schon so hinüber, dass sie wie ein nasser Sack in ihren Schlafsack geplumpst ist.«

»Als ich am nächsten Morgen aufgewacht bin, bin ich vor unser Zelt gegangen und habe mich gestreckt. Also so richtig. Mit Armen über den Kopf, in die Knie gehen, das volle Programm eben. Im Zelt gegenüber war eine Horde französischer Touris, die haben mich völlig entsetzt angesehen. Ich hab ewig nicht kapiert, was los war, und ihnen auch noch zugewunken.« Nun kann auch Junie nicht mehr an sich halten und lacht lauthals auf.

Connor sieht mich irritiert an und schüttelt den Kopf.

Ich zucke mit den Schultern.

»Bonjour!«, kreischt Sam und hat mittlerweile einen ausgewachsenen Lachflash.

Allmählich muss auch ich schmunzeln. Nicht, weil ich eine Ahnung hätte, um was es hier geht, sondern weil ihres so ansteckend ist. Sie sieht so verdammt niedlich aus, wie sie mir mit roten Wagen gegenübersitzt, die Augen zusammengekniffen und aus vollem Halse lachend.

»Tja, Jungs. Sam hat sich abends wirklich rührend um mich gekümmert. So rührend, dass sie mir meinen nassen Rock nebst Slip ausgezogen und mich dann in den Schlafsack gesteckt hat. Das habe ich allerdings erst gemerkt, nachdem ich mich unten herum komplett nackt vor den Franzosen gestreckt und gedehnt habe«, versucht Junie uns unter Gekicher die Pointe zu erzählen.

Uups.

Die Vorstellung allein lässt Connor und mich ebenfalls ernsthaft loslachen.

»Das Schlimmste kommt erst noch«, keucht sie.

Geht's noch schlimmer?

»Hinter mir stand auf einmal Sams Dad, der sich schnell die Hände vor die Augen geschlagen und gerufen hat: ›Scheiße, Mädchen, zieh dir was an!‹ Das war mir so peinlich«, stöhnt Junie auf und vergräbt ihr Gesicht in Connors Halsbeuge.

Die arme Junie.

»Ich will nicht wissen, was dein Dad da von mir gedacht hat.«

Sam beruhigt sich langsam und hickst nur noch unkontrolliert. »Wir haben es ihm doch erklärt.« Sie wendet sich an uns. »Junie hat Wochen gebraucht, bis sie nicht mehr rot angelaufen ist, wenn sie meinen Dad gesehen hat. Der hat sich einen Scherz daraus gemacht und sie ständig mit *Bonjour* begrüßt.«

»Wie die Tochter, so der Vater«, erwidert Junie verschmitzt.

Als wir uns alle wieder beruhigt haben und Connor und ich uns ein neues Bier geholt haben, meint sie noch: »Jedenfalls ist Sams Dad in meinen Augen berühmt. Das ist alles, was ich sagen wollte.«

Sam winkt bloß ab und wirkt plötzlich verlegen.

Connor will schon nachhaken, aber ich bin schneller.

»Was ist mit dir, Junie? Geschwister?«, frage ich sie und will so Sam aus der für sie offensichtlich unangenehmen Situation helfen.

»Yep. Eine ältere Schwester und einen kleinen Bruder.« Ein Schatten legt sich auf Junies Gesicht und setzt sich dort fest, während Connor ihr einen Kuss auf die Schläfe drückt.

Oh, oh – schlechtes Thema?

Sam blickt sie überrascht an.

»Er ist gestorben«, sagt Junie leise und nippt wieder an ihrem Glas.

What? O Gott ...

»Sorry, Junie. Ich wollte nicht ...«

»Kein Thema, das konntest du ja nicht wissen. Es ist schon ewig her«, unterbricht sie mich mit fester Stimme.

»Darf ich fragen, woran?«, frage ich vorsichtig nach.

»Gehirntumor.«

Lieber Himmel.

»Das tut mir sehr leid. Das muss furchtbar gewesen sein.« Ich weiß nicht genau, was ich sonst darauf sagen soll.

»Es ist okay, Danny. Wie gesagt, es ist lange her. Außerdem ...«, sie zieht ihren gelben Zopfpulli bis unter ihren Rippenbogen nach oben und direkt darunter, oberhalb ihres flachen Bauches, sieht man ein Tattoo mit dem Ausschnitt eines EKGs mit einer Sinuskurve, die anfangs zweimal ausschlägt und nach hinten gerade ausläuft, »ist er immer bei mir.«

Ich spüre Sams Blick auf mir und höre sie erklärend murmeln: »Sein letzter Herzschlag.«

Das ist krass. Doch bevor ich etwas darauf erwidern kann, dröhnt Blur mit *Song 2* durch die Minibox des iPods, den sich Sam geschnappt hat.

»Schluss jetzt mit den ernsten Themen«, befindet sie energisch, während Junie ihren Pulli herunterfallen lässt.

»Find ich auch«, pflichtet sie ihr bei. »Lasst uns etwas spielen. Lust auf ›Hätte ich ...‹?« Sie blickt in die Runde und somit in zwei ziemlich ratlose Gesichter.

Keine Ahnung, was das für ein Spiel sein soll.

Sam hingegen verdreht sofort die Augen.

»Muss das sein? Das Spiel ist so bescheuert.«

»Das sagst du nur, weil du es hasst, wenn dich jemand besser kennenlernt«, stellt Junie fest und hält Sams tödlichen Blicken stand, die sie regelrecht durchbohren.

Alles klar, ich bin dabei.

21

Sam
Ich liebe Junie über alles. Wirklich. Aber manchmal finde ich sie einfach nur scheiße. Ich darf das sagen, schließlich ist sie meine beste Freundin. Trotzdem, ab und an will ich ihr ihren hübschen, schlanken Hals umdrehen. Vor allem jetzt, wenn sie so etwas über mich vor anderen sagt, das für meine Verhältnisse schon viel zu intim ist. Das ist also ihre Retourkutsche.

Biest.

»Das Spiel geht folgendermaßen.« Sie wendet sich an Connor und Danny. »Hätte ich eine Million Dollar, würde ich … und dann muss der andere den Satz beenden. Ich fange an.« Sie röntgt Danny mit ihrem Blick, der sich tiefenentspannt mit seiner Bierflasche in der Hand zurücklehnt und sie ruhig und abwartend ansieht. Seine sehnigen Unterarme liegen locker auf den breiten Oberschenkeln.

Wie kann er immer so relaxt sein? Das ist doch nicht normal.

»Hätte ich einen Wunsch frei, würde ich …?«

Noch ist sie freundlich.

»… Connor und dich aus dem Zimmer schmeißen«, kommt wie aus der Pistole geschossen. Er sieht mich mit funkelnden Augen an.

O Gott, o Gott!

Junie lacht.

»Das ist keine Option.« Vermutlich hat sie meinen leicht panischen Gesichtsausdruck aufgefangen, denn mit so viel Direktheit, vor allem, wenn sie in *diese* Richtung geht, kann ich schwer umgehen.

Junie ist so was von *tot!*

»Schade«, meint Danny nur und lässt mich dabei nicht aus den Augen.

Libido steigt in die Startlöcher. Verflucht.

»Ich bin dran, oder?«, fragt er, unterbricht endlich unseren Blickkontakt und sieht zu Junie, die mittlerweile ihren Kopf in Connors Schoß gelegt hat. Er spielt mit einer ihrer blonden Strähnen und sieht so verknallt aus, dass es fast schon witzig ist. Ich dachte, er sei auch so ein One-Night-Stand-King? Da hat Junie ihm wohl Fesseln angelegt, was mich jedoch nicht wundert. Wenn jemand so etwas schafft, dann sie. Wäre ich ein Typ, wäre ich ihr sofort verfallen. Mit Haut und Haaren. Und das läge nur zu dreißig Prozent an ihrem Aussehen, was wirklich etwas heißen will. *Victoria's Secret*-Model und so.

»Sam.«

Das war so klar.

»Hätte ich noch Platz auf meiner Unitasche, würde ich ...«

»... einen Billie-Eilish-Sticker draufkleben.«

Das war leicht und das wusste er. Nun finde ich ihn noch schärfer.

Das geht kaum noch.

Vielleicht bis vor zwei Sekunden nicht, aber jetzt schon.

Heilige Scheiße.

Yep. Besser hätte ich es nicht formulieren können.

»Könnte ich nicht Footballspielen, würde ich ... Connor?«, wende ich mich an ihn.

Er runzelt die Stirn.

»... Streetworker werden.«

Was?

»Der beste Freund meines kleinen Bruders lebt quasi bei uns. Es hat nicht viel gefehlt und meine Eltern hätten die Vormundschaft für ihn beantragt. Er hat schon viel Scheiße für sein kurzes Leben durchgemacht und ist bei Weitem nicht der Einzige. Es gibt so viele von ihnen, die dringend Hilfe nötig hätten und keine bekommen und uns geht es so verflucht gut. Klar ist das kein gut bezahlter Beruf, aber es ist der einzige, den ich mir vorstellen könnte, wenn das mit dem Football nicht klappt oder ich im Rollstuhl lande.« Er zwinkert mir zu und nimmt einen Schluck von seinem Bier, während ich langsam Kopfweh bekomme.

Wir scheinen tatsächlich zwei grundehrliche, nette Typen kennengelernt zu haben. Die auch noch die Schärfsten auf dem ganzen Campus sind. Das kann doch nicht sein. Wo ist der Haken?

Hör endlich auf, alles immer nur schlecht zu machen. Entspann dich mal.

Halt die Klappe. Wenn hier einer weiß, wie beschissen meine Menschenkenntnis ist, dann doch wohl du.

Tja, dann lässt sie dich eben dieses Mal nicht im Stich. Ist doch auch mal schön.

Ja, wenn es nur so wäre.

Du würdest es noch nicht mal checken, wenn das Glück dich in den Arsch beißt.

Ach, verpiss dich doch.

***

»Ich will alles wissen!«, schreit mich Junie beinahe an, sobald die Jungs zur Tür hinausgegangen sind. »Wenn ich heute Nacht schon auf Sex verzichten muss, will ich *jetzt* alles wissen! Warum war er hier? Ist was passiert? *Was* ist passiert?«

»Woah, Junie, hol mal tief Luft«, versuche ich sie zu bremsen und reibe mir müde über die Stirn. »Abgesehen davon hättest du nicht auf Sex verzichten müssen. Er hätte bleiben oder du hättest mit ihm gehen können.«

»Vergiss es, das kann ich auch noch morgen haben. Das hier ist wichtiger. Grinch hat was am Laufen, das ist so aufregend!« Sie klatscht gespielt kindlich in ihre Hände, deren Nägel heute zur Abwechslung blau-rot lackiert sind.

»Beruhig dich mal.« Nebenbei räume ich die Bierflaschen und Weingläser aus meinem Zimmer in die Küche. »Ich habe ihm eine Nachricht geschrieben und mich für gestern bedankt, er hat mir zurückgeschrieben, wir haben festgestellt, dass wir beide noch für Strafrecht büffeln müssen, und dann kam er rüber. Ende der Geschichte.«

»Ernsthaft?« Ihr Röntgenblick trifft mich. »Das ist doch nicht alles, oder? Ich meine, hätte er einen Wunsch frei gehabt, hätte er Connor und mich rausgeschmissen? Hallo? Willst du mich verarschen?«

Verflixt. War klar, dass sie das gegen mich verwendet.

»Na ja, wir haben ein wenig geknutscht«, gebe ich leise zu und muss mir dann mit beiden Händen die Ohren zu halten, weil Junie anfängt, wie ein abgestochenes Schwein zu quieken.

»Wie war's? Wie hat er geschmeckt? Wie hast du dich gefühlt? War's okay? War's phänomenal? Dein Höschen ist doch nicht trocken geblieben wie sonst?«

Direkter geht's nicht.

»Ehrlich gesagt konnte ich mir bisher keine Gedanken darüber machen«, versuche ich ihr auszuweichen.

»Komm schon. Gib mir nur ein bisschen. Ein ganz kleines bisschen?«, bettelt sie und ich lache.

Sie bedeutet mir, ihr zu folgen.

»Mal sehen. Der Kuss war der Wahnsinn. Ganz anders als die mit Ben und Kev. Er weiß, was er tut, da hast du schon richtig geraten.« Den Haargummi ziehe ich aus meinem Pferdeschwanz und lasse mich auf Junies Bett plumpsen, als sie sich auszieht und nach ihrem Pyjama sucht.

»Er schmeckt nach Minze und seine Hände sind immer warm«, sinniere ich weiter. »Und ja, du Schandmaul, mein Höschen ist nicht nur nass geworden, sondern regelrecht davongeschwommen.« Ich drücke mir das Kissen aufs Gesicht, nachdem sie mich mit großen Augen erstaunt ansieht.

»Was?« Durch das Kissen hört sich ihre Stimme erstickt an.

Neben mir senkt sich die Matratze leicht ab und ich spüre ihre Hand auf meiner Schulter.

»Das ist doch unglaublich, dass du dich dabei so gut gefühlt hast. Ich würde sagen, das ist ein ziemlicher Fortschritt.«

»O Gott, ja, Junie, aber doch nicht unbedingt mit einem Footballspieler, der sicher schon sämtliche Höschen in der Schublade stecken hat. Was will so jemand wie er denn mit *mir*?«, stöhne ich und vergrabe mich tiefer in Junies Kissen.

»Was soll denn der Scheiß? Du bist eine wunderschöne Frau, Sam«, sagt Junie mit fester Stimme.

Ich würde ja widersprechen, wenn ich nicht genau wüsste, dass sie dann richtig pissig wird. Das habe ich schon öfter ausprobiert. Es war nie eine gute

Idee. Und dass sie mich nun Sam und nicht *Grinch* nennt, sagt mir, dass ich mich darüber nicht mit ihr streiten sollte.

»Das warst du schon immer. Und by the way«, die Matratze hebt sich wieder leicht, als Junie in ihren Pyjama klettert. »Connor hat gesagt, dass du Danny gestern mit deiner Prinzessin-in-Nöten-Nummer ziemlich erschrocken hast.«

Das Kissen klatscht in Junies Gesicht. Zehn Punkte. War aber leider nur ein Kopfkissen, kein Ziegelstein. Deswegen lässt sie sich davon auch nicht die Bohne beeindrucken.

»Du hast ihm wohl mehr oder weniger eine schlaflose Nacht beschert. Das hättest du sicher nicht geschafft, wenn er dich nur für eine Kerbe in seinem bescheuerten Pfosten haben wollen würde.«

Mein Herz macht einen Satz. Blödes Herz, blödes. Warum tut es das?

»Ernsthaft?«

»Yep. Ernsthaft. Ich an deiner Stelle würde mal mein Klischee-Denken über Footballspieler generalüberholen. Sie sind ja nicht nur Spieler, sondern auch ganz normale Typen. Vielleicht solltest du ihm eine Chance geben. Wobei«, sie grinst mich frech an, »so wie es aussieht, hast du das eh schon getan.« Das zweite Kissen prallt an ihrer Kehrseite ab, als sie ins Bad flüchtet.

»Was ist mit dir und Connor?«, rufe ich ihr hinterher und setze mich auf. »Du hast ihm von Henry erzählt. Das tust du sonst bei keinem.«

Junie dreht sich um und sieht mich an. Sie strahlt wie ein Feuerwerk an Silvester.

»Stimmt, scheint wohl ernst zu werden.«

»Und da reden wir über *mich?*« Ich schieße aus ihrem Bett hoch.

»Pst! Verschrei es nicht, so was ist ganz gefährlich.« Sie lächelt mich glücklich an, bevor sie sich endgültig von mir abwendet. »Jetzt verpiss dich aus meinem Bett, ich brauche meinen Schönheitsschlaf!«, ruft sie mir noch über die Schulter zu, bevor sie schon die Tür zum Badezimmer zuknallt.

Seufzend rolle ich mich aus ihrem Bett und schleppe mich in mein Zimmer.

Während ich mir die Zähne putze, versuche ich einen roten Faden in meinem Kopf-Chaos auszumachen.

Der Kuss war der Wahnsinn. Da komme ich nicht drumherum. Er hat sich so gut angefühlt. Danny hat sich so gut angefühlt und ich bin nach wie vor völlig von den Socken, dass er mich so scharf gemacht hat, wie es sonst normalerweise nicht einmal meine Hand hinbekommt. Vom Vibrator fang ich gar nicht erst an. Der ist eh scheiße. Oder ich habe keine Ahnung, wie man ihn richtig bedient. Auch im Bereich des Möglichen.

Uff. Ein simpler Kuss.

Das kann noch lustig werden.

Ich muss *dringend* mit meiner Hand reden. Sie soll sich gefälligst in Zukunft mehr anstrengen.

22

Danny

Nick, Connor und ich sitzen auf der ersten Bank direkt hinter dem Footballfeld und gehen ein paar Spielzüge durch.

Connor ist, was das anbelangt, mächtig ehrgeizig. Er strebt eine Profikarriere an, wie es damals auch sein Bruder getan hat, allerdings nicht als Quarter-, sondern als Runningback.

Es ist Montagnachmittag, die Vorlesungen sind für heute alle gelaufen und es dämmert allmählich.

Während ich eine Laufgruppe beobachte, die ein paar Runden ums Footballfeld dreht, ziehe ich den Reißverschluss meiner Jacke hoch.

Mit ein wenig Abstand joggt ein relativ kleines Mädchen mit einem dunklen Basecap, das sie tief in die Stirn gezogen hat, der Gruppe hinterher. Ihre Beine stecken in schwarzen Sportleggins; die hellblaue Trainingsjacke hat sie sich bis unters Kinn gezogen.

Ich kneife die Augen zusammen und kann unter dem Cap einen langen schwarzen Pferdeschwanz erkennen.

Yep, das ist sie.

Seit Samstagabend habe ich Sam nicht mehr gesprochen. Gestern musste ich zu meinen Eltern nach Hause, die nur eineinhalb Fahrtstunden von hier in New Haven wohnen, und ihnen beim Nachstreichen ihrer Küche helfen. Das hat man davon, wenn man nicht wie Sean in Boston wohnt. Seine Anreise würde länger dauern. Zwar nur eine Stunde, aber er ist momentan ziemlich im Prüfungsstress. Sein zweites Staatsexamen verlangt ihm viel ab.

Doch das ist schon okay. Zum einen, weil ich meinen Eltern wirklich dankbar bin, dass ich mich aufgrund ihrer finanziellen Hilfe voll und ganz auf die Uni konzentrieren kann. Zum anderen helfe ich ihnen gern.

Meine Schwester Jules, die ich leider nur noch selten sehe, war gestern ebenfalls zu Hause. Also war es eine Win-win-Situation. Sie fehlt mir. Hätte ich nie gedacht, dass ich das mal sagen würde, so oft, wie wir uns früher immer gezofft haben.

Heute Morgen habe ich Sam nur kurz in der Vorlesung von Meyerson gesehen. Wir saßen jedoch viel zu weit auseinander, um uns unterhalten zu können, und in der Cafeteria habe ich sie nicht ausmachen können. Nicht, dass ich Ausschau nach ihr gehalten hätte.

Andererseits, wem will ich hier eigentlich noch etwas vormachen? Diesen Kuss bekomme ich einfach nicht mehr aus meinem Kreislauf.

Sie setzt zum Sprint an und holt die Gruppe vor sich locker ein. Zwei von ihnen sprinten ihr daraufhin hinterher, doch sie haben keine Chance gegen sie. Verdammt, ist sie schnell! Ihre Füße hämmern nur so auf die Tartanbahn, ihr Pferdeschwanz fliegt hinter ihr her.

»Erde an Danny! Wo bist du denn gerade? Sicher nicht bei den Spielzügen«, will Connor wissen und als er meinem Blick folgt, lacht er amüsiert auf. »O Mann, Bro! Gesteh es dir doch endlich ein: Sie hat's dir richtig angetan.«

Nick reckt seinen Hals in die Höhe und versucht zu erkennen, um wen es geht. In unserem Team hat er den Spitznamen *Papa Bär* weg. Er ist ein Koloss von einem Mann und ein verflucht guter Kämpfer – ab und an trainiert er David, Connor und mich im Bare-Knuckle-Fight – aber sein Gemüt ist so sanft wie Zuckerwatte auf einem Jahrmarkt.

»Was habe ich verpasst?«, fragt er neugierig.

»Schneewittchen.« Connor grinst sich eins.

»Hä?« Verständnislos blickt Nick ihn an.

»Sam Mathison. Die kleine Schwarzhaarige, auf die Dannyboy hier steht«, resümiert Connor,

»Sam?«, fragt Nick erstaunt. »Die wirkt aber nicht so, als wäre sie ein Mädchen für eine Nacht.«

Schnaubend verdrehe ich die Augen.

»Ja, ja, ich weiß, ein Strich auf meiner Fick-Liste. Dabei habe ich gar keine, also lasst mich endlich mit dem Scheiß zufrieden.«

»Wer wird denn gleich so empfindlich sein?«, provoziert mich Connor weiter. »Sonst macht dir dein Ruf doch auch nichts aus.«

Klar weiß ich, dass ich an dem selbst schuld bin. Und dass er mich nun ernsthaft anpisst, nervt mich am allermeisten.

***

Abends liege ich platt auf meinem Bett und spiele mit meinem Handy und dem Gedanken, Sam zu schreiben. Doch sie könnte sich auch bei mir melden. Warum sollte ich derjenige sein? Gut, sie hat immerhin letztes Mal den ersten Schritt gemacht und sich letztes Mal zuerst gemeldet. Warum mache ich mir darüber überhaupt so viele Gedanken? Ich schreibe ihr einfach. Mr Megacool und so.

Hey, Schneewittchen, alles klar bei dir? Bist du heute in Strafrecht gut mitgekommen?

Lahm, ich weiß, aber etwas Besseres fällt mir im Moment nicht ein. Ich kann ja schlecht schreiben, was ich denke: *Hey, Schneewittchen, Lust vorbeizukommen, damit wir uns die Seele aus dem Leib vögeln können?* Eher nicht.

Bisher kann ich nur ein Häkchen neben meiner an sie geschriebenen Nachricht ausmachen. Vielleicht hat sie ihr Handy nicht an.

Na gut. Mal sehen, was Connor so treibt.

Gelangweilt stehe ich auf und schlurfe durch die Wohnküche auf seine Zimmertür zu, die sperrangelweit offen steht. Connor sitzt im Schneidersitz auf seinem Bett und hat die Nase in seine Unterlagen gesteckt.

»Den Scheiß checkt doch keine Sau, oder?«, murrt er vor sich hin.

Mächtig unmotiviert lehne ich mich an seinen Minischreibtisch und fahre mir über den Nacken.

»Langweilig«, stöhne ich vor mich hin.

»Musst du nicht lernen?«

»Nope, ist schon erledigt.«

»Schreib doch Sam, vielleicht braucht sie wieder Nachhilfe.« Er grinst breit.

»Hab ich schon. Sie scheint ihr Handy nicht anzuhaben.«

Connor greift sich gespielt schockiert ans Herz.

»Dass ich das auf der Uni noch mal erleben darf! Der große Dannyboy hat sich verknallt und rennt einem Mädchen hinterher. Dachte, die muss erst noch gebacken werden.« Er duckt sich, als ein Buch in seine Richtung fliegt.

»Du musst gerade reden. Was ist denn mit Junie? Sie scheint sich ja tatsächlich in deine Umlaufbahn verirrt zu haben.«

»Korrekt.« Selbstzufrieden checkt er sein Handy. »Das ist genau der springende Punkt: Sie hat sich schon in meine Umlaufbahn verirrt. Sam musst du wohl erst noch einfangen, was?«

»Halt die Klappe.«

»Wenn es dich tröstet: Laut Junie hat Sam euer Rumgeknutsche nicht kalt gelassen. Bro, seit wann knutschst du nur rum?«

»Wenn ich dich daran erinnern darf, seid *ihr* doch zur Tür reingeplatzt und habt meine weitere Abendplanung zunichtegemacht. Schönen Dank dafür übrigens.« Das hat mich echt genervt.

»Wenn es nicht mehr braucht, um dich von der Durchführung deines Planes, wie auch immer der aussehen soll, abzuhalten, lässt du ziemlich nach«, gibt Connor zu bedenken, als sein Smartphone piepst. »Junie kommt in einer Stunde vorbei. Entweder du machst dich vom Acker oder du wirst sicher ein paar nicht jugendfreie Geräusche aus meinem Zimmer hören können.« Er schaut von seinem Handy auf und hält mir das Display unter die Nase.

»So macht man das:

›Lust vorbeizukommen?‹

›Yep.‹

›Wann?‹«

Gereizt schlage ich seine Hand weg und stehe auf.

»Hoffentlich ist sie keine Kreischerin, sonst komm ich rüber und halte ihr den Mund zu.«

Connor lacht.

»Nur kein Neid, mein Freund, nur kein Neid.«

Ich schleiche frustriert in mein Zimmer zurück.

Das auch noch. Fickgeräusche aus einem anderen Zimmer zu hören, wenn man selbst mit geschwollenen Eiern im Bett liegt, ist das Letzte, was *Mann* braucht.

23

Sam

Überrascht starre ich auf das Display meines Smartphones, während sich Junie im Bad für ihr Date mit Connor fertigmacht.

> Hey, Schneewittchen, alles klar bei dir? Bist du heute in Strafrecht gut mitgekommen?

Nachdem sich Junie heute mit Connor bei ihm trifft, gehe ich stark davon aus, dass Danny Fluchtgedanken hat. Mich wundert nur, dass er ausgerechnet mir schreibt. Hoffnungen, dass er mehr in mir sieht als nur einen One-Night-Stand, will ich mir nicht machen.

Junie hat mir zwar erzählt, dass er laut Connor zum ersten Mal, seitdem sie auf der Uni sind, ein ernsthaftes Interesse an einem Mädchen, nämlich an mir, zeigt, aber das kann ich einfach nicht glauben. Das ist geradezu lachhaft.

Rein oberflächlich betrachtet weiß ich, dass ich nicht hässlich bin, aber als Granate sehe ich mich wirklich nicht. Spätestens wenn er merkt, dass ich wenig bis keine Erfahrung im Bettsport habe, wird er mich absägen. Diese Schmach muss ich mir nicht geben.

Abgesehen davon bin ich nicht blöd und merke genau, dass er anfängt, mir gefühlsmäßig gefährlich zu werden.

Worst Case: Ich schaffe es, mit ihm zu schlafen, es gefällt mir auch noch und dann merke ich, dass ich für ihn nur ein weiteres Betthäschen war. Der anfängliche Plan war zwar, genau das zu tun und darauf zu pfeifen, falls es zu Letzterem kommt, doch ich habe die Rechnung ohne meine blöden Gefühle gemacht. Dieser verdammte Kuss.

Und wer wollte denn hier *auf gar keinen Fall* etwas Festes oder in irgendeiner Art Verbindliches? So was geht für mich überhaupt nicht, denn das würde bedeuten, dass mich über kurz oder lang meine Vergangenheit wieder einholt, und das brauche ich ungefähr so sehr wie ein Loch im Kopf.

Mit einem Kuli trommle ich auf meinem Lehrbuch herum, bis Junie mit drei langen Schritten auf mich zukommt und mir den Stift aus der Hand reißt.

»Das *nervt*, Grinch. Wie oft denn noch?«

Hat sie mir das eben schon mal gesagt?

»Uh, Mr Hottie ...« Sie erhascht einen Blick auf mein Handy. »Lad ihn doch hierher ein. Oder geht ins Kino, ist vielleicht unverfänglicher. Oder einen Kaffee trinken? Komm schon.« Junie schubst mich verschwörerisch an. »Gib dir einen Ruck. Was soll schon passieren?«

Ein Blick von mir reicht und sie stöhnt auf.

»O Mann, Grinch. Das Schlimmste, was man ihm vorwerfen kann, ist, dass er gern vögelt. Es gibt fatalere Sachen.« Sie zwinkert mir zu.

»Ich weiß auch nicht, Junie«, platzt es verzweifelt aus mir heraus. »Mir ist das jetzt schon zu kompliziert. Ich meine, klar ist er heiß, klar war der Kuss super; ja, ich will mehr und wäre auch nicht abgeneigt, mit ihm mal das ewige Sexthema von meiner Liste zu streichen. Aber was ist, wenn ich ihn danach mehr als nur heiß finde? Ich denke jetzt schon öfter an ihn, als mir guttut.« Hektisch taste ich unter meinen Pulli und lasse das Band einmal kräftig schnalzen. »Dann stellt sich heraus, ich bin doch nur ein Betthäschen für ihn. Oder viel schlimmer – und das macht mir richtig Panik: Ich bin es nicht und wir latschen direkt in eine Beziehung.« Es schüttelt mich.

Junie fängt schallend an zu lachen.

»Grinch, beruhige dich! Ich hol dir gleich eine Papiertüte, in die du atmen kannst.«

Ich leide seelische Qualen und sie lacht sich schlapp. Miststück.

»Nun warte doch erst mal ab und schau, wohin das alles führt. Dann kannst du dir immer noch Gedanken darüber machen.«

»Ja, aber dann ist es vielleicht schon zu spät.«

»Zu spät für was?«

»Dann stecke ich da gefühlsmäßig vielleicht schon zu tief drin, als dass es mich kalt lassen würde«, versuche ich ihr meine Misere zu erklären.

»Ganz ehrlich, Grinch?« Sie zieht sich ihren Wintermantel über die Schultern und den Reißverschluss bis oben hin zu. »Ist es dafür nicht sowieso schon zu spät? Abgesehen davon, dieses Risiko geht jeder ein, der zwischenmenschlichen Kontakt mit anderen hat. C'est la vie.« Sie öffnet die Tür und wirft mir noch einen schelmischen Blick über ihre Schulter zu. »Jedenfalls, wenn Danny heute Abend nicht bei Connor wäre, würdest du mir einen riesigen Gefallen tun.« Aus Welpenaugen blickt sie mich an.

»Ja, ja, verschwinde«, meckere ich ihr nicht unfreundlich hinterher und sobald sich die Tür hinter ihr geschlossen hat, hacke ich auf mein Handy ein.

24

Danny

Geht so. Panik macht sich langsam breit, die Klausur ist ja schon diesen Freitag. Hab verflucht viel nachzuholen.

Hat das wieder gedauert. Fünfzehn Minuten. Das ist eine Viertelstunde. Mann, dieses Mädchen.

Brauchst du noch mal Hilfe? Ich brauche auf jeden Fall welche. Junie kommt gleich vorbei und Connor schmeißt mich raus.

… die drei flirrenden Punkte …

Yep. Ich weiß. Sie ist gerade gegangen.

Die blöden Punkte flirren und flirren. Ich lasse ihr Zeit. Etwas anderes bleibt mir ohnehin nicht übrig, meine Anspielung ist eindeutig genug gewesen.

Würde mir fies vorkommen, dich da jetzt allein zu lassen. Das wäre ja unterlassene Hilfeleistung.

Meine Mundwinkel ziehen sich zu einem breiten Grinsen nach oben.

Definitiv. Da würde ich dir gleich die Bullen auf den Hals hetzen.

Bei meinem Vorstrafenregister könnte ich das unter keinen Umständen zulassen.

Dass sie bei ihrem frechen Mundwerk tatsächlich eins hat, kann ich mir sogar vorstellen.

Also, magst du rüberkommen?

Na endlich.

Wann?

Wann du magst. Ich bin da.

Holy. Ich stehe quasi schon vor ihrer Tür.

Gib mir zwanzig Minuten, ich muss noch duschen.

Alles klar, kein Stress. Du bist da, wenn du da bist.

So herrlich unkompliziert.

Auf dem Weg ins Badezimmer ziehe ich mir meine Jogginghose und mein Shirt aus, kämpfe kurzzeitig mit den Boxershorts, die ich in den Wäschekorb schmeiße, und springe hastig unter die Dusche.

Kurz abtrocknen und frische Klamotten anziehen. Boxershorts, weißes Shirt, blauer Hoodie, schwarze Jeans – wo sind meine Nikes? Ah ... gefunden.

Dann hetze ich zur Tür, grapsche hastig nach den Autoschlüsseln meines schwarzen Dodge Rams, dem Rucksack mit Seans Strafrechtsunterlagen sowie meiner Jacke und mache mich dann auf zum nächsten Liquor Store, um Getränke zu holen. Ist das Mindeste, wenn wir schon das zweite Mal bei ihr abhängen.

Nachdem ich mir vom Verkäufer einen Weißwein für Sam habe empfehlen lassen, greife ich mir noch einen Sixpack Bier nebst einer Tüte Chips und mache mich dann auf den Rückweg zum Campus.

Dort stelle ich mein Auto wieder auf dem Parkplatz ab und laufe mit Rucksack und Papiertüte quer über den Quad zum Mädchenwohnheim.

Kaum bin ich die Treppen hochgestiegen, kommt mir Kelly aufgetakelt entgegen. Kritisch beäugt sie die Papiertüte in meinen Händen.

»Wohin des Weges, Gigolo?«, fragt sie mit einem Grinsen, das wohl anzüglich wirken soll, mich aber nur an eine Werbung für Pornofilme erinnert. Ich sollte nicht so denken. Immerhin habe ich mit ihr gevögelt, und auch wenn es nicht besonders gut war, sollte ich sie nicht respektlos behandeln.

»Hi, Kelly«, grüße ich sie daher höflich und will mich an ihr vorbeidrängen.

»Wer ist heute die Glückliche?« Sie streift mit ihrer Hand meinen Unterarm.

»Das geht dich nichts an. Ich frage dich ja auch nicht, mit wem du dich triffst.« Ich bemühe mich einer Konfrontation aus dem Weg zu gehen.

»Kannst du ruhig. Ich gehe mit Jerry ins Kino.« Sie streichelt ein paar Mal meinen Arm auf und ab, während ich versuche mich an ihr vorbeizudrücken.

Trifft sich gleich mit Jerry und gräbt *mich* auf dem Hausflur an. Das ist ganz schön billig.

Und überhaupt, seit wann ist das Treppenhaus hier so eng?

»Schön für dich. Viel Spaß und ... Kelly?« Ich will nicht, dass sie hinterher sagt, ich hätte sie nicht gewarnt. »Pass auf dich auf, okay? Jerry hat einen gewissen Ruf.«

Sie wirft mir einen flirtenden Blick zu. »Wieso? Den hast du doch auch.«

Endlich bin ich an ihr vorbei.

Nein. Habe ich nicht. Doch, habe ich schon, aber der ist nicht zu vergleichen mit Jerrys. Dass sie ihn und mich auf eine Stufe stellt, ärgert mich gewaltig. Es ist etwas völlig anderes, mit einem Mädchen einvernehmlich Spaß zu haben oder sich ein Mädchen zu schnappen, mit dem man Spaß haben will, ohne darauf zu achten, was das Mädchen möchte. Etwas. Völlig. Anderes.

Trotzdem versuche ich, mir von Kelly nicht die Laune vermiesen zu lassen, nehme die restlichen Stufen mit ein paar großen Schritten und brauche nicht lange, um vor Sams und Junies WG zu stehen.

Schnell angeklopft, durch die Haare gefahren und los geht's.

25

Sam

Ich hetze noch einmal quer durch die Wohnung, um meine restliche Schmutzwäsche einzusammeln und in den dafür vorgesehenen Korb ins Badezimmer zu feuern, putze mir nebenbei die Zähne – man weiß ja nie – und versuche vergeblich, mich zu beruhigen. Mein Handgelenk brennt mittlerweile wie Feuer, da ich es die letzten zwanzig Minuten ordentlich mit dem Gummi bearbeitet habe.

Ein Mann. In meinem Zimmer. Und Junie ist nicht da.

War sie letztes Mal auch nicht. Da war er auch schon ein Mann. Und was für einer.

Aber da kam sie mit Connor nach Hause.

Na und? Sie kommt heute sicher auch nach Hause, hier steht schließlich ihr Bett.

Das ist kein wirkliches Argument.

Sie hat mit ihrer Handtasche die WG verlassen, da war kein Platz für Wechselklamotten und Duschgel.

Mist. Ich brauche einfach Absicherung. Rücksicherung. Egal. Hauptsache Sicherung. Sicherheit. Mist.

Ich kenne Danny erst seit Kurzem. Was habe ich mir nur dabei gedacht? Warum habe ich Junie nicht gefragt, ob sie bei Connor pennt oder heimkommt? Wo ist mein Handy? Kann ich ja noch schnell nachholen. Mir wäre deutlich wohler, wenn ich wüsste, sie kommt noch nach Hause. Hastig tippe ich ihr eine Nachricht.

Hätte ich doch Kino oder Kaffee trinken vorgeschlagen, ich dumme Kuh! Aber ich habe nicht gelogen, ich muss wirklich noch Strafrecht lernen und die Mitschriften seines Bruders sind zugegebenermaßen wirklich extrem gut.

Ja, sicher. Also ob du dich darauf konzentrieren könntest.

Sei still.

Dann hör du auf, hysterisch zu sein.

Hmpf.

Junie hat heute ein paar Einkäufe getätigt und unser Kühlschrank ist wieder randvoll mit Essen. Zum Glück gibt es auch genug Alkoholika.

Um vor Danny jedoch nicht gleich als versoffene Weißweinschlampe dazustehen, habe ich mir eine Cola eingeschenkt und versuche nun mit aller Willenskraft, mir nicht den Nagellack von den Fingern zu knibbeln. Es gibt nichts, was scheußlicher aussieht. Da könnte ich auch gleich mit einem Emo-Tussi-Shirt in der Gegend herumlaufen. Reicht schon, dass ich eine bin, muss ja nicht gleich jeder mitbekommen. Wozu habe ich mein Gummiband?

Schnalz, schnalz, schnalz ...

***

Zwanzig Minuten, ja? Jetzt ist schon eine halbe Stunde um.

Ich schiele auf mein Smartphone.

Nichts.

Also fange ich an, in der Küche herumzuräumen. Sauber ist sie, das ist uns beiden wichtig, aber eben ziemlich chaotisch. Keine Tasse und kein Glas haben einen Standardplatz, was zur Folge hat, dass ich in der Eile schon öfter mal meinen Kaffee aus irgendwelchen Saftgläsern getrunken habe. Gibt Schlimmeres.

Als es dann *endlich* klopft, zucke ich regelrecht zusammen. Gott, meine Nerven!

Einmal tief durchgeatmet, meine schlichte weiße Leinenbluse, die ich mir vorn locker in die tief sitzende rot-schwarz karierte Stoffhose gesteckt habe, zupfe ich noch einmal zurecht und öffne Danny die Tür.

Meine Güte, er sieht einfach nur scharf aus.

Seine verwuschelten Haare fallen ihm in die Stirn und kräuseln sich an den Spitzen leicht im Nacken. Er sieht mich strahlend an und durch sein Grinsen bekommen die Wangen links und rechts ein kleines Grübchen.

Wieder riecht er nach Minze, Zitrone, Meeresbrise und nach ihm. Sehr männlich. Aber das ist sowieso alles an ihm. Der Rucksack baumelt locker von seiner Schulter herunter, in der rechten Hand trägt er eine braune Tüte, die er direkt auf dem Küchentisch ablädt.

»Hey, Schneewittchen«, begrüßt er mich und steht auf einmal ganz dicht vor mir.

Ich gehe gleich in die Knie, so dermaßen lecker riecht er.

Er beugt sich zu mir hinunter und gibt mir einen kurzen Kuss auf den Mund.

Mitten drauf.

Einfach so.

Als wäre es nichts.

Ist es vermutlich auch nicht, letztes Mal haben wir uns schließlich um einiges intensiver geküsst, aber ich bin trotzdem völlig überrumpelt. Meine Lippen kribbeln und ich muss meine ganze Selbstbeherrschung aufbringen, um nicht direkt mit der Zunge drüberzufahren.

»H … hey«, stammle ich, hole tief Luft und gehe einen Schritt zurück zum Tisch. »Du hättest doch nichts mitzubringen brauchen«, schiebe ich heiser hinterher, schlucke einmal kräftig und blicke in die Tüte. Bier, Chips und Weißwein.

»Ist das Mindeste, du hältst mich immerhin schon zum zweiten Mal aus, da kann ich auch mal die Getränke mitbringen.«

Das ist eine nette Geste, ich hätte ihn gar nicht so eingeschätzt.

O Mann, Sam, er ist kein Arschloch, das weißt du doch mittlerweile. Sonst wäre er nicht hier.

Ja, ja, ist ja schon gut.

»Du hilfst mir schließlich dafür in Strafrecht. Ohne die Unterlagen deines Bruders wäre ich aufgeschmissen.« Für mich suche ich ein Weinglas heraus – wenn er schon extra eine Flasche mitgebracht hat. Wäre doch schade drum.

Danny schnappt sich ein Bier aus der Tüte, das ebenfalls noch kühl genug zu sein scheint.

»Meyersons Prüfungen sind nicht so tragisch, wie du denkst. Der Unterricht ist zwar anspruchsvoll, aber dafür ist er in den Klausuren ziemlich fair«, versucht Danny mich zu beruhigen. Anscheinend hat er keine Ahnung, dass ich nicht wegen Meyerson so aufgeregt bin. Zum Glück.

Aber so oder so, ich merke, wie ich mich langsam trotz seiner Gegenwart entspanne und das, noch *bevor* ich den ersten Schluck Weißwein getrunken habe. Wow! Es gibt noch Hoffnung für mich.

»Komm, lass uns mit dem blöden Zeug anfangen und es hinter uns bringen«, seufze ich.

Danny folgt mir in mein Zimmer.

Vielleicht sollten wir nicht direkt mit Alkohol anfangen, denn ich lege keinen gesteigerten Wert darauf, durch die Prüfung zu fallen. Doch wenn nicht, liegt es ohnehin mit Sicherheit *nicht* am Alkohol – wenn ich mal ehrlich bin.

Er setzt sich wieder mit dem Rücken zum Bett auf den Boden und will wissen: »Wo hakt es bei dir beziehungsweise wo bist du gerade?«

Dieses Mal setze ich mich neben ihn und wir schnappen uns die Unterlagen.

***

Nach zwei Stunden merke ich, dass ich nichts mehr in meinen Kopf bekomme. Meine Konzentration schwindet langsam, aber sicher komplett und ich reibe mir gedankenverloren die Stirn.

»Alles klar? Schon Kopfweh?« Danny schmunzelt.

Er hat gut reden. Er hat das Zeug ehrlich drauf und es scheint ihm auch noch Spaß zu machen. War ja klar, dass er nicht nur unverschämt gut aussieht, sondern auch noch intelligent ist. Und aufmerksam. Und lecker riecht.

Pff.

»Mir reicht's, mein Kopf explodiert gleich«, stöhne ich.

Danny lacht und steht auf, um sich noch ein Bier zu holen.

»Bringst du mir die Chips mit?«, rufe ich ihm hinterher. »Ich brauche Nervennahrung.«

Als er wieder ins Zimmer zurückschlendert, schmeißt er mir die Tüte in den Schoß, und stößt mit mir an. Mein Glas habe ich die letzten zwei Stunden kaum angerührt, dafür war ich viel zu konzentriert. Einmal angefangen, konnte ich tatsächlich an etwas anderes denken als an Danny neben mir.

Nun habe ich zumindest das Gefühl, dass ich in Strafrecht nicht mehr völlig absaufe. Das beruhigt mich etwas.

»Warum bist du so gut in dem Zeug?«, frage ich.

Danny nimmt einen Schluck von seinem Bier und überlegt.

»Keine Ahnung. Es liegt mir eben. Ich würde sogar sagen, es macht mir Spaß. Sag das bloß nicht meinem Vater. Sonst denkt er gleich, ich trete in seine und Seans Fußstapfen – und ich weiß noch nicht, ob ich das will.«

»Was willst du dann?« Ich schaufle mir eine Handvoll Chips in den Mund.

»Ich weiß noch nicht genau. Erst mal mit dem College fertig werden. Profi-Footballer werde ich sicher nicht, dafür ist mir der Sport nicht wichtig genug.«

Jetzt bin ich doch überrascht. Ich dachte eigentlich, dass er und Connor sich mit Leib und Seele dem Sport verschrieben hätten.

Amüsiert sieht er mich an und meint, als könne er meine Gedanken lesen: »Ich bin nicht wie Connor. Er hängt sich noch mal ganz anders in die Sache rein. Für ihn gibt es nichts Wichtigeres als Football und das ist bei mir nicht so. Ob es dann aber Strafrecht wird? Keine Ahnung.« Er fährt sich kurz durch seine braunen Wuschelhaare.

Grrrrr.

Libido, schön, dass du wieder da bist, aber beruhig dich mal.

»Woher hast du die Narbe an der Augenbraue? Football?«, quetsche ich ihn weiter aus und betrachte sie eingehender.

»Die Terrassentür meiner Eltern. Sean hat mich früher immer quer durchs Haus gejagt, als wir noch Kinder waren. Einmal wollte ich hinaus in unseren Garten flüchten. Blöderweise war die Terrassentür zu, was sie eigentlich im Sommer nie war. Ich habe das erst gemerkt, als ich mit voller Wucht dagegengelaufen bin. Leider ist sie gesplittert. Aber ich hatte Glück im Unglück. Ein paar Millimeter weiter rechts und mein Auge hätte dran glauben müssen.«

»Schwein gehabt.«

»Was ist mit dir? Über dich weiß ich so gut wie nichts.« Er sieht mich interessiert an.

»Was willst du denn wissen?« Ich mag es nicht, über mich zu sprechen.

»Alles. Lieblingsfarbe, Lieblingsband, Ex-Freunde«, zählt Danny an seiner Hand ab.

»Hör auf mit dem Kreuzverhör, ich gestehe ja schon.« Ich lache und hoffe, dass es sich nicht allzu angestrengt anhört. »Mal sehen. Rot. Und Schwarz. Weiß ist auch okay.«

Er bricht in schallendes Gelächter aus.

»Ich sag's ja: Schneewittchen. Rot wie Blut, schwarz wie Ebenholz und weiß wie Schnee. Jetzt kriegst du den Spitznamen definitiv nicht mehr los.« Zufrieden funkelt er mich an.

Na toll. »Wenn es dich glücklich macht ...«

»Yep. Tut es«, gluckst er und bedeutet mir weiterzuerzählen.

»Lieblingsband ist fies. Ich habe so viele, das weißt du ja schon. Müsste ich mich aber für eine entscheiden, wären es die Beatsteaks. Geschwister habe ich keine, weißt du ja auch schon. Du weißt schon eine Menge über mich, wenn ich so darüber nachdenke, Mr Huntington.«

»Nur nicht die wichtigen Sachen«, gibt er zurück.

»Die da wären?«

»Fangen wir mit eurem Uniwechsel an. Wieso? Und das auch noch mitten in den Midterms?«

Kacke. »Gab keinen besonderen Grund.«

»Was ist mit den Ex-Freunden?« Er grinst mich herausfordernd an.

»Du bist ganz schön neugierig, oder?«

»Immer.«

»Da gab es nicht viele.«

»Ach, ist das so?« Er überbrückt ein wenig von der Distanz, die wir zwischen uns geschaffen haben. »Ich habe mich schon vor einer Woche gefragt, warum so ein Mädchen wie du keinen Freund hat. Weil es da mal einen riesigen Idioten gab? Selbst wenn, warum ist keiner nachgerückt?«

Angespannt versuche ich, meine Schnappatmung unter Kontrolle zu bekommen. »Kann schon sein, dass der eine oder andere Idiot dabei war, aber jetzt will ich nur so gut wie möglich die Uni abschließen.«

Er runzelt die Stirn und scannt mich mit seinem Blick.

»Was magst du nach der Uni machen?«, fragt er dann unvermittelt und lehnt sich wieder ein Stück aus meiner Komfortzone heraus.

Einerseits zum Glück, andererseits: Bleib doch!

»Strafrecht interessiert mich ebenfalls«, sage ich. Allerdings mit Sicherheit aus anderen Gründen als Danny. »Aber Psychologie hat auch was. Ich weiß es noch nicht so recht. Eineinhalb Jahre habe ich ja noch. Also sehe ich das ziemlich entspannt und bin froh, dass meine Eltern mir nicht dazwischenfunken.«

Schnalz. Ich merke es schon gar nicht mehr.

Aber Dannys Blick auf mein Gummiband erinnert mich wieder an meine blöde Angewohnheit.

»Warum machst du das ständig?«

War klar, dass die Frage irgendwann kommen musste.

»Stressbewältigung, schätze ich. Besser als Nägelkauen.«

Von ihm kommt nichts mehr und bevor ich meinen Blick vom Gummiband wieder auf ihn richten kann, rieche ich schon, dass er mir wieder sehr nahe ist. Von der Komfortzone hält er jedenfalls nicht viel.

Der Schmetterling mit seinem Kumpel hat einen ganzen Schwarm zu sich eingeladen, als wäre es sein verdammtes Reich – und sie veranstalten eine Megaparty in meinem Bauch. O Gott, kribbelt das!

Eine große Hand legt sich auf meinen Oberschenkel, ich spüre ihre Wärme durch den Stoff meiner Hose und weiß nicht, ob ich *Stopp!* oder *Mehr!* schreien soll. Also bleibe ich stumm und versuche krampfhaft, das Atmen nicht zu vergessen.

26

Danny

Sams Duft schießt mir direkt in den Schwanz. Gepaart mit ihren großen dunkelblauen Augen, die heute an das Meer an einem stürmischen Tag erinnern, ihrer elfenbeinfarbenen Haut und den seidig-schwarzen langen Haaren, die überall zu sein scheinen, zieht sie mich an wie ein verfluchter Magnet. Ich kann und will meine Hände nicht mehr von ihr lassen.

Strafrecht ist für heute Abend abgehakt, das steht fest. Was auch immer jetzt noch passiert, werden wir sehen.

Sie ist allerdings wieder ziemlich schüchtern, seit ich so nahe an sie herangerutscht bin. Von ihrer großen Klappe ist nichts mehr zu hören. Dieser Gegensatz überrascht mich jedes Mal.

Sicherheitshalber lasse ich es langsam angehen und meine Hand wandert auf ihren Oberschenkel. Locker ruht sie auf ihrem Bein, während ich mich zu ihr hinunterbeuge und ihr mit der anderen Hand den Pony aus dem Gesicht streiche.

Sie sieht mich aufgeregt an, nervös und – irgendwie ängstlich? Warum das denn?

»Keine Panik, ich beiße nicht«, murmle ich daher, meine Lippen sind schon fast auf ihren, aber den letzten Schritt muss sie selbst gehen. Überrumpeln sollte ich sie auf keinen Fall, so viel habe ich schon mitbekommen.

Ihr Atem kitzelt mich an der Nase, als sich ihre Lippen ein wenig öffnen und sie mir einen winzigen Kuss auf die Unterlippe haucht. Das ist so dermaßen niedlich, dass ich schmunzeln muss.

Bevor sie sich wieder zurückziehen kann, fährt meine Hand nach hinten durch ihre seidige Mähne und legt sich auf ihren Hinterkopf. Automatisch lehnt sie ihren Kopf weiter zurück in den Nacken, während ich ihr ein paar kleine Küsse auf die Lippen drücke – seitlich, mittig, oben, unten. Mit dem Daumen fahre ich immer wieder unter ihrer Unterlippe entlang. Ihre Atmung beschleunigt sich.

Obwohl wir genau genommen noch nichts tun, macht mich die ganze Situation tierisch an. Vermutlich genau deswegen. Weil alles so langsam geht. Normalerweise bin ich den Umgang mit offensiveren Frauen gewöhnt, da geht es meist recht schnell zur Sache, da ich ihnen immer von vornherein klarmache, dass ich nur auf eine Nummer aus bin. Deshalb entfällt das unschuldige Geknutsche. Auch weil ich es nicht besonders mag. Außer bei Claire und jetzt eben bei Sam.

Sie riecht gut, schmeckt gut, fühlt sich gut an. *Es* fühlt sich gut an, hier mit ihr.

Ich spüre ihre weiche Zunge an meiner Unterlippe entlanggleiten, kann mich nicht mehr beherrschen und beginne sie richtig zu küssen. Meine Zunge stupst ihre in ihren Mund zurück, ich umkreise sie mit meiner und meine Hand wandert von ihrem Oberschenkel an der Knopfleiste ihres Leinenhemdes nach oben. Mit den Fingerspitzen gleite ich über ihre Brust, als sie mir in den Mund keucht. Da ist es wieder. Dieses süße kleine Keuchen.

Nach und nach öffne ich die Knöpfe ihres Hemdes, während ich sie weiter küsse. Sie schmeckt ein bisschen nach Weißwein und Chips und ganz viel nach Schneewittchen.

Allerdings wird es auf dem Fußboden allmählich unbequem und für das, was ich mit ihr vorhabe, eignet sich das Bett viel besser. Also ziehe ich sie noch im Küssen auf meinen Schoß, stehe mit ihr auf, drehe mich um und lege mich mit ihr aufs Bett.

Sie quiekt erschrocken auf, weil sie nicht damit gerechnet hat, und schaut mich aus großen Augen an. Ihre Lippen sind durch unsere Küsse gerötet, ihre Haare verwuschelt. Sie so unter mir liegen zu sehen ist der helle Wahnsinn.

Ich stütze mich ab, damit ich sie nicht zerquetsche, und meine Beine liegen zwischen ihren, mit denen sie meine Hüfte umschlungen hat.

Ihr Hemd ist mittlerweile aus dem Hosenbund gerutscht. Da ich bereits die meisten Knöpfe aufbekommen habe, kann ich einen Blick auf ihren schlichten weißen BH erhaschen. Kein Push-up. Hat sie auch nicht nötig.

Mit dem Handrücken streiche ich über eine ihrer Brüste und kann spüren, wie sich die Brustwarze durch das dünne Material des Cups drückt.

Verdammt, da ist immer noch viel zu viel Stoff zwischen uns und langsam werde ich ungeduldig.

Also knie ich mich zwischen ihre Beine, fummle die restlichen Knöpfe aus den Löchern und ziehe ihr das Hemd über die Arme. Sie hilft mir, indem sie sich aufsetzt. Das nutze ich aus, gleite mit den Händen hinter ihren Rücken und hake geübt den BH auf.

Was soll ich sagen? Jahrelanges Training.

Rasch ziehe ich mir den Hoodie samt T-Shirt über den Kopf und lasse beides dem BH folgen, während sie sich aufs Bett zurücklegt.

Erst jetzt gönne ich es mir, sie zu betrachten.

Ihr Brustkorb hebt und senkt sich kräftig, ich kann den Rippenbogen unter ihren Brüsten ausmachen. Ihr Bauch ist flach und neben ihrem Nabel hat sie einen niedlichen dunkelbraunen Leberfleck in Form eines Halbmondes.

Sanft zeichne ich die Konturen ihrer Brüste nach. Sie scheinen genau in meine Hand zu passen, fühlen sich prall und trotzdem unfassbar weich an und stehen aufrecht. Ihre dunkelrosa Brustwarzen recken sich frech in die Luft.

»Du bist so schön, weißt du das?«, flüstere ich und blicke ihr wieder in die Augen, die sich noch mehr verdunkeln. Mit ihren Händen will sie verlegen ihre Brüste verdecken.

Warum ist sie so schüchtern, sobald es um Körperliches geht? Das passt nicht zum Rest ihres Charakters.

Ich ziehe ihre Finger sanft zur Seite. »Mach das bloß nicht, oder willst du mich umbringen?«

Sie lacht und wird knallrot.

Das ist so verflucht süß.

Ich beuge mich zu ihr hinunter, lege meine Hände seitlich an ihren Brustansatz und küsse ihren Bauch. Er fühlt sich genauso gut an, wie er aussieht. Als ich mich bis zu ihren Brüsten vorgeküsst habe, nehme ich beide in meine Hände und drücke sie leicht.

Sam hat mittlerweile den Kopf nach hinten gelegt und die Augen geschlossen. Ihre Hände hat sie in meinen Haaren vergraben und streichelt mit den Fingerspitzen meine Kopfhaut.

Als ich eine Brustwarze mit meiner Zungenspitze umkreise und anschließend in meinen Mund sauge, schnappt sie kurz nach Luft und der Druck ihrer Finger in meinen Haaren verstärkt sich. Das mag sie also.

Ich spüre ihr Herz kräftig und schnell schlagen, beinahe schon rasen.

»Alles okay?«, nuschle ich an ihrem Bauch, da ich fast die Befürchtung habe, sie bekommt einen Herzinfarkt, so wild fühle ich ihr Herz an meiner Hand pochen.

»Ja«, flüstert sie heiser und schaut aus dunklen Augen zu mir hinunter.

Also widme ich mich einmal mehr ihrer Brustwarze und sauge sie behutsam in meinen Mund. Sam seufzt jedes Mal, wenn ich den Druck erhöhe, leise auf, und ich könnte eine Ewigkeit so weitermachen. Immer wieder umkreise ich ihren linken, dann wieder ihren rechten Nippel, knabbere an ihnen und fahre mit meiner Nase ihren Hals entlang, bis meine Lippen auf ihren landen. Dieser Kuss ist nicht mehr so unschuldig.

Sie vergräbt abermals ihre Hände in meinen Haaren, ihre Zunge drängt sich gegen meine und umspielt sie. Als sie mir dann kurz, aber fest in die Unterlippe beißt, kann ich mir ein Knurren nicht verkneifen und drücke meinen inzwischen recht harten Schwanz an ihre Mitte.

Immer noch zu viel Stoff.

Meine Hand gleitet nach unten und unter ihren Hosenbund. Ihre Haut ist so heiß, dass sie beinahe glüht. Nachdem ich ihre Hose aufgeknöpft habe, gehe ich wieder auf die Knie, um sie ihr vom sexy Hintern zu ziehen. Sam hilft mir dabei, indem sie ihr Becken leicht anhebt. Kurz strampelt sie ihr rechtes Bein frei und die Hose landet auf meinem Hoodie. Auch ihr Slip ist weiß, an den Rändern mit einer Borte abgesetzt.

Mit funkelnden Augen sieht sie mich an, als ich vom Bett aufstehe und aus meiner Hose und den Socken schlüpfe. Nackt bis auf die Boxershorts lege ich mich wieder neben sie. Ihr Blick wandert an meinem Körper entlang. Mit einer Hand zeichnet sie meine Schultermuskulatur nach und legt sie dann auf meine Brust direkt über mein Herz. Dann hebt sie ihren Kopf an, drückt ihr Gesicht in die Kuhle zwischen meinen Hals und der Schulter und atmet tief ein.

»Gefällt dir, was du riechst?«, will ich schmunzelnd wissen und lasse meine Fingerspitzen an ihrem Brustansatz auf- und abwandern.

»Mmh«, brummt sie nur und haucht kleine Küsse auf die Haut über meiner Halsschlagader. Diese Geste ist so unschuldig, dass mein Herz regelrecht stolpert.

Mit der anderen Hand stütze ich ihren Kopf, damit sie es bequemer hat, meinen Ellbogen habe ich in das Bett gedrückt und meine andere Hand mogelt sich unter den Bund ihres Höschens. Als ich jedoch spüre, dass sie sich versteift, ziehe ich sie wieder heraus und fahre erst einmal mit meinen Fingern über den Schamhügel hinunter zu ihrem Schritt.

Durch den Slip kann ich die Hitze zwischen ihren Beinen deutlich spüren und gleite mit sanftem Druck ihre Mitte entlang. Ihre Atmung beschleunigt sich erneut und sie beißt leicht in meinen Hals.

Ihr Körper hat sich mittlerweile komplett entspannt, also tastet sich meine Hand noch einmal in ihr Höschen vor und meine Finger ziehen sanfte Kreise um ihr winziges Knöpfchen.

»Verdammt«, höre ich es an meinem Hals zischen und lache.

»Alles in Ordnung?« Ich fahre fort, um ihre Klit zu kreisen.

Sie krallt sich inzwischen mit der einen Hand in meinen Oberarm und mit der anderen an meinem Rücken fest, ihr Gesicht hat sie nach wie vor in meiner Halskuhle vergraben. An meiner Haut kann ich ihren heißen Atem spüren und ihre Haarsträhnen kitzeln mich an der Schulter. Ich gleite weiter nach unten zwischen ihre Schamlippen. Als ich spüre, wie feucht sie schon ist, entfährt mir ein tiefes Brummen. Vorsichtig dringe ich mit einem Finger in sie. Sie ist nicht nur feucht, sondern auch unglaublich eng.

Ich muss mich ziemlich zusammenreißen, um nicht über sie herzufallen. Mein Schwanz ist mittlerweile so hart, dass er beinahe schmerzt. Ich verteile ihre Nässe auf ihrer empfindlichsten Stelle und fahre behutsam darüber.

Sie atmet hektischer gegen meinen Hals und ihre Beine zittern leicht.

Es macht mich wahnsinnig scharf zu sehen, wie heftig sie auf mich und das, was ich mache, reagiert. Mit meinem Handballen drücke ich an ihre empfindsame Klit und massiere sie, während ich wieder mit einem Finger in sie eindringe.

Sam zappelt und stöhnt an meiner Seite und schmiegt ihre kleinen, prallen Brüste fest an meinen Oberkörper, als wüsste sie nicht, wohin mit ihrer Erregung.

»Danny«, keucht sie heiser an meinem Hals. »Hör nicht auf, okay?«

Ich lache auf und flüstere in ihr Ohr: »Keine Sorge, ich habe gerade erst angefangen.« Ich nehme einen zweiten Finger hinzu, stoße schneller in sie und halte sie fest an mich gedrückt.

Nach ein paar Minuten beginnt sie überall zu zittern und hält dann plötzlich die Luft an. Sie zieht sich fest und krampfartig um meine Finger zusammen und hört nicht auf zu zucken, während sie leise stöhnt und … kommt.

27

Sam

Oh. Mein. Gott! Was war *das* denn?

Ich bin nicht nur gekommen, sondern völlig explodiert! Ich kann es nicht fassen – der erste Orgasmus in meinem Leben, der *nicht* von meiner eigenen Hand verursacht wurde.

Hätte ich gewusst, wie sich so etwas anfühlt, hätte ich Danny vermutlich gleich am ersten Tag an der Eingangstür angesprungen.

Mein ganzer Körper summt und brummt, ich habe das Gefühl, schwerelos zu sein, und mein Bauch fühlt sich an, als läge eine warme kuschelige Wärmflasche darin.

Durch die Watte, die es sich in meinem Hirn bequem gemacht hat, bekomme ich nur entfernt mit, wie Danny mich auf das Kissen sinken lässt und mir den pitschnassen Slip von den Hüften zieht.

Ich höre kein *Halt!*, kein *Stopp!*, kein *Zu viel!* in meinem Kopf. Nicht eine Sekunde verschwende ich mehr damit zu überlegen, wie ich am besten an mein Handy herankommen könnte, um zu sehen, ob Junie mir geschrieben hat, wann sie wieder zurück ist. Ich will ihn einfach nur spüren. Spüren, wie es ist, wenn er in mir ist. Wenn seine Hände schon so etwas mit mir anstellen können, wie wird sich dann erst sein Penis in mir anfühlen?

Irgendetwas in meiner Seele hat *Plopp* gemacht, als wäre ein Korken aus einer Sektflasche gehüpft. Mein Körper wird mit Blubberblasen geflutet, die überall kitzeln und kribbeln.

Danny, der sich wieder neben mich legt, lächelt mich verschmitzt an und gibt mir einen Kuss auf die Nasenspitze, während er mir meinen Pony aus dem Gesicht streicht. Seine Augen sind inzwischen dunkelbraun, beinahe schon schwarz vor Lust, sein leckerer minzig-zitroniger Geruch hüllt mich vollständig ein. Wie eine warme, weiche Wolke. Sein Körper ist unglaublich trainiert; ich bekomme meine Hand kaum zur Hälfte um seinen Oberarm. Als ich mit meinen Fingern über seine Bauchdecke fahre, kann ich das Spiel seiner Muskeln ertasten. Bei seinem Anblick allein könnte ich schon wieder kommen.

Während ich mich zu ihm vorbeuge, kann ich sehen, dass er nicht nur mein Höschen ausgezogen hat. Mein Herz setzt kurzfristig aus und ich schnappe nach Luft.

Hilfe!

Ich hätte es mir denken können. Alles an diesem Typen ist riesig.

Viele Vergleiche habe ich nicht, aber ich bin mir sicher, dass ich die auch nicht brauche, um zu wissen, dass sein Schwanz wirklich groß ist. War wohl doch kein Scherz, dass mit dem Nicht-seitwärts-durch-die-Tür-Kommen. Seine Größe schüchtert mich ernsthaft ein. Mein Vibrator kommt nicht einmal annähernd an ihn heran.

Mach bloß keinen Rückzieher. Das wird dir Libido nie verzeihen.

Ist ja gut, ich versuch's.

»Hey, alles in Ordnung?« Danny streichelt über meine Brust.

»Ja«, murmle ich. Warum bin ich so heiser?

Wird sicher wehtun.

Halt doch die Klappe.

Hast du ihn dir mal angeschaut?

Er weiß bestimmt, was er tut, und jetzt verpiss dich.

So eine innere Stimme kann einen furchtbar stressen.

Um es der doofen Kuh richtig zu zeigen, wandert meine Hand über sein Sixpack, auf das ich mich überhaupt nicht konzentrieren kann, nach unten. Da ich mich noch nicht traue, zu lange auf seinen Schwanz zu starren, halte ich mich an seinen Augen fest. Er sieht mich nur ganz ruhig und intensiv an und bewegt sich keinen Millimeter.

Als ich meine Hand um seinen Schaft lege und leicht zudrücke, schließt er kurz die Lider und stößt ein tiefes Brummen aus. Es macht mich verdammt an zu sehen, wie scharf es ihn macht. Wie scharf *ich* ihn mache. Hundert

Punkte für mein Selbstbewusstsein auf einer Skala von eins bis zehn. Mindestens. Aber dabei stelle ich fest, dass er nicht nur groß, sondern auch verflixt dick ist.

Indem ich tief durchatme, versuche ich, mein Hirn wieder so freizubekommen wie noch vor wenigen Minuten. Ein Rückzieher kommt nicht mehr infrage, ich bin schon so weit gekommen, dass ich es jetzt auch durchziehe. Das wird ja langsam lächerlich.

Jawohl, endlich!

Also fange ich an ihn zu reiben, langsam und fest, von unten nach oben und jedes Mal, wenn ich an seiner Spitze angekommen bin, kreise ich sanft mit meinem Daumen um den winzigen Schlitz, an dem sich erste Lusttröpfchen bilden. Er ist steinhart, doch die Haut darum fühlt sich samtig und weich an.

Danny hat mittlerweile seine Stirn an meine gedrückt, stöhnt immer wieder tief und leise auf und atmet hörbar.

»Kleine, wenn du so weitermachst, komme ich und ich will nicht, dass es schon vorbei ist«, keucht er rau an meiner Stirn und zieht meine Hand weg.

Kleine? Ist das süß!

Er kniet sich neben mich, angelt ein Kondom aus seiner Hosentasche, reißt die Verpackung auf und rollt es sich über. Dann beugt er sich wieder über mich und küsst mich einmal kurz auf den Mund.

»Irgendwelche Vorlieben?«

Mein Herz fängt an zu stottern.

Vorlieben? Keine Ahnung. Tu mir nicht weh ... Das wäre die einzige Vorliebe, die ich habe.

»Äh ...«, druckse ich herum, als er mir lachend noch einen Kuss auf den Mund gibt und leise meint: »Gut, dann sehen wir mal.«

Nervös beiße ich mir auf die Unterlippe und beobachte ihn ganz genau, während er sich zwischen meine Beine kniet und beginnt die Innenseiten meiner Schenkel mit seinen Handrücken zu streicheln.

Mein Herz rast mittlerweile so schnell, dass ich kaum noch Luft bekomme, so aufgeregt bin ich.

Danny pustet mir direkt auf mein noch extrem empfindliches Nervenbündel, legt sich auf mich und mein Bein auf seine Hüfte. Mit einer Hand positioniert er seine Eichel an meinem Eingang. Er sieht mir tief in die Augen, als suchte er dort nach meinem Okay.

Er soll schnell machen, sonst bekomme ich ernsthaft kalte Füße.

Ich reiße mich zusammen und schaffe es, alle unerwünschten Gedanken aus meinem Hirn zu schubsen, hebe meinen Kopf und küsse ihn. Er drängt mich aufs Kissen zurück und seine Zunge umspielt meine. Währenddessen fühle ich, wie er langsam in mich eindringt, und spüre seine enorme Größe.

Scheiße, das wird nichts.

Fest kneife ich die Augen zusammen und anscheinend nicht nur die.

»Entspann dich, Kleine. Ich will dir nicht aus Versehen wehtun«, wispert er in mein Ohr, während sein Daumen um mein Knöpfchen kreist. Gleichzeitig stößt er mit behutsamen Bewegungen in mich, dehnt mich und arbeitet sich so tiefer vor.

»Ich bin ganz vorsichtig, versprochen«, murmelt er an meinen Lippen, legt seine Stirn abermals an meine und schaut mich aufmerksam an. »Sag mir, wenn es wehtut, okay?«

Und da ich merke, *wie sehr* er sich Mühe gibt, vorsichtig zu sein, kann ich mich tatsächlich allmählich entspannen. Es tut wirklich ein wenig weh, weil die Dehnung so stark ist und sich ein ungewohnter Druck aufbaut, aber es ist nicht ansatzweise mit richtigen Schmerzen zu vergleichen.

Danny lässt mich weiterhin nicht aus den Augen. Seine Armmuskulatur spannt sich bei jedem Stoß an, mein Unterleib wird immer wärmer und es fängt überall an zu kribbeln. Er küsst mich zärtlich, streichelt mir liebevoll über die Wange und auf einmal merke ich, wie ich loslassen kann. Einfach so.

Einfach so! Unfassbar.

Das scheint es Danny leichter zu machen und mit zwei weiteren Stößen ist er in mir. Er füllt mich dermaßen aus, dass ich ihn überall spüren kann und er mir fast den Atem nimmt. Mit seinen großen Händen umschließt er leicht mein Gesicht.

Bei dieser Geste fühle ich mich so sicher und geborgen und allein, dass ich mich so fühlen *kann*, dass *er* mich so fühlen *lässt*, dass *er* tief in mir ist, dass *ich* gerade Sex mit ihm habe, macht mich fix und fertig. Im positiven Sinn.

»Tut es weh?« Er streichelt mein Gesicht.

»Nur ein bisschen«, flüstere ich, weil es stimmt und ich sehen kann, dass er nicht will, dass ich ihn anlüge. »Aber es ist okay, ehrlich«, schiebe ich hinterher, da er mir prüfend in die Augen sieht.

Er bewegt sich immer noch nicht in mir, sondern lässt mir Zeit, mich an seine Größe zu gewöhnen. Also ziehe ich sein Gesicht zu mir hinunter und knabbere an seiner Unterlippe, was er als die Aufforderung versteht, die es auch sein soll.

Langsam zieht er sich aus mir zurück, um dann wieder in mich zu stoßen.

O Mann, fühlt sich das gut an. Ich beiße nun lieber auf meine eigene Unterlippe, bevor ich ihm seine abreiße. Dass es ihn ziemlich viel Selbstbeherrschung kostet, nicht sofort richtig loszulegen, kann ich ihm ansehen und ich rechne ihm ehrlich hoch an, dass er sich so für mich zurücknimmt.

»Du fühlst dich so gut an, Sam«, keucht Danny leise in mein Ohr und streichelt somit auch noch meine kleine krüpplige Seele.

Dieser Typ ist *wirklich* multitaskingfähig. Verdammt.

Ich entspanne mich immer mehr, werde immer weicher, der Druck lässt langsam nach und jedes Mal, wenn er in mich stößt, rutscht er über einen Punkt in mir, der mich verrückt macht. Wieso hat mein blöder Vibrator den nie gefunden? Mir war schon klar, dass es ein nutzloses Dreckstеil ist, aber wie sehr genau, stelle ich erst jetzt fest.

Nach einer verflixt schönen Weile werde ich mutiger und lege mein anderes Bein ebenfalls um seine Hüften. Dadurch rutscht er beim nächsten Stoß noch tiefer in mich und stöhnt leise auf.

Fühlt sich das genial an.

Meine Finger krallen sich Halt suchend in seine Oberarme, als seine Stöße schneller werden.

»Holy, du bist so eng, ich weiß nicht, wie lange ich noch durchhalte«, presst er hinter zusammengebissenen Zähnen hervor.

Ich muss auflachen, weil er sich richtiggehend verzweifelt anhört. Mein Lachen vibriert in mir nach und Danny stöhnt erneut.

»Hör auf zu lachen, sonst komme ich sofort.« Er beißt neckisch in mein Ohrläppchen. Dann schiebt er eine Hand unter meinen Po, kippt mein Becken und beginnt fester und schneller in mich zu stoßen.

Himmel, ich drehe gleich komplett durch!

Seine Spitze reibt jetzt immer wieder fest über diesen einen Punkt und als er seine Hand wieder zwischen uns schiebt und mit seinem Daumen direkt über mein Knöpfchen fährt, merke ich, wie sich die Wärme in meinem Bauch wellenartig ausbreitet.

O mein Gott!

Mein Rücken biegt sich durch und ich presse die Lippen aufeinander, um nicht laut aufzustöhnen. Ruckartig ziehe ich mich um ihn zusammen. Als ich meine Augen aufreiße, blicke ich in Dannys. Sie sind verhangen und sanft und er sagt leise: »Lass los.«

Zwei Wörter. Zwei kleine Wörter und ich explodiere wieder, und diesmal um ihn herum.

Meine Fingernägel bohren sich in seine Oberarme, helle Blitze tanzen Cha-Cha-Cha vor meinen Augen, alles pulsiert und perlt und prickelt. Ich spüre, wie er noch dreimal fest und tief in mich stößt. Alles zuckt und krampft in mir und um ihn herum, prickelt und perlt einmal mehr, mir ist so wohlig warm und ich atme hektisch ein und aus.

»Verflucht«, knurrt Danny neben mir gedämpft ins Kissen, während er ebenfalls kommt.

Als er seine Stirn wieder an meine drückt, kann ich fühlen, wie seine Arme zittern.

»Kleine, das war ... der Wahnsinn.« Mit verschleierten Augen sieht er mich an. »Alles in Ordnung?«

Meine Gedanken fangen plötzlich an, von null auf hundert in meinem Kopf umherzuknallen wie außer Kontrolle geratene Pingpongbälle.

Keine Ahnung ... ich ... Kacke.

Auf einmal kann ich seinen Blick nicht mehr ertragen und drehe meinen Kopf zur Seite. Ich weiß nicht, was mit mir los ist. Es ist ... so viel. So viel auf einmal.

Bleib locker! Versau es nicht auf den letzten Metern.

Ich versuch's ja, ich versuch's.

Es war nicht nur der Wahnsinn, für mich war es so viel mehr. So viel, was er nicht weiß, woran ich selbst schuld bin. Ich will auch nicht, dass er es weiß. Er würde mich dann sicherlich nicht mehr so ansehen. Mich nicht mehr so behandeln. Normal, eben. Das weiß ich. Weil sie es nie tun.

Ich hatte eben zum ersten Mal mit einem Typen Sex. Zum ersten Mal einen Orgasmus. Nein, sogar *zwei!* Mit einem Typen. *Beim* Sex. Der so zärtlich war. Es hat sich so gut angefühlt, ich will nicht, dass dieses Gefühl jemals aufhört.

Gleichzeitig bin ich so mordsmäßig wütend, weil mir so viele Jahre genommen wurden, in denen ich genau diese Gefühle hätte erleben sollen, dürfen, können, müssen.

Auch auf mich selbst bin ich sauer, weil es so lange gedauert hat, bis ich zulassen konnte, das zu erleben, was ich eben erlebt habe.

Verwirrt bin ich, weil ich nicht weiß, was das zwischen Danny und mir ändert, ob ich überhaupt will, *dass* sich etwas ändert.

Und weil das Chaos in meinem Kopf noch nicht genug ist, bildet sich auf einmal ein immer größer werdender Kloß in meinem Hals. Ich versuche gegen ihn anzuschlucken.

Mist, der wächst schneller, als ich schlucken kann.

»Hey, Kleine, schau mich mal an«, bittet Danny mich leise und stupst seine Nase kurz an meine Wange. Er ist immer noch in mir. »Sam?«

Seine besorgte Stimme gibt mir den ultimativen Rest.

Reiß dich zusammen. Wehe! Du wirst jetzt nicht ...

Aber es ist zu spät. Ich kann noch nicht einmal weglaufen, da Danny mich nach wie vor mit seinem Körper einkesselt.

»Scheiße«, murmle ich, weil mir alles viel zu viel wird, schlage meine Arme vors Gesicht und lasse den blöden Kloß gewinnen.

Drecksack, dreckiger.

28

Danny

Schockiert blicke ich auf Sam hinab, die nach wie vor unter mir liegt. Sie hat sich die Arme übers Gesicht gelegt und ich spüre ihren kleinen Körper beben. Ist auch kein Kunststück, ich stecke ja noch in ihr.

Also ziehe ich mich als Erstes vorsichtig aus ihr zurück, streife das Gummi ab, verknote es an den Enden und suche nach einem Taschentuch. Auf ihrem Nachttisch entdecke ich Kleenex, wickle das gebrauchte Kondom darin ein und lege es auf den Boden. Mentale Notiz: später entsorgen.

Sie hat sich keinen Millimeter bewegt und gibt keinen Laut von sich.

Was ist hier los?

Ich schlüpfe in meine Boxershorts, lege mich neben sie und decke uns beide mit ihrer Bettdecke zu.

»Hey, Kleine, was ist mit dir?« Erst jetzt sehe ich, dass Tränen von ihren Wangen auf das Kopfkissen laufen.

Okay.

Allmählich überfordert mich die ganze Situation.

Scheiße, vielleicht habe ich ... »Habe ich dir wehgetan, Sam?«, frage ich sie und bin mir ziemlich sicher, dass es ja nur das sein kann, oder?

Hektisch setze ich mich neben ihr auf.

Sie ist extrem eng, ich hätte es wissen müssen, verflucht. Deshalb habe ich auch versucht sehr vorsichtig zu sein, als ich gemerkt habe, *wie* eng sie wirklich ist. Ich war offensichtlich nicht vorsichtig genug.

Shit!

Verzweifelt fahre ich mir durch die Haare und fühle mich so mies wie noch nie in meinem Leben. Aber ich hätte es doch merken müssen, wenn ich ihr wehgetan hätte. Und ich habe sie gebeten, mir Bescheid zu sagen, falls es wehtut, und habe auch nachgefragt.

Als ich versuche, ihr die Arme vom Gesicht zu ziehen, dreht sie sich von mir weg. Sie ist immer noch ganz still.

Das bringt mich gerade ernsthaft um.

»Sam, es tut mir so leid. Ich habe nicht gemerkt, dass ich dir wehgetan habe«, versuche ich es noch einmal.

Sie beginnt wild ihren Kopf zu schütteln. »Hast du ni ... iicht«, hickst sie hinter ihren Armen hervor.

Mir fällt ein massiver Stein vom Herzen. Das hätte ich mir nicht verzeihen können. Bleibt da aber noch ...

»Aber was ist dann los, Sam? Warum weinst du?«

»Tu ich ni ... iicht«, höre ich sie dumpf schniefen.

Ungläubig schnaube ich auf, schlinge meine Arme um das komplette Schneewittchen und ziehe es auf meinen Schoß.

Erst verspannt sich Sam, aber als ich langsam durch ihre Haare fahre, lehnt sie sich an mich. Ihr Gesicht hat sie an meine Brust gedrückt, es fühlt sich heiß und nass an; ihre Hände liegen zu Fäusten geballt an meinem Bauch.

Wir sitzen eine ganze Weile so da, als ich sie leise frage: »Du hast noch nicht viel Erfahrung, oder?«

Sie schweigt und schüttelt den Kopf.

»Aber du warst keine Jungfrau mehr?« Ich könnte mir selbst eine reinhauen dafür, dass ich ihr diese Frage nicht *vorher* gestellt habe, ich Vollidiot. Bei ihrer Schüchternheit ist das nicht abwegig. Doch das hätte ich eigentlich spüren müssen. Andererseits habe ich genau mitbekommen, wie sie anfangs auf meinen Schwanz gestarrt hat: beinahe panisch.

Wieder ein Kopfschütteln.

Hm. Okay. Es hätte erklären können, warum sie so durch den Wind ist, obwohl ihre Reaktion dafür trotzdem ziemlich heftig wäre. Aber was weiß ich schon. Ich bin ein Typ. Keine Ahnung, wie *Frau* sich nach ihrem ersten Mal fühlt.

Abrupt löst sie sich von mir, steht auf und schlüpft hastig in ihre Bluse. Wie sie da so steht, mit ihren zerzausten Haaren, die ihr über die Schultern fallen, den verweinten Augen und geröteten Lippen, sieht sie so abartig traurig und verloren aus, dass es mir regelrecht ins Herz sticht. Irgendetwas bekomme ich hier nicht mit, so wie's aussieht.

»Tut mir leid, aber«, nuschelt sie und schaut beschämt zu Boden, »kannst du bitte gehen?«

Wie bitte?

»Äh, nein?«, gebe ich verblüfft zurück. Das kann nicht ihr Ernst sein. Erst haben wir superintensiven Sex – zumindest war er das für mich –, dann fängt sie an zu weinen und nun will sie mich rausschmeißen? Ganz sicher nicht. »Rede mit mir, Sam«, bitte ich sie ruhig. »Hilf mir ein bisschen. Ich habe keine Ahnung, was hier los ist.« An ihrer Hand will ich sie wieder zu mir aufs Bett ziehen, als sich plötzlich etwas an ihr verändert. Ein Ruck geht durch ihren zierlichen Körper und sie sieht mich an. Kalt. Eiskalt.

Wa ...?

»Ich werde jetzt ins Bad gehen und wenn ich wieder zurück bin, bist du weg, verstanden?«, faucht sie und setzt sich in Bewegung.

Moment. Spinnt die?

Ich stehe auf und will sie am Arm greifen, aber sie funkelt mich wild von unten herauf an, ihre Augen sind zu Schlitzen verengt.

»Fass mich nicht an und verpiss dich!«, schreit sie, flüchtet ins Bad und knallt die Tür hinter sich zu.

Verdattert starre ich ihr hinterher. Was soll der Scheiß?

Ruckartig ziehe ich mir die Klamotten über, grapsche nach dem Kleenex mit dem Kondom, werfe es in den Küchenmüll und schlüpfe in meine Schuhe. Ich habe keinen blassen Schimmer, was hier abgeht. Und das nervt mich tierisch.

Also stiefle ich wieder in ihr Zimmer und baue mich vor der Badezimmertür auf.

»Sam, was ...?«, setze ich noch einmal an, doch mir dröhnt nur ein »Hau ab!« durch die geschlossene Tür entgegen.

Nun werde auch ich laut. »Was ist bloß los mit dir?«

Stille.

Na ja, war auch nicht unbedingt die beste Idee, sie anzuschreien. Wenn auch nur durch die Tür.

Ratlos starre ich auf die Klinke und reibe mir unwirsch über die Stirn.

»Okay«, kapituliere ich, da von ihrer Seite nichts mehr kommt und ich keine Ahnung habe, was ich sonst tun soll. »Ich gehe. Aber das, was du hier abziehst, ist scheiße, das weißt du, oder?«, kann ich mir trotzdem nicht verkneifen zu sagen und will mich umdrehen.

»Kann dir doch egal sein. Du kennst mich kaum. Wir haben gefickt, du kannst gleich eine neue Kerbe in deinen blöden Bettpfosten ritzen, und die Sache ist für dich erledigt«, kommt so leise durch die Tür, dass ich sie kaum verstehe.

Und jetzt werde ich richtig sauer. »Das denkst du also?«, knurre ich die Tür an. »Ja, wir haben *gefickt*, auch wenn ich es tatsächlich anders bezeichnen würde. Wenn ich dich nämlich einfach nur *gefickt* hätte wie die anderen, könntest du jetzt nicht mehr laufen. Und ja, wir kennen uns noch nicht besonders gut, aber nein, ich hatte eigentlich nicht vor, dass du nur ein One-Night-Stand wirst. So habe ich dich nie gesehen. Ich dachte, so viel hast du schon mitbekommen.« Ich atme tief durch und versuche mich wieder ansatzweise unter Kontrolle zu bekommen. »Mach die Tür auf. Bitte.«

Schweigen.

»Mach die verdammte Tür auf!«

Lauteres Schweigen.

»Verflucht, Sam!« Wütend fahre ich herum. Das wird mir hier echt zu dämlich.

Zügig schnappe ich mir meinen Rucksack, feuere Seans Mitschriften hinein und gehe mit langen Schritten Richtung Tür.

Und weil es schöner nicht sein könnte, renne ich beim Herausstürmen auch noch Junie über den Haufen, die eben zur Tür reinkommt.

Sensationell. Einfach sensationell.

29

Junie

»Huch!«, quietsche ich, nachdem ich plötzlich unsanft auf dem Hintern gelandet bin.

»Scheiße, Junie, tut mir leid«, entschuldigt sich Danny und bietet mir die Hand zum Aufstehen an, die ich mir dankbar schnappe. »Hast du dir wehgetan?«

»Nein, keine Panik. Ich bin ja nicht aus Porzellan«, beeile ich mich zu sagen, denn er sieht regelrecht verzweifelt aus. An unserem Zusammenstoß liegt es sicher nicht.

»Was ist los?« Ich versuche hinter ihm in die Wohnung zu linsen.

Er zuckt bloß die Achseln und knurrt grimmig: »Das würde ich auch gern wissen. Falls du es rausfinden solltest, sag mir bitte Bescheid, mit mir redet der Grinch da drinnen ja nicht.« Dann wuchtet er den Rucksack auf seine breite Schulter und hechtet die Treppen hinunter.

Eigentlich nenne nur *ich* sie so. Oh, oh.

Verwundert betrete ich unsere WG und stapfe, ohne zu zögern, in Sams Zimmer, treffe sie jedoch nicht an.

Mein Blick fällt auf ein zerwühltes Bett, Sams weißen BH, der unter dem Bett hervorlugt und ihre Hose, die neben ihrem Slip und einem Weißweinglas auf dem Boden liegt.

Meine Augenbrauen schießen in die Höhe.

Das gibt's doch nicht.

Mein sonniges Gemüt will einen Freudentanz aufführen, denn was hier abgelaufen ist, ist offensichtlich. Zumindest hoffe ich, dass das passiert ist, was ich denke. Nur ist am Ende anscheinend etwas schiefgelaufen. Mist.

Danny sah ernsthaft angepisst aus und mit Sicherheit ist er ziemlich verwirrt. Nichts davon kann ich ihm übel nehmen, wenn sich Sam tatsächlich so aufgeführt hat, wie ich im Moment befürchte.

»Grinch? Mach auf, ich bin's!«, rufe ich durch die geschlossene Badezimmertür und zur Sicherheit gleich noch hinterher: »Er ist weg.«

Die Tür öffnet sich langsam und Sam steht vor mir.

Als Erstes fällt mir auf, dass sie richtiggehend durchgevögelt aussieht, deswegen kann ich mir ein anerkennendes Grinsen nicht verkneifen. Ihre Lippen sind gerötet, die Haut etwas fleckig und die schwarzen Haare total verwuschelt.

Frustriert funkelt sie mich durch ihre verquollenen Augen an.

»Von Anfang an?« Sie schmeißt sich aufs Bett.

Braves Kind, sie weiß ohnehin, dass ich sie so lange löchern würde, bis sie mir alles haarklein erzählt hat.

»Ich bitte darum.« Fix sause ich in die Küche, um mir ebenfalls ein Glas zu holen, und greife nach der Flasche Weißwein im Kühlschrank. Alkohol können wir anscheinend beide gut gebrauchen.

Nachdem sie sich angezogen hat, sitzt sie mit hochgezogenen Schultern und tränennassen Augen auf dem Bett.

»So schlimm?«, frage ich vorsichtig.

Sam blickt niedergeschlagen zu mir auf. »Noch viel schlimmer.«

***

Zwanzig Minuten später kenne ich die groben Fakten und kann ihre Verzweiflung nicht ganz nachvollziehen.

»Also, du sagst, der Sex war großartig, Danny ist der superzärtliche Oberliebhaber und du bist *zweimal* gekommen?!« Zwischen meinem Resümee strahle ich sie stolz an, während sie die Augen verdreht. »Und am Schluss hast du nur ein bisschen geheult?«

»Nicht nur ein bisschen«, knirscht sie vor sich hin.

»Gut, meinetwegen wie ein Schlosshund, aber sonst war nichts? Und da drehst du völlig durch und schmeißt ihn raus?« Ich nehme einen tiefen Schluck aus meinem Glas. »Nimm es mir nicht übel, Grinch, aber das kapier ich nicht. Du hättest doch sagen können, dass dich das alles überwältigt, weil – keine Ahnung – es so grandios war und du noch nicht viel Erfahrung hast. Punkt. Hätte er mit Sicherheit geschluckt und hätte sich zusätzlich gebauchpinselt gefühlt. Es wäre noch nicht einmal gelogen gewesen.«

Betroffen blickt sie auf ihre Hände.

Schnalz. Schnalz.

Und noch mal.

Bevor ihre Hand ihr Gelenk weiter foltern kann, lege ich meine darauf, und blicke sie aufmerksam an.

»So, wie du es beschreibst, ist es *perfekt* gelaufen.«

»Das ist ja das Problem«, platzt es aus ihr heraus.

»Was?« Irritiert sehe ich sie an.

»Junie, ich ...«, stammelt sie und sucht nach Worten. »Erst war ich so wütend! Auf mich, weil ich so lange gebraucht habe, um so etwas wie eben zuzulassen. Auf meine blöde Vergangenheit, weil sie mir so viele Jahre meines Lebens geklaut hat, was mir erst jetzt so richtig bewusst wird. Noch dazu kommt, dass ich einen Riesenschiss vor der ganzen Sache mit Danny habe.« Sie schnieft und sieht herzerweichend verzweifelt aus. »Scheiße, Junie, ich hab mich total verknallt. Volles Rohr. So richtig.« Dann fängt sie wieder an zu weinen, während ich mich für sie freue wie die letzte Vollidiotin.

»Yehaw!« Ich boxe in die Luft und ziehe sie in meine Arme. »Das ist der *Hammer!* Gleich zwei Punkte auf der Liste abgehakt«, singsange ich, während sie wie ein nasser Sack in meinen Armen hängt.

Soll sie, ich kenne sie. Sie wird sich schnell erholen, ihr Krönchen richten, das mit Danny wird sich klären und dann hat sie *endlich* ihr Happy End. Das ist so was von überfällig und keine hat es mehr verdient.

»Du verstehst mich nicht«, jammert sie an meinem Pulli. »Ich kann das nicht, ich kann es ihm nicht sagen. Er wird mich danach anders anschauen, anders sehen, anders behandeln, so wie Kev und Ben auch. Wenn Danny überhaupt bleibt. Er ist so verflixt perfekt, was will er mit so einer durchgeknallten Heulboje wie mir?«

»Jetzt hör mir mal zu.« Resolut schiebe ich sie von mir und halte sie auf

Armeslänge weg. »Schau mich an, Sam«, befehle ich streng. Ich sage das nur einmal und es ist wichtig. »Du bist eine starke, tapfere, wunderschöne Frau. Klar so weit? Jeder Mann kann froh sein, mit dir zusammen zu sein. Danny ist nicht blöd und schon gar nicht wie Kev und Ben, diese hirnverbrannten Vollidioten. Hör auf davonzulaufen, nimm noch einmal deinen Mut zusammen und rede mit ihm. Das, was du da eben abgezogen hast, hat er nicht verdient.« Sie scheint noch kleiner zu werden, aber die Standpauke braucht sie jetzt. »Krieg deinen Hintern hoch und geh duschen, du stinkst nach wildem Sex. Dann schlaf eine Runde und morgen kriechst du bei ihm zu Kreuze. Du musst ihm ja nicht gleich alles an den Kopf knallen, aber du solltest dich zumindest erst mal bei ihm für den Rauswurf entschuldigen. Schieb es auf vorübergehende Unzurechnungsfähigkeit aufgrund emotionaler Überwältigung«, rate ich ihr. »Das wird er schlucken. Es ist ein riesiges Kompliment für ihn, wenn man's mal so sieht. Außerdem hat er dir doch gesagt, dass du nicht bloß ein One-Night-Stand bist. Also brauchst du bei ihm noch nicht mal Türen einzurennen, die sind anscheinend eh schon sperrangelweit auf.«

Sam starrt mich an. Ich kann förmlich sehen, wie sich die Rädchen in ihrem Hirn drehen. Dann zuckt sie mit den Schultern und nimmt einen Schluck von ihrem Wein.

»Ja. Du hast recht. Das sollte ich tun. Wahrscheinlich. Mal sehen.«

Na also. Geht doch.

Da ich gesagt habe, was ich sagen wollte, lasse ich von ihr ab.

»Und jetzt Prost! Auf einen genialen Abend.« Unsere Gläser klirren aneinander und ich bin einmal mehr froh, dass ich ihr gewisse Dinge verschwiegen habe, die mit der Geschichte von damals zusammenhängen. Sie würden sie nur zurückwerfen. Das werde ich auf keinen Fall zulassen. Das Letzte, was ich will, ist, sie in den Abgrund zu reißen, aus dem sie so mühsam hervorgekrochen ist. Sie hat es verdient, endlich wieder ein bisschen glücklich zu sein.

Und mit ein wenig Glück werden diese Dinge niemals ans Tageslicht kommen.

30

Sam

Trotz oder vielleicht auch wegen des Abends gestern habe ich seit Langem wieder einmal durchgeschlafen, was an meiner totalen Erschöpfung gelegen haben könnte. Oder am Alkohol. Das ist auch eine Möglichkeit.

Junie und ich haben noch die Flasche Weißwein gekillt, sie hat mir von Connor vorgeschwärmt – natürlich um einiges weniger jugendfrei als ich ihr von Danny – und hat durchblicken lassen, dass sie nun tatsächlich so etwas wie ein Paar sind.

Meine Güte.

Kaum ein paar Wochen hier, schon überschlagen sich die Ereignisse.

Connor scheint ein grundehrlicher und sensibler Typ zu sein und ich freue mich mordsmäßig für sie. Allein seine Antwort bei diesem bescheuerten Spiel vor ein paar Tagen hat Bände gesprochen und mich wirklich überrascht. An meinen Vorurteilen sollte ich ehrlich arbeiten.

Langsam wühle ich mich aus dem Bett und schlurfe ins Bad. Heute hat der Wecker geklingelt, obwohl ich erst in zwei Stunden meine erste Vorlesung habe. Der Klassiker.

Nach einem kurzen Blick in den Spiegel wird mir schnell klar, womit ich sie verbringen werde. *Schadensbegrenzung* heißt das Stichwort. Meine Augen sind verquollen, die Haare zerzaust und in meinem Gesicht befindet sich nicht nur *ein* Kissenabdruck.

Nachdenklich sehe ich mir in die Augen.

Du hast gestern Abend tatsächlich gevögelt.

Gedankenverloren berühre ich meine Lippen und kann es immer noch nicht fassen. Wenn ich nur daran denke, zieht sich schon wieder alles in mir zusammen.

Bevor ich allerdings weiter darüber nachgrübeln kann, was Danny alles mit mir und meinem Körper angestellt hat, stelle ich mich rasch unter die Dusche.

***

Nach getaner Renovierungsarbeit sitze ich fertig gestylt in voller Kampfmontur – schwarzen Skinnyjeans, rot-schwarz kariertem Rollkragenpullover und mit mehr Make-up im Gesicht als üblich – am Schreibtisch und packe meine Unitasche.

Zur Sicherheit habe ich mir auch die Lederarmbänder meines Dads übergestreift. Seit meinem zehnten Lebensjahr bekomme ich jedes Jahr eines zum Geburtstag geschenkt. Je mehr ich trage, desto sicherer fühle ich mich. Dementsprechend viele baumeln nun an meinen Handgelenken.

Nachdem auch das erledigt ist, starre ich aufs Handy. Danny hat sich nicht gemeldet, aber davon bin ich auch nicht ausgegangen. Sicher denkt er nach gestern Abend, ich sei vollkommen durchgeknallt. Wäre zumindest kein Wunder.

Nervös reiße ich an meinem Gummiband herum und tippe dann schnell etwas ein.

Hi.

Mist. Hi *was*, verdammt noch mal? Irgendwie habe ich mir das doch noch nicht allzu gut überlegt.

Gerade will ich das bekloppte »Hi« zurücknehmen, schon erscheinen zwei Häkchen. Mist. Er hat es schon gelesen.

Mein Herz fängt an, kräftig gegen meinen Brustkorb zu donnern. Ist das normal? Das grenzt ja schon an Körperverletzung.

?

Shit, er ist sauer. Richtig sauer.

Was hast du denn gedacht? Du hast es ja auch ordentlich versaut.

Können wir uns später vielleicht auf einen Kaffee treffen?

Bitte, bitte?

Wieso?

Mein Herz haut eingeschüchtert in die Jeans ab. Richtig megasauer ist er. Unbewusst stecke ich mir den Daumen in den Mund und kaue hektisch darauf herum.

Es tut mir leid. Mit gestern. Ich weiß, ich hab Scheiße gebaut.

Aha.

Auweia.

Wenn du nicht reden willst, ist es auch okay. Aber ich wollte es gesagt haben …

… die klassischen, blöden, flirrenden drei Punkte und dann … nichts.

Das kann er mir nicht antun. Bitte, bitte nicht!

Mittlerweile beiße ich so heftig auf meinem Nagelbett herum, dass es aufplatzt und zu bluten beginnt. Großes Kino.

Auf dem Weg zum Bad spitze ich immer wieder die Ohren, ob mein Smartphone einen Laut von sich gibt. Tut es aber nicht. Mir wird flau im Magen. Gestern Abend hat sich das alles so leicht angehört, doch wir haben auch die Rechnung ohne Danny gemacht.

Kacke.

Er will mich nicht mehr.

Mehr als verzweifelt klatschte ich mir ein Pflaster auf den Daumen, schnappe meine Tasche, werfe mir den Wintermantel über und schlage auf dem Weg nach draußen die Tür so fest zu, dass sie beinahe aus den Angeln fällt.

Wäre ja auch zu schön gewesen, wenn mal etwas so laufen würde, wie ich es gern hätte. Ich bin so sauer auf mich, dass ich mir selbst ins Gesicht schlagen könnte. Und zwar so richtig.

Der Kloß ist wieder da, der dreckige Drecksack, aber ich ignoriere ihn und schiebe ihn mit aller Kraft dorthin, wo er hergekommen ist.

31

Danny

In der Umkleidekabine fahre ich mir mit beiden Händen kräftig übers Gesicht. Es bringt nichts. Ich bin noch genauso planlos wie vorher. Sams letzte Nachricht hat sich in meine Netzhaut gebrannt.

Eigentlich habe ich nach gestern beschlossen, dass sie mich mal kreuzweise kann. Wieder und wieder habe ich den Abend in meinem Kopf Revue passieren lassen, habe ihn auf Fehler untersucht, Fehler meinerseits, habe ihr Verhalten in allen Einzelteilen analysiert und bin keinen Zentimeter weitergekommen.

So kann sie mir nicht kommen.

Erst ist alles gut, mehr als gut, dann dreht sie völlig durch und schmeißt mich knallhart raus. Auf so ein Tussitheater habe ich keinen Bock. Es hat mir mal wieder vor Augen geführt, warum ich die letzten zweieinhalb Jahre bloß herumgevögelt habe. Da bleibt einem so ein Zirkus erspart. Keine Gefühle, keine Verpflichtungen, nur zwangloser Sex.

Und genau darum war der Sex gestern auch um Welten besser als das Herumgeficke vorher. Eben weil er *mit* Gefühl war.

Verflucht.

Da lasse ich *einmal* in meiner kompletten Unizeit ein Mädchen gefühlsmäßig näher an mich heran und dann ist das eine mit einem Vollschaden. Oder was sollte das gestern? Ich kapier es einfach nicht.

Andererseits wird sie schon ihre Gründe gehabt haben, warum sie sich so verhalten hat. Aber hat sie gedacht, ich heirate sie gleich? Ist es das? Oder was erwartet sie von mir? Oder geht es um etwas ganz anderes? Aber was könnte das sein? Sie war total aufgelöst, als ich noch in ihr war. Warum? Und wenn ich mich später mit ihr treffen würde, was erwartet mich dann? Will ich überhaupt wissen, was da gestern passiert ist?

Scheiße. Natürlich will ich das. Ich bekomme das Mädchen nicht mehr aus meinem System. Ständig muss ich an sie denken – ihre Augen, ihre Lippen, ihre Brüste, ihren Geschmack, ihren Geruch, ihre ...

Holy. Ich bin so dermaßen geliefert.

Connor tackelt mich von der Seite an und klopft mir auf die Schulter. »Komm schon. Erst mal Training.«

Wir haben gestern Abend noch ein wenig gequatscht und er meinte, ich solle abwarten.

Habe ich getan. Und was mache ich jetzt?

Na ja. Wie gesagt. Erst mal Training.

***

Zwei schweißtreibende Stunden später stehe ich frischgeduscht vor meinem Spind, schnappe mir mein Handy und kapituliere. Mal wieder. Das ist so untypisch für mich.

Wann und wo?

Erst mal hören, was sie zu sagen hat, dann kann ich sie immer noch abschießen. Mein Smartphone stecke ich in die Jackentasche und mache mich auf den Weg zur Psychologievorlesung. Das passt jetzt irgendwie.

Sam kann ich erst im Vorlesungssaal ausmachen, als die Stunde schon vorbei ist und ich sie aus der Tür flitzen sehe.

Gerade als ich hinter ihr her rennen will, zieht mich Kelly am Arm zurück und zischt: »Was willst du eigentlich von diesem Gartenzwerg? Die spielt doch gar nicht in deiner Liga.«

Verblüfft blicke ich auf sie hinunter.

»Aber du schon, oder wie?« Ich lasse sie stehen und höre noch, wie sie affektiert nach Luft schnappt, als ich um die Ecke biege, um nach Sam Ausschau zu halten.

Weg ist sie.
Ein Blick auf mein Handy zeigt mir eine neue Nachricht an.

16:00 im Shady's?

Okay. Du kannst echt schnell rennen.

Danke. Ich weiß.

Ein Grinsen schleicht sich auf mein Gesicht.
Nein. Ich bin sauer. Verflucht sauer.
Besser, sie hat eine gute Erklärung für gestern.

***

Im Shady's ist es relativ leer, als ich ankomme. Sam ist noch nicht da. Also suche ich mir eine der hinteren Boxen aus, damit wir einigermaßen abseits und somit ungestört reden können.

Während ich mich auf die Bank schiebe, kommt Schneewittchen mit geröteten Wangen durch die Tür gestürmt und sieht eher aus wie Rotkäppchen. Auf ihrem Kopf sitzt eine rote Carhartt-Mütze und die Haare fallen ihr vorn locker über die Schultern.

Nachdem sie mich entdeckt hat, steuert sie unsicher auf mich zu. Noch mehr Blut schießt ihr in die Wangen.

»Hey«, murmelt sie und vom Grinch ist weit und breit nichts mehr zu sehen.

Nervös setzt sie sich mir gegenüber, ihre Unitasche schmeißt sie neben sich auf die Bank.

»Dachte schon, du kommst vielleicht nicht«, sagt sie leise und schaut mich nicht an. Die Tischplatte ist anscheinend um Welten interessanter.

»War wohl nichts, ich bin hier.« Um das Ganze noch unangenehmer für sie zu machen, schiebe ich hinterher: »Du hast mir was zu sagen?«

Ich habe nie behauptet, dass ich kein Arschloch sein kann.

Ihre Zehen, die heute in hohen weißen Chucks stecken, tappen unruhig auf dem Linoleumboden auf und ab, den ihre Füße gerade so erreichen. Sie greift unter ihren Jackenärmel. *Schnalz.*

Dann räuspert sie sich.

»Die Sache ist die …« Ihre Stimme klingt nun fest und entschlossen, sie hebt ihren Kopf und sieht mich mit ihren Augen, die heute gewitternachtblau sind, offen an. »Ich habe mich scheiße aufgeführt und es tut mir ehrlich leid. Hoffentlich denkst du nicht, du hast mir wehgetan. Genau das Gegenteil ist der Fall und das hat mich kalt erwischt. Ich fand es gestern sehr schön. Mit dir«, sagt sie mir direkt ins Gesicht. »Aber das hat mich auch überfordert, weil …« Ihr Blick beginnt im Café hin und her zu huschen. »Normalerweise geht das nicht so schnell. Also, dass ich jemanden kennenlerne, gleich mit ihm ins Bett steige und … ähm … dass das dann auch noch so schön ist.« Jetzt wird sie knallrot.

Fuck.

Keine zwei Minuten später und dieses Mädchen hat mich schon wieder total an der Angel. Sie ist so dermaßen niedlich. Und mutig. So etwas einfach so schnörkellos und geradeaus rauszuhauen, dazu gehört schon was. Sie beeindruckt mich einmal mehr. War fast klar.

Außerdem ist es schmeichelhaft, so etwas zu hören. Mein Ego passt nächstes Mal vielleicht wirklich nicht mehr durch ihren Türrahmen.

»Wenn du nichts mehr mit mir zu tun haben willst, kann ich das verstehen. Das war gestern sicher kein schöner Anblick und auf heulende Tussen hast du sicher keine Lust. Hätte ich an deiner Stelle auch nicht. Wie gesagt, es war keine Absicht«, murmelt sie, ihr Blick hat sich wieder auf die Tischplatte getackert, und ich bekomme mein blödes Grinsen nicht aus dem Gesicht.

Diese Frau macht mich wahnsinnig.

»Was kann ich euch bringen?«, fragt uns plötzlich die Bedienung, die wie aus dem Nichts hinter ihr aufgetaucht ist.

Sam zuckt heftig zusammen. »Müssen Sie sich so anschleichen?«, knurrt sie die Bedienung an, die verdattert dreinblickt.

»Für mich eine Coke«, bestelle ich und werfe einen Blick zu Sam.

»Einen Milchkaffee bitte«, sagt sie und schiebt »Sorry, dass ich Sie so angemotzt habe« hinterher.

»Schon okay, Süße. Ich bin Schlimmeres gewohnt.« Die Bedingung zwinkert ihr zu und geht, um unsere Bestellung aufzugeben.

Sam fummelt an ihrem Reißverschluss herum. Ihre Hände scheinen nie eine Pause zu haben.

»Warum hast du mir das gestern nicht gleich gesagt, anstatt dich im Bad einzuschließen?«

»Keine Ahnung. Es hat mich, wie gesagt, kalt erwischt, dass ich es so schön fand, und mir war es furchtbar peinlich, weil es eben so war«, druckst sie herum.

»Dir war es peinlich, weil du es schön fandest?«, frage ich erstaunt. Das macht keinen Sinn.

»Ja. Nein. Ich meine ...« Sie seufzt tief und wird wieder knallrot. »Es war mir peinlich, dass ich so rumgeheult habe, nur *weil* ich es so schön fand.«

Es ist offensichtlich, wie unangenehm ihr das alles ist, also will ich nicht so sein.

»Okay.« So ganz kapiere ich es zwar immer noch nicht, doch ihre Erklärung reicht mir vorerst.

»Ehrlich?« Sie schaut mich aus großen Augen an.

»Ja. Ehrlich. Aber könnten wir uns vielleicht darauf einigen, dass du nächstes Mal gleich mit mir redest? Ich habe mir wirklich Gedanken gemacht.«

»N ... nächstes Mal?«, stottert sie und sieht mich überfahren an. Hektisch springt sie auf und greift nach ihrer Unitasche.

Was soll das denn je ...

»Ich wollte mich bloß entschuldigen und wissen, ob zwischen uns alles in Ordnung ist. Wegen Connor und Junie. Wir laufen uns wegen der beiden nun sicher öfter über den Weg und da war es mir wichtig, dass nichts zwischen uns ist und ... ich muss los.«

Hä? Wa ...?

Noch bevor ich irgendetwas erwidern kann, dreht sie sich ruckartig um und flüchtet Hals über Kopf aus dem Diner.

Das ... das ist doch ... was ...?

32

Sam

Wie kann man nur so unfassbar dämlich sein?!

Mach dich nur fertig, dann müssen wir das nicht für dich übernehmen.

Schönen Dank auch.

Was denn? Libido ist massiv angepisst und das krüpplige Seelchen, das sich eben erst an ein paar Streicheleinheiten gewöhnt hat, hat sich sofort wieder in die hinterste Ecke verpisst. Gut gemacht, Sam.

Ihr sollt mich unterstützen und mich nicht fertigmachen.

Sagt wer?

Ich.

Tja, überleg dir das das nächste Mal vorher. BEVOR du deinem Glück mal wieder in den Arsch trittst. Du bist echt so richtig …

Halt die Klappe!

Zügig laufe ich über den Quad und kann nicht schnell genug in mein Zimmer kommen. Nur verkriechen will ich mich.

»*… das nächste Mal …*«, hallt mir Dannys tiefe, ruhige Stimme im Kopf nach.

Keine Ahnung, was mit mir los ist. Heute früh wollte ich doch unbedingt exakt so etwas hören. Dass es ein nächstes Mal gibt. Dass ich mehr für ihn bin als nur einer seiner One-Night-Stands. Was er mir ohnehin schon gestern Abend gesagt hat. Und vorhin hat er es mir einfach nur noch einmal gesagt und ich habe nichts Besseres zu tun, als in totale Panik auszubrechen.

Ich bin so was von überfordert, dass ich überhaupt nicht weiß, was ich nun machen soll. Mein Herz tut weh. Es tut wirklich weh, das bilde ich mir nicht nur ein, es *tut verflixt weh!* Und ich bin selbst schuld daran, das ist noch das Beste.

Wie irre fetze ich die Treppe zu unserer WG hoch, biege um die Kurve und knalle ungebremst in Kelly. Durch den Aufprall lande ich halb auf ihr und wir gehen beide zu Boden.

Die Uni beherbergt fünfeinhalbtausend Studenten und ausgerechnet auf sie muss ich immer wieder stoßen. Und dann auch noch ausgerechnet jetzt.

Scheiß Karma.

»Spinnst du, Zwerg?«, faucht sie mich an, als wir uns beide wieder aufrappeln.

»Sorry, Kelly, war keine Absicht.« Ich will ihr aufhelfen.

Wütend schlägt sie meine Hand beiseite und zischt: »Nimm deine blöden Gnomenhände von mir. Schlimm genug, dass du Danny damit angetatscht hast.«

Sie ist wirklich ein ganz böser Mensch. Wenn ich momentan keine anderen Sorgen hätte, würde ich verbal ausholen. Habe ich aber.

Also schlucke ich alles hinunter, klaube meine Unitasche vom Boden auf, würdige sie keines Blickes mehr und stürme in unsere WG.

Junie lässt vor lauter Schreck beinahe die Kaffeetasse fallen, als ich in unsere Küche poltere.

»Ich hab es verkackt, Junie. Phänomenal verkackt. Jetzt hasst er mich hundertprozentig.« Bevor ich die Tür ganz geschlossen habe, breche ich auch schon in Tränen aus.

»Was ist denn hier los?«, kommt Connors Stimme aus Junies Zimmer.

Ich bin kurz davor, hysterisch loszulachen. Ach, ist das alles gerade scheiße.

Junie fackelt nicht lange, sieht Connor entschuldigend an und schubst mit dem Fuß ihre Zimmertür zu. Dann packt sie mich am Arm und zerrt mich in mein Zimmer.

»Was ist passiert?« Sie sieht mich besorgt an.

Hektisch schildere ich für sie die letzte halbe Stunde, untermalt mit gewaltigen Flüchen und noch mehr Selbstgeißelung und lasse mich anschließend niedergeschlagen auf mein Bett fallen.

»Ich hab es verkackt«, wiederhole ich mich und bin so traurig wie schon ewig nicht mehr. Denn wieder einmal muss ich mir etwas eingestehen. »Ich weiß nicht mehr, wie das geht. Sich auf jemanden einlassen. Und jetzt will er mich definitiv nicht mehr. Die Sache hat sich erledigt. Haken setzen, Krönchen richten, weiter geht's«, versuche ich mich innerlich davon zu überzeugen, dass ich da cool drüberstehen kann.

Das glaubst du doch selbst nicht.

Bitte lass mich kurz in Ruhe. Später kannst du dich wieder einmischen. Aber jetzt halt bitte die Klappe.

Stille.

Danke.

Junie setzt sich neben mich und nimmt mich in die Arme.

»Das hast du wohl tatsächlich verkackt.«

Typisch. Warum muss sie immer so ehrlich sein?

»Aber wenn du wirklich willst, dass das mit euch was wird, und er möchte das anscheinend, dann ist es sicher noch nicht endgültig vorbei«, murmelt sie in meine Haare. »Entweder lässt du dich auf ihn ein oder nicht. Es ist deine Entscheidung, die kann dir keiner abnehmen.«

»Aber wie? Wie geht das? Sich auf jemanden einlassen?« Selbst in meinen Ohren hört sich meine Stimme verzweifelt an.

»Indem sich beide zuallererst richtig kennenlernen. Und dann öffnen. Und sich dann vertrauen.«

Große Klasse.

»Das sind all die Sachen, die ich nicht kann, Junie«, murmle ich frustriert und will aufstehen, doch sie drückt mich resolut aufs Bett zurück.

»Dann musst du sie wieder lernen, Sam.« Daraufhin krabbelt sie hinter mich, zieht mir das Gummi vom Handgelenk und beginnt mir einen Zopf zu flechten.

Mir wird noch schwerer ums Herz, denn ich komme mir wieder vor wie mit zwölf, als wir das ständig gemacht haben. Uns gegenseitig Zöpfe geflochten, mit Nagellack herumexperimentiert, über Jungs gelästert.

Da hat Henry noch gelebt.

Da war ich noch okay.

Da war die Welt noch in Ordnung.

***

Connor hat Junie zum Essen ausgeführt; ich lümmle faul mit meinem Laptop und meinem besten Freund Netflix auf dem Bett und scrolle durch die neusten Serien. Ein Haufen ermordeter Skittles rumoren in meinem Bauch. Schrott, Schrott und noch mehr Schrott.

Immer wieder schiele ich unruhig zu meinem Handy.

Wenn ich ihm heute nicht mehr schreibe, mache ich es nie mehr, das weiß ich. Ich weiß auch, dass es nicht besonders clever ist, allein vor meinem Laptop eine halbe Flasche Weißwein wegzukippen. Noch genauer weiß ich, dass es richtig dämlich ist, wenn ich ihm jetzt noch schreiben würde … Es kommt nie etwas Gutes dabei heraus, wenn man angeheitert Nachrichten verschickt. Und schon gar nicht an Männer, in die man rettungslos verschossen ist.

Aber ich habe weder behauptet, dass ich clever bin, noch geleugnet richtig dämlich zu sein.

Sprichst du noch mit mir?

Erst mal vorfühlen und noch einen tiefen Schluck nehmen. Weil es eh schon egal ist. Er schreibt mir sowieso nicht zurück.

Mein Handy vibriert.

Was soll der Scheiß, Sam?

Fuck.

Hicks.

33

Danny

Ich starre auf mein Smartphone und ärgere mich sofort, dass ich ihr zurückgeschrieben habe und das auch noch so schnell. Mein männlicher Stolz ist massiv angeknackst und das hat noch keine geschafft.

Sie wollte nur wegen Connor und Junie zwischen uns für klare Verhältnisse sorgen? Das nenne ich mal eine Abfuhr. Vor allem, weil ich so eine noch nie bekommen habe.

Was mich allerdings am meisten stört, ist, dass ich gedacht habe, wir beide würden mehr wollen. Da habe ich mich offensichtlich getäuscht. Sie erwartet definitiv nicht von mir, dass ich sie heirate.

Ich muss über mich selbst grinsen.

Es stimmt schon, ich kann verdammt eingebildet sein. Andererseits kann man über mein Ego sagen, was man will, denn solange ich über mich selbst lachen kann, kann es noch nicht so schlimm sein.

Worüber ich allerdings nicht lachen kann, ist, dass mir ihre Abfuhr ernsthaft etwas ausmacht.

Wie dem auch sei, damit werde ich leben müssen und es auch tun. Und mir natürlich nichts anmerken lassen.

Aber was will sie *jetzt* wieder von mir? Ich verstehe dieses Mädchen einfach nicht.

jJjklvnioindklfnkl

Aha.

Sorry, das war meine Jackentasche.

Meine Finger fangen an, auf den Küchentisch zu trommeln.

Okay, also ... ich bin froh, dass du noch mit mir sprichst ... oder schreibst.

Die Betonung liegt auf noch.

Das heute Nachmittag ...

Ja?

Es klopft an der WG-Tür und ich kipple auf dem Küchenstuhl so weit zurück, dass ich sie, ohne aufzustehen, öffnen kann. Nick und David nicken mir zu und stellen zwei Sixpack Bier auf den Tisch, drei Tüten Chips fliegen hinterher.

»Alles klar, Bro?« Nick schlägt mir auf die Schulter und sieht mich mit seinen schwarzen Knopfaugen freundlich an.

»So weit, so gut«, brumme ich, während ich auf mein Handy stiere.

... hat mich irgendwie überfordert.

»Mit wem schreibst du?«, will David neugierig wissen, als er sich neben mich auf einen der Stühle fallen lässt.

»Mit Sam.«

»Aha. Und? Hast du sie schon flachgelegt?« Er grinst mich an und irgendwie stört es mich, wie er darüber spricht. Das hat es auch noch nie gegeben.

Genervt fahre ich mir über den Nacken und überlege, was ich ihr antworten soll. Ob ich ihr darauf *überhaupt* antworten soll.

»Hallo ... Erde an Danny?«, ärgert David mich weiter, während ich schreibe:

Warum?

»Ignorierst du mich, oder was?« Er gibt einfach keine Ruhe.

»Das geht dich nichts an«, antworte ich knapp und schnappe mir ein Bier.

»Ist da etwa jemand empfindlich?«

Ich verdrehe die Augen und öffne mein Bier.

David ist ein feiner Kerl. Wirklich. Und ein guter Freund. Noch dazu ist er der Scherzkeks des Teams und nie um einen Spruch verlegen. Doch manchmal geht mir seine provokante Art tierisch auf den Sack und nicht nur mir. Seine vorlaute Schnauze hat ihm schon so manches Mal richtig Ärger eingebrockt.

»Ist dein Leben so langweilig, dass du mich nerven musst?« Ich blicke zu Nick. »Also, was für ein Film wird es heute?«

Der sieht mich verblüfft von der Seite an und schmunzelt dann. Wenigstens er verkneift sich einen Kommentar. Doch Papa Bär ist ohnehin nicht der Typ für so etwas. Dafür ist er viel zu zurückhaltend. Er ist eher von der stilleren Sorte.

Mein Handy vibriert.

Das sag ich dir lieber persönlich. Wenn du mir die Tür aufmachst.

Was?

Hektisch stehe ich auf, reiße unsere Tür halb aus den Angeln und tatsächlich: Da steht ein kleines Schneewittchen und sieht mich verlegen an. Ihre Stupsnase ist von der Kälte draußen rot angelaufen. Zuckersüß sieht sie mal wieder aus. Verflucht. Und sie ist immer für eine Überraschung zu haben.

Ihre Augen weiten sich, als sie David und Nick in der Küche sitzen sieht.

»Sorry, ich wusste nicht, dass du Besuch hast«, sagt sie hastig und der leichte Rotton ihrer Nase geht auf ihre Wangen über. »Ich hätte vorher fragen sollen.« Sie tritt einen Schritt zurück.

Dazu sage ich nichts. Ich bin immer noch verwirrt. Und verletzt. Muss ich mir eingestehen.

»Komm rein, Sam. Genug Bier ist auf jeden Fall da.« Nick, der hinter mir in der Tür steht, lächelt auf sie hinab.

»Ich will euch nicht bei eurem Männerabend stören«, druckst sie unschlüssig herum und hinter ihr ruft eine glockenhelle Stimme: »Der ist eh vorbei. Jetzt bin ich nämlich auch da!« Junie schubst Sam regelrecht in meine Arme, grinst mich an und wedelt mir mit einer Papiertüte vor der Nase herum. »Wein habe ich auch.«

Connor hebt hinter ihr die Augenbrauen.

»Habe ich was verpasst? Habt ihr schon angefangen? Welcher Film wird es heute?«, fragt er mich, als er sich an mir vorbei hinter Junie und Sam in die Küche schiebt.

Schätze, wir müssen noch mehr Bier holen ... und brauchen eine Kinoleinwand.

Nach einer zehnminütigen Diskussion über die mögliche Filmauswahl spricht Connor ein Machtwort. Mir ist es ohnehin egal, ich will mich nur mit Sam in mein Zimmer verziehen und endlich wissen, was der ganze Scheiß soll.

Sie steht eingepfercht zwischen Connor und Nick. Durch den Größenunterschied sieht sie noch kleiner aus, als sie ohnehin schon ist.

»Okay, *21 Jump Street*. Aber nicht in der Küche, da bekomme ich nach fünf Minuten Wadenkrämpfe auf den Stühlen.«

Nick und David nicken zustimmend und folgen Connor nebst einem Sixpack Bier in sein Zimmer.

Junie schubst Sam in meine Richtung und zwinkert mir zu.

»Sam kennt den Film eh schon.«

Ich mag sie immer mehr. Wirklich. Junie ist ein Hammermädchen.

Sam sieht das anscheinend anders, wirft ihr einen vernichtenden Blick zu und sieht dann zerknirscht zu mir auf.

»Können wir kurz reden?«

»Sollten wir wohl.« Ich gehe vor ihr her in mein Zimmer.

Als sie hinter mir die Tür schließt, drehe ich mich um und sehe abwartend zu ihr hinunter. Diesmal werde ich es ihr nicht so leicht machen. Das kann sie vergessen.

Ihren Wintermantel hat sie inzwischen ausgezogen und ihr rot-schwarz karierter Rollkragenpulli verleiht ihr wieder diesen typisch englischen Punk-rock-Schick. Er passt zu ihr wie die Faust aufs Auge. Die Ärmel hat sie hochgezogen und ich kann etliche Lederbänder an ihren Handgelenken ausmachen.

»Danny, hör zu«, sagt sie mit leiser Stimme und stiert auf meinen Brustkorb. »Ich bin nicht gut in so was, ehrlich nicht.« Fahrig wischt sie sich den Pony aus der Stirn. »Also mit zwischenmenschlichem Zeug. Ich hab's nicht so mit Menschen.«

Warum nicht?

Doch bevor ich etwas sagen kann, spricht sie schnell weiter.

»Jedenfalls ... ich hätte nicht gedacht, dass du auch mehr willst. Mehr als nur Sex, meine ich.« Sie wird knallrot.

Ich kann mir einfach nicht helfen, sie ist so verdammt niedlich.

»Ich weiß, du hast mir gesagt, dass du mich nicht als einen typischen One-Night-Stand siehst, aber ich weiß nicht, wieso und warum nicht.« Nachdenklich schüttelt sie den Kopf und ihre Haare schaukeln hin und her. »Egal. Ich war eben überrascht, dass du auch mehr willst. Das ist alles.« Sie pustet gefühlte hundert Bar Luft aus ihrer Lunge und fummelt nervös an ihrem Gummiband herum, das unter ihre Lederbänder gerutscht ist.

Schnalz.

»Auch?«, hake ich nach, weil ich es genau wissen will.

»Was?« Irritiert sieht sie mich an, und zwar direkt in mein Herz.

So etwas kann sie? Fuck. Wie macht sie das?

Ich schlucke.

»Das ich *auch* mehr will? Das impliziert ja, dass *du auch* mehr willst, oder?« Mir ist klar, dass ich sie ziemlich in die Ecke dränge, aber ich muss das klar und deutlich hören. Ansonsten schiebe ich meinen Gefühlen den Riegel vor. Auf Herzschmerz habe ich keinen Bock und wenn er sich vermeiden lässt, werde ich jede Chance nutzen, um ihm auszuweichen. Dass er verdammt wehtut, weiß ich aus eigener bitterer Erfahrung.

Schnalz, schnalz, schnalz.

Holy, ich reiß ihr gleich dieses bescheuerte Gummiband vom Handgelenk.

»Ja, das heißt es.« Ihre Wangen glühen mittlerweile regelrecht und sie sieht mich angespannt an. »Ist das schlimm?«, fragt sie schüchtern.

Nun kann ich sie nicht mehr weiter auflaufen lassen, so verletzlich, wie sie sich mir zeigt. Außerdem ist es nicht so, als könnte ich es noch eine Sekunde länger aushalten, sie nicht zu berühren. Also nehme ich ihre kalte Hand in meine und ziehe sie zu mir.

»Ich versteh dich manchmal einfach nicht«, murmle ich und sehe sie aufmerksam an.

Ihre Augen sind inzwischen mitternachtsblau – so wie gestern Abend im Bett.

»Ja. Ich weiß. Sorry«, flüstert sie und legt ihren Kopf in den Nacken, um zu mir aufzusehen. Sie stützt sich an meiner Brust ab. Obwohl sie sich auf die Zehenspitzen stellt, muss ich mich zu ihr hinunterbeugen, bevor unsere Lippen aufeinandertreffen.

Ihre sind wie immer weich und warm. Sie schmecken fruchtig-süß nach diesen bunten Kaubonbons, die sie tütenweise verschlingt, sowie nach Weißwein. Mit ihrer kleinen Zunge fährt sie über meine Unterlippe und beißt leicht hinein.

Wie kann jemand, der kaum Erfahrung hat, so sinnlich und sexy sein?

Ihre Hand fährt durch meine Haare und zieht mich am Nacken noch mehr zu sich hinunter, ihre Zunge stupst meine an und umkreist sie. Dann ist da wieder dieses kleine Keuchen. Sie hat mich so was von in der Tasche, das ist nicht mehr normal.

Meine Lippen öffnen sich ein wenig mehr und ich küsse sie fordernder, während meine Hände ihren knackigen Apfelpo umfassen und sie fest an mich drücken. Am liebsten würde ich sie mir schnappen und …

»Ich denke, wir sollten zu den anderen gehen …«, nuschelt sie an meinem Mund und wippt zurück auf ihre Fersen.

»Angst vor Kontrollverlust?« Frech grinse ich sie an und gebe ihr einen leichten Klaps auf den Hintern. Na, das sagt der Richtige.

»Hättest du wohl gern.« Sie geht auf Abstand und lacht keck zurück.

»Logisch. Immer«, gebe ich bereitwillig zu und scheuche sie aus meinem Zimmer. Und zwar schnell.

Sonst kann ich für nichts mehr garantieren.

34

Sam

Heute lernen?

Danny macht es mir echt nicht leicht.

Ich muss noch so viel auswendigpauken, da bringen mir Seans Unterlagen auch nichts und du noch weniger.

Am liebsten würde ich ihm sofort die Tür einrennen, vor allem nach gestern.

Gott, ich wollte ihn am liebsten direkt in seinem Zimmer bespringen, aber die Tatsache, dass die anderen in Connors Bude versammelt waren, hat mich dann doch davon abgehalten.

Keine Ahnung, was Danny mit mir anstellt. Er scheint irgendeinen Stöpsel in mir gezogen zu haben, ich denke ständig nur noch an ihn. Und an Sex. Vor allem an Sex *mit* ihm.

Fuck, ehrlich. Denn ich muss *wirklich* lernen und dieses Mal nicht nur verstehen, sondern stumpf auswendiglernen. Am Freitag ist diese blöde Klausur in Strafrecht und mir wird schlecht, wenn ich nur daran denke.

Danny ist natürlich wie immer vollkommen tiefenentspannt. Er hat auch leicht reden. Er ist der totale Crack in diesem Fach.

Wenigstens Connor ist normalsterblich, da auch er Junie heute abgeblockt hat.

Nur noch drei Abende, den heutigen mit eingerechnet, und dann heißt es Mathison vs. Meyerson.

Du brichst mir das Herz.

Und meine Mum mir die Beine, wenn ich das Unijahr nicht bestehe.

Daran will ich nicht schuld sein. Bin schon still. Wenn du etwas brauchst, ich bin da, okay?

Libido flippt total aus und ich muss sie mit aller Kraft an mein krüppliges Seelchen ketten, damit sie mir nicht abhaut und direkt zu Danny saust. Auf sie ist noch Verlass. Sie ist nach wie vor auf der Hut und traut dem Frieden nicht. Gutes Seelchen, denn einer muss es machen und mich schlimmstenfalls warnen.

Vor ... na ja ... wer weiß?

***

Die Zeit bis Freitag ist zum Glück schnell vergangen. Abgesehen von den Vorlesungen oder in der Cafeteria habe ich Danny nicht gesehen. Wir haben uns zwar täglich geschrieben, aber das war alles andere als zufriedenstellend. Heute ist Schluss damit, Halleluja!

Die Prüfung in Strafrecht steht in einer Stunde an und ich bin wahnsinnig nervös. Normalerweise habe ich keine Prüfungspanik, aber ich musste ein ganzes Kapitel nachholen. Deswegen habe ich die letzten drei Abende nichts anderes gemacht, als mir die Nase an den Büchern wund zu reiben. Ich kann nur hoffen, dass es reicht.

Denk an etwas anderes, du bist ja schon völlig hysterisch.

Okay, kein Problem. Also, Danny ...

Halt! An ihn nicht, das geht nicht gut. Wenn du anfängst, rosa Herzchen mit Blubberblasen in deinem Kopf steigen zu lassen, kannst du die Prüfung gleich vergessen.

Du hast doch gesagt, ich soll an etwas anderes denken.

Ja, aber damit habe ich deine innere Stimme gemeint und nicht deine Libido.

Libido tritt beleidigt und mit hervorgeschobener Unterlippe den Rückzug an und ich schlüpfe in meine dunkelblaue Skinnyjeans. Ein rot-weißes Ringel-Longsleeve drübergezogen, in meine Doc Martens geschlüpft und fertig.

Halt.

Ich brauche noch mindestens ein Lederband, sonst klappt das nie.

Können wir dann mal endlich?

Yep. Jetzt ist es gut.

Junie steht kaffeetrinkend in der Küche und gähnt herzhaft, als ich mir einschenke.

»Spät geworden?«, frage ich sie grinsend.

Gestern Abend hat sie bei Connor geschlafen und so, wie sie aussieht, haben die beiden wohl eher Bettgymnastik betrieben, als zu pennen.

Sie streckt ihre Arme weit über den Kopf, geht in die Knie und dehnt sich einmal kräftig. *Knacks*. Welcher Wirbel das war, will ich gar nicht so genau wissen. Ihre Schuhe trägt sie noch, anscheinend ist sie gerade erst heimgekommen. Ein weiterer kräftiger Gähner hinterher, dann sieht sie mich aus müden, aber trotzdem strahlenden Augen an. Ihre blonde Mähne trägt sie in einem unordentlichen Knoten auf dem Kopf und ihre Lippen glänzen rosa. Tun sie immer. Sie braucht noch nicht einmal Lippenstift dafür. Diese Frau ist eine einzige Unverschämtheit.

»Connor hat noch ewig Strafrecht mit Danny gebüffelt. Irgendwann bin ich auf seinem Bett eingeschlafen und als er dann nachgekommen ist, hat er mich geweckt und musste Druck abbauen. Das hat gedauert, weil ...«

Schnell halte ich meine Hand hoch.

»Message angekommen«, beeile ich mich zu sagen. Ich möchte Connor nächstes Mal, wenn ich ihn treffe, in die Augen sehen können, ohne dass mein Kopf einen Pornofilm abspult. Da reicht mir Danny schon völlig. »Sei froh, dass du kein Strafrecht hast, das ist ehrlich ein ätzendes Auswendiggepauke.«

»Bin ich auch. Da lobe ich mir meine Biologie.«

Sie hat seit dem ersten Jahr an der Uni Biologie belegt. Schon in der Highschool fand sie das Fach beinahe pervers spannend, was ich nicht verstehen kann. Der ganze Mist mit sezierten Fröschen und irgendwelchen angelegten Kulturen ... brr, nicht meins. Lernen muss sie zwar ebenfalls, aber sie tut sich damit wesentlich leichter als ich. Es mag auch daran liegen, dass sie nicht ein ganzes Kapitel aufzuholen hatte.

»Ich muss los. Bis später!« Ich gebe ihr einen Schmatz auf die Wange und schlüpfe in meinen Mantel.

»Viel Glück!«, ruft sie mir hinterher.

***

Bin ich froh, dass ich diese blöde Klausur endlich hinter mir habe. Mein Kuli ist mittlerweile zur Gänze abgekaut. Ich habe überall blaue Farbe an den Händen, weil er mir natürlich mitten in der Prüfung auslaufen musste. Kellys schadenfrohes Gesicht war die Krönung des Ganzen. Ständig muss sie sticheln, schon die ganze Woche über, und jedes Mal, wenn mich Danny auch nur anschaut, sieht sie so aus, als würde sie mich am liebsten töten. Auf die brutalste Art und Weise. Häuten oder so etwas Abartiges. Und ich habe immer gedacht, *ich* sei durchgeknallt.

Danny steht bereits mit Connor auf dem Flur und wartet auf mich.

»Alles gewusst?« Er lächelt mich an und die grünen Sprenkel in seinen Iriden funkeln. Seine Basecap trägt er falsch herum auf dem Kopf, ein paar einzelne braune Haarsträhnen gucken an den Seiten hervor. Der Rucksack baumelt lässig von seiner Schulter und mit dem anderen Arm zieht er mich an seine Seite.

»Keine Ahnung«, seufze ich. Locker legt er seinen Arm um mich und sein Duft steigt mir in die Nase. »Hätte besser laufen können. Aber jetzt ist es eh vorbei und mir bleibt nichts anderes übrig, als abzuwarten.«

»Mach dir keinen Stress. Bestanden hast du ganz bestimmt«, will mich Connor aufmuntern, als wir uns auf den Weg zum Biologiesaal machen, um Junie abzuholen.

»Hoffentlich hast du recht. Wie lief es bei euch?«

»Ging so. Hauptsache vorbei. Allerdings hätte Danny seine Blätter höher halten können.«

Danny schnaubt durch die Nase. »Woher soll ich wissen, welche Antworten du brauchst? Außerdem können meine genauso falsch sein.«

»Sicher. Als ob. Das wäre dann aber das erste Mal.«

Der Saal ist schon offen und Junie kommt in dem Moment aus der Tür geflitzt, als sich Connor gerade zu ihr umdreht. Er fängt sie lachend auf und dreht sie einmal im Kreis.

»So romantisch«, höre ich Danny flöten und kann mir ein Grinsen nicht verkneifen.

»Nur kein Neid.« Connor stellt Junie auf ihre Füße zurück.

»Woher soll der kommen? Nichts gegen dich, Junie, aber du weißt ja: Schneewittchen ist die Schönste im ganzen Land.« Danny blickt mich an und zwinkert mir zu.

Erde an Sam! Augen wieder in die Höhlen einfahren, Sabbern einstellen, Atmung wiederaufnehmen.

Ich bin in einem Märchen gelandet.

»War klar, dass der Spruch irgendwann kommen musste«, lacht Junie, hakt sich bei Connor unter und schlendert mit ihm in Richtung Campus.

Danny und ich folgen ihnen.

»Sollen wir euch heute abholen?«, fragt Danny mich, als er mir die Tür aufhält.

»Wann fängt die Party denn an?«

Hier ist jedes Wochenende irgendeine Party, ob von einem Wohnheim oder einer Studentenverbindung. Diesmal steigt eine im Verbindungshaus der Kappa Sigma.

Früher wäre ich niemals auf so eine Feier gegangen. Die von den Delta Chi war noch okay, immerhin ist es eine weibliche Studentenverbindung, aber die Kappa Sigma ist eine männliche und die habe ich bisher immer gemieden wie der Teufel das Weihwasser. Wenn ich mit Junie jemals allein auf so eine Party gegangen wäre, wären wir komplettes Freiwild gewesen. Deshalb waren wir beide nicht unbedingt Feuer und Flamme, als Connor und Danny mit diesem Vorschlag um die Ecke kamen. Erst als die Jungs von sich aus hoch und heilig versprochen haben, uns nicht aus den Augen zu lassen, haben wir uns erweichen lassen.

Es passt mir trotzdem nicht. Ich stehe nicht drauf, das beschützenswerte Weibchen zu sein. Aber was soll ich machen?

Sicherer ist es so auf jeden Fall.

35

Danny

Das Verbindungshaus der Kappa Sigma platzt aus allen Nähten, als ich mit Connor, Junie und Sam dort aufschlage, dabei ist es gerade mal 18 Uhr. Die Musik schallt aus dem riesigen Wohnzimmer nach draußen, der Rasen ist bevölkert mit Studenten in dicken Anoraks und Dampfwölkchen vor den Mündern. Mittlerweile ist die Sonne untergegangen und tiefblaue Dunkelheit legt sich langsam über den riesigen Campus.

Während wir uns einen Weg ins Haus bahnen, sieht Sam angespannt aus. Mit Menschenmassen scheint sie nicht so gut klarzukommen, was ich verstehen kann. Bei ihrer Körpergröße und der zierlichen Gestalt kann so eine geballte Menge an hauptsächlich größeren Leuten sicher einschüchternd wirken.

Ohne weiter darüber nachzudenken, schnappe ich mir ihre kalte Hand und ziehe sie mit mir. Verlegen grinst sie mich von unten herauf an und lässt sich von mir durch die Masse führen.

Alle anderen sind schon da, Nick und David haben es sich in der Küche bequem gemacht, Mike panscht mal wieder mit Hochprozentigem herum und Kelly steht mit einer Gruppe Cheerleadern an einer Couch im Wohnzimmer. Die Giftpfeile, die sie in unsere Richtung schießt, sehen gefährlich aus. Darüber kann ich bloß den Kopf schütteln.

Sams Hand in meiner wird allmählich wärmer. Sie trägt einen Rock in dem für sie so typischen Karomuster, schwarze Strumpfhosen, ihre Doc Martens und eine bis zum Hals zugeknöpfte schlichte weiße Bluse. Um den Hals hat sie sich locker eine schwarze Krawatte gebunden. Das klassische Schulmädchen-Outfit, wären da nicht ihre dunkel geschminkten Augen, die sie punkig wirken lassen, und ein paar eher männlich aussehende Lederarmbänder. Sie hebt sich definitiv von der Masse ab.

Junie schleift sie direkt auf die Tanzfläche und sie drehen zu *Sabotage* von den Beastie Boys ab.

Als ich das kleine Schneewittchen sehe, wie sie mit Junie textsicher das Lied herunterrappt, muss ich lächeln. Sie hat ein Hammer Taktgefühl. So sexy. Wieder kann ich mir keinen Reim darauf machen, dass sie andererseits so schüchtern ist, sobald wir allein sind.

Connor drückt mir ein Bier in die Hand.

»Die beiden sind schon heiß, oder?« Er grinst zufrieden.

Dem kann ich nur zustimmen. Obwohl das mit Sam und mir bei Weitem noch nicht so spruchreif ist wie mit Connor und Junie.

»Weißt du, warum Junie und Sam die Uni gewechselt haben? Habt ihr darüber mal gesprochen?«, frage ich, stoße mit ihm an und nehme einen tiefen Schluck.

»Nicht wirklich. Sie meinte nur, es hätte ein paar Schwierigkeiten gegeben, aber welche, hat sie nicht gesagt.«

Schwierigkeiten. Hm ...

»Mir hat Sam nur gesagt, es hätte keinen bestimmten Grund gegeben. Mehr habe ich auch nicht aus ihr herausbekommen. Mich würde interessieren, was da los war.« Ich sehe nachdenklich zu den Mädchen, die mittlerweile zu den Arctic Monkeys abrocken.

»Wenn sie es erzählen wollen, machen sie es schon noch, ansonsten lass sie einfach. Jeder hat Geheimnisse und sie werden ihre Gründe haben.« Er zuckt mit den Schultern und ich muss automatisch an Sams Worte denken. *Jeder hat eine dunkle Seite.*

»Ich muss pinkeln, bin gleich wieder da«, verkündet Connor und drückt mir sein halb volles Bier in die Hand.

»Bring auf dem Rückweg noch ein paar Chips mit«, rufe ich ihm hinterher und behalte dabei Sam und Junie im Auge.

Diese Studentenpartys können für zwei so hübsche Mädchen leicht zum Spießrutenlauf werden. Ich weiß das, ich bin schließlich auch ein Kerl. Allerdings würde ich mich nie einem Mädchen aufdrängen, so bin ich weder erzogen worden noch käme ich auf den Gedanken. Davon abgesehen habe ich das nicht nötig.

Aber es gibt eben genügend Arschlöcher unserer Gattung und wenn man denen auch noch Alkohol in rauen Mengen zur Verfügung stellt, kann das eine gefährliche Mischung ergeben.

Junie schreit dem DJ hinter seinem Laptop irgendetwas ins Ohr und lächelt ihn strahlend an. Dann hüpft sie wieder zu Sam, als im gleichen Moment *Let me in* von den Beatsteaks aus den Boxen dröhnt.

Breit grinsend beobachte ich sie eine Weile. Es gibt offensichtlich kein Lied von ihnen, das Sam nicht auswendig kann. Ihre schwarze Mähne fliegt ihr um den Kopf und ihre Wangen haben mittlerweile einen niedlichen Rotstich.

Mir entgeht nicht, dass inzwischen auch ein paar anderen Typen aufgefallen ist, wie scharf die beiden sind. Dass ansonsten kaum einer zu dem Lied tanzt, trägt dazu bei, dass sie die ungeteilte Aufmerksamkeit haben. Junie scheint es nicht zu stören und Sam merkt es überhaupt nicht, da sie vollständig in der Musik abgetaucht ist.

Als der DJ dann auch noch im Anschluss von der gleichen Band *Jane became insane* spielt, ist es um die beiden endgültig geschehen. Dem DJ hat Junie das Herz gebrochen, er fängt beinahe an zu sabbern, während er sie ungestört blickfickt.

Immer mehr werden auf die zwei aufmerksam. So langsam geht es mir auf die Nerven, denn drei Typen starren Sam offensiv an und es ist klar, dass sie sich über sie unterhalten.

Als auch noch einer von ihnen zu ihr hinübergeht und ihr etwas ins Ohr sagt, bin ich kurz davor einzugreifen. Nur ihr resolutes Kopfschütteln und ihr Schritt auf die Seite hält mich davon ab. Zum Glück zieht er Leine.

Besser so, sonst ...

»Also«, höre ich plötzlich Jerrys Stimme an meinem Ohr, bevor ich ihn sehe.

Der auch noch.

Genervt blicke ich ihn von der Seite an. Seine raspelkurzen schwarzen Haare hat er unter einem Basecap der Uni versteckt und seine glanzlosen grünen Augen sehen mich verächtlich an.

Geht ja schon gut los.

»Sam und du, ja?«

In diese Richtung sollte er besser nicht gehen.

Trotzdem versuche ich weiterhin krampfhaft ihn zu ignorieren. Allerdings stelle ich vorsichtshalber unsere Biere auf dem Tisch neben mir ab. Man weiß nie, ob man bei diesem Idioten nicht doch mal schnell seine Hände braucht.

»Seid ihr zusammen?«, bohrt er dreist nach.

Ignorieren, einfach ignorieren.

Ich würde ihm für letztes Wochenende am liebsten nachträglich eins in die Fresse hauen, aber ich reiße mich zusammen. Eine Schlägerei in einem Verbindungshaus mit lauter angetrunkenen Studenten anzufangen ist keine besonders clevere Idee.

Also mache ich mich zur Tanzfläche auf. Ist besser so, lange beherrschen kann ich mich nämlich nicht mehr.

»Flachgelegt hast du sie sicher schon. Ich würde zu gern wissen, wie sie sich ficken lä ...«

Yep. Das war's jetzt.

Bevor er ausreden kann, fahre ich zu ihm herum, packe ihn am Kragen seines Poloshirts und donnere ihn gegen die Wand.

»Das wirst du nie erfahren, du blöder Wichser«, presse ich hinter zusammengebissenen Zähnen hervor. Er grinst hämisch. »Wenn deine Drecksgriffel auch nur ansatzweise in ihre Nähe kommen, kriegst du richtig Stress mit mir. Da wird dir das letzte Mal wie eine Streicheleinheit vorgekommen sein.« Ich würde ihm so gern ... Nein, tief durchatmen.

Wenigstens stelle ich befriedigt fest, dass er nicht mehr grinst, sondern anfängt, unruhig unter meinem Griff zu zappeln.

»Gibt's Stress?« Hinter mir ist Connor aufgetaucht und schaut Jerry aus schmalen Augen an.

Der wird immer nervöser. Sehr gut.

»Glaub bloß nicht, dass ich dich eine Sekunde aus den Augen lasse.« Mit dieser Warnung lasse ich von ihm ab und nehme mein Bier, das mir Connor entgegenstreckt.

Zum Glück ist Jerry schlau genug, um sich zu verpissen.

»Was wollte *der* denn?« Connor muss mir mittlerweile ins Ohr schreien; die Musik wird stetig lauter, man kann nicht einmal in der Küche sein eigenes Wort verstehen.

»Ärger«, antworte ich knapp und nehme einen tiefen Schluck, damit mein Puls wieder eine normale Frequenz erreicht.

Unsere Mädchen haben sich inzwischen auf eine Couch in die Nähe der Tanzfläche geschmissen, chillen zu *Access Adrenalin* und nippen an ihrem Wein. Junie hat ihren Arm um mein Schneewittchen gelegt und beide werden noch immer von diversen Typen in der Umgebung angestarrt.

Moment.

Unsere Mädchen und *mein* Schneewittchen?

Das ging aber schnell. Wann ist das denn passiert?

Ich nicke Connor zu und mache eine Kopfbewegung in ihre Richtung. Er schnappt sich sein Bier und wir schlendern zu ihnen hinüber.

Kelly steht mit ihrer Freundin abseits und stiert die beiden hasserfüllt an. Neid ist nicht schön anzusehen und ich muss einmal mehr den Kopf schütteln.

Connor zieht eine quietschende Junie auf seinen Schoß und gibt ihr einen Kuss, während ich mich neben Sam fallen lasse. Mein Arm nimmt besitzergreifend den Platz ein, den zuvor Junies hatte. Mir ist klar, dass unser Gehabe etwas von Revier-Markieren hat. Genau das ist auch unsere Absicht.

Sam lehnt ihren Kopf an meine Schulter und sieht mit ihren blauen Smokey Eyes strahlend zu mir auf.

»Ich habe lange nicht mehr so viel Spaß gehabt.« Sie knufft mir mit ihrer Faust in die Seite. Die Finger ihrer anderen Hand krabbeln in meine.

Mir wird ganz warm.

Nick setzt sich auf die Couch gegenüber und ein Mädchen aus einem anderen Jahrgang lässt sich auf seinen Schoß fallen. Er grinst wie ein glücklicher Vollidiot.

Junie bekommt von Mike mit einem Zwinkern einen seiner Spezialdrinks in die Hand gedrückt.

»Tanzen macht durstig.« Ein Blick zu Connor reicht ihm allerdings aus, um schnell einen Abgang zu machen.

»Trink das lieber nicht. Das zieht dir die Schuhe aus«, warne ich sie, doch sie schaut mich nur verschmitzt an.

»So schnell zieht mir nichts die Schuhe aus.« Sie kippt fröhlich den Drink hinunter.

»Das glaub ich dir sofort«, schmunzle ich.

»Langsam, Sunshine.« Connor greift ein und nimmt ihr den Becher ab. »Ich will heute noch was von dir haben und dir nicht beim Kotzen zusehen.«

Sam grinst. »Keine Sorge, Connor. Das letzte Mal, als sie zu viel hatte, hätte ich ihr einen Docht in den Mund stecken können, der locker zwei Wochen gebrannt hätte. Aber kotzen tut sie nicht.«

Ich lache.

Junie streckt ihr beleidigt die Zunge heraus.

»Kann ich doch nichts dafür, dass du die Unschuld vom Lande bist, Grinch.«

Sam kurbelt ihren Mittelfinger hoch. »Sei lieber nett zu mir, sonst versteck ich morgen die Kopfschmerztabletten.« Sie wackelt bedrohlich mit ihren Augenbrauen und kuschelt sich wieder an meine Schulter. Orange und Zimt steigen mir in die Nase.

»Yo, ihr Pussys!«, grölt David hinter mir und landet beinahe auf Sams Schoß, als er sich angeheitert neben ihr auf die Couch plumpsen lässt.

Ruckartig krallen sich ihre kurzen Nägel in meinen Handrücken und sie presst sich fest an meine Seite.

»Fuck«, flucht sie zischend und ich schmunzle einmal mehr.

Sie ist wirklich unglaublich schreckhaft.

»Was soll das eigentlich ständig?«, erkundigt sich Junie bei David. »Ständig dieses *Pussy hier, Pussy da*?«

»O Gott, David, antworte ihr bloß nicht. Das ist 'ne Fangfrage.« Sam warnt ihn augenrollend vor, nachdem sie sich von ihrem Minischock erholt hat.

»Was?«, fragt der nur verdutzt, als Junie auch schon loslegt.

»Ihr Typen wisst schon, dass die Vagina eines der stärksten Organe des menschlichen Körpers ist, oder? Also, des weiblichen *und* des männlichen zusammengenommen?«

»O Mann«, stöhnt Sam leise neben mir.

Connor sieht Junie belustigt von der Seite an, die tief Luft holt.

»Punkt eins: Da kommen Menschen raus. *Menschen.* Das muss man sich mal vorstellen. Und anstatt, dass die *Pussy* danach futsch ist, macht sie weiter wie bisher. Als wäre nichts passiert.« Stirnrunzelnd grapscht sie wieder nach Mikes Mördergesöff, das Connor nur widerwillig rausrückt. »Wenn ich mir dann eure Schwänze anschaue … einmal falsch draufgesetzt und die brechen – und dann sagt ihr *Pussy* und meint damit *Schwächling*? Ernsthaft?«

Ihre Ausführung hat durchaus Hand und Fuß. Darüber sollte wohl auch ich mal nachdenken.

Sie schlägt Sams Hand ab, die sie ihr zu einem High-Five hingehalten hat, und sieht auffordernd in die Runde.

Connor zuckt grinsend die Schulter. »Wo sie recht hat …«

Nick gluckst vor sich hin und David starrt Junie an, als wären ihr gerade zwei Köpfe gewachsen.

»Vielen Dank für den Ausflug in die Anatomie des weiblichen Körpers«, murmelt er und nimmt einen Schluck von seinem Bier.

Ich würde jetzt auch gern einen Ausflug in eine gewisse weibliche Anatomie unternehmen.

»Magst du abhauen?«, brumme ich in Sams Ohr.

Ihre dunkelblauen Augen blitzen unter ihrem schwarzen Wimpernkranz hervor und als sie mich von unten herauf anlächelt und in mein Ohr murmelt »Aber so was von«, kann es mir auf einmal nicht schnell genug gehen.

Zügig nicke ich Junie und meinen Jungs zu, deute somit an, dass wir uns vom Acker machen, nehme Sams kleine Hand – wie selbstverständlich das auf einmal geworden ist – und sehe zu, dass ich auf dem schnellsten Weg hier rauskomme.

Ich habe sie die ganze Woche über kaum gesehen und einiges nachzuholen.

***

»Wow, du hast es aber eilig.« Sie lacht neben mir auf, als wir uns Jacke und

Mantel geschnappt haben, endlich im Freien sind und ich schon auf die Wohnheime zusteuere.

»Du hast ja keine Ahnung, wie sehr«, knurre ich und lege im Laufen meinen Arm um ihre Schulter. Orange und Zimt steigen einmal mehr in meine Nase und in meiner Hose wird es verflucht eng. Wie macht sie das nur?

»Alles klar, dann ... zu mir oder zu dir?«

»Mein Zimmer ist näher«, brumme ich in ihr Haar, als ich ihr einen Kuss auf den Scheitel drücke. Meine Stimme hört sich seltsam rau an. Ich komme mir vor wie ein Neandertaler mit massivem Samenstau.

Sie sagt den Weg über nichts mehr, wir rennen beide schon mehr, als wir laufen. Als ich endlich meine Zimmertür hinter mir zugeknallt habe und mich zu Sam umdrehe, versucht sie schon aus ihrem Wintermantel zu kommen.

Ich tue es ihr gleich und eine Nanosekunde später kralle ich sie mir, hebe sie auf meine Hüften und lege mich mit ihr aufs Bett.

Meinen Hoodie samt Shirt reiße ich mir über den Kopf, dann schlüpfe ich aus der Jeans, sodass ich zwei Sekunden später nur noch in Boxershorts vor ihr stehe.

Sie hat sich den Rock ausgezogen und kämpft mit den Knöpfen ihrer weißen Bluse. Darunter kann ich einen schwarzen Spitzen-BH ausmachen und muss mich zusammenreißen, um ihr nicht die verdammte Bluse vom Leib zu reißen.

Ich klettere zu ihr aufs Bett zurück und helfe ihr mit den Knöpfen. Wir sagen beide kein Wort und hören nur unseren angestrengten Atem.

»Was ist das für ein Scheißteil?«, murre ich ungeduldig. »Die darfst du nie wieder tragen.«

Sie lacht prustend. »Kann ich doch nichts dafür, dass du zu doof bist, sie aufzuknöpfen.«

Als endlich die blöde Bluse ausgezogen ist, drücke ich Sam mit meinem Oberkörper ins Kissen und spüre ihre weiche Haut an meiner Brust. Sie zieht meinen Kopf zu sich nach unten und küsst mich stürmisch, nebenbei greife ich um sie herum und hake ihren BH auf, den ich ihr von den Schultern ziehe und achtlos auf den Boden werfe.

Sofort umschließen meine Hände ihre prallen, weichen Brüste, die so verdammt perfekt dort hineinpassen. Eine Hand löst sich von ihnen, wandert über ihren Bauch und verschwindet unter dem Bündchen ihres schwarzen Spitzenslips.

Kurz suche ich ihren Blick, ob das alles okay für sie ist, doch sie hat die Augen geschlossen und den Kopf weit nach hinten gebogen.

Als ich mit meinem Zeigefinger an ihrer Mitte entlangfahre, keucht sie leise auf.

Ich muss mich massiv am Riemen reißen, um meine eigene Erregung im Zaum halten zu können. Behutsam verteile ich die Nässe auf ihrer sensibelsten Stelle und umkreise sie langsam. Ihr Körper windet sich unter mir und ihre Finger bohren sich in meine Schultern.

Ich will sie unbedingt schmecken.

Also mache ich es mir zwischen ihren Beinen bequem, nehme meine Hand aus ihrem Slip und ziehe ihn mit einem Ruck über ihre zierlichen Hüften.

Abwartend schaut sie mich an.

Als ich sanft die Seiten ihrer Innenschenkel küsse, wird sie ganz still. Nur noch ihr beschleunigter Atem ist zu hören, zumindest bis ich mit meiner Zunge vorsichtig ihr Knöpfchen anstupse und mit einem Finger in sie eindringe.

»Gott …«, stöhnt sie heiser auf und schnappt nach Luft.

Es macht mich wahnsinnig scharf, wie stark sie auf mich reagiert. Meine Lippen schließen sich um ihr Nervenbündel, ich sauge es leicht in meinen Mund und meine Zungenspitze lasse ich immer wieder darübergleiten. Auch hier riecht sie nach Orange und Zimt, sie schmeckt ein bisschen salzig und ganz viel nach Schneewittchen. So lecker.

Sie dreht beinahe durch und ich kann ihre Hände sehen, die sich verzweifelt ins Laken krallen.

»Was machst du da?«, presst sie hinter zusammengebissenen Zähnen hervor, während ihre Beine anfangen zu zittern.

»Mmh … du schmeckst so gut«, murmle ich an ihrer Mitte und meine Zunge reibt immer schneller über ihr hartes Knötchen. Ob sie schon mal geleckt wurde? Sie reagiert heftig darauf.

Als ich einen zweiten Finger hinzunehme, das Tempo beschleunige und tiefer in sie stoße, spüre ich schon nach wenigen Minuten, wie sie sich fest um meine Finger zusammenzieht.

»Scheiße, Danny«, höre ich sie keuchen und drücke meine andere Hand leicht auf ihren Bauch, damit sie nicht mehr so stark zappeln und ich sie dadurch besser verwöhnen kann. Noch einmal sauge ich ihre Klit in meinen Mund, fühle, wie sie die Luft anhält und dann um meine Finger herum explodiert.

Sie wimmert und windet sich und sieht so sexy aus, wie sie mit geröteten Wangen auf meinem Bett liegt, ihre süßen rosa Nippel steil in die Luft ragen und ihre schwarzen Haare wie ein Fächer um ihren Kopf verteilt sind.

Holy, ich muss sie endlich spüren.

Kurz lasse ich von ihr ab, stehe auf, ziehe die Boxershorts aus und greife mir ein Kondom aus dem Nachtschränkchen, was ich mir ohne Umschweife überziehe. Dann lege ich mich neben sie und drehe sie auf die Seite. Sie ist immer noch völlig erledigt, ihre Haut fühlt sich heiß an.

Mein harter Schwanz presst sich von unten an ihren Hintern, als ich ganz dicht zu ihr aufrutsche. Er ist genauso knackig und fest, wie ich ihn mir vorgestellt habe. Mit meiner Hand ziehe ich eine Pobacke zur Seite, damit ich meinen Harten besser zwischen ihre Beine schieben kann.

»Was wird das?«, fragt sie angespannt und rutscht wiederum ihrerseits ein Stück von mir weg.

»Alles in Ordnung. Ich mache nichts, was du nicht willst. Sag mir, wenn es dir nicht gefällt, ja?«, flüstere ich in ihr Ohr und warte kurz, bis sie ihren Rücken wieder an meine Brust drückt und ich so weiß, dass es okay für sie ist. Sie hat kaum Erfahrung und ich will sie nicht überfordern, deshalb auch die Löffelchenstellung.

Einmal tief durchgeatmet, damit ich ein wenig runterkomme, dann drücke ich meinen Schwanz von hinten zwischen ihre Beine. Er gleitet durch ihre Nässe hindurch und jedes Mal, wenn er über ihr empfindliches Nervenbündel reibt, stöhnt sie leise.

Sie fühlt sich so gut an. Alles fühlt sich so viel besser mit ihr an als mit allen anderen vorher. Das gibt's doch einfach nicht!

Ihre Brust liegt locker in meiner Hand und ich streiche immer wieder mit meinem Daumen über ihren Nippel, der inzwischen hart wie ein kleiner Kieselstein ist. Zärtlich küsse ich mich ihren Nacken entlang, bis ich an ihrem Hals angekommen bin. Als meine Bartstoppeln an ihrer samtigen Haut entlangfahren, fängt sie an zu kichern.

»Hör auf, das kitzelt«, empört sie sich und versucht mein Gesicht mit der Hand wegzudrücken.

»Aber du duftest da so gut«, brumme ich, fahre mit meiner Hand über ihr Schlüsselbein zu ihrer Kehle hoch und umschließe sie sanft mit meinen Fingern.

Und dann passieren drei Dinge gleichzeitig, die ich null kapiere.

Von einer Sekunde auf die andere wird sie stocksteif in meinen Armen und reißt mit einer erstaunlichen Kraft, die ich ihr nie zugetraut hätte, meine Hand von ihrem Hals.

»Nein!«, schreit sie erschrocken auf und rückt sofort weg von mir.

Was ist denn jetzt los?

»Nicht da«, presst sie hervor und dreht sich zu mir um. Ihre mitternachtsblauen Augen blitzen mich panisch an. » *Nie* da, Danny, okay? Das ist tabu!«

»Tut mir leid, Sam«, beeile ich mich zu sagen. »Kommt nicht wieder vor.«

»Ist in Ordnung. Konntest du ja nicht wissen. Aber so was mag ich einfach nicht. Ich hab's nicht so mit Unterwerfung«, murmelt sie.

Ihre Atmung geht zwar noch recht hektisch, dafür dreht sie sich wieder um und lehnt sich abermals leicht an mich.

»Unterwerfung?«, frage ich nach und lehne mich nach vorn, damit ich ihren Blick bekomme.

»Ja. Es gibt doch nichts Verletzlicheres als die Kehle und ich bin nicht der Typ für so was. Eben für Unterwerfung und so.« Wieder wird sie knallrot.

»Alles klar, Kleine. Kein Thema«, erwidere ich, denn es ist natürlich vollkommen okay, wenn sie nicht darauf steht, dass ich ihre Kehle berühre. Sie hat recht, es ist ein Zeichen der Unterwerfung, ich habe es nur nie so extrem gesehen. Man kann es ja auch als Hingabe deuten.

Egal: So oder so, sie mag es nicht und Schluss.

»Aber ich habe das eben nicht getan, um dich zu unterwerfen. Ich wollte dich nur streicheln«, stelle ich klar.

»Okay.« Sie nickt. »Trotzdem. Nicht da, ja? Der Hals ist in Ordnung, wenn du mich nicht gerade kitzelst«, fügt sie noch schnell hinzu und sieht mich verschmitzt an.

»Mmh«, brumme ich und lasse mein Kinn wieder an ihrem Hals entlanggleiten.

»Yep, genau so *nicht*«, quiekt sie und kichert wieder so unschuldig mädchenhaft.

»Ist da noch etwas, was ich wissen sollte?«, frage ich sie leise ins Ohr. »Was magst du sonst nicht?«

»Wenn man meine Handgelenke packt«, schießt es aus ihr heraus. »Auch so eine Unterwerfungssache. Ich glaube, ich mag es generell nicht, wenn mir jemand die Kontrolle entziehen will. Oder ich keine mehr habe. Das kann ich nicht ausstehen«, fügt sie erklärend hinzu und dreht sich wieder zu mir um. »Ist das okay?« Schüchtern sieht sie mich an und beißt sich auf die Unterlippe.

»Natürlich ist das okay. Du musst mir sagen, was du magst und was nicht. So lange kennen wir uns noch nicht, dass ich es wissen könnte – und so was ist wichtig.« Eindringlich sehe ich sie an. »Warum ist das so? Dass du immer die Kontrolle behalten willst?« Ich streichle ihre Seite auf und ab.

Sie dreht sich von mir weg und drückt ihren Rücken noch eine Spur fester an mich. »Ich weiß nicht. War schon immer so«, murmelt sie mit ihrer leicht rauchigen Stimme, greift nach meiner Hand und legt sie auf ihre Brust.

Ich spüre ihr schnell klopfendes Herz und beobachte aufmerksam ihr Gesicht. Es ist wieder ganz entspannt, ihre Augen sind geschlossen und ihr knackiger Hintern reibt lasziv an meinem Harten auf und ab.

Oh … holy!

Diese Frau treibt mich langsam, aber sicher ernsthaft in den Wahnsinn.

Das restliche Blut aus meinem Hirn, was sich eben mächtig bemühen musste, da überhaupt hinzukommen, schießt in meinen Schwanz zurück. So. Verdammt. Sinnlich.

Sie legt ein Bein auf meines und mein Harter presst sich wieder an ihre feuchte Mitte. Ich lasse ihn ein paar Mal über ihr Knöpfchen gleiten und ihr Körper wird an meinem weicher.

Also drücke ich meine Spitze gegen ihren Eingang und dringe behutsam in sie ein, da ich in dieser Stellung viel tiefer in sie stoßen kann als letztes Mal. Sie ist wirklich unfassbar eng und verkrampft sich auch sofort. Deswegen fahre ich mit meiner Hand zwischen ihre Beine und umkreise sanft ihr geschwollenes Knötchen, damit sie sich besser fallen lassen kann.

»Entspann dich, Kleine, lass mich rein«, flüstere ich leise in ihr Ohr.

Sie dreht ihren Kopf seitlich ins Kissen und wimmert leise, als ich sie allmählich immer weiter dehne und tiefer in sie stoße.

»Alles okay?«

»Mhm, nicht aufhören ...«, brummt sie heiser ins Kissen.

»Du fühlst dich so gut an«, murmle ich an ihrer Schulter. Meine Stöße werden eine Spur fester, da ich merke, wie sie weicher und weicher wird.

Inzwischen bin ich vollständig in ihr und gebe ihr wieder Zeit, sich an mich zu gewöhnen. Meine Lippen küssen sich ihre Schultern entlang, mein Finger streicht leicht über ihre Mitte.

»Schau mich an«, bitte ich sie leise.

Als sie ihr Gesicht zur Seite dreht, um mich anzusehen, sind ihre Wangen gerötet und ihre Augen fast schwarz vor Lust. Scheint alles richtig zu laufen.

»Du bist so schön«, flüstere ich, meine es auch so und küsse sie, diesmal ganz zärtlich, auf ihre vollen Lippen.

Als ich beginne, mich in ihr zu bewegen, schaue ich ihr tief in die Augen.

Scheiße, das ist alles so intensiv.

Sie versucht meinen Blick, so lange es geht, zu halten, aber als ich mein Tempo beschleunige, tiefer in sie stoße und den Druck meines Fingers auf ihrem Knöpfchen erhöhe, flattern ihre Augenlider. Sie dreht den Kopf ins Kissen zurück, um ihr heiseres Stöhnen zu ersticken.

»Ist das gut, Kleine?«

Wieder ein Nicken.

»Darf ich es fester versuchen?«, kriege ich gerade noch hinter zusammengebissenen Zähnen hervor.

Bitte sag Ja.

»Ja«, nuschelt sie ins Kissen, bevor sie wieder ihren Kopf zu mir dreht und mich abwartend ansieht. Daraufhin ziehe ich mich fast ganz aus ihr heraus, um dann tief in sie zu stoßen. Dabei lasse ich sie nicht aus den Augen.

Sie keucht laut auf und presst ihren Kopf wieder ins Kissen.

»Zu fest?« Fuck.

»Nein … Gott! Mach weiter!«

Uff.

Meine restliche Selbstbeherrschung hat sich soeben in meinen Schwanz verabschiedet.

Mit einer Hand zwischen ihren Beinen und der anderen an ihrem Kopf beginne ich, tief und fest in sie zu stoßen, und es hat sich noch nie so gut angefühlt, in einer Frau zu sein, wie bei dieser hier. Alles an ihr fühlt sich so weich und warm an.

Wir schwitzen mittlerweile beide, kleine Schweißperlen sammeln sich in ihrem Nacken, während ich sie schneller nehme. Ihr heiseres Keuchen und Stöhnen, jedes Mal, wenn ich tiefer als vorher in sie eindringe, schießt mir direkt in die Eier.

Mit meinem Becken rutsche ich ein Stückchen mehr unter ihren Hintern, drücke ihren Rücken weiter nach vorn und ändere auf diese Weise meinen Winkel leicht, um noch tiefer in sie stoßen zu können. Meine Hände halten ihren knackigen Po umklammert, damit sie mir nicht wegrutscht.

Als ich mit meiner Spitze nun immer wieder über ihren einen Punkt reibe, stöhnt sie erstickt auf. Ihre Hand krallt sich von hinten in meinen Unterarm und ich muss mich zusammenreißen, um nicht zu kommen. Es fühlt sich zu gut in ihr an, ich will nicht, dass es endet.

Sams Stöhnen wird lauter und heiserer, ihr zierlicher Körper fängt an zu beben. Ich lege meine Finger abermals auf ihre empfindsamste Stelle und reibe mit sanftem Druck direkt darüber.

»O Gott«, wimmert sie heiser ins Kissen, während sie sich ruckartig um mich herum zusammenzieht.

»Ja, Kleine«, feuere ich sie an. »Komm schon. Komm noch mal für mich.«

Ihre Wände erwürgen beinahe meinen Schwanz, sie windet sich in meinen Armen und das gibt mir endgültig den Rest. Leicht kneife ich mit Daumen und Zeigefinger in ihr Knötchen, sie bäumt sich regelrecht neben mir auf und explodiert.

Fuck.

Meine Eier fangen an zu kribbeln, das Kribbeln schießt meine Wirbelsäule entlang und mit zusammengebissenen Zähnen und zwei festen und tiefen Stößen lasse auch ich los. Ich knurre laut an ihrer Schulter und merke, wie sehr ich außer Atem bin.

Was macht diese Frau bloß mit mir?

Als ich mich wieder auf sie konzentrieren kann, spüre ich, wie sie nach wie vor zittert und zuckt. Also küsse ich sie zärtlich zwischen ihre Schulterblätter und streichle mit der Hand, die vorher zwischen ihren Beinen lag, ihre Flanke auf und ab. Ihr Zucken lässt allmählich nach.

»Das war der Hammer«, nuschle ich in ihre Haare.

Sie dreht ihren Kopf aus dem Kissen zur mir. Ihr Blick trifft mich voll ins Mark. Ihre Augen sprühen beinahe Funken und ihre Lippen sind leicht geöffnet. Ihre Atmung geht schneller als normal und ihr Gesicht ist erhitzt.

»Hast du das gemeint, als du gesagt hast, wenn du mich *gefickt* hättest, könnte ich nicht mehr laufen?«

»Könnte sein, ja. Hat es dir gefallen?«, frage ich schmunzelnd und streiche sanft ein paar Haarsträhnen aus ihrem Gesicht.

»Hast du das nicht gemerkt?« Sie verdreht die Augen und läuft wieder so niedlich rot an.

Gott, ist die süß. Ich muss sie einfach weiter ärgern.

»Und? Kannst du noch laufen?«, bohre ich verschmitzt nach.

»Du und dein Ego. Hör lieber auf damit. Wäre doch schade, wenn ihr beide nächstes Mal nicht mehr zusammen mit mir in ein Bett passt.« Sie pustet sich den Pony aus den Augen und lehnt sich entspannt an meine Brust.

»Das wäre wirklich verflucht schade.« Ich umfahre ihren Bauchnabel mit meinem Daumen.

Sie zuckt immer noch leicht um mich herum und auch wenn ich keine Lust dazu habe, ziehe ich mich vorsichtig aus ihr zurück. Nicht, dass das Gummi noch abrutscht, das muss ehrlich nicht sein.

Fix entferne ich es, knote es zusammen und wickle es wieder in ein Kleenex. Dann lege ich mich neben sie, drehe sie zu mir herum und ziehe ihren Kopf auf meine Brust. Ihre Haare liegen über meinem Oberkörper verstreut und kitzeln angenehm in meiner Nase.

Holy.

Mein Schneewittchen ... das hört sich verdammt gut an.

Aber so was von.

36

Sam

Das war knapp. Fast hätte ich es versaut. Aber nur fast. Meine Kehle und die Handgelenke sind absolut tabu, ich ertrage es nicht, wenn man mich dort berührt.

Dannys ruhiger, wummernder Herzschlag liegt an meinem Ohr und macht mich schläfrig.

So fühlt sich das also an. Sich geborgen fühlen, sicher fühlen und dieser ganze Kitschmist. Meine Seele seufzt zufrieden auf, als wäre sie nach Jahren endlich mal wieder richtig gekrault worden. Libido linst auch noch mal kurz um die Ecke. Ziemlich groggy zwar – sie hat sich eben komplett verausgabt –, aber höchst zufrieden.

Ich weiß schon, ich weiß. Gott, der Sex! Ich habe nicht das Gefühl, dass er sich groß zurückgehalten hat. Am Anfang noch, ja, aber dann am Ende … Und es hat mir so was von gefallen.

O Gott.

Ich muss *unbedingt* mit Junie reden. Oder besser noch mit Tracy. Nein, am besten mit allen beiden. Meine Gedanken fahren mal wieder Karussell.

Aber jetzt muss ich mich erst einmal aus dieser Lage hier befreien. Obwohl ich eigentlich nicht will.

Dannys Finger zeichnen träge Kreise auf meinem Rücken. Das ist so einschläfernd und ich bin furchtbar müde, aber es kommt nicht infrage, dass ich hier schlafe. Wenn ich ausgerechnet heute schlecht träume, ist die Kacke am Dampfen und er wird spätestens dann wissen, dass etwas nicht stimmt. Und das will ich nicht, unter keinen Umständen.

Außerdem will er vielleicht ohnehin nicht, dass ich hier schlafe. Das wäre ja dann, keine Ahnung, die Vorstufe von einer Beziehung? Oder nicht? Oder haben wir die schon? Sind wir jetzt ein Paar? Ach, Scheiße, ich hasse es, kaum einen Plan von diesem ganzen Mist zu haben.

Vorsichtig hebe ich meinen Kopf und sehe, dass Danny schon leicht weggedöst ist. Unmerklich rutsche ich ein Stück von ihm weg. Jetzt schnell in die Klamotten geschlüpft ...

»Was soll das werden?«, nuschelt er und sieht mich aus müden Augen fragend an.

»Äh ... ich gehe ins Bett?«, stottere ich und knöpfe mir meine Bluse zu. Blöde Knöpfe, ehrlich wahr.

»Sieht nicht so aus. Du ziehst dich gerade an.« Er wirkt plötzlich wieder hellwach, setzt sich auf und beobachtet mich ganz genau.

»Ich meinte, *mein* Bett. Nackt sollte ich wohl nicht bis in mein Zimmer laufen«, antworte ich und blicke ihn irritiert an.

Will er etwa tatsächlich, dass ich ...

»Magst du nicht bleiben?«

Das ist jetzt ganz blöd. Und er soll endlich aufhören, mich so zu taxieren.

»S ... soll ich denn?«, stammle ich wieder mal wahnsinnig eloquent.

Seine Augenbrauen hüpfen in die Höhe.

»Yep.« Er klopft mit seiner Hand neben sich auf die Matratze.

»Warum?«

»Warum nicht? Oder *willst* du gehen?« Er steht vom Bett auf und kommt auf mich zu. Und zwar, wie Gott ihn schuf. Er muss einen verflixt guten Tag gehabt haben. Wenn ich so aussehen würde, hätte ich auch keine Probleme damit, vollkommen nackt in der Gegend herumzulaufen.

Mein Mund wird trocken und ich schlucke.

Austrainierter Oberkörper, muskulöse, breite Oberschenkel, die Hüften schmal und sein Bauch zu einem Sixpack trainiert. Eigentlich komisch, dass er sich trotzdem so weich anfühlt. Hart ist er auch schon wieder.

Meine Güte.

Libido blinzelt träge und setzt sich dann auf.

Mist, ich denke, sie ist groggy?

»N ... nein.« Wenn schon Stottern, dann richtig.

Aber du wolltest doch gehen, oder?

Nein, ich kann hier nur nicht schlafen.

Danny grinst mich frech an und bleibt vor mir stehen. Er zieht mich am Zipfel meiner Bluse ruckartig zu sich.

Dem kleinen Biest reicht das schon aus, um hechelnd in die Startlöcher zu steigen.

»Das ist gut«, murmelt er an meiner Wange, als er sich zu mir hinunterbeugt und meine Haare zurückstreift. Dann zieht er mir mit beiden Händen die Bluse über den Kopf. Auf die Knöpfe scheint auch er keine Lust zu haben. Hätten wir gleich so machen sollen, wir Idioten. Mein BH segelt ebenfalls auf den Boden.

»Ich habe auf andere Frauen nämlich keinen Bock mehr, seitdem du in mich hineingerannt bist, Schneewittchen. Du weißt ja, ich will mehr. Aber so was von«, raunt er an meinem Ohr, während sich seine Finger in die Seiten meines Slips haken.

Was?

»Wenn ich nur daran denke, dass irgendein anderer Kerl seine Hände an dich legen könnte, lauf ich fast Amok.«

Cool bleiben, cool bleiben!

»Keinen Plan, wohin das noch führt«, brummt er weiter und zieht mir mit einem Ruck den Slip von den Hüften, »aber ich fände es schön, wenn wir es herausfinden würden.« Er sieht mich fragend an, seine Augenfarbe ist eine Mischung aus Vollmilch- und Zartbitterschokolade – mit Pistazienstückchen.

»Dann fangen wir mal damit an«, höre ich mich heiser sagen.

Wer von euch war das jetzt?

Kann nur Libido gewesen sein.

Moment mal! Das Seelchen hat's auch faustdick hinter den Ohren. Es tut immer nur so unschuldig.

Ich weiß nicht, welchen Stöpsel Danny in mir gezogen hat, seitdem wir das erste Mal miteinander geschlafen haben, aber ich kann ihn definitiv nicht mehr finden und zurückdrücken. Will ich auch nicht. Ich wüsste sowieso nicht, wohin.

Er sieht mich dunkel an und ich sehe nur noch Zartbitter.

Meine Hand wandert zwischen uns und greift zwischen seine Beine, während ich mich auf die Zehenspitzen stelle, um ihn zu küssen. Danny greift in meine Haare und zieht mich an seine Lippen. Langsam fahre ich an ihm auf und ab.

»Shit, Kleine«, keucht er leise, legt seine Hände auf meinen Hintern und drückt fest zu.

»Magst du das?«, höre ich mich fragen und habe keine Ahnung, woher das alles kommt.

Klar habe ich Ben mehr als einmal einen runtergeholt und ihm auch ab und zu einen geblasen. Nicht, dass er sich je revanchiert hätte. Aber gefallen hat es mir nie besonders.

Dass ich nun mit Danny hier so stehe und es mich so anmacht, ihn im wahrsten Sinne des Wortes in der Hand zu haben und zu sehen, wie ich ihn errege ... Das Gefühl kenne ich so noch nicht und Libido ist schier am Ausrasten.

»Mhm«, brummt er tief an meinen Lippen.

Ich ziehe meinen Kopf zurück, um ihn leicht in seine Halsbeuge zu beißen. Dann dränge ich ihn zurück aufs Bett und schubse ihn nach hinten. Er rutscht an das Kopfende und will mich auf sich ziehen, aber Libido hat andere Pläne.

Sanft knabbere ich an seiner Unterlippe und küsse mich über seinen Hals und die Brust nach unten. Er lässt mich los und sieht mich überrascht an.

Lächelnd halte ich an seinem Bauch inne, zeichne mit meiner Zunge seine Muskeln nach und sehe ihn von unten herauf an. Er lässt mich nicht aus seinen inzwischen beinahe schwarzen Augen und öffnet leicht den Mund.

Zwischen seinen Beinen lege ich mich auf den Bauch, umschließe mit einer Hand seinen harten Schwanz und lasse meine Zunge einmal von der Wurzel bis zu dem kleinen Spalt an der Spitze nach oben gleiten. Dabei sehe ich ihm in die Augen.

Er zieht zischend die Luft ein und ich spüre, wie sich seine Bauchmuskeln anspannen.

»Holy, Sam«, keucht er, beugt sich leicht nach vorn und streicht mir die

Haare nach hinten. Seine Augen glühen und er stützt sich auf seine Ellbogen ab, um mir besser zusehen zu können.

Libido kriegt sich gar nicht mehr ein und ist außer Rand und Band. Es macht mich so scharf zu sehen, wie ihm gefällt, was ich mache ... Und ich will ihm ein wenig von all den Wahnsinnsgefühlen zurückgeben, die er mich bis jetzt hat erleben lassen.

Dann streng dich an.

Hör auf, mich so unter Druck zu setzen.

Behutsam sauge ich an ihm, lasse gleichzeitig meine Zunge um seine geschwollene Spitze kreisen, pumpe mit einer Hand seinen Schaft auf und ab und mit der anderen massiere ich seine Eier.

»Fuck«, stöhnt er tief und lässt sich auf das Bett zurückfallen.

Okay. Anscheinend gefällt es ihm.

Na, zum Glück.

Kannst du mich *einmal* loben?

Nö. Würdest du mir eh nicht glauben.

Erste Lusttröpfchen bilden sich und sie schmecken leicht salzig und nach Danny. Einfach gut.

Himmel, ich bin schon wieder pitschnass und kann nicht glauben, dass ich es so genieße, ihn in meinem Mund zu haben.

Als ich schneller werde, fängt er an zu knurren und ich spüre, dass es nicht mehr lange dauern wird. Stetig erhöhe ich den Druck, bis er laut und tief aufstöhnt.

»Warte, Sam, stopp!«

Was? So schlecht gleich?

Er zieht mich in seine Arme und presst seinen Mund fest auf meinen.

»Ich will noch mal in dir sein, okay?«, fragt er außer Atem.

Puh, ich dachte schon ...

Er dreht sich mit mir um, setzt sich zwischen meine Beine und starrt mich an.

»Du hast keinen Plan, wie schön du bist, oder?«, fragt er mich plötzlich ernsthaft und verblüfft.

Äh … Nope, und sicher nicht. Und überhaupt, kann er damit aufhören? Mir ist es peinlich, wenn er mich so genau mustert und alles von mir sieht. Na ja. Fast alles. Meine krüpplige Seele kann er zum Glück nicht sehen.

Hey, nicht frech werden.

Ist doch wahr.

Unruhig rutsche ich mit meinem Hintern auf dem Laken hin- und her. Er schaut mich immer noch an, so … bewundernd. Das ist echt absurd.

»Weißt du, was du für eine Wirkung auf mich hast, Sam?« Seine Stimme wird noch tiefer, als er sich endlich neben mich legt, ein Kondom vom Tischchen angelt und es aufreißt.

Nachdem er es sich übergestreift hat, sieht er mir wieder tief in die Augen. Seine Hand wandert von meiner Wange über meine Brust, die er kurz drückt, dann weiter hinunter zwischen meine Beine. Seine Finger verteilen meine Nässe auf meinem Knöpfchen und Wärme breitet sich rasend schnell in meinem Bauch aus.

»Du bist so sexy und trotzdem so unschuldig«, murmelt er.

Er hat ja keine Ahnung! Aber dahin will ich jetzt nicht gehen. Ganz sicher nicht. Ich bin beschäftigt.

Allmählich fängt es an zu prickeln und zu perlen und zwei Finger stoßen in mich.

Was *macht* er nur mit mir? *Wie* macht er das?

Sein Handballen drückt leicht auf meine Mitte, während seine Finger langsam und tief in mich dringen.

»Es macht mich so an, dass du immer so feucht für mich bist«, flüstert er und beobachtet mich genau.

Seine Worte machen mich mindestens so heiß wie seine Hand.

Seine Lippen sind leicht geöffnet und ich will ihn küssen, doch er hebt seinen Kopf ein Stückchen weg von mir.

»Jedes Mal, wenn du so kommst, kann ich mich kaum noch zurückhalten«, redet er weiter und mein Körper beginnt zu beben.

Ich spüre, wie die Wärme immer intensiver wird, wie es zwischen meinen Beinen immer mehr kribbelt und pulsiert und pocht. Er zieht seine Finger aus mir und legt sie sanft auf meine Klit. Dabei lässt er mich nach wie vor nicht eine Sekunde aus den Augen. Meine Atmung beschleunigt sich und ich beiße mir fest auf die Unterlippe. Behutsam reibt er nun direkt darüber und kleine Blitze schießen durch mich hindurch.

»Komm für mich, Kleine, lass los«, brummt er rau an meinen Lippen und erhöht den Druck seiner Finger.

Meine Hand umklammert haltsuchend seinen Unterarm, während ich mich ruckartig zusammenziehe und er seinen Handballen fest an mein geschwollenes Nervenbündel drückt.

O Gott …

»Schau mich an.«

Als ich – schon wieder, Wahnsinn! – mit einem lauten Wimmern komme, kann ich in seinen Augen die pure Erregung erkennen. Noch bevor ich Luft holen kann, ist er schon über mir und dringt mit einem einzigen Stoß tief in mich ein.

Ich keuche überrascht auf. Da ich noch leicht krampfe, fühlt er sich noch größer an als sowieso schon, was eigentlich nicht möglich ist. Außerdem merke ich, dass ich von vorhin leicht wund bin.

»Soll ich aufhö …?«, fragt Danny sofort und hält inne.

»Nein. Verdammt, nein«, unterbreche ich ihn außer Atem, etwas anderes geht gerade nicht und ich will ihn einfach nur spüren. Dann kann ich eben morgen nicht mehr laufen. Kann ich wahrscheinlich ohnehin nicht, also ist es eh schon egal. Es fühlt sich alles viel zu gut an, um damit aufzuhören.

Danny streicht mir die Haare aus dem Gesicht und beißt sanft in meine Unterlippe, während er in mich stößt.

»Sorry, Kleine, aber ich werde nicht lange durchhalten«, knurrt er erregt in mein Ohr und ich kann nur noch nicken.

Seine Hand wandert in meine Kniekehle, er zieht mein Bein nach oben, damit er von unten tiefer in mich stoßen kann und ich drehe fast durch, weil ich ihn so stark spüre. Auf eine so geniale Weise.

Er wird immer schneller und fester, ich merke, wie er sich kaum noch zurückhalten kann.

»Sam, ich …«, keucht er und sieht mir wieder tief in die Augen. Er presst seine Lippen auf meine und dringt zweimal so hart in mich, dass ich laut aufstöhne, weil es fast zu viel ist. Aber eben nur fast.

»Fuck«, knurrt er, legt seinen Kopf in den Nacken und beißt seine Zähne zusammen, als er tief in mir kommt.

Seine Arme zittern leicht und er atmet schwer. Während er seine Stirn an meine legt, merke ich, wie hinüber ich bin. Alles an mir ist fluffig und entspannt.

»Willst du immer noch gehen?« Er grinst mich breit an, nachdem sich seine Atmung normalisiert hat.

»Überleg ich mir noch.«

Er rollt sich von mir hinunter, zieht das Gummi ab und entsorgt es.

»Kannst du vergessen, Schneewittchen«, brummt er belustigt, schnappt sich die Bettdecke und deckt uns beide damit zu, nachdem er ganz zu mir aufgerückt ist.

Ohne noch etwas zu sagen, dreht er mich auf die Seite, legt seine große Hand auf meinen Bauch und zieht mich in Löffelchenstellung an sich.

Ich bin im Moment zu platt, um mich dagegen zu wehren, und würde es auch nicht wollen. Es fühlt sich so schön an. So sicher. So gut.

Meine Hand streicht über seinen sehnigen Unterarm und meine Finger verhaken sich mit seinen an meinem Bauch. Sein Atem geht mittlerweile langsam und regelmäßig, sein Daumen umkreist sanft meinen Bauchnabel.

Doch so schön das alles auch sein mag, ich darf nicht einschlafen. Aber er wird mich nicht einfach so gehen lassen, ohne mich mit Fragen zu nerven. Kann ich auch verstehen. Ich an seiner Stelle würde es auch nicht kapieren.

Schöne Scheiße.

Also mache ich das, was so dermaßen feige ist, wie nur irgendetwas: Ich warte, bis er eingeschlafen ist. Dann nehme ich vorsichtig seinen Arm von meiner Hüfte und lege sie unter die Decke. Ganz leise rolle ich mich aus dem Bett, ziehe mich an, schnappe mir meine Tasche und schleiche mich wie ein dämlicher Dieb in der Nacht aus seinem Zimmer.

Ich hasse mich selbst dafür, aber ich weiß nicht, was ich sonst machen soll.

Ich *kann* nicht mit ihm darüber reden. Ich *will* nicht, dass er aufhört, mich so zu behandeln, wie er es im Moment tut. Aber das wird er.

Verflucht.

Ich bin so eine feige Kuh.

37

Danny

Unfassbar. Sie hat sich ernsthaft verpisst.

Halb verwirrt und halb sauer starre ich auf die leere Stelle neben mir und kann noch immer ihren Orangen-Zimt-Geruch an der Bettdecke wahrnehmen. Warum macht sie so etwas?

Nachdem es erst 8 Uhr morgens ist und das an einem Samstag, gehe ich davon aus, dass sie nicht hier geschlafen, sondern mitten in der Nacht die Flucht angetreten hat. Was mich unangenehm an mich selbst erinnert, normalerweise bin *ich* nämlich derjenige, der solche Aktionen bringt. Nun bekomme ich mal die andere Seite zu spüren.

Ist nicht schön.

Seufzend rapple ich mich auf und setze mich an die Bettkante.

Kapier einer die Frauen. Nein, kapier einer Sam. Mir ist bisher noch nie so eine Frau untergekommen, und zwar in jeglicher Hinsicht. Sie ist manchmal so widersprüchlich, dass ich oft keinen Plan habe, was in ihr vorgeht. Eigentlich dachte ich, dass das ab jetzt besser wird, immerhin haben wir gestern beide beschlossen, es ernsthaft miteinander zu versuchen. Und das Erste, was sie danach macht, ist, mitten in der Nacht zu verschwinden.

Mein Handy steckt noch immer in meiner Hosentasche. Ich fische es heraus.

Okay. Geschrieben hat sie schon mal. Um 2 Uhr in der Früh? Wann schläft sie überhaupt mal?

> Sorry, Danny, du hast noch geschlafen, wollte dich nicht wecken, aber dringend duschen. Nicht sauer sein, okay? Ich mach's wieder gut.

Und einfach so hat sie mich wieder an der Angel. Verdammt.

Da musst du dir aber was einfallen lassen, das ist dir schon klar, oder?

Da sie mit Sicherheit noch pennt, schmeiße ich das Handy aufs Bett und will mich gerade zur Dusche aufmachen, als es piepst.

Stirnrunzelnd drehe ich mich noch einmal um und schnappe mir mein Smartphone. Ehrlich jetzt? Ist sie schon wach?

Alles, mein Herr und Gebieter, alles würde ich für Euch tun, nur damit Ihr mir verzeiht.

Das hätte sie lieber nicht sagen sollen.

Ich werde es mir merken, hab's ja schriftlich und mir fällt bestimmt etwas ein. Alles, hm?

Du Ferkel!

Laut lachend stelle ich mich unter die Dusche und lasse meinen Ferkel-Fantasien freien Lauf.

38

Junie

Das Leben meint es im Moment gut mit uns.

Seit knappen zwei Monaten sind wir nun hier und nachdem die ersten vier Wochen recht spannend waren, waren die letzten Wochen rosarotewattewölkchenperfekt. Schmetterlinge. Überall Schmetterlinge.

Sam und Danny sind so verknallt ineinander, dass es beinahe lächerlich ist, und ich freue mich wahnsinnig für sie – sie hat es so verdient, endlich wieder glücklich zu sein. Aus dem Bett kommen die beiden jedenfalls kaum noch. Sam hat einiges nachzuholen, und Danny ist der Letzte, der sich darüber beschwert. Ihr großer Sexgott.

Sie hat mir Sachen erzählt, da wäre ich beinahe rot geworden. *Ich.*

Mein kleiner Grinch ... wer hätte das gedacht? Jedenfalls sind Punkt sieben und acht auf der Liste abgehakt.

Und Connor? Er ist dermaßen scharf. Sex-auf-zwei-Beinen. Abgesehen davon ist er aber auch einfühlsam, superwitzig und nimmt sich selbst nicht so ernst. Im Gegensatz zu Danny. Er ist ehrlich nett und ein toller Kerl und so, aber manchmal ist er mir fast zu ... vernünftig? Ja, das trifft es wohl am besten. Na ja, bei der Familie ist es kein Wunder. Vater Star-Staatsanwalt, Bruder auf dem Weg dorthin – und er wird natürlich auch einer, jede Wette. Das passt vom Charakter wie die Faust aufs Gretchen. Vernünftig, fair, ausgeprägter Gerechtigkeitssinn, Beschützerinstinkt.

Letzterer geht ihm bei Sam ab und an ein wenig durch, was sie dementsprechend nervt. Wenn sie etwas nicht ausstehen kann, dann Bevormundung – und in ihren Augen kommt das, was Danny manchmal mit ihr abzieht, genau dem gleich.

Ich mische mich da nicht ein, ich bin ja nicht lebensmüde.

Jedenfalls Connor: Er wird mit ziemlicher Sicherheit ein Profi werden. Kein Wunder also, dass er bereits von der Uni ein Football-Stipendium bekommen hat. Was den Sport angeht, ist er wahnsinnig ehrgeizig. Unter der Woche sehe ich ihn momentan kaum noch. Ständig ist er beim Training oder im Kraftraum. Da beneide ich Sam. Danny sieht das nicht allzu eng und lässt auch mal das ein oder andere Training sausen.

Heute allerdings nicht, sie sind alle zu einem Extratraining verdonnert worden. Anordnung vom Coach aka Sklaventreiber. Immerhin wollen die beiden später noch vorbeischauen.

Sam ist noch nicht aus der Bibliothek zurück. Es ist 18 Uhr durch und sie ist immer noch am Pauken, die alte Streberin. Deshalb ist es nicht verwunderlich, dass auch sie eines der wenigen Stipendien ergattern konnte.

Meine Eltern haben bereits bei meiner Geburt einen College-Fonds für mich angelegt, wofür ich ihnen sehr dankbar bin. Rein theoretisch müsste auch ich büffeln, meine Bioklausur steht morgen an. Aber ich habe mir schon alles so gut wie ins Hirn gehämmert und keine Lust mehr darauf. Wird schon schiefgehen. Bis jetzt habe ich immer gut abgeschnitten, obwohl ich nie viel gelernt habe.

Außerdem rückt Henrys Todestag näher und da werde ich immer schwermütig. Es ist zwar über die Jahre leichter geworden, aber ganz werde ich nie darüber hinwegkommen, dass ich ihn verloren habe.

Oft frage ich mich, wie er wohl heute aussehen würde. Wie er sein würde. Was aus ihm geworden wäre, würde er noch leben. Nach so langer Zeit tut es immer noch weh. Verflixte Zeit. Von wegen, sie heilt alle Wunden. Das hat sie bei Sam auch nicht geschafft und wird sie wohl auch leider nie.

Schwerfällig schleppe ich mich in die Küche und überlege, ob ich mir eher ein Bier, eine Cola oder ein Glas Weißwein gönne – Luxusprobleme, ich weiß –, als es an die Tür hämmert.

»Mann, lass die Tür leben«, murmle ich, schnappe mir ein Bier, hechte dann zügig zur Tür, damit sie der Idiot, der davorsteht, nicht komplett zertrümmern kann, reiße sie auf ... und kann nicht *fassen*, wen ich da sehe.

Die Bierflasche gleitet mir aus den Händen und zerbricht auf dem Fußboden in tausend Stücke. Ich merke es kaum.

Perplex starre ich den Typen vor mir an, der durchgeschwitzt mit hochrotem Kopf, kurz geschorenen schwarzen Haaren, braun gebranntem Gesicht und einer Daunenjacke mit dem Uniemblem der UCLA vor unserer Tür steht und atemlos hervorstößt: »Sorry, Junie, aber die Scheiße ist am Dampfen, gib mir nur fünf Minuten deiner Zeit, mehr brauche ich nicht.«

Mein Mund klappt auf und gleich wieder zu. Vermutlich auch deswegen, weil ich Kelly mit einer Freundin auf der Treppe stehen sehe, die verstohlen in unsere Richtung schielt.

Zweiter Versuch: Ich öffne meinen Mund erneut und kann – *Halleluja* – endlich meinen Ex anfauchen: »Was zur Hölle machst du hier, Caleb? Drehst du jetzt völlig durch?«

***

»O Gott, lieber Gott im Himmel«, keuche ich und breche auf meinem Bett zusammen, kurz nachdem Caleb zur Tür hinausgegangen ist.

Ein kleiner, unscheinbarer Gegenstand bohrt sich schmerzhaft in meine Handinnenfläche. Ich habe sie so sehr zur Faust geballt, dass meine Fingerknöchel weiß hervortreten.

Es wäre zu schön gewesen, wenn es so weitergegangen wäre wie bisher.

»So eine verdammte Scheiße«, flüstere ich ungläubig vor mich hin.

Ich schlucke.

Schlucke noch einmal.

Dann hole ich tief Luft und brülle: »Das darf doch alles nicht wahr sein!«

39

Sam

Ich fühle mich allmählich wirklich wie in einem Märchen. Einem Porno-Märchen. Mit mir als Hauptdarstellerin. Libido flippt jedes Mal schier aus, wenn sie nur in die Nähe von Danny kommt. Diese Verräterin. Allein bei den ganzen versauten Sachen, die er mir manchmal zuflüstert, fängt mein Höschen sofort an, davonzuschwimmen. Und bei den zuckersüßen Sachen, die er mir oft beim Sex ins Ohr stöhnt ... Meine Güte. Sie schießen direkt in meine Seele und die ist momentan fast noch mehr am Ausrasten als Libido.

Ich fühle mich bei ihm so sicher. So geborgen. Ja, ich weiß, Kitsch lässt grüßen, aber ich kann es nicht ändern. Niemals hätte ich gedacht, dass ich so etwas irgendwann einmal erleben werde. Sex an sich. Und nicht nur Blümchensex.

Ich habe Tracy angerufen. Mehrmals. Um sicherzugehen, dass das alles normal ist. Nicht, dass es jetzt in die andere Richtung geht und ich zur regelrechten Sex-Besessenen mutiere. Sie konnte mich jedoch umgehend beruhigen.

Allerdings fallen mir langsam keine Ausreden mehr ein, warum ich nicht bei Danny übernachten möchte. Das letzte Mal hätte die Diskussion darüber um ein Haar in einem Streit geendet. Das nervt, und ich weiß, ich sollte bald mit ihm reden.

In Gedanken versunken hetze ich mal wieder über den Campus, aber diesmal nicht, weil ich zu spät komme, sondern weil ein unangenehmer Nieselregen eingesetzt hat. Meine Mütze ist bereits komplett durchnässt und ich verfluche einmal mehr das beschissene Märzwetter von Rhode Island sowie meine Wetter-App, die etwas ganz anderes angekündigt hatte. Meine geliebte Unitasche klatscht mir an die Oberschenkel und ich kann es kaum noch erwarten, unter die heiße Dusche zu kommen und mir mit Junie ein Glas Weißwein in der Küche zu gönnen.

Es ist wieder diese Zeit im Jahr, die sie immer ein bisschen schwermütig werden lässt, da Henrys Todestag näher rückt. Ich kann mich an seine Beerdigung erinnern, als ob sie gestern gewesen wäre, und die niederschmetternden, traurigen Bilder einer am Boden zerstörten Junie werde ich mein Leben lang nicht vergessen. Das waren furchtbar dunkle Zeiten für sie. Henry war so ein goldiger Junge. Eigentlich eine Junie in klein und männlich. Hat immer gelacht, war immer fröhlich und immer frech. Was für ein niedlicher Rotzbengel. Kein Wunder, dass er ihr nach all den Jahren nach wie vor fehlt.

Der Nieselregen mutiert nach und nach zu einem heftigen Wolkenguss und auch wenn es schon stockdunkel ist, wähle ich daher die Abkürzung über den Quad, anstatt die hell erleuchteten Wege entlang zu rennen.

Flüchtig werfe ich einen Blick zurück zur Sporthalle.

Das gesamte Footballteam wurde zu einer zusätzlichen Trainingseinheit verdonnert, aber die scheint noch zu dauern, ich kann bisher nämlich keine Spieler vor der Halle ausmachen. Mir wäre wohler, wenn ich gemeinsam mit Danny und Connor zum Wohnheim laufen könnte, sie wollen später ohnehin noch mit Nick und David zu uns kommen. Doch der Regen nimmt unaufhörlich zu und meine Chucks sind schon bis zum Anschlag mit Wasser vollgesogen. Deshalb ist Warten keine Option, da würde ich mir den Tod holen.

Zügig hetze ich zwischen zwei Bäumen hindurch querfeldein zum Wohnheim. Noch bevor mein Großhirn kapiert, was gerade passiert, lande ich mit voller Wucht der Länge nach auf dem Boden.

Erst im Moment des Aufpralls, in dem ich meine Hände nach vorn reiße, um dessen Wucht zu dämpfen, spüre ich einen brüllendheißen Schmerz von meiner linken Kopfseite aus durch meinen kompletten Körper rasen. Eine warme, klebrige Flüssigkeit rinnt an meinem Ohr vorbei und wird von meinem Mantelkragen aufgehalten.

Ohne auch nur eine Millisekunde über irgendetwas nachdenken zu können, wird mein vor Schmerz kreischender Kopf an den Haaren zurückgerissen und eine bedrohlich knurrende Stimme flüstert in mein Ohr: »Halt bloß dein Maul, du Schlampe.«

Benommen lasse ich zu, dass ich tiefer in den Baumschatten gezogen werde. Ich kann nicht denken, alles passiert so rasend schnell.

Jemand packt mich am Kragen und rammt mich mit voller Wucht an einen Baumstamm.

Schwach schiele ich zur Sporthalle hinüber, doch ich kann durch meine verschwommene Sicht kaum etwas erkennen.

Wie weit weg ist sie? Dreißig Meter? Das ist gefühlt ein ganzes Leben!

Etwas schiebt sich vor mein Gesicht, aber ich sehe nur schwarz. Schwarze Mütze, schwarzer Schal, bis über die Nase gezogen. Mehr kann ich in der Dunkelheit nicht erkennen.

»Wo ist der Stick?«, faucht mich der Schatten an.

Perplex blicke ich zu ihm auf.

»W … welcher Stick?« Keine Ahnung, was hier abläuft, was das alles soll, ich weiß nur, dass ich in einer beschissenen Situation bin.

Schrei endlich! Warum schreist du nicht?

Und *endlich* reagiert mein Körper so, wie er soll. Schock gepaart mit Adrenalin peitscht durch meine Adern und er schaltet in den Überlebensmodus.

Wild beginne ich nach dem Angreifer zu treten, versuche ihn mit Händen und Füßen abzuwehren, während ich tief Luft hole und so laut schreie, wie ich kann.

Abrupt wirft er sich nach vorn und presst mir seine Hand auf den Mund.

»Ich will nur den Stick. Gib ihn mir oder sag mir, wo er ist. Dann lass ich dich laufen.«

Meine Nasenflügel blähen sich auf, so sehr habe ich Panik, keine Luft mehr zu bekommen, auch wenn ich weiß, ich bekomme durch die Nase genauso viel wie durch den Mund. Das Problem ist nur, dass meine Atmung inzwischen so schnell geht, dass ich trotzdem das Gefühl habe zu ersticken.

Aus weit aufgerissenen Augen starre ich ihn an.

Plötzlich lässt der Druck auf meinen Lippen nach.

»Du weißt echt nicht, wovon ich rede, oder?«, gibt der Typ von sich.

Er könnte irgendwer sein. Seine Stimme ist so leise, dass ich sie durch das Wummern in meinen Ohren kaum hören kann.

Anstatt den Kopf zu schütteln, damit er von mir ablässt, stiere ich ihn weiter an.

»Fuck«, flucht er leise, aber nicht mehr so verhalten wie vorher, als plötzlich ein lautes Brüllen aus Richtung Sporthalle an meine Ohren dringt.

»Hier!«, schreie ich wieder los, komme aber nicht weit.

Mein Angreifer flucht einmal mehr, holt aus und tritt mir mit dem Fuß so kräftig in den Bauch, dass mir die Luft wegbleibt.

O Gott, ich habe ganz vergessen, wie weh das tut.

Ätzende Galle schießt in meinen Mund, mein Oberkörper rutscht seitlich vom Baumstamm weg und ich lande mit dem Rücken im Dreck.

Das Schwein lässt von mir ab und macht sich aus dem Staub.

Stöhnend rolle ich mich auf die Seite und spüre, wie das Adrenalin allmählich meinen Körper verlässt und dafür die Wände auf mich zukommen.

Ruhig bleiben, Sam, okay? Reiß dich zusammen. Er ist weg. Also komm runter. Tief durchatmen.

Ich probier's ja, ich probier's. Ich muss mindestens bis hundert zählen, sonst wird das nie was.

Vorsichtig versuche ich auf die Knie zu kommen, und stütze mich mit den Händen im Matsch ab. Der Regen prasselt unaufhörlich auf meinen Kopf, die Mütze habe ich schon längst hier irgendwo verloren.

Eins, zwei, drei ...

Das bringt nichts.

Ich weiß, ich merke es auch gerade.

Trotzdem versuche ich weiterhin, ruhig ein- und auszuatmen, und greife hektisch nach meinem Gummiband. Doch ich weiß schon jetzt, dass es dieses Mal nicht reichen wird, um die Panikattacke, die schon geifernd in den Startlöchern sitzt, abzuwehren.

Komm schon, Sam, komm schon.

Scheiße.

Meine Lunge pumpt wie wild, mein Herz pocht so stark, dass es droht, meinen Brustkorb zu sprengen, die Wände lassen mich kaum noch Luft holen und keilen mich von links und rechts immer weiter ein. Meine Beine fangen an zu zittern und ich höre meine Zähne aufeinanderschlagen. Trotz der Kälte spüre ich Schweiß an meiner Stirn hinunterlaufen.

Das wird mal eine ziemlich heftige werden. Tu doch was!

Ich versuch's, okay?

Ich versuche es wirklich. Aber diese verdammte Panikattacke flutet bereits jede einzelne meiner Zellen mit ihrer Eiseskälte und ich weiß, ich habe endgültig verloren. Sie schüttelt mich durch, sie raubt mir den Atem und nimmt mir die Sicht.

Also gebe ich auf, schließe meine Augen, presse die Unterarme an meine Ohren, in denen ein wahrer Orkan herrscht, und kauere mich auf dem matschigen Boden zusammen.

Ein kleines, grausames Männchen in meinem Kopf drückt einen winzigen Knopf und meine Vergangenheit zieht wie ein Horrorfilm an meinem inneren Auge vorbei.

40

Danny

Stinksauer bin ich. Diese blöde Extra-Trainingseinheit hätten wir uns sparen können, wenn David sich beim letzten Spiel besser im Griff gehabt und nicht auf den Quarterback eingedroschen hätte. Keine Ahnung, warum er so ausgerastet ist. Der Spieler des gegnerischen Teams sah danach jedenfalls nicht mehr so fit aus wie vorher.

Und dass Davids Verhalten Konsequenzen nach sich ziehen würde, war abzusehen. Dass diese sich auf das ganze Team ausweiten, ebenfalls. Es ist nun mal ein Teamsport. Baut einer Scheiße, müssen alle büßen. Das soll die Spieler davon abhalten, den Fehler zu wiederholen. Wenn nämlich ein ganzes Team von dir angepisst ist, machst du so einen Mist nicht noch mal, wenn du einigermaßen lernfähig bist.

Mal sehen, ob das auf David zutrifft. Seine Zündschnur mag etwas kürzer sein als bei anderen und seine provokante Art trägt nicht unbedingt dazu bei, ihm Ärger vom Hals zu halten, aber dass er dermaßen die Kontrolle verliert, sieht ihm auch nicht ähnlich. Er rastet definitiv nicht ohne Grund so aus und den würde ich gern erfahren. Wir gehen jetzt eh alle noch zu Sam und Junie, da werde ich versuchen mit ihm zu sprechen.

Meine Muskeln werden langsam schwer, trotz Magnesium und heißer Dusche, als ich mir die Sporttasche aus dem Spind angle und auf den Ausgang zutrabe. Natürlich bin ich mal wieder der Letzte. Ich stehe eben auf langes Duschen.

Als ich die Tür zur Sporthalle aufdrücke, ziehe ich mir die Kapuze meines Hoodies über den Kopf. So ein Dreckswetter.

»Bro, du brauchst echt immer stundenlang. Wir frieren uns hier schon die Eier ab«, brummt Nick missmutig, seine Hände hat er tief in seine Winterjacke gestopft.

»Ist doch nicht meine Schuld, wenn ihr euch scho …«, weiter komme ich nicht, denn ein durchdringender panischer Schrei zerreißt die Stille, die sich mittlerweile über den Campus gelegt hat.

What the …?

Genauso abrupt, wie er anfing, hört er wieder auf.

Erschrocken sehen wir uns an.

»Scheiße, was war *das* denn?«, sagt David erschrocken.

Wir schauen alle gleichzeitig zum Quad, von dem aus dieses markerschütternde Geräusch gekommen ist.

Durch die Dunkelheit, die hohen Bäume und den unaufhörlichen Regen kann ich kaum etwas erkennen, aber ich bilde mir ein, zwei Gestalten zwischen einer Baumgruppe ausmachen zu können. Mit zusammengekniffenen Augen starre ich konzentriert in ihre Richtung.

»Lasst uns nachschauen. Das klang nicht gut«, murmelt Connor und setzt sich schon in Bewegung.

Mit unseren Sporttaschen auf den Rücken joggen wir auf die beiden Gestalten zu.

Die Größere beugt sich nun über die Kleinere und dass sie ihr droht, ist inzwischen klar zu erkennen.

Instinktiv spanne ich meine Muskeln an und brülle laut »Hey!«, während meine Schritte schneller werden. Abermals höre ich diesen hohen, angsterfüllten Schrei, der mir durch Mark und Bein geht. Wir fangen alle an zu sprinten, als zeitgleich die größere Gestalt nach der Kleineren tritt. Dann dreht sie sich um und hetzt quer über den Quad zum Parkplatz davon.

Was zur Hölle …?

Als wir bei der kleinen Gestalt angekommen sind, die zusammengekauert auf dem Boden hockt, sticht mir zuallererst eine rote Carhartt-Mütze ins Auge. Eine Unitasche, die über und über mit Stickern beklebt ist, liegt neben ihr im Schlamm.

Ein eiskalter Blitz schießt quer durch meinen ganzen Körper und mein Herz setzt zwei Schläge aus.

»Sam!«, höre ich mich schreien, während Nick und David der anderen Gestalt hinterherjagen.

Meine Sporttasche knallt auf den Boden und ich lasse mich mit Connor neben mein Mädchen, das im Matsch kniet, fallen.

»Kleine?«, spreche ich sie atemlos an und mein Herz, das sich wieder an seine Funktion erinnert hat, rast jetzt in meiner Brust. Meine Augen scannen hastig ihren Körper.

Die Haare hängen ihr wild ins Gesicht bis zum Boden, ihre Hände sind zu Fäusten geballt und ihre Unterarme hat sie fest auf die Ohren gepresst. Trotz der Dunkelheit erkenne ich im Licht der Laterne hinter uns auf dem Weg Blut an ihrer Faust.

Scheiße, wo kommt das her?

Sie hat sich so zusammengekauert, dass sie aussieht wie ein einziger schwarzer Ball.

Meine Hände fliegen hektisch über ihren Körper, ich weiß gar nicht, wo ich sie zuerst anfassen kann oder sollte. Ein Wimmern kommt aus ihrem gekrümmten Körper. Es hört sich an wie das eines schwer verwundeten Tieres und hackt brutal auf mein Herz ein.

Vorsichtig greife ich nach ihren Haaren und schiebe sie aus ihrem Gesicht, das sie auf die Knie gepresst hat.

»Sam, was ist passiert?«, flüstere ich und streichle ihr über den Rücken. Ihr Mantel ist vom Regen durchweicht und fühlt sich klamm an unter meiner Haut.

Connor kniet auf der anderen Seite neben ihr und hält ihre Haare zurück. Behutsam tastet er ihren Kopf ab. Als sie zurückzuckt, zieht er rasch seine Hände fort. Sie sind voller Blut.

Fuck!

Sam zittert, als hätte sie Schüttelfrost, ich kann ihre Zähne aufeinanderschlagen hören. Ihre Atmung ist unregelmäßig, was auch Connor nicht entgeht.

»Alles ist okay. Versuch ruhig zu atmen, ja?«, murmelt er und greift nach ihren Schultern.

Wie vom Blitz getroffen fährt sie hoch in den Stand und schlägt seine Arme weg.

»*Fass mich nicht an!*«, schreit sie mit sich überschlagender Stimme und starrt panisch auf ihn hinunter.

Ihr Atem geht immer abgehackter und sie ist kurz davor zu hyperventilieren. Ihre Augen sind weit aufgerissen und fast schwarz, ihre Wangen blass und die Lippen bläulich. An ihrer Schläfe läuft eine Blutspur die Seite hinunter bis in den Mantelkragen.

Verdammt, wer war das Arschloch? Wer hat sie niedergeschlagen?

Egal jetzt, ich muss mich auf sie konzentrieren.

Connor lässt sich auf den Hintern fallen und rutscht mit erhobenen Händen ein Stück von ihr weg.

»Ich fass dich nicht an. Alles gut, ja? Versuch ruhig zu atmen. Ein, aus, ein, aus.« Die Kapuze seiner Winterjacke hat er wegen des Regens tief in die Stirn gezogen und er sieht sie aufmerksam an.

Sam steht schwankend da, ihr verängstigter Blick bohrt sich direkt in meine Seele.

Erkennt sie uns überhaupt?

Zügig streife ich die Kapuze meines Hoodies vom Kopf und bedeute Connor, das Gleiche zu tun. Wir stehen langsam auf, während sie einen Schritt nach hinten taumelt.

»Kleine, beruhig dich. Wir sind's nur, Danny und Connor.« Ich mache einen Schritt auf sie zu.

Ihr Brustkorb hebt und senkt sich immer stärker und sie weicht weiter zurück.

»Kann … nicht … atmen …«, presst sie heraus und stützt sich auf ihren wackligen Knien ab.

Lange wird es nicht mehr dauern und sie kippt um. Ich kann das nicht mehr mit ansehen und überbrücke die Distanz zwischen uns mit zwei weiteren Schritten.

»Ruhig, okay? Ein, aus, ein, aus«, wiederhole ich Connors Worte und berühre sie leicht an den Schultern. »Shhh, alles ist gut.«

Sie zittert so stark, dass ich es bis in meine Oberarme vibrieren spüren kann. Da ihre Beine unter ihr nachgeben, greift sie nach meinen Unterarmen.

»N … nicht wehtun, bi … tte«, keucht sie entkräftet und versucht krampfhaft, Luft zu holen.

Mein Herz rutscht mir einmal mehr in die Jeans und ich werfe Connor einen entsetzten Blick zu, der ihn genauso erschüttert erwidert. Was hat der Wichser ihr bloß angetan?

Sam kann sich inzwischen nicht mehr auf den Beinen halten, deshalb drehe ich sie mit dem Rücken zu mir und schlinge resolut meine Arme um sie, während sie sich vornüberbeugt, als würde sie nur weg von mir wollen. Damit sie sich nicht aus meinem Griff befreien kann, halte ich sie fest an mich gedrückt und hoffe, dass ich ihr damit nicht wehtue.

»Nicht … bitte nicht …«, wimmert sie immer wieder, krallt ihre eiskalten Finger schmerzhaft in meine Handrücken und ihre verzweifelten Worte hacken immer weiter auf mein Herz ein.

Soll ich sie doch lieber loslassen? Auf keinen Fall will ich sie noch mehr ängstigen. Aber dann knallt sie auf den matschigen Boden, ich halte mittlerweile ihr ganzes Fliegengewicht in meinen Armen.

Connor stellt sich vor sie und muss in die Knie gehen, damit er ihr in die Augen sehen kann.

»Atme langsam. Du hast eine Panikattacke, die geht gleich vorbei, wenn du langsam atmest. Einatmen, ausatmen, ein, aus«, sagt er leise zu ihr und beginnt hörbar ein- und auszuatmen.

Endlich scheint es zu wirken, weil sie sich leicht aufrichtet und kaum merklich mit dem Kopf nickt.

Da meine Hände an ihrem Bauch liegen, spüre ich, wie sie versucht tief einzuatmen.

»Du machst das super, Sam, immer ruhig ein und aus«, ermutige ich sie.

Der Druck ihrer Nägel lässt allmählich nach und es kehrt wieder ein wenig Kraft in ihre Beine zurück.

»Mach weiter so, Kleine, immer weiter.« Ich lege meine Hände auf ihre

Schultern und drücke sie an meine Brust, damit sie aufrecht stehen und noch besser Luft holen kann.

In der Ferne sehe ich zwei große Gestalten auf uns zu joggen. Anscheinend haben Nick und David diesen Wichser nicht einholen können.

Wenn ich den in die Finger kriege, ich schwöre bei Gott, mache ich ihn fertig.

Nick hält David am Arm fest, als er Sams Zustand bemerkt, und sie bleiben beide mit etwas Abstand zu uns stehen. Ich blicke zu Nick, doch der schüttelt nur wütend den Kopf.

»Bist du okay?« David sieht Sam besorgt an, die immer noch an mich gelehnt ist und versucht ihre Atmung unter Kontrolle zu bekommen.

»Schwindlig«, murmelt sie, beugt sich erneut nach vorn und klammert sich an Connors Armen fest, der nach wie vor dicht vor ihr steht.

»Das liegt an der schnellen Atmung, wird gleich besser«, beruhigt er sie.

Er kennt sich mit Panikattacken durch den besten Freund seines Bruders relativ gut aus, der arme Kerl hatte fast jede Nacht welche, als er bei ihnen wohnte. Connor kam oft wie gerädert morgens in die Highschool.

»Hast du Schmerzen? Sollen wir einen Krankenwagen rufen?« Nick tritt näher an uns heran.

»Nein, alles heil geblieben, glaub ich«, nuschelt sie heiser. »Nur noch ein bisschen ausruhen. Beine sind noch so wacklig.« Ihre Stirn legt sie an Connors Brust, während ich ihren Rücken auf- und abfahre.

»Lass mich kurz deinen Kopf ansehen, ja?« Connor nimmt ihre Haare an der Seite auseinander.

Nick kommt einen weiteren Schritt auf uns zu und leuchtet mit der Taschenlampe seines Handys auf ihren Kopf.

Ich kann einen kleinen Cut in der Kopfhaut ausmachen und eine ziemliche Schwellung, die sich sicher zu einer ausgewachsenen Beule entwickeln wird. Aber zum Glück ist die Wunde tatsächlich nicht besonders schlimm, jedenfalls muss sie nicht genäht werden.

Durch den Football kenne ich mich mit Verletzungen recht gut aus; es ist kein Sport, bei dem man mit Samthandschuhen angefasst wird. Deswegen weiß ich, dass Platzwunden am Kopf wie die Hölle bluten können, auch wenn sie winzig sind.

»Mein Schädel dröhnt«, stöhnt sie.

»Ich glaub nicht, dass es genäht werden muss«, befindet auch Connor. »Aber eine kleine Gehirnerschütterung hast du bestimmt.«

»Das werde ich knapp überleben«, schnaubt sie noch ein wenig zittrig, hört sich aber – mir fällt ein riesiger Stein vom Herzen – wieder an wie sie selbst.

Sie löst sich von Connor und mir und geht vorsichtig ein paar wacklige Schritte auf und ab.

»Was ist mit den Bullen? Also, die richtigen, meine ich. Die Campus-Cops würden ihren eigenen Arsch noch nicht mal mit einer Wegbeschreibung finden«, sagt David und sieht fragend zu Sam.

Sie bleibt an einem Baum stehen und stützt sich am Stamm ab. »Ich wüsste nicht, was ich ihnen sagen könnte. Ich habe kaum etwas erkennen können. Daher kann ich mir das wohl sparen. Mann, so ein Schwein«, presst sie wütend hervor und hält sich die Hand an den Kopf.

»Was ist genau passiert?«, frage ich sie, die Ungewissheit bringt mich um.

»Da es so geregnet hat, wollte ich den kürzesten Weg zum Wohnheim nehmen. Über den Quad«, erzählt sie und atmet immer wieder tief durch. »Aber schon an der ersten Baumreihe hat mich dieser Pisser niedergeschlagen.«

Meine Kiefer mahlen ungesund stark aufeinander und ich blicke zu Connor, dessen Miene hart geworden ist.

»Ich habe ihn nicht erkannt, ich glaube auch nicht, dass ich ihn kenne. Er hat irgendwas von einem Stick gefaselt und ist davon ausgegangen, dass ich ihn habe.«

Stick? Was für ein Stick?

»Keine Ahnung, warum. Vielleicht hat er mich mit jemandem verwechselt? Er war jedenfalls richtig sauer, als er gemerkt hat, dass ich keinen Plan habe, wovon er spricht, und nach einem fiesen Tritt in meinen Bauch ist er abgehauen und hat mich liegen lassen.«

Meine Hände ballen sich automatisch an meinen Seiten zu Fäusten.

»Gut, dass du so laut geschrien hast.« Nick fährt sich durch seinen kurzen pechschwarzen Afro. »Wer weiß, was passiert wäre, wenn dich keiner gehört hätte …«

»Halt die Fresse, daran darf ich gar nicht denken«, raune ich ihn von der Seite an, weil mir allein bei dem Gedanken ganz anders wird.

»Danke, dass ihr mir geholfen habt«, murmelt Sam, während ihre Hand hektisch nach dem Gummiband an ihrem Gelenk tastet.

Ich will nur noch zu ihr und sie in den Arm nehmen. Aber als ich mich in Bewegung setze, weicht sie vor mir zurück und hält mich auf Abstand.

Was soll *das* denn?

Sie bückt sich stöhnend und hebt ihre Unitasche sowie die Mütze auf. Ich kann sehen, dass ihre Hände immer noch zittern.

»Sam, was …?«, setze ich an, doch sie dreht sich schon um.

»Ich muss dringend aus den nassen Klamotten raus«, nuschelt sie und läuft schon auf unsicheren Beinen aufs Wohnheim zu.

»Schock«, flüstert Connor mir zu. Wir greifen nach unseren Taschen und ich hole Sam ein.

»Kann ich …?«, versuche ich es noch einmal, stocke aber, denn sie sieht nur starr geradeaus und scheint mich nicht wahrzunehmen.

Also starte ich einen letzten Versuch und greife nach ihrer eiskalten Hand. Sie zieht sie so schnell zu sich, als hätte sie sich an mir verbrannt, und tackert ihren Blick auf den Boden.

»Sam, was ist los?«, will ich leise wissen und laufe verwirrt neben ihr her.

»Lass mich einfach kurz, Danny, okay? Mir geht's gut, wirklich.«

»Du bist eben niedergeschlagen worden und blutest am Kopf. Ich würde also nicht unbedingt sagen, dass es dir gut geht«, erwidere ich verblüfft und versuche ihren Blick einzufangen.

Keine Chance. Vermutlich steht sie tatsächlich noch unter Schock. Es würde mich nicht wundern.

Meine Fresse, wenn ich diesen verdammten Bastard erwische, ist er fällig!

41

Sam

Meine Atmung habe ich wieder unter Kontrolle, mein Herz wummert nicht mehr arg so schnell und alles in allem ist die Panikattacke überstanden. Das Problem ist nur, dass ich nach solchen Attacken immer furchtbar erledigt bin. Körperlich und seelisch total ausgelaugt. Der anschließende Heulkrampf ist deswegen meist vorprogrammiert. Deshalb kann ich nicht schnell genug in mein Zimmer kommen, zumal ich Danny nicht in die Augen sehen kann.

Es ist mir entsetzlich unangenehm, dass er mich so gesehen hat.

Laut Junie sehe ich jedes Mal aus wie die letzte Exorzistin, wenn mich eine Attacke überfällt. Sie ist äußerst charmant. Junie eben. Ich würde sie kein bisschen anders haben wollen.

Zum Glück hatte ich jahrelang keine so heftige mehr. Keine Ahnung, wie ich Danny das alles erklären soll.

Klar hast du eine Ahnung. Du musst es ihm sagen. Punkt.

Ich *will* aber nicht. Ich weiß inzwischen gar nicht mehr, *wie*. Er wird sicher richtig sauer sein. Immerhin habe ich ihm deswegen schon eiskalt ins Gesicht gelogen. Auf so was steht er überhaupt nicht.

Daran bist du selbst schuld.

Danny läuft nach wie vor schweigend neben mir her und macht keine Anstalten mehr, mich zu berühren. Schwein gehabt. Es fehlt nämlich nicht viel und ich klappe komplett zusammen. Das will ich mir jedoch erst gönnen, wenn ich in meinem Zimmer bin. Vorzugsweise allein. Maximal mit Junie. Aber sicher nicht mit Danny.

Hör auf, so eine feige Kuh zu sein und ihn zu verarschen. Du MUSST es ihm erzählen. Sonst kapiert er gar nichts mehr. Oder WILLST du ihn unbedingt loswerden? Das wirst du nämlich, wenn du nicht aufhörst, ihn anzulügen und auf Abstand zu halten.

Aber er wird mich dann nie mehr so ansehen. Nie mehr so behandeln. Nie mehr so vorurteilsfrei sein.

Denkst du nach all den Wochen ernsthaft, dass er so ein Arsch ist?

So eine Megascheiße! Warum muss auch ausgerechnet *ich* auf dem Quad überfallen werden? Wer war das Schwein, von was für einem Stick hat er da gefaselt?

Noch während ich mir den Kopf zerbreche, schließe ich die WG-Tür mit Connor und Danny im Rücken auf. Nick und David sind nicht mitgekommen. Die Luft heute Abend ist raus.

Als ich meine pitschnasse Unitasche und die Mütze auf dem Küchentisch werfe, fällt mein Blick auf Junies offene Zimmertür.

Sie hockt im Schneidersitz auf dem Bett. Ihr Gesicht hat sie in die Hände vergraben, ihre Ellbogen sind auf den Knien abgestützt und No Doubts' *Tragic Kingdom* läuft im Hintergrund. Ihr Uniblock nebst Stiften liegen neben ihr. Bio morgen scheint der Horror zu werden, so wie sie aussieht.

Doch als sie ihren Kopf hebt und mich aus verquollenen und stumpfen Augen abgrundtief verzweifelt ansieht, rutscht mir mein Herz heute Abend einmal mehr mit einem lauten Klatschen in die Hose.

»Wie siehst du denn aus?«, flüstere ich bestürzt, weil mir beinahe erneut die Stimme wegbleibt. So habe ich sie seit Henrys Tod nicht mehr gesehen und das will was heißen.

»Holy, Sunshine, was ist denn mit dir passiert?«, entfährt es auch Connor erschrocken, als er sie sich nach meinem Satz genauer anschaut.

Der Sunshine in ihr ist restlos ausradiert. Ihre Augen weiten sich schlagartig, als sie mich sieht. Sie springt vom Bett auf und saust zu uns in die Küche.

»Was ist los, Sam? Du blutest ja!« Sie ignoriert Connors und meine Frage komplett, während sie mir die Haare aus dem Gesicht streicht, meine linke Kopfseite untersucht und sich unsere Männer aus ihren tropfnassen Jacken schälen.

»Sie ist niedergeschlagen worden«, klärt Danny sie auf und zieht seinen Hoodie ebenfalls aus, die Kapuze ist regendurchtränkt.

Sein weißes T-Shirt mit einem Print der Beastie Boys liegt eng an seinem Oberkörper an und an seinen Handrücken kann ich die Abdrücke von meinen Nägeln erkennen.

O Mann, das wollte ich nicht.

Aber noch bevor ich weiter in meinen Schuldgefühlen baden kann, prasseln Junies Fragen auf mich ein.

»Von wem? Wie? Was ...?«

Also schleife ich sie hinter mir her in mein Badezimmer und donnere die Tür zu.

»Du zuerst«, verlange ich.

»Vergiss es. So, wie du aussiehst, hast du den ersten Platz verdient. Raus damit«, schießt sie energisch zurück.

Na gut. Streiten kann ich mich heute nicht auch noch. Das wäre zu viel des Guten.

Während mir Junie aus den Klamotten hilft, beginne ich also zu erzählen. Währenddessen untersucht sie meine Platzwunde am Kopf, zum Glück ist es wirklich nur eine kleine. Doch die Beule deutet sich schon an und das wird ein Riesenei. Aber es gibt Schlimmeres. Nebenbei schaffe ich es noch zu duschen. Das mache ich lieber im Sitzen, da mir nach wie vor ziemlich schwindlig ist.

Das Wasser verfärbt sich rosa, als ich mir das Blut aus den Haaren spüle, und mein Kopf pocht, als würde er mit meinem Herz dort eine riesige Techno-Party veranstalten. Ich kann Techno nicht ausstehen.

Da mir meine Nacktheit vor Junie nicht peinlich ist und auch noch nie war, stört es mich nicht, dass sie mich so sieht. Was mich allerdings ziemlich aus der Bahn wirft, sind ihre immer größer werdenden Augen während meiner Berichterstattung.

Als ich an die Stelle mit dem Stick komme, schlägt sie sich die Hand vor den Mund und wird schlagartig kreidebleich.

»Das gibt's doch nicht«, haucht sie atemlos und sieht entsetzt zu mir.

»Was?« Verdattert drehe ich mich zu ihr um, steige aus der Dusche und schnappe mir ein Handtuch. Erst da dämmert es mir.

»Moment mal. Du *weißt*, wovon der Typ gesprochen hat?« Ich starre sie an.

»Ladys? Alles klar da drin?«, dröhnt Dannys Stimme durch die Badezimmertür.

Junie nickt panisch, bevor sie herauspresst: »Sam, Caleb war heute hier.«

Wie bitte?

Ungläubig lehne ich mich ans Waschbecken, damit ich nicht umkippe.

»Ungefähr so habe ich auch geschaut«, flüstert sie und holt tief Luft. »Du musst es Danny sagen, Sam, und zwar alles. Am besten gestern. Bitte, vertrau mir.«

Was ... ich ... hä? Was?

Eben der klopft inzwischen recht ungeduldig an die Tür.

»Leute, wir könnten eine Erklärung vertragen.«

»Verflucht«, stöhnt Junie leise auf.

»Was dauert denn da so lange?«, drängelt Connor hinterher.

Meine Gedanken fahren wieder Kettenkarussell, und zwar im Dunkeln.

»Gleich, meine Güte!«, rufe ich ungeduldig zurück. »Warum? Was zur Hölle wollte er?«, zische ich ihr leise zu, da ich auf keinen Fall möchte, dass unsere Männer die Unterhaltung mitbekommen.

Junie sieht mich nur aus großen Augen an.

»Sam, ich ... es gibt da Dinge, die ich dir nicht erzählt habe. Es hätte nichts gebracht. Du hättest nichts daran ändern können«, stammelt sie.

Was für Dinge? Was ist hier los, verdammt?

»Aber jetzt ist die Scheiße in den Ventilator geflogen. Sam, du *musst* ihm *dringend* alles sagen. Du wirst seine Hilfe brauchen, besser gesagt die seines Bruders oder Vaters. Sie sind doch beide Anwälte, zumindest fast ...«, brabbelt sie hektisch vor sich hin.

Sie macht mir Angst, und das ist seit Henrys Beerdigung nicht mehr passiert.

»Junie, was ...?«, setze ich an und versuche krampfhaft, aus ihrem Chaos den roten Faden herauszuklauben. Das stetige Klopfen an der Tür raubt mir den letzten Nerv, ich kann mich überhaupt nicht konzentrieren.

Also binde ich mir das Handtuch um und reiße die Tür auf.

»Ich bin noch nicht mal angezogen, also lasst mir gefälligst Zeit, okay? Wir laufen euch schon nicht weg«, fauche ich unsere zwei Riesen an und es tut mir in der gleichen Sekunde ehrlich leid. Sie können am allerwenigsten etwas für die ganze Scheiße, die eben laut Junie in den Ventilator geflogen ist. Auch wenn ich noch keinen Plan habe, was das für eine sein soll.

Connor dreht sich hastig um, als er mich nur im Handtuch dastehen sieht, und Danny nuschelt: »Sorry, wusste nicht, dass du gleich duschen bist.«

»Könnt ihr auch gern machen. Ihr seid genauso durchnässt wie ich«, schlage ich vor und erhoffe mir dadurch wenigstens zehn Minuten länger mit Junie.

Flott laufe ich durch mein Zimmer, öffne den Kleiderschrank und ziehe ein paar frische Klamotten heraus.

Connor drückt sich verlegen und eine Entschuldigung murmelnd an mir vorbei in die Küche und Danny folgt ihm wortlos. Aber nicht, ohne mich noch einmal mit besorgtem Blick zu mustern.

Ich muss mich zusammenreißen, um nicht gleich in die Knie zu gehen, denn das Einzige, was ich mir im Moment wünsche, ist, mich in ihn verkriechen und alles andere ausblenden zu können.

Ruckartig drehe ich mich um und stiefle in Richtung Badezimmer davon, bevor ich mich restlos vergesse.

Junie hat mittlerweile meine nassen Klamotten über die Heizung neben der Dusche gehängt und sieht mich nervös an.

Ich schlüpfe in Jogginghose, Ringelshirt und dicke Wollsocken.

»Welche Dinge? Was hast du mir nicht gesagt? Wieso *muss* ich ihm alles sagen? Und warum, zur Hölle, brauche ich einen Anwalt?«, fahre ich sie an und versuche mir einen Reim aus ihrem Verhalten zu machen. »Was hat Caleb hier zu suchen? Welcher Stick? Was ... Junie, ich ...« Meine Worte passen sich meinen Gedanken an und überschlagen sich pauschal.

»Sam, bitte. Du *musst* es ihm sagen. Wir brauchen ihn. *Du* brauchst ihn. Erst dann kann ich dir den Rest erzählen«, beharrt Junie, dickköpfig wie sie ist, auf ihrem Standpunkt.

»Du musst mir was sagen? Was ist *alles*?«, brummt es auf einmal hinter mir.

Erschrocken fahre ich herum und sehe Danny in der offenen Badezimmertür stehen. Scheiße, ich habe vergessen, sie zu schließen! Nun ist es aus. Jetzt komme ich nicht mehr drumherum.

Mein Blick schießt zu Junie, die mich verzweifelt, aber vor allem entschuldigend ansieht.

Sie nickt leicht.

»Bitte, Sam. Es muss sein«, murmelt sie und greift nach meiner Hand.

Verdammt noch eins, das soll sie lassen, ich werde nämlich gerade mächtig sauer.

Ich verstehe nicht, was hier passiert. Warum sie mich so brutal unter Druck setzt. Was das für ein Stick ist. Warum ich einen Anwalt brauche. Warum Caleb hier war. Caleb, meine Güte!

»Du musst mir *was* sagen?«, fragt Danny mich noch einmal eine Spur lauter.

Ich kann nur meine beste Freundin anstarren und mir keinen Reim auf all das machen.

»Drehst du jetzt völlig durch, Junie? Was soll der ganze Scheiß?«, fauche ich sie an und versuche irgendetwas in ihren Augen zu erkennen, was mir auf die Sprünge hilft.

Da steht ein riesiges *Sorry!* neben einem noch größeren *Fuck!* und das andere kann ich nicht greifen. Sie sieht so verzweifelt aus, dass ich sie am liebsten schütteln und anschreien würde, was zum Teufel hier los ist. Ich verstehe gar nichts mehr!

»Mir *was* sagen, Sam?« Dannys Geduld ist inzwischen aufgebraucht, seine Augen schießen wütend und verwirrt zwischen Junie und mir hin und her.

»Was ist hier los, verflucht?«, knurrt Connor, den ich eben erst schräg hinter Danny entdecke.

Klar! Sicher doch! Komm doch auch dazu, je mehr, desto lustiger!, will ich schreien, und ich *weiß*, ich kann es verflixt noch mal *spüren*, dass der bisher so beschissene Abend in einer noch beschisseneren Nacht ausarten wird.

42

Danny

Die Mädchen blicken entgeistert zwischen Connor und mir hin und her und werfen sich nervöse Blicke zu. Okay, mein Mädchen wirft Junie eher vernichtende Blicke zu. Holy, ich dachte, Kellys Blicke könnten töten, aber da habe ich auch noch nie Sam gesehen, wie sie im Moment Junie anstarrt. Sie sollte sich warm anziehen, Sam sieht mehr als nur mordsmäßig wütend aus.

Dass Connors Anwesenheit momentan ungefähr genauso erwünscht ist wie meine, ist mir klar. Ich allerdings bin froh um ein wenig Unterstützung, denn was gerade mit unseren beiden Mädchen abgeht, geht weit über meinen Horizont hinaus.

Sicher ist es scheiße, dass wir sie so drängen, aber Sam ist überfallen worden und Junie sieht so fertig und verzweifelt aus, dass mir ganz anders wird. Dass das alles irgendwie zusammenhängt, ist offensichtlich, und ich werde bestimmt nicht eher gehen, bevor ich weiß, was hier Sache ist.

Junies bittender Blick schießt einmal mehr zu Sam.

»Du musst es ihm sagen. Vertrau mir, okay? Ich erklär dir danach auch sofort, wieso.«

Sam schubst Junie beinahe aus dem Badezimmer, ihr Blick ist tödlich. Ihre Augen sind gewitterschwarzblau, die vollen Lippen nur noch zwei schmale weiße Striche.

»Sag es mir jetzt.«

»Nein, Sam. Erst danach.«

»Warum?« Sam stiert sie dermaßen sauer an, dass mir Junie richtiggehend leidtut.

»Weil ich von vorn anfangen muss und *ich* dann diejenige sein werde, von der er es erfährt.«

Was erfährt? Ich flippe gleich vollkommen aus. Die beiden verhalten sich, als hätten sie ein Staatsgeheimnis zu hüten. So schlimm kann es doch nicht sein. Oder?

Connors Blick schießt irritiert zwischen den Mädchen und mir hin und her.

»Okay. Noch mal. Was. Ist. Hier. los? Junie?« Seine Stimme ist schneidend, als er sie prüfend ansieht.

Und dann geht plötzlich ein Ruck durch mein Schneewittchen und sie baut sich mit ihren ein Meter sechzig vor ihrem Bett auf. Ihre Augen speien förmlich Feuer, doch als sie anfängt zu sprechen, ist ihre Stimme gefährlich scharf und so leise, dass ich aufpassen muss, nichts zu verpassen.

»Fein, Junie. Du hast gewonnen. Ich habe keinen blassen Schimmer, was hier los ist, aber eins sag ich dir: Wenn du nicht eine verdammt gute Erklärung dafür hast, warum du mich so unter Druck setzt und dann auch noch ausgerechnet bei *dieser* Sache, war es das mit unserer Freundschaft und das meine ich bitterernst.«

Junie schaut sie entschuldigend an, als sie sich schließlich mit hängendem Kopf an den Schreibtisch lehnt.

»Tut mir so leid, Sam. Aber es muss einfach sein.«

Connor blickt mich unruhig und mit Fragezeichen in seinen Augen an.

In mir macht sich ein seltsames Gefühl breit. Kein gutes. Aber so was von kein gutes.

Sam sieht zu mir, ihre Augen sind immer noch gewitterschwarzblau und auf einmal eiskalt.

Ich schlucke.

»Weißt du noch, Danny?«, fragt sie mich leise. »Jeder hat eine dunkle Seite. Ich würde dir ja sagen, dass du meine ganz bestimmt nicht sehen willst, aber es würde nichts bringen, oder? Wenn du es also wirklich wissen willst, stell deine blöde Frage noch mal.« Die letzten Worte zischt sie mir ins Gesicht.

Ich starre sie an wie ein Auto, das ich übersehen habe und das mir nun mit voller Wucht in die Seite kracht.

»Du musst mir *was* sagen?« Meine Stimme krächzt komisch, als ich wie ein dämlicher Roboter meine Frage zum gefühlt hundertsten Mal wiederhole.

Aus den Augenwinkeln sehe ich, wie Junie sich vom Schreibtisch abstößt und Connor aus dem Zimmer ziehen will.

»O nein, vergiss es, meine Liebe!«, speit Sam in ihre Richtung. »Du setzt dich jetzt hin und hörst dir die ganze Scheiße an, das bist du mir schuldig. Oder glaubst du im Ernst, du wüsstest *alles*?«

Junie schaut sie mit weit aufgerissenen Augen an und was ich darin sehe, lässt mein Herz endgültig in die Hose rutschen: Ihr steht das nackte Grauen ins Gesicht geschrieben.

»What the fuck?«, flüstert Connor neben mir.

»Ihr wollt also alles wissen, ja? Beschwert euch hinterher bloß nicht bei mir.« Ihre Hände sind zu Fäusten geballt, die sie an ihre Seiten presst, die pechschwarzen Haare fallen ihr wild über die Schultern.

Ich kann nur nicken wie ein bescheuerter Wackeldackel. Selbst wenn ich wollte, könnte ich nicht mehr zurück, da die Horrorshow bereits beginnt.

»Junie und ich waren in einer Clique, als wir noch auf der Highschool waren.«

Sams Blick bohrt sich in meinen Brustkorb, sie kann mich nicht anschauen. Doch ich *muss sie* anschauen, ich kann gar nicht anders. Sie scheint weit weg zu sein. Irgendwo, wo es stockdunkel ist.

»Sie hatte einen Freund in der Clique – Caleb – und ich kam mit einem anderen Typen zusammen. Oliver. Oliver Kent.« Ihre Augen werden leer und mir wird kalt.

»Am Anfang war alles super. Wir sind zusammen losgezogen, haben im Autokino rumgeknutscht, all den typischen Kram gemacht, den fünfzehnjährige Mädchen eben so machen. Caleb war zwei Jahre älter, Oliver sogar schon achtzehn. War cool, ältere Freunde zu haben.« Sie schnaubt spöttisch und in mir zieht sich alles zusammen.

»Irgendwann hat Oliver sich verändert. Wir haben viel Party gemacht, Junie und ich haben zwar die Finger vom Alkohol gelassen, aber die anderen weniger. Das hat uns nicht gestört. Als allerdings Drogen dazukamen, sah das Ganze anders aus. Davon hat zumindest Oliver immer mehr genommen. Auf einer seiner Partys hat er sich dann neben Alkohol zusätzlich Lines reingezogen – und das nicht zu knapp. Caleb und Junie sind an diesem Abend früher verschwunden.«

Auch Junies Hände sind mittlerweile zu Fäusten geballt, sie knirscht so laut mit den Zähnen, dass ich es hören kann.

»Es war geplant, dass ich bei Oliver übernachte. Es waren Ferien, meine Eltern waren an dem Tag abgereist und ich sollte zwei Wochen bei Junie schlafen. Ihre Eltern waren an diesem Abend allerdings mit Freunden unterwegs, was wir natürlich vorher wussten. Mary, ihre ältere Schwester, war zu Hause, darum sahen ihre Eltern kein Problem darin, den Abend und die Nacht mit Freunden zu verbringen und uns drei allein zu lassen. Wir hatten alles bis ins Detail geplant, damit ich bei Oliver und Caleb bei Junie schlafen konnte und es keiner herausbekommt. Unsere Pläne waren immer wasserdicht. So eine Scheiße, was, Junie?« Sie grinst ihre Freundin an, aber an dem Grinsen ist nichts Fröhliches.

Meine Kehle wird trocken.

»Allerdings wollte ich das nicht mehr, nachdem ich gesehen habe, wie er auf das Koks immer aggressiver wurde.«

Mir wird immer kälter.

»Caleb hatte uns mit dem Auto abgeholt, also war meine Mitfahrgelegenheit für den Abend futsch. Ich fragte herum, aber keiner konnte mich mitnehmen. Pech gehabt, oder? Fuck Karma«, erzählt Sam fast schon heiter weiter, auch wenn es hier gerade überhaupt nichts zu lachen gibt.

Junie versucht krampfhaft ihre Tränen zurückzuhalten und schluckt unaufhörlich.

»Hör auf damit!«, zischt Sam Junie plötzlich an. »Du. Bist. Nicht. Schuld. Also hör auf damit!«

Junie nickt schnell und reibt sich einmal ungeduldig mit beiden Händen übers Gesicht.

»Ich wollte mir ein Taxi rufen, nachdem alle gegangen waren«, fährt Sam fort, als hätte es die Unterbrechung eben nicht gegeben. »Ich lief in Olivers Zimmer, um mir mein Handy zu holen, als er mich mit einer kleinen Holzstatue aus dem Flur niederschlug.« Ihre Stimme fängt an zu kippen, obwohl sie sich nach wie vor wahnsinnig gut unter Kontrolle hat.

Ich will nicht wissen, was sie das an Kraft kostet. Mir wird allmählich übel, da ich mir mittlerweile denken kann, wohin das hier führt.

O Gott, bitte nicht.

Hinter mir atmet Connor hörbar tief durch, aber rührt sich kein Stück. Als hätte er Angst, die kleinste Bewegung würde ausreichen, um Sam zum Schweigen zu bringen.

»Er schleifte mich zum Bett, warf mich darauf, drückte mir mit seiner Hand die Kehle zu und riss mir die Klamotten vom Leib. Er war viel stärker als ich, größer, aber ich konnte nicht aufhören mich zu wehren.« Sams Fassade bröckelt. Sie krallt sich unvermittelt mit ihrer Hand in den Unterarm und beginnt daran zu kratzen.

Ich versuche ihren Blick einzufangen, doch sie stiert ins Leere.

Kleine Puzzleteile in meinem Kopf fügen sich plötzlich rasend schnell zu einem Bild zusammen:

Sie war anfangs unerfahren und ziemlich schüchtern, was nicht zum Rest ihres Charakters passt. Sie hat geweint, nachdem wir das erste Mal Sex hatten. Sie erträgt es nicht, an der Kehle und den Handgelenken berührt zu werden. Sie weigert sich nach wie vor neben mir im Bett zu schlafen. Sie ist innerlich oft nervös, daher das Gummiband. Sie ist massiv schreckhaft.

Gottverdammt, wie konnte ich nur so unfassbar *dämlich* sein?

»Ich habe um mich geschlagen, getreten, habe ihn gebissen, gekratzt, alles, was irgendwie ging. Er hat zurückgeschlagen. In die Nieren, den Magen, den Rücken. Natürlich war er stärker als ich, was habe ich denn gedacht?« Sie schüttelt den Kopf und scheint mit sich selbst zu reden. Als wären wir nicht anwesend. Sind wir für sie vermutlich auch nicht. Sie ist gefangen in ihrem eigenen Albtraum und ich kann nichts dagegen unternehmen. Nur zuhören. Wenigstens das kann ich, denn ich habe sie genauso gedrängt wie Junie. Ich blödes Arschloch.

Wie kann man nur derart blind sein? Im Nachhinein erscheint mir alles so verdammt offensichtlich.

Ihr Arm ist mittlerweile komplett mit roten Kratzern übersät.

»Irgendwann hat er es geschafft, ich war nackt. Als er sich selbst auszog, habe ich versucht wieder von ihm wegzukommen, aber ich habe es nicht geschafft. Versteht ihr? Ich war zu schwach.« Sie flüstert beinahe.

Es klingt wie eine Entschuldigung für das, was jetzt kommt. Warum denkt sie bloß, dass sie sich auch nur eine Scheißsekunde für *irgendetwas,* was jetzt kommt, entschuldigen müsste?

Auf einmal sieht sie mir direkt in die Augen. Ich will nicken, ihr zeigen, dass es okay ist, aber ich bin wie erstarrt. Also versuche ich sie mit meinem Blick festzuhalten.

»Ich habe es wirklich versucht.« Sie dreht sich zu Junie, deren Lippen nun ebenso zu Strichen zusammengekniffen sind, wie es Sams vorher waren, und kaum merklich nickt sie. Wenigstens sie schafft es.

»Er fing an, mit seinem Gürtel auf mich einzuprügeln. Mit der Schnalle. Auf den Bauch, die Brüste, zwischen die Beine. Als er sich genügend ausgetobt hatte, hat er mich auf den Bauch gedreht, mir wieder die Hand auf die Kehle gedrückt und mich das erste Mal vergewaltigt. Ich war noch Jungfrau.«

Im Zimmer ist es totenstill.

Ich bin mir sicher, dass wir alle gleichzeitig aufgehört haben zu atmen. Ich muss kurz die Augen schließen. Ich *muss* einfach. Es ist wie ein Reflex, ich kann nicht anders.

Als ich die Augen erneut öffne, hat Sam sich vornübergebeugt und stützt sich mit ihren Händen auf den Knien ab.

Ich will zu ihr gehen. Sie halten. Aber ich kann ihr ansehen, dass es das Letzte ist, was sie zulassen würde.

Auch sie hat ihre Augen geschlossen und redet immer schneller. Als wollte sie es so rasch wie möglich hinter sich bringen. Ihre Stimme überschlägt sich beinahe und ich muss mich konzentrieren, um mit ihr mitzukommen.

»Er riss mich sofort ein und ich fing an zu bluten. Das scheint es ihm leichter gemacht zu haben. Er war wie von Sinnen. Ein Monster, ein Schmerz speiendes Monster. Er hat mich so sehr gewürgt, dass ich für kurze Momente weg war, und mich ständig geschlagen oder getreten, damit ich wieder aufwache. Er schlug mich überall und vergewaltigte mich stundenlang in jeder Stellung, die ihm einfiel. Er schien nie fertig zu werden!« Endlich fängt sie an zu brüllen. Es ist so viel besser als das Flüstern.

Mein Blick geht zu Connor.

Er hat die Faust an seinem Mund geballt und sieht genauso entsetzt aus, wie ich mich fühle.

»Irgendwann fing ich *richtig* an zu bluten und das hat ihn angewidert, also nahm er sein Butterfly aus der Jeans und zwang mich damit, ihn *anzubetteln*, mich in den Hintern zu ficken!« Sie richtet sich mit einem Ruck auf und starrt mir auf einmal direkt in die Augen. Als ob sie nach etwas suchen würde, es aber nicht finden könnte. Ihre Pupillen sind auf einmal riesengroß, als könnte sie selbst nicht fassen, was sie da sagt.

Ich schmecke den metallischen Geschmack von Blut, da ich mir auf die Wangeninnenseiten beiße, um nicht durchzudrehen.

»Er hat mir gedroht, mich mit seinem Messer zu ficken, würde ich ihn nicht darum anbetteln.«

In meinem Mund sammelt sich viel zu schnell viel zu viel Speichel, als würde eine unsichtbare Faust meinen Magen nach oben drücken.

»Also habe ich genau das getan, ich habe darum *gebettelt!* Ich wollte nicht *sterben*, Herrgott, und ganz sicher nicht *so!*« Ihre Hände ballen sich zu Fäusten, strecken sich, ballen sich, strecken sich, suchen ihr Gummiband, zerreißen es mit einem leisen Schnalzen.

»Wirst du mich jemals wieder so anschauen können wie vorher? Nun, wo du weißt, worum ich gebettelt habe? Wie wenig unschuldig ich bin? Wo du weißt, was er mit mir gemacht hat?« Sie hält sich weiterhin an meinen Augen fest.

Ihre Nase läuft, ihr ganzer Körper zittert und ich habe keine Ahnung, wie sie sich noch auf den Beinen halten kann. Ich weiß nur, dass ich ihrem Blick standhalten muss. Keine Ahnung, was passieren würde, wenn ich sie nun loslassen würde – und sei's auch nur mit den Augen. Ich würde ohnehin nicht im Traum darauf kommen.

Mein Gott, Kleine …

»Ich habe ernsthaft gedacht, dass ich da nicht mehr lebendig rauskomme. Dass ich verrecke, so groß waren diese Schmerzen! Aber das wäre ja *zu* langweilig gewesen, oder?«, schreit sie außer sich.

Ich bin mir ziemlich sicher, dass in meinen Augen inzwischen der gleiche Horror steht wie in Junies.

Connor habe ich ausgeblendet. Er steht weiterhin schräg hinter mir und hat sich, seitdem er zur Zimmertür hereingekommen ist, keinen Zentimeter bewegt.

»Er hat immer wieder gesagt, wie sehr ich ihn anekeln würde. Dass ich froh sein könne, weil er sich dazu erbarmen würde, mich zu ficken, sonst wäre ich als Jungfrau gestorben, da mich keiner mit der Kneifzange anfassen würde, so hässlich, wie ich sei! Stinken würde ich. Aus meinem *Maul*, aus meiner … Überall!« Sie holt tief Luft und schließt abermals die Augen.

Automatisch versucht mein Körper, seine Atmung zu beruhigen und meinen Magen wieder nach unten zu drücken, damit ich nicht auf den Fußboden kotze.

»Das alles hat er mir gesagt, während er mir meinen kompletten Hintern eingerissen hat!«

Atmen, einfach nur atmen.

Mit einer Hand taste ich nach hinten und kralle mich am Türpfosten fest.

Mein tapferes Mädchen schnauft so schwer, als würde sie vor diesem Albtraum davonlaufen wollen.

»Alles hat geblutet und ich weiß noch, dass ich gehofft habe, ihm wenigstens diese blöde Matratze richtig einsauen zu können, wenn ich mich auch sonst nicht wehren konnte.« Ihr Gesicht ist erneut erstarrt, ihre Stimme so monoton, als würde sie einen Gesetzestext aus dem Strafrecht vorlesen.

»Irgendwann kam er dann endlich. Ich schätze, es lag am Koks, dass er so lang gebraucht hat. Er hat mich wie den letzten Dreck blutend vom Bett auf den Fußboden geschmissen, sich seelenruhig auf die Matratze gelegt und ist eingeschlafen.«

Ihre Stimme wird immer leiser. Das Schlimmste ist vorbei und sie verlässt langsam das letzte bisschen Kraft, das noch in ihrem kleinen Körper steckt.

Keine Ahnung, wie sie das überlebt hat. Keine Ahnung, wie sie es geschafft hat, trotzdem so zu sein, wie sie ist. Gott, diese Frau macht mich fertig. Und zwar ausschließlich im positiven Sinne.

»Es hat eine gefühlte Ewigkeit gedauert, bis ich meine Beine bewegen und aufstehen konnte. Ich habe mich angezogen, meine Tasche genommen und bin gegangen. Er ist noch nicht mal aufgewacht«, sagt sie leise und schüttelt abermals den Kopf, dieses Mal ungläubig, als könnte sie es nicht fassen, dass sie ihm am Ende so leicht hat entkommen können.

»Zu Fuß war es ein langer Weg nach Hause, zumal ich kaum laufen konnte, und als ich endlich da war, habe ich mich unter die Dusche gesetzt und bin danach ins Bett gegangen. Als wäre nichts passiert. Bis Junie am nächsten Morgen die Fensterscheibe zu meinem Zimmer eingeschlagen hat, weil sie mich auf dem Bett liegen sah, ich aber weder auf ihr Klopfen reagiert noch mich bewegt habe. Sie hat gedacht, ich sei tot. Ich habe es mir gewünscht, Junie«, flüstert sie wieder nur und sieht zu Junie. »Denn die körperlichen Schmerzen waren ein Scheißdreck im Vergleich zu den seelischen.«

Junie hat ihren Kampf gegen die Tränen endgültig verloren, sie strömen ihr nur so von den Wagen, doch sie gibt keinen Laut von sich.

»Er hat mich nicht nur vergewaltigt, Danny.« Sam sucht erneut meinen Blick und sie kriegt ihn. Natürlich kriegt sie ihn. Immer. Das ist das Mindeste.

In ihren Augen liegt so unfassbar viel Schmerz, dass ich innerlich völlig durchdrehe.

»Er hat meinen Willen gebrochen. Meine Seele in Fetzen gerissen. Mich fast vernichtet. Verstehst du das?«, kann sie nur noch hauchen, bevor sich mein mutiges, unzerstörbares Schneewittchen umdreht, ins Badezimmer hechtet, die Tür hinter sich zuschmeißt und mit voller Wucht in die Toilette kotzt.

43

Junie

Mein Herz rast wie bescheuert, dabei bin nicht ich diejenige, die hier eben einen Seelenstriptease vom Feinsten vom Stapel gelassen hat. Meine Gesichtshaut fühlt sich unter meinen Fingern verquollen und heiß an, es ist ein Wunder, dass ich noch durch die Augen schauen kann.

Sam hat mir anfangs kaum etwas erzählt. Es hat lange gedauert, bis sie mir Stück für Stück sagen konnte, was passiert war. Natürlich wusste ich, dass sie vergewaltigt worden war. Aber in welchem Ausmaß ... mein Gott. Ich hatte keine Ahnung. Wie hat sie das bloß überlebt?

Und, Himmel, wir können verflixt froh sein, dass sie es *tatsächlich* überlebt hat. Sie hätte an inneren Verletzungen sterben können, sie hat sich ja strikt geweigert, ins Krankenhaus zu gehen, und zur Polizei erst recht nicht.

Mir fährt der Schreck gleich noch einmal in die Glieder, da mir nun, mit einundzwanzig Jahren und wesentlich mehr Lebenserfahrung, erst richtig klar wird, was für ein Glück sie hatte.

Sie sah furchtbar aus, ich habe aber immer nur ihren Hals und den Rücken gesehen, als sie mich gebeten hat, die Wunden einzucremen, wenn sie aus der Dusche kam. Wenn ich sie da mal herausbekommen habe. Ich musste in die Apotheke fahren und ihr spezielle Bodylotion für extrem trockene Haut besorgen, weil sie mehrmals am Tag duschen musste.

Als sie nach einer Woche begann ihre Fingerkuppen blutig zu beißen und sich geweigert hat zu schlafen, wusste ich nicht mehr weiter und rief Tracy an. Sie ist die Ex-Frau des besten Freundes meines Vaters und Psychotherapeutin.

In der zweiten Woche nach der Horrornacht kam sie dann bei Sam vorbei. Sam hat sich geweigert, mit zu mir nach Hause zu kommen, also habe ich nach großem Überreden und vielen Lügen meine Eltern davon überzeugen können, bei ihr bleiben zu dürfen, natürlich nicht ohne gewisse Auflagen. Sams Eltern waren ja noch immer verreist.

Ich war nicht dabei, als Tracy und sie stundenlang im Wohnzimmer saßen – bis Tracy ihr das Versprechen abgerungen hat, mit ihr zu einer Frauenärztin, die wiederum eine ihrer Freundinnen war, zu gehen. Jeden zweiten Tag in Tracys Praxis vorbeizukommen war ebenfalls eine ihrer Auflagen. Wenn sie nicht gewesen wäre, hätte Sam es nicht geschafft. Das weiß ich jetzt. Dass es dermaßen schlimm um sie stand, ahnte ich zwar, aber Sam hat es nie so direkt gesagt wie gerade eben.

Tracy sowie die Ärztin, die Sam unter der Hand untersucht hat, hatten uns damals hoch und heilig versprochen, weder Sams noch meine Eltern zu informieren und sie haben sich beide daran gehalten. Tracy unterliegt als Therapeutin zwar ohnehin der Schweigepflicht wie auch die Frauenärztin, aber das wussten wir in unserem Alter noch nicht. Außerdem war Sam minderjährig, da ist das mit der Schweigepflicht eine komplizierte Sache.

Sams Eltern logen wir eiskalt ins Gesicht, sobald sie wieder zu Hause waren. Sam behauptete, sie sei von Unbekannten überfallen und ausgeraubt worden und käme mit dem Trauma nicht klar, deshalb wollte sie zu Tracy in Behandlung. Sie haben keine Sekunde an Sams Lüge gezweifelt. Warum hätten sie das auch tun sollen?

Sams Vater ist schier ausgerastet, als er diese Geschichte gehört hat. Ich mag mir nicht ausmalen, wie er durchgedreht wäre, hätte er die Wahrheit erfahren.

Und ich?

Ich hätte für Sam alles getan. Würde es immer noch tun. Jederzeit. Ich habe sie an diesem Abend allein gelassen. Wenn ich nicht mit Caleb gefahren wäre, ohne ihr Bescheid zu geben, wäre das Ganze nicht passiert. Das ist ein Fakt. Selbst nach all den Jahren weiß ich manchmal nicht, wie ich damit leben soll. Natürlich habe ich mit Sam darüber gesprochen. Sicher sagt sie, ich sei nicht schuld. Aber ich bin es. Zumindest teilweise.

Warum kann ich die beknackte Zeit nicht zurückdrehen? Eine kleine beschissene Entscheidung meinerseits hat Sam um ein Haar das Leben gekostet. So sieht's aus. Wie gesagt, das ist ein Fakt.

Sam ist nach wie vor im Bad, ich höre inzwischen Wasser laufen.

Mein Blick fällt auf Danny. Er steht in der Tür und starrt ins Leere. Ich glaube, er steht unter Schock. Connor anscheinend auch.

Beide haben eine unnatürlich weiße Gesichtsfarbe. Connors Fingerknöchel sind aufgebissen, Danny wiederum hält den Türstock so fest umklammert, als hätte er Angst, er würde einstürzen, sobald er ihn losließe. Seine Augen schließen sich, die Lippen hat er fest zusammengepresst und seine Brust hebt und senkt sich schneller als sonst. Als er sie wieder öffnet, geht er einen Schritt auf die Badezimmertür zu. Verstört blickt er mich an. Seine sonst so glänzenden Augen sind stumpf und gerötet.

»Was soll ich machen? Meinst du, ich soll …?«, raunt er mir Hilfe suchend zu und nickt in Richtung Bad.

Dieser riesige, muskulöse Schrank von einem Mann sieht so verzweifelt und hilflos aus, dass es mir in der Seele wehtut.

Ich zucke mit den Schultern. »Ich weiß es nicht, Danny. Ich habe keine Ahnung.« Es stimmt, ich weiß es wirklich nicht.

Er geht vor der Badezimmertür in die Hocke und lehnt seine Stirn an den Türrahmen. Kurzerhand gehe ich zu ihm, lege ihm eine Hand auf die Schulter und beuge mich zur Tür vor.

»Sam?«, murmle ich und hoffe, sie kann mich verstehen. »Was können wir für dich tun?«

Keine Antwort.

Dannys Schultern sacken noch tiefer nach unten. Er brummt mit kratziger Stimme: »Mach die Tür auf, Kleine. Bitte.«

Das Schniefen, das durch die Tür dringt, lässt mich beinahe in die Knie gehen und mir schießen wieder mal diese blöden Tränen in die Augen.

»Komm schon, Grinch. Mach auf. Du darfst mir auch eine in die Fresse hauen, okay?«, biete ich ihr großzügig an und schlucke die neuen Tränen hinunter. »Deine Gute-Nacht-Geschichte war ja schon mal nicht so schlecht …« Ein Glucksen schleicht sich durchs Schlüsselloch zu uns. »Aber warte erst mal meine ab.«

Danny blickt entgeistert zu mir auf. Er muss noch viel lernen. Wenn Sam und ich keinen Sinn für schwarzen Humor hätten, wären wir beide längst draufgegangen.

»Wenn die nicht verflixt gut ist, kannst du dir gleich einen Sarg bestellen«, kommt tief und rauchig durch die Tür zurück.

»Ich schwör auf Chanel.«

Die Tür geht auf und Sam steht mit zerknautschtem Gesicht, rot gefleckten Wangen und zerfledderten Haaren in der Schwelle. Blass ist sie. Sie bohrt mir einen spitzen Finger in die Schulter.

»Ich bin mächtig sauer auf dich, das weißt du, oder?«

Ihre Augen sind zusammengekniffen, aber ich weiß, dass sie mir verzeihen wird. Zumindest diese Sache. Die andere steht noch aus.

»Wenn deine Story nicht verdammt gut ist, press ich dir heute Nacht dein Kissen aufs Gesicht.«

Ja, sie ist sauer. Ist okay. Mit *sauer* kann ich arbeiten.

Schnell ziehe ich sie in meine Arme. Ich weiß, dass sie das jetzt nicht brauchen kann, aber ich mache es trotzdem.

»Es tut mir so leid«, flüstere ich in ihre Haare, bevor sie mich von sich stoßen kann.

»Passt schon. Ist ewig her. Das Leben ist kein Ponyhof«, unterbricht sie mich ruppig, befreit sich aus meiner Umarmung und geht an uns vorbei in die Küche.

Danny, der mittlerweile aufgestanden ist und perplex auf uns hinunterstarrt, wird von ihr komplett ignoriert. Sie ist knallhart. Aber nur so ist sie überhaupt so weit gekommen.

»Nimm es ihr nicht krumm, Danny. Das ist ihre Art, damit umzugehen. War es schon immer«, nuschle ich ihm zu.

Er sieht vollkommen überfahren aus. *Ich* bin ja schon völlig durch den Wind und ich kannte die Geschichte schon, zumindest in ganz groben Zügen. Wie muss er sich erst fühlen?

Und der Albtraum ist noch längst nicht vorbei, denn jetzt bin ich an der Reihe ...

Das wird übel.

Richtig übel.

44

Sam

Ich brauche Alkohol. Dringend. Ist mir egal, dass mein Kopf dröhnt, als wäre eine Boing darin gestartet. Alkohol hat schließlich auch eine betäubende Wirkung und die brauche ich jetzt. Außerdem kann man ihn wesentlich besser genießen als Schmerztabletten. Zumindest wenn er in Form von Weißwein daherkommt.

Connor, der verloren in der Küche steht, drücke ich ein Bier in die Hand, als ich den Kühlschrank öffne, um mir den Weißwein zu krallen.

»Hier. Beruhigt.«

Die Flasche knallt beinahe auf den Boden, da ich nicht lange genug warte, bis er reagieren und sich seine Hand um sie schließen kann. Dabei anschauen kann ich ihn nicht. Es geht nicht. Ich kann immer noch nicht glauben, dass ich das alles eben tatsächlich erzählt habe.

Junie war entsetzt, obwohl sie über die Vergewaltigung Bescheid wusste. Nur grob, okay, aber trotzdem. An Connor, der einen Meter von mir entfernt steht, darf ich gar nicht denken. Was geht dann erst in Danny vor?

Scheiße. Danny.

Ich schlucke hart und blinzle.

Er wird mich nie wieder so ansehen, nie wieder so behandeln wie vorher. Ohne Vorbehalte. Weil er es jetzt weiß. Ist er sauer, weil ich es ihm nicht erzählt habe? Oder bereut er es? Bereut er *uns?* Widere ich ihn nun an? Wie kann er sich *nicht* fragen, welche Psychotussi er sich da ins Bett geholt hat? Aber es ist doch schon viel mehr als das. War es das nicht eigentlich von Anfang an? Und das ist doch noch viel schlimmer. Ich habe ihn eiskalt angelogen und …

Dieses blöde Gedankenkarussell … Kann da mal jemand endlich die Lichter einschalten, ich sehe nichts, verdammt noch mal!

»Sam, ich …«, spricht mich Connor leise an und tritt von einem Bein aufs andere.

»Lass gut sein, okay? Ich will nicht darüber reden«, unterbreche ich ihn hastig und suche aus unserem Küchenschrank zwei Gläser heraus. Dann schnappe ich mir die Weißweinflasche und drücke Connor noch ein weiteres Bier für Danny in die Hand.

»Wird er brauchen können«, murmle ich, bevor ich in mein Zimmer zurückgehe.

Okay, konzentrier dich, Sam. Jetzt ist Junie dran.

Und sie ist so was von dran.

Wenn ihre Geschichte nicht mindestens Mord und Totschlag beinhaltet, ist sie geliefert. Das sind momentan die einzigen Gründe, die mir einfallen, warum sie mich so gedrängt haben könnte.

Es heißt ja, man soll immer vorsichtig sein mit dem, was man sich wünscht. Tja … zu spät.

Mit zielstrebigen Schritten gehe ich auf meinen Schreibtisch zu, donnere die Flasche samt Gläsern darauf und schenke Junie und mir einen ordentlichen Schluck ein. Danny, der mit Connor und einem Bier in der Hand an der Wand lehnt, blende ich aus. Später. Erst einmal Junie.

Während ich ihr ruppig ein Glas in die Hand drücke, blitze ich sie an.

»Du bist dran.«

Sie nickt mir dankbar zu und lehnt sich an meinen Schreibtisch.

»Ach, Grinch«, fängt sie leise an und einmal mehr rutscht mir mein Herz in die Jogginghose.

Es muss wirklich schlimm sein, ansonsten hätte sie mich nie so gedrängt und hätte nun niemals so einen endlos verzweifelten Blick drauf. Ich setze mich sicherheitshalber auf mein Bett. Man weiß ja nie. Dann ist der Fall nicht so tief.

Nach einem tiefen Schluck aus ihrem Glas beginnt also Junies Geschichte.

»Ich muss von vorn anfangen.« Sie wischt sich müde über ihr blasses Gesicht.

Von vorn? Was kommt denn jetzt?

»Nach der Nacht habe ich Oliver immer wieder gegoogelt.«

Sie sieht mir direkt in die Augen. Das Karamellbraun darin ist seltsam dumpf.

»Warum?«, presse ich verdattert hervor. Wieso hätte sie sich das freiwillig antun sollen?

»Ich wollte genau wissen, wo er ist, wollte sichergehen, dass er dir nicht mehr zu nahekommen kann. Dass wir ihm nicht irgendwann zufällig über den Weg laufen.«

Das klingt logisch und zeigt, wie sehr sie sich um mich gesorgt hat.

Ich nehme einen Schluck von meinem Weißwein. Das tut gut.

»Du glaubst nicht, was die Leute so alles auf Instagram, Facebook und Co posten. Pervers, echt. Dabei habe ich herausgefunden, dass Oliver festgenommen wurde. Also, zum ersten Mal.«

Pause.

Schlucken.

Okay, also das ... das ist ...

»Wegen Vergewaltigung einer Minderjährigen. Das Mädchen war vierzehn Jahre alt.«

Connor zieht scharf die Luft ein, Danny hingegen knallt sein Bier etwas zu laut auf meinen Schreibtisch, läuft mit langen Schritten in die Küche und gleich wieder zurück.

Mein Kopf wird leer. Schnell noch einen Schluck. Der tut nicht mehr ganz so gut.

»Ich bin fast durchgedreht, wusste nicht, ob ich es dir sagen soll, habe hin und her überlegt. Doch dann habe ich mich dagegen entschieden. Ich kenne dich, Sam. Du hättest dir sofort die Mitschuld daran gegeben, weil du ihn damals nicht angezeigt hast. Aber das ist Blödsinn, hörst du? Trotzdem wusste ich, dass ich dir das nicht hätte ausreden können. Kann ich jetzt doch auch nicht, oder?« Sie sieht mich traurig an und ich weiß, dass sie recht hat. So einfach ist das.

Scheiße.

»Die Anklage wurde fallen gelassen. Mangels eindeutiger Beweise. Du hättest nichts machen können, selbst wenn du es gewusst hättest. Es war ungefähr drei Jahre nach der Nacht. Wir hatten keine Beweise. Nichts. Was hätte es also gebracht, wenn du Bescheid gewusst hättest? Du hättest dich nur schuldig gefühlt und das wollte ich nicht. Verstehst du das?«, fleht sie mich an.

Ja, das tue ich. Aber das ist gerade ganz schön viel Input, daher kann ich nur stumm nicken. Und noch einen Schluck von meinem Wein nehmen.

»Dann, kurz bevor wir die Uni gewechselt haben, wurde er erneut festgenommen.« Ihre Stimme wird leiser. »Vergewaltigung und Totschlag einer Siebzehnjährigen.«

Der Weißwein, der mir eben die Kehle hinuntergeronnen ist, stößt mir sauer auf. Kurz kneife ich die Augen zusammen und spüre das allzu vertraute Wummern in meinen Ohren.

Das kannst du gleich vergessen, du feiges Miststück. Du wirst dir anhören, was er alles getan hat, denn seien wir mal ehrlich: Wenn du damals den Arsch in der Hose gehabt hättest, dann wäre es nie so weit gekommen. NIE!

Einatmen, ausatmen, ein, aus ...

Ich konzentriere mich auf Junies Stimme, die mittlerweile seltsam hoch und laut klingt. Sie zerrt und reißt an meinen Nerven.

»Er sitzt in U-Haft, da kann selbst sein reicher Daddy ihn nicht rausholen. Seitdem ich weiß, dass er wieder im Knast sitzt, hoffe ich, dass er dort für immer verrotten wird. Dafür, was er den Mädchen angetan hat. Dafür, was er *dir* angetan hat.« Sie beugt sich vom Schreibtisch nach vorn, legt ihre Hand auf mein Knie und drückt es kurz.

Ich kann im Moment nicht angefasst werden. Von keinem. Junie kennt mich, spürt es sofort und zieht ihre Hand so schnell zurück, als hätte sie einen Stromschlag bekommen.

»Doch die Anklage scheint wohl wieder nicht hieb- und stichfest zu sein. Caleb hat davon Wind bekommen, dass die Chancen recht gut stehen, dass Oliver sich abermals aus der Affäre ziehen kann. Dass er erneut davonkommen kann. Diesmal sogar mit Mord.«

Danny läuft inzwischen wie ein eingesperrter Tiger im Käfig auf und ab, dann kann er nicht mehr an sich halten.

»Warum erzählst du ihr das alles, Junie? Soweit ich mitbekommen habe, kann sie nichts dagegen unternehmen. Warum sie also mit dem ganzen Scheiß unnötig belasten?« Er bleibt vor dem Schreibtisch stehen und wirkt ziemlich einschüchternd, wie er sich so vor ihr aufgebaut hat.

Wenn ich im Moment nicht so sehr mit meiner eigenen Schuld an der Vergewaltigung von zwei und dem Mord an einem Mädchen beschäftigt wäre, würde ich ihn in seine Schranken verweisen. Bin ich aber.

Connor steht auf und legt Danny eine Hand auf die Schulter.

»Doch, sie kann. Sie könnte. Jetzt schon«, flüstert Junie und schaut ihm müde ins Gesicht.

Danny tritt überrascht einen Schritt zurück und rempelt dabei beinahe Connor um.

Mein Hirn hechelt währenddessen all den Informationen hinterher, ist jedoch heillos überfordert. Ich kann etwas unternehmen? *Jetzt schon?*

Noch ein Schluck Weißwein.

»Caleb hat damals kurz nach der Nacht versucht mit mir zu reden, er wollte wissen, was passiert war. Warum genau ich mit ihm Schluss gemacht hätte. Ich habe sofort die Beziehung beendet, nachdem ich Sam das erste Mal danach gesehen habe«, schiebt sie für Danny und Connor erklärend dazwischen. »Auch wenn Caleb genau genommen nichts dafür konnte. War eh nicht so, als wäre er die große Liebe gewesen, daher ...«, nuschelt sie, zupft an ihrem Pulli herum und mich trifft die große Keule der Erkenntnis mitten ins Gesicht.

Nicht eine Sekunde lang habe ich mir darüber Gedanken gemacht, was für Auswirkungen mein persönlicher Albtraum auf Junie haben könnte.

Meine Güte, bist du eine tolle Freundin.

»Doch bei ihm sah das wohl anders aus. Ich habe ihn trotzdem ignoriert, ihm gesagt, dass ich ihn nicht mehr lieben würde und Sam sich zu sehr mit Oliver gestritten hätte, als dass wir weiter mit ihnen abhängen könnten. Ich hätte für Sam alles getan. Lügen war ab dem Zeitpunkt kein Problem mehr für mich. Ich habe mich so schuldig gefühlt, weil ich an dem Abend mit Caleb gefahren war.« Sie sucht meine Augen und ich erwidere ihren Blick.

Ich weiß. Aber. Du. Kannst. Nichts. Dafür.

Sie schüttelt stumm den Kopf, sie kann sehr gut in meinen Augen lesen. Jahrelanges Training.

»Ich bin noch längst nicht fertig, Grinch«, flüstert sie heiser.

Wenn ich die eiskalte Hand des Grauens vorher nur lauernd um mein Herz gespürt habe, merke ich nun, wie sie knallhart zudrückt.

Hektisch greife ich nach der Flasche auf dem Schreibtisch und schenke mir mit zitternden Händen nach.

»Caleb hat ein Jahr nach der Nacht erneut versucht Kontakt zu mir aufzunehmen. Ich habe ihn rigoros geblockt, sodass er mir keine Nachrichten mehr schicken, geschweige denn, mich anrufen konnte. Mich persönlich aufsuchen konnte er auch nicht mehr, da er mit seiner Familie kurz vorher nach Kalifornien gezogen war. Kurzum, ich habe ihm jede Chance genommen, mit mir zu sprechen.« Ihr mittlerweile gesenkter Blick ist auf das Glas in ihren Händen gerichtet. »Aber das war nicht sein letzter Versuch. Vor knapp drei Jahren hat er erneut probiert, mich zu erreichen. Ich habe davon nichts mitbekommen, weil ich nach seiner letzten Stalking-Attacke meine Handynummer gewechselt habe. Auf Social Media wie Facebook oder Instagram bin ich auch nicht. Dann steht er heute plötzlich vor unserer Tür.« Sie räuspert sich kurz, um weitersprechen zu können.

Meine Hand tastet suchend nach meinem Gummiband. Scheiße, stimmt, ist ja zerrissen. Dann halt noch ein tiefer Schluck. Ist eh schon egal.

»Caleb hat, kurz bevor er umgezogen ist, mitbekommen, dass Oliver einen Mitschnitt von ...«, sie schluckt hart und kann mir nicht in die Augen schauen.

O Gott, ich will es nicht wissen, ich will es einfach nicht wissen!

»... der Nacht hat.«

Das Bett unter mir wird auf einmal komisch weich, so wabbelig. Ich höre Danny aus weiter Ferne fluchen. Schlimm fluchen.

»Ich glaube, er wollte endlich wissen, was damals vorgefallen war. Oliver hat es für ziemlich viel Kohle im Darknet eingestellt und Caleb hat es sich heruntergezogen und kopiert.«

Was hat sie da gerade gesagt?

In meinen Ohren tobt sich einmal mehr der Orkan von vorhin aus.

»Danach hat Caleb sich rigoros von Oliver distanziert. Das war nicht sehr schwer für ihn, zu diesem Zeitpunkt war er schon in Kalifornien. Er hat ihn geblockt und ihre Freundschaft war erledigt. Kurz nachdem Caleb sich das Video heruntergeladen hatte, wurde es von der Plattform gelöscht. Vermutlich hat Oliver gecheckt, dass es nicht die cleverste Idee war, das Video einer echten Vergewaltigung mit ihm in der Hauptrolle ins Internet zu stellen und gewinnbringend zu verkaufen, auch wenn er das im Darknet getan hat. Ein Risiko für ihn bezüglich der Strafverfolgung blieb ja trotzdem bestehen, Darknet hin oder her.«

Das Zimmer beginnt sich um mich herum zu drehen. Warum kotze ich eigentlich noch nicht, wenn mir auf einmal wieder so übel ist?

Weil kein Mageninhalt mehr da ist, du Heldin.

Die Säure des Weißweins schießt mir in den Mund. Ich schlucke krampfhaft dagegen an.

»Nachdem Caleb mich also nie erreichen konnte, hat er das Video auf einen Stick gezogen und aufbewahrt. Aus Panik, dass jemand Zugriff darauf bekommen könnte, hat er es weder gespeichert noch per E-Mail an mich verschickt. Als Informatikstudent ist er recht paranoid, was die Sicherheit von Daten im Netz angeht. Oder er ist schlauer als der Rest von uns. Er wollte damit auch nicht ohne dein Einverständnis zur Polizei gehen. Bis jetzt. Denn nun geht es um Mord. Also hat er sich ins Flugzeug gesetzt und stand heute Nachmittag vor unserer Tür. Mit dem Stick.«

Mein Mund ist so dermaßen ausgetrocknet, dass ich gar nicht mehr schlucken kann.

Das erste Mal seit meinem Seelenstriptease blicke ich zu Danny.

Er starrt Junie fassungslos an. Seine sonst so sanften Augen sind fast schwarz und eine kalte Härte liegt in ihnen, die ich vorher noch nie gesehen habe. Seine Zähne sind so fest aufeinandergepresst, dass ich das Muskelspiel in seinen Wangen sehen kann, die Hände hat er tief in seinen Jeanstaschen vergraben. Die Venen an seinen Unterarmen und seinem Hals treten stärker hervor als sonst und alles an ihm schreit »Anspannung«.

Während ich ihn noch betrachte, hat mein Gehirn endlich nach dem ersten Gedanken gegrapscht und ihn zu fassen bekommen. Es gibt ein Video. Von der Nacht. Das darf doch wohl nicht wahr sein.

Doch ich habe keine Zeit, weiter darüber nachzudenken, denn der zweite Gedanke fliegt schon an mir vorbei und drängelt sich ungefragt in mein Hirn. Das ist ein Beweis.

Der dritte Gedanke klebt sich an meine Schläfen. Reicht das, damit er im Knast bleibt? Selbst wenn die Anklage wegen Totschlags fallen gelassen wird?

Der vierte – nun wird es fast zu viel – tackert sich schmerzhaft in meine kleine krüpplige Seele. Wenn ich das Video übergebe, gibt es kein Zurück mehr. Fremde Leute werden sich das Video ansehen. Werden es analysieren. Werden urteilen. Werden *mich* sehen ... die Zerstörung meiner Seele. Ich werde ihn offiziell anzeigen müssen. Ich werde befragt werden. Ich werde nackt sein. Vor allen.

Und bevor ich mir selbst auf die Schultern klopfen kann, in meinem Zustand eine so nüchterne und logische Frage in all dem Chaos stellen zu können, öffnen sich meine Lippen.

»Wer weiß von dem Stick? Caleb und du, nun wir drei, wer noch? Wer hat mich überfallen? *Wer weiß von dem ... verdammten Stick?*« Das Fiepen in meinen Ohren ist ekelhaft und das mit dem Keine-Luft-Kriegen wird langsam zur lästigen Gewohnheit. Meine Lunge versucht krampfhaft, Sauerstoff zu bekommen, aber es klappt gerade wieder mal nicht so gut.

Flirrende Punkte tauchen an den Rändern meines Sichtfeldes auf und ich springe vom Bett auf. Meine Beine tragen mich noch, das ist immerhin schon mal etwas.

Ich rieche Minze, Zitrone und das Meer, bevor ich Danny spüre. Seine harte Brust an meinem Hinterkopf, seine Hände um meinen Bauch und seine Stimme in meinem Ohr.

»Atme, Kleine, immer schön atmen.«

Scheiße.

Wie ich es hasse, die Prinzessin in Nöten zu sein. Zum Kotzen. Einfach nur zum Kotzen.

45

Danny

Ich würde am liebsten sofort in den verfluchten Knast fahren und diesen Wichser fertigmachen; ihn umbringen, ausweiden, totschlagen. Keine Ahnung, wohin ich mit meinen ganzen Aggressionen soll, ich habe das Gefühl zu implodieren. Das kann alles nicht wahr sein, das *darf* nicht wahr sein.

Sam halte ich immer noch in meinen Armen. Es ist das erste Mal nach dem Überfall auf sie heute Abend, dass sie es zulässt, von mir berührt zu werden. Ihre Atmung hat sich normalisiert und ihre kalten Finger krallen sich in meine Unterarme, die ich locker um ihren Bauch geschlungen habe.

Ihr Kopf liegt an meiner Brust, als sie Junie leise fragt: »Das bedeutet also, du, Caleb und ich sind gewissermaßen mitschuldig am Tod eines Menschen, weil Caleb die ganzen Jahre über Beweismaterial von der Sache mit mir hatte. Die ganze Zeit über hätte ich Anzeige erstatten können, wenn ich es gewusst hätte. Und falls ich es getan hätte, hätte Oliver nicht dieses Mädchen töten können. Vielleicht hätte ich sogar schon das andere Mädchen vor ihm retten können.« Sam löst sich aus meinen Armen und tritt auf den Schreibtisch zu, an dem Junie noch immer wie ein Häufchen Elend gelehnt ist.

»Ist das ungefähr richtig so?«, hakt sie noch mal nach und ihre Stimme wird hart.

Junie nickt niedergeschlagen.

»Ich konnte nicht wissen, was Caleb von mir wollte. Wie hätte ich wissen können, dass es ein Video von der Nacht gibt?«

Nein, das konnte sie nicht wissen, woher auch? Und wer zur Hölle würde schon auf so einen kranken Gedanken kommen?

»Wo ist er?«, brüllt Sam unvermittelt los. *»Wo ist der verdammte Stick?«*

Connor will eine Hand beruhigend auf Sams Schulter legen, doch sie schlägt sie sofort beiseite. Ich stelle mich lieber wieder hinter sie. Im Moment habe ich keine Ahnung, was sie als Nächstes macht. Sicher ist sicher.

»Lass das, das ertrag ich nicht«, faucht sie ihn an.

Er hebt entschuldigend seine Hand in die Höhe und geht einen Schritt zurück.

Junie ist aufgestanden, hetzt in ihr Zimmer und kommt mit einem alten Sneaker in der Hand zurück. Sie zieht einen unscheinbaren Nagel aus der Sohle, klappt sie um und holt einen winzigen USB-Stick aus der kleinen Kuhle, die dort hineingeschnitten wurde.

Meine Augenbrauen schießen nach oben. Respekt. Cleveres Versteck.

Sam streckt vorsichtig ihre Hand nach dem Stick aus, als hätte er giftige Stacheln. Als Junie ihn in ihre offene Hand fallen lässt, sieht sie so aus, als würde sie einen aggressiven Skorpion in der Hand halten, der jede Sekunde zustechen könnte. Sie stopft den Stick hastig in ihre Jogginghose.

»Wir müssen uns ein gutes Versteck dafür einfallen lassen.« Connor wischt sich fahrig mit der Hand über den Nacken. Blonde Strähnen fallen ihm dabei in die Augen, die seltsam dunkel leuchten. »Irgendjemand scheint dringend nach ihm zu suchen. In deiner Jogginghose sollte er sicher nicht bleiben.«

Unruhig laufe ich hinter Sam auf und ab. Ich weiß im Moment einfach nicht, wohin mit mir.

»Wer ist auf der Suche nach dem Ding? Dieser Oliver kann es ja nicht gewesen sein, der sitzt im Knast. Also muss es irgendjemand sein, der von ihm beauftragt wurde«, überlege ich laut.

Sams Finger fahren auf der Suche nach ihrem Gummiband nervös ihr Handgelenk auf und ab. Genervt geht sie ins Badezimmer und kommt mit einem neuen am Gelenk zurück.

»Oliver hat sehr einflussreiche und vermögende Eltern«, sagt Junie. »Dementsprechend ist es bestimmt nicht sehr schwer für sie, jemanden zu beauftragen, den Stick zu suchen. Aber woher weiß er, dass *wir* ihn haben?«

»Derjenige muss gewusst haben, dass dieser Caleb sich das Video heruntergezogen hat. Er muss auch gewusst haben, dass er auf dem Weg zu euch war.« Ich runzle die Stirn und setze mich auf die Bettkante.

»Ich muss Caleb anrufen«, überlegt Junie laut.

»Ich schätze, sie konnten im Darknet nachverfolgen, dass er sich das Video heruntergezogen hat. Vielleicht kann man herausfinden, wer sich wann was heruntergeladen hat«, gebe ich zu bedenken.

»Ein Hacker bekommt so etwas bestimmt raus. Und nun, wo Oliver der Arsch auf Grundeis geht und er erneut kurz davor ist, aus der ganzen Scheiße einfach so rauszukommen, ist ein Video, das ihn eindeutig bei einer Vergewaltigung zeigt, seiner Verteidigung logischerweise mehr als nur ein Dorn im Auge. Mal ganz abgesehen davon, dass Sam nun gegen ihn eine eigene Anzeige anstreben könnte. Verflucht!«, zischt Connor und jetzt ist er derjenige, der beginnt unruhig auf und ab zu laufen.

So langsam wird mir das ganze Ausmaß der Katastrophe bewusst.

»Wir müssen so bald wie möglich etwas unternehmen«, dränge ich und blicke zu Sam.

Nachdenklich steht sie vor dem Bett und kaut auf ihrer Unterlippe herum. Mir bricht es das Herz, wenn ich daran denke, was wir als Erstes machen müssen.

»Junie, hast du nachgeschaut, ob auf dem Stick wirklich das drauf ist, was dieser Caleb sagt?«, frage ich sie trotzdem und beobachte dabei Sam. Sie schnalzt inzwischen so stark an ihrem neuen Gummi herum, dass ich mich vorbeuge und meine Hand sanft auf ihr Gelenk lege.

Verwirrt schaut sie mit ihren großen Gewitteraugen zu mir hinunter, als hätte sie vergessen, dass ich da bin.

»Bist du bescheuert? Nein, habe ich nicht!«, fährt mich Junie entsetzt an.

Bevor ich irgendetwas sagen kann, zischt uns Sam, die wohl gerade erst realisiert hat, worüber Junie und ich uns unterhalten, mit verengten Augen an.

»Keiner von euch wird sich das Video ansehen, habt ihr mich verstanden? *Habt ihr mich verstanden?*«

Junie und Connor können nicht schnell genug nicken.

»Wenn wir nicht sicher wissen, was auf dem Stick ist, wissen wir auch nicht, was wir nun unternehmen können. Oder müssen. Oder sollen«, gebe ich zu bedenken. So ist es eben, ich kann es auch nicht ändern.

»Du meinst, was *ich* nun unternehmen kann oder muss oder soll? Das ist *meine* Entscheidung, klar? *Meine* Entscheidung, ob ich überhaupt etwas unternehmen werde.« Sie starrt mich an.

»Ja, Sam, ich weiß. *Deine* Entscheidung. Nur kannst du dir die Überlegung sparen, wenn auf dem Stick nichts ist. Oder etwas ganz anderes. Oder eben doch deine Vergewaltigung.« Allein das Wort fühlt sich grausam an in meinem Mund. »Und wenn ja, ob man das Material gegen ihn verwenden kann. Ob er eindeutig auf dem Video zu identifizieren ist und du auch. Vorausgesetzt, *dass* du etwas unternehmen willst.«

Wie versteinert sieht sie mich an. In ihren Augen steht die nackte Angst, was mich nicht wundert. Keine Ahnung, was gerade in ihr vorgeht, aber es muss ein Tornado durch ihre Blutbahnen schießen.

Ganz abgesehen davon, keiner von uns wäre in der Lage, sich den Stick anzusehen. Wenn ich nur daran denke, wird mir schon kotzübel. Aber zumindest den Anfang muss jemand prüfen. Wir müssen wissen, ob das, was dieser Caleb sagt, wirklich auf dem Stick ist. Klar ist die Wahrscheinlichkeit recht groß, wieso sonst scheint er eine solche Bedeutung für jemanden zu haben, ihn an sich zu reißen, aber trotzdem. Das genaue Auswerten des Videos wird dann ohnehin jemand anderes vornehmen müssen. Der Staatsanwalt, sollte sich Sam dazu entschließen, ihn anzuzeigen, sowie natürlich auch die Behörden.

Scheiße, Kleine, es tut mir so unendlich leid. Alles. Einfach alles.

Mit meinen Händen umschließe ich ihre und sie zieht sie nicht zurück. Am liebsten würde ich sie fest an mich drücken, aber ich weiß nicht, ob sie das jetzt will. Ihre Augen stieren wieder in weite Ferne.

Connor ist mittlerweile bei Junie stehen geblieben und hat sie in die Arme genommen.

Keiner sagt mehr etwas.

Bis Junie flüstert: »Leute? Wenn diese Typen schon keine Skrupel haben, Sam niederzuschlagen, um an den Stick zu kommen, wie weit würden sie noch gehen?«

46

Sam

Connor und Junie haben sich in ihr Zimmer zurückgezogen und ich bin fertig mit der Welt.

Danny sitzt auf der Bettkante und sieht mich aufmerksam an. Seine großen Hände, die eben meine gehalten haben, ruhen auf den breiten Oberschenkeln.

Ich starre auf seine Unterarme, in die Augen kann ich ihm nicht mehr sehen. Ich weiß noch nicht einmal, ob ich will, dass er da ist. Meine Gedanken fahren immer noch Kettenkarussell im Dunkeln, nur haben sie noch an Geschwindigkeit zugelegt.

Fahrig wische ich mir mit den Händen übers Gesicht. Besser mache ich es damit nicht, aber schlimmer geht auch nicht mehr. Ich sehe aus wie Stephen Kings *Carrie*. Mindestens.

»Es tut mir leid, ich hätte dich vorhin nicht so drängen sollen, es mir zu erzählen«, sagt er zerknirscht.

Mein Blick bohrt sich in sein weißes Beastie Boys T-Shirt.

Dafür ist es nun aber reichlich spät. »Wieso? Bereust du es, jetzt, wo du es weißt?«

Komm schon, gib mir gleich den Gnadenstoß, dann haben wir's hinter uns.

Erschrocken reißt er die Augen auf. »Nein, Sam! Spinnst du? Ich wollte es wissen, ich *musste* es wissen und bin froh, dass du es erzählt hast. Ich kann mir nicht vorstellen, wie schwer das für dich gewesen sein muss. Hast du es mir deswegen so lange verschwiegen?«

O Mann ... ich will heute wirklich nicht mehr darüber reden. Ich will heute über nichts mehr reden. Ich bin einfach nur im Eimer. Völlig ausgelaugt.

Mein Kampfgeist, der sich kurz noch einmal gezeigt hat, bricht hechelnd in sich zusammen.

»Nein, das war nicht der Grund. Vielleicht auch, aber nicht nur«, seufze ich daher müde, drehe mich um und gehe in die Küche.

An seinen schweren Schritten hinter mir kann ich hören, dass er mir folgt. Hauptsache, er fasst mich jetzt nicht an. Keine Ahnung, was dann passieren würde. Seine Hand eben und die Umarmung, als er mir beim Atmen geholfen hat, haben schon gereicht.

Er tut es nicht. Macht noch nicht einmal irgendwelche Anstalten. Und genau das tut mir weh. Im Moment weiß ich überhaupt nicht, was ich will.

Nach einem großen Schluck Wasser direkt aus der Flasche fühle ich mich einen Tick besser.

Bring die restliche Scheiße auch noch hinter dich. Wo du einmal angefangen hast.

Auch wieder wahr. Es ist ohnehin schon egal.

»Ben und Kev, die beiden Typen, mit denen ich danach etwas hatte ...« Ich drehe mich zu ihm um und schlucke einmal kräftig. Mein Blick bohrt sich einmal mehr in die Beastie Boys. »Ihnen habe ich es gesagt. Aber nur, dass ich vergewaltigt wurde. Ohne Details. Beide haben mich danach trotzdem wie ein rohes Ei behandelt. Das fand ich furchtbar. Es hat mich immer nur auf das reduziert, was mir passiert ist, dabei wollte ich bloß normal behandelt werden.« *Schnalz.*

Das neue Gummiband sitzt verflixt eng.

»Ben hat dann den Vogel abgeschossen, indem er auf unserer alten Uni rumerzählt hat, was mir passiert ist. Er hat Wetten abgeschlossen, wie lange er wohl braucht, um eine wie mich ins Bett zu bekommen.« Mein Blick weicht nach wie vor Dannys konsequent aus. Das ist alles so dermaßen demütigend.

Ein Grollen kommt aus seiner Richtung. Mehr nicht.

War klar. Das war es jetzt mit uns. Er wird noch nett und lieb zu mir sein, weil er ein Gentleman ist. Sicher fühlt er sich verpflichtet, mich zu trösten. Dann, in den nächsten Tagen, wird er immer weniger Zeit haben, mich zu sehen, und hoffen, dass das mit uns im Sand verläuft. Schema F. Kenne ich schon. Danke, Kev. Obwohl der Pisser ja wirklich nur die Rohfassung zu hören bekommen hat.

Wie konnte ich nur so naiv sein zu hoffen, dass Danny anders wäre? Dass er mich danach noch wollen würde.

Aber warum ist er dann immer noch hier und möchte das alles wissen?

Weil er ein Gentleman ist. Nur deswegen.

Die Beastie Boys kommen auf einmal langsam näher. Oh, oh.

»Ich stink bestimmt nach Kotze.« Ein letzter Versuch, ihn abzuwehren.

»Ist mir scheißegal.«

Versuch gescheitert.

Mist.

Beinahe schüchtern legt sich seine warme Hand leicht um meine Hüfte, seine andere platziert er unter mein Kinn und hebt es sanft an, bis ich ihn anschauen muss. Die ganze Zeit über habe ich nicht geheult, jetzt werde ich sicher nicht damit anfangen. Ich weiß, ich kann dann nicht mehr aufhören.

Mein blödes Herz hämmert schmerzhaft gegen meinen Brustkorb.

»Du musst das nicht tun«, flüstere ich und meine es auch so. Das Letzte, das Allerletzte, was ich nun gebrauchen kann, ist sein Mitleid.

Seine schokobraunen Augen mit den grünen Pistazienstückchen sehen mich aufmerksam an und er hält mich mit seinem Blick fest. Das hat er auch schon vorher gemacht. Mich festgehalten. Nur mit seinem Blick.

»Was?«, fragt er leise.

»Mich trösten«, presse ich aus mir heraus.

Seine sanften Augen lullen mich ein. Verflixt. Wie macht er das? *Warum* macht er das?

»Ich weiß. Ich will aber«, antwortet er ruhig und bestimmt.

Krack.

Er schlägt den ersten Riss in meinen Panzer. Das ist nicht gut, weil Danny zum einen seit Wochen auf ihn einhackt – der Panzer hält sich dafür eh schon wacker –, aber zum anderen hat er plötzlich von irgendwoher einen Vorschlaghammer.

»Erzähl mir, wo dieser Ben wohnt, und ich mache ihn platt«, sagt er so, als würde er vorschlagen, doch noch einen Film zu schauen.

Ich lache kurz auf. Tut das gut!

»Deswegen der Uniwechsel?« Er wird wieder ernst.

»Es war nicht nur Ben. Die Leute haben geredet, wie sie das eben so tun beim neuesten Klatsch und Tratsch«, versuche ich ihm auszuweichen. Meine Stimme hört sich an, als hätte ich sie mit einer Käsereibe bearbeitet. Rau und kratzig.

Seine Augen verengen sich und er hebt seine Brauen.

»Sie haben von mir entweder als armes, bemitleidenswertes Opfer gesprochen oder als promiskuitive Schlampe, die so davon ablenken will, dass sie mit jedem in die Kiste steigt«, murmle ich und schiele an ihm vorbei. Meine Augen fühlen sich anstrengend feucht an. Ich blinzle einmal kräftig und schlucke.

»Solche verdammten ...«, knurrt Danny hinter zusammengebissenen Zähnen und fährt mir währenddessen als krassen Kontrast zärtlich mit dem Daumen übers Kinn.

Er soll damit aufhören. Er muss *sofort* damit aufhören.

Der Kloß in meinem Hals schnürt mir die Luft zum Atmen ab und ich beginne ernsthaft dagegen anzuschlucken. Hat ja bisher immer super funktioniert.

»Ich habe noch so viele Fragen«, flüstert Danny und zieht mich an sich.

»Warum? Und wieso bist du immer noch da?«, krächze ich.

Sein Duft umhüllt mich.

Er geht gar nicht darauf ein. Ist ihm wohl zu blöd.

»Habe ich dir schon mal gesagt, dass du die schönste Frau bist, die ich je gesehen habe?«, murmelt er in meine Haare.

Krack.

Verflixt, ich dachte immer, Panzer sind unkaputtbar. Dieses Mal ist es ein Riss mit ganz vielen kleinen Verästelungen.

Meine Augen schließen sich und ich drücke mein Gesicht an seine warme Brust. Sein Herz wummert langsam und stark. Das ist so beruhigend.

Er streichelt mir mit einer Hand langsam und gleichmäßig über den Rücken und mit der anderen Hand hält er meinen Kopf auf der heilen Seite behutsam an seine Brust gepresst.

»Als ich dich zum ersten Mal gesehen habe, hast du mich vollkommen umgehauen, und zwar nicht nur im buchstäblichen Sinn. Als du mir dann auch noch im Scherz gesagt hast, dass du dein Höschen wechseln gehen musst, weil ich dich so scharfmachen würde, wäre ich fast in meiner Jeans gekommen, so sexy fand ich dich.«

Ich muss wieder lachen, was seltsam gedämpft an seiner Brust klingt.

Krack!

Ohrenbetäubend laut. Mein Panzer ist bereits an allen Seiten eingerissen. Thor ist nichts gegen Danny.

»Schon bevor ich dich zum ersten Mal geküsst habe, war mir klar, dass du viel mehr für mich warst, bist und sein wirst als irgendein anderes Mädchen vorher.«

Der Kloß, der alte Sack, ist wieder da. Von null auf hundert. Mit dem brüchigen Panzer zusammen ist er eine tödliche Kombination.

»Weißt du, dass du nach Orange und Zimt duftest? Immer. Du riechst so gut und rein.«

Die ersten Tränen drücken sich in die Beastie Boys.

Krack!

Eine Seite vom Panzer splittert ganz ab und kracht auf den Boden.

Wenn du ihn da jetzt reinlässt, Sam, bist du ihm wirklich ausgeliefert. Auf Gedeih und Verderb.

»Immer, wenn wir ausgehen und ich sehe, wie andere Typen dich abchecken, bin ich so verdammt stolz, dass du mein Mädchen bist. Deine Haare sind so seidig, deine Haut so weich, deine Lippen so soft, jeder Mann wäre irrsinnig, dich nicht haben zu wollen. Du bist so clever.«

Krack!

Nur noch zwei kleine Seitenstücke klammern sich fest. Es ist lächerlich, dass sie sich überhaupt noch halten können. Aber sie tun es mit dem letzten Überlebenswillen, den sie noch haben.

Ich weiß genau, was Danny da gerade macht. Und meine krüpplige, von einem Monster zerrissene Seele ächzt und stöhnt, während er beginnt sie Stück um Stück zusammenzusetzen.

Die Tränen springen mir mittlerweile ungehindert aus den Augen, die Beastie Boys sind schon klitschnass, aber ich kann nicht mehr anders. Der Kloß will ums Verrecken nicht abhauen, mein Hals tut schon richtig weh. Wenn ich nicht heulen würde, würde ich hundertprozentig ersticken.

Meine Knie werden butterweich, während er immer wieder über meinen Rücken streichelt und meinen Kopf sanft an seine Brust gedrückt hält.

»So lustig, so mutig, so stark. Wenn du tanzt, ist da so viel Lebensfreude, dass es mir jedes Mal beinahe die Schuhe auszieht.«

Krack!

Die letzten beiden mickrigen Teile knallen auf den Boden. Sie haben sich wacker geschlagen. Nun muss ich ohne Panzer weitergehen. Die erste Amtshandlung übernehmen meine Beine. Sie knicken unter mir ein und ich kann mich schluchzen hören. Gar nicht schön.

Danny scheint das alles nicht die Bohne zu interessieren. Er schiebt resolut seine große Hand unter meinen Hintern und hebt mich hoch. Meinen Kopf hält er an die Beastie Boys gepresst, trägt mich so zu meinem Bett, setzt sich drauf und lässt sich mit mir nach hinten fallen. Keine Sekunde lang lässt er meinen Kopf los und jetzt liege ich heulend und wimmernd auf seiner Brust und lasse gefühlt zum ersten Mal los. Aber so richtig.

Und nebenbei frage ich mich, wie ich jemals auf den Gedanken habe kommen können, ihm nicht vertrauen zu können.

Fick dich, Panzer!

47

Connor
Junie zieht sich in Gedanken versunken vor ihrem Bett ihr Schlafshirt über den Kopf.

Eingehend betrachte ich sie, und zwar nicht ihre Kurven. Klar, sie ist die schönste Frau überhaupt, aber sie gefällt mir gerade gar nicht. Ich mache mir Sorgen um sie. Der Abend war brutal.

Ich weiß, ich bin wohlbehütet aufgewachsen und ich bin mir im Klaren darüber, dass das ein echtes Privileg ist. Doch ich weiß ebenfalls, dass viel Scheiße in der Welt passiert. Ich hätte mich eigentlich nicht als naiv eingestuft.

Tommy, der Freund meines kleinen Bruders, hat mit Sicherheit dazu beigetragen. Jahrelang wurde er von seiner Mutter misshandelt. Mit dreizehn ist er dann zu uns gekommen. Seine Mutter war mal wieder für ein paar Tage verschollen und er hat die Gelegenheit genutzt, seine Sachen gepackt und meine Eltern hatten einen Sohn mehr. Seine Mutter hat sich einen Dreck für ihn interessiert und ihn nicht einmal gebeten zurückzukommen. So unverständlich es sich anhört, aber ich denke, das hat ihn am meisten fertiggemacht. Er hatte anfangs jede Nacht Panikattacken und Albträume.

Als ich Sam heute Abend auf dem Quad gesehen habe, war mir deshalb sofort klar, was mit ihr los war. So wie sie sich verhalten hat, war es offensichtlich, dass ihr etwas Schlimmes angetan worden war. Allerdings dachte ich eher an den Überfall kurz vorher. Nachdem sie uns erzählt hat, was geschehen war, wurde mir jedoch schnell klar, dass das nicht alles gewesen sein konnte. Klar, jeder reagiert anders auf so eine Tat, aber so heftig wie sie? Das konnte ich mir nicht vorstellen.

Das, was ich danach gehört habe, hat mir eine ganz andere Dimension der

Gewalteskalation gezeigt. Was für ein kranker, sadistischer Psychopath ist das bloß?

Und die Auswirkungen erst, die so etwas auf einen Menschen haben kann ... Junie hat mir ein wenig von der Zeit kurz danach erzählt. Keine Ahnung, wie Sam es geschafft hat, nach all dem zu dem Menschen zu werden, der sie heute ist.

An dieses Schwein darf ich gar nicht denken, sonst laufe ich Amok. Ich will nicht wissen, wie es Danny jetzt geht. Er ist sicher komplett am Durchdrehen.

Er hat sich eben von uns verabschiedet, da Sam wohl Zeit für sich braucht, und mich gleichzeitig gebeten zu bleiben. Das hätte ich sowieso getan. Wer weiß? Am Ende taucht heute noch irgendein Wichser hier auf. Vermutlich haben sie Sam als das Mädchen aus dem Video identifiziert und sie deshalb überfallen, da sie automatisch davon ausgegangen sind, dass Caleb ihr den Stick gegeben hat. Fragt sich, wie lange sie brauchen, um herauszufinden, in welcher Campus-WG sie wohnt – und somit auch Junie.

Danny und ich werden die Mädchen morgen mit zu uns nehmen. Hier sind sie definitiv nicht sicher und allein lassen werden wir sie nach heute Abend auf keinen Fall mehr.

Von Junie erwarte ich keine Gegenwehr, von Sam jedoch schon. So wie ich sie einschätze, wird sie nicht erfreut sein. Sie legt viel Wert auf ihre Unabhängigkeit und dass sie jederzeit ihre Ruhe haben kann. Abgesehen davon weiß ich, dass sie noch nie bei Danny übernachtet hat.

Holy, ist das alles furchtbar.

Frustriert reibe ich mir übers Gesicht.

Junie kriecht wortlos ins Bett und wühlt sich mit ihrer Nase in die Bettdecke, sodass man kaum noch ihr Gesicht erkennen kann. Das macht sie immer so. Ihre langen blonden Haare fluten das halbe Bett und sie schließt müde die Augen.

Dass sie sich eine Mitschuld an der ganzen Sache gibt, kann ich zwar nachvollziehen, aber das ist natürlich der größte Bullshit. Schuld hat einzig und allein dieser Wichser. Sie konnte nichts von alldem ahnen, was passieren würde. Es war eine Verkettung beschissener Umstände.

Nachdenklich gehe ich ins Bad, ziehe mich um, putze mir die Zähne und lege mich danach nur in Boxershorts neben sie. Meine Hand lüpft die Bettdecke, ich schiebe mich ganz dicht an sie heran und lege meinen Arm um ihre Hüfte. Dann ziehe ich sie noch ein Stückchen weiter zu mir und streichle ihren warmen Bauch.

Ihre Haare kitzeln mich in der Nase. Ich nehme sie aus meinem Gesicht, drücke meine Nase an ihren Hals, schiebe meinen anderen Arm unter ihren Kopf und kessle sie so mit meinem Körper ein.

Mmh ... sie riecht nach Äpfeln und Kirschen. Mein Sunshine-Duft.

Ich spüre, wie sie sich allmählich entspannt und ihr Atem ruhiger wird. Also schließe auch ich meine Augen, versuche mich auf ihren ruhigen Atem zu konzentrieren, auf ihren weichen Körper an meinem – und lasse langsam los.

48

Danny

Es ist fast 2 Uhr morgens, als ich mich auf mein Bett werfe.

Connor ist bei Junie geblieben, was mir auch sehr lieb ist. Das Wohnheim ist zwar einigermaßen gesichert, aber wir wollen nichts riskieren. Junie hat recht. Wenn sie schon so weit gehen, eine Frau wegen des Sticks niederzuschlagen, fahren sie sicher noch weitere Geschütze auf.

Sam hat mich rausgeschmissen, als sie gemerkt hat, dass sie kurz vor dem Einschlafen war. Ich wollte nicht gehen. Wirklich nicht. Aber als sie mich ganz leise gebeten hat, ihren Wunsch zu respektieren, habe ich nachgegeben. Was hätte ich sonst tun sollen? Bedrängt habe ich sie heute schon genug.

Sie hat mir gesagt, dass sie öfter Albträume habe und sich schäme, wenn jemand anderes sie mitbekommt. Das muss ich ihr austreiben. Es gibt nichts, *absolut nichts,* wofür sie sich schämen müsste. Vor mir schon gleich dreimal nicht.

Und ein wenig Zeit für sich brauche sie auch, meinte sie. Das akzeptiere ich natürlich genauso, außerdem trifft das auch auf mich zu.

Wenn ich nur an ihre ganze Geschichte denke, wird mir kotzübel und heißer Hass schießt mir die Wirbelsäule hoch. Hass ist ein Wort, das man so oft und unbedacht vor sich hinlabert, doch bisher hatte ich keine Ahnung, wie er sich anfühlt. Selbst wenn ich gedacht habe, etwas oder jemanden aufrichtig zu hassen, ich habe es nie getan. Das weiß ich jetzt. Denn nun hasse ich das erste Mal in meinem Leben *tatsächlich* jemanden. Abgrundtief. Daran muss ich mich erst einmal gewöhnen. Ich weiß überhaupt nicht, wohin damit. Mit all der brennenden Hitze in meinem Magen.

Sams Tränen kleben an meinem T-Shirt, der komplette Brustbereich ist nach wie vor patschnass. Was mir scheißegal ist. Doch es erinnert mich an ihren ganzen Schmerz.

Erst wollte sie mich wegschubsen, sie hat es versucht. Ich hätte ihr gleich sagen können, dass sie das vergessen kann. Dann ist sie zusammengeklappt. Vollkommen. Das war eigentlich nicht mein Plan. Ich wollte nur, dass sie sich besser fühlt, und habe ihr deswegen all die Sachen gesagt, die mir durch den Kopf schießen, wenn ich an sie denke. Dass sie daraufhin so zusammenbricht, konnte ich nicht ahnen. Wahrscheinlich war das längst überfällig.

Mein Gott, und Sam war nicht die Einzige … Er hat ein Mädchen sogar umgebracht? Es hätte auch Sam sein können. Holy Fuck, daran darf ich gar nicht denken.

Sie hat sich die Mitschuld an der ganzen Kacke gegeben, dabei hat sie keine. Sie war fünfzehn und selbst Opfer von diesem …

Und mal abgesehen von dieser ganzen Scheiße: Ich war der Erste, mit dem sie danach Sex hatte. Oder? Verdammt, sie hätte mit mir reden müssen. Ich wäre viel vorsichtiger gewesen. Wenn ich daran denke, wie wir es teilweise miteinander getrieben haben … Das hätte ich nie gemacht, hätte ich gewusst, was ihr damals angetan wurde.

Andererseits ist es genau das, was sie nicht gewollt hat. Sie wollte normal behandelt werden. Nicht wie ein rohes Ei. Das war einer der Gründe, wieso sie es mir nicht von Anfang an erzählt hat.

O Mann.

Wir müssen uns dringend unterhalten. Es gibt einiges zu bereden. Zuallererst mal das Thema Vertrauen. Dass das nicht ihr Lieblingsthema ist, ist mir jetzt schon klar.

Bin ich wirklich so blöd, dass ich die ganze Zeit nicht gerafft habe, dass da was mit ihr so gar nicht stimmt? Oder war sie so gut darin, es zu verbergen? Wahrscheinlich war es eine Mischung aus beidem. Aber mit dem, was sie heute erzählt hat, hätte ich nie im Leben gerechnet. So oder so nicht.

Gedankenverloren raffe ich mich aus dem Bett auf und schleppe mich ins Bad.

Als die ersten warmen Wasserstrahlen auf meine Haut prasseln, merke ich, wie angespannt meine Muskeln sind. Mit geschlossenen Augen und der Stirn an die Fliesen gelehnt stehe ich eine Weile einfach nur so da. Meine

Hände ballen sich immer wieder zu Fäusten, ich kann nichts dagegen unternehmen.

Bilder eines viel jüngeren Schneewittchens schieben sich vor meine Augen. Eines gebrochenen Schneewittchens, das grün und blau geschlagen, mit blutigen Innenschenkeln, ganz allein unter einem Duschstrahl kauert.

Das ist alles so eine verflucht beschissene riesige *Fuckscheiße!*

Mein Herz krampft sich zusammen, Tränen schießen mir in die Augen und als meine Faust das erste Mal die Fliesen trifft, spüre ich es kaum.

49

Sam

Meine Zunge klebt mir am Gaumen, meine Augen sind ganz klebrig vom Schlaf und meine Hand krabbelt schwerfällig an meinen Haaren hoch zu meinem Kopf. Ich glaube, der Weißwein gestern war schlecht, so wie mein Schädel gerade po ...

Scheiße!

Ruckartig setze ich mich in meinem Bett auf und sofort spielen kleine weiße Blitze vor meinen Augen Fangen. Auf Speed. Mindestens.

Der komplette gestrige Abend huscht in kurzen Frequenzen an meinem inneren Auge vorbei. Heiser stöhnend schlage ich die Hände vor meinem Gesicht zusammen.

Die Tatsache, dass ich allein bin, hindert mich nicht daran, mir zu wünschen, dass sich bitte *sofort* der Boden unter meinen Füßen auftun und mich unverzüglich verschlingen soll.

O Gott!

Okay ... Resümee bitte. Ganze vier Stunden habe ich geschlafen, bevor das Monster kam. Das ist kein so schlechter Schnitt, finde ich, vor allem nicht nach diesem Horrorabend gestern. Wobei er rückblickend betrachtet eigentlich ein Happy End hatte. Denn Danny ist der Wahnsinn.

Ich kann nicht fassen, dass ausgerechnet ich so ein Glück habe, jemanden wie ihn getroffen zu haben. Er scheint mich tatsächlich trotz allem noch zu wollen. Das tut meiner kleinen Krüppelseele, die seit gestern ein bisschen weniger krüpplig ist, so gut. Seine Worte haben sich wie warme, flüssige Vollmilchschokolade um sie herum gelegt.

Nichtsdestotrotz habe ich ihn rausgeschmissen. Er musste nach der ganzen Sache nicht auch noch meine Albträume mitbekommen, er hat erst mal genug zu verdauen. Portionsweise ist es sicher besser.

Es ist mir immer noch so unangenehm, dass er nun alles von mir weiß. Wirklich alles. Und das auch noch völlig ungefiltert von mir um die Ohren gehauen bekommen hat. Vollheulen musste ich ihn natürlich auch mal wieder. Ganz großes Kino.

Und Connor erst ... wie peinlich.

Nach einer Ewigkeit bin ich endlich im Bad angekommen, schlüpfe langsam aus meinen Sachen und krieche unter die Dusche. Meine Haare wasche ich lieber nicht, ich habe keine Lust, dass die Wunde erneut aufreißt.

Während ich mich einseife, versuche ich mich auf meinen heutigen Stundenplan zu konzentrieren. Um halb zehn habe ich meine erste Vorlesung, ich wollte es ja nicht anders. Junie hat mir nachts zwar noch vorgeschlagen, die Uni heute Uni sein zu lassen, nach dem ganzen Albtraum gestern Abend, doch das will ich nicht. Das kann ich nicht. Ich brauche jetzt ein großes Stück vom Normalitätskuchen. Anders würde ich komplett durchdrehen.

Und Kaffee. Denn ohne Kaffee kein Kuchen. Jämmerlich verrecken würde ich, wenn es keinen Kaffee auf der Welt gäbe.

Mit Junie treffe ich mich heute Nachmittag wieder hier, das haben wir heute Nacht noch ausgemacht. Für eine Krisensitzung. Das kann ja was werden.

Konzentrier dich auf die Tagesplanung. Mehr geht gerade nicht.

Okay, okay.

Also, sie hat ihre Biologieklausur kurz nach der Mittagspause. Hoffentlich verkackt sie die nicht. Sauer bin ich nicht auf sie. Wie könnte ich auch? Woher hätte sie wissen sollen, was für ein sadistischer Dreckskerl Oliver ist? Woher hätte sie wissen sollen, dass mir weitere Mädchen folgen würden?

Wenn ich an die ganzen Schuldgefühle denke, die in mir um den ersten Platz auf einem Siegertreppchen kämpfen, dann ...

Lass es. Denk an die Tagesplanung. Sonst kotzt du bloß wieder, und du hast noch nicht mal deinen ersten Kaffee intus.

Ja, ja, hast ja recht. Eins nach dem anderen.

Dass es Danny jetzt weiß ... Ja, ich hätte es ihm früher erzählen müssen. Hätte ich vorher gewusst, wie wahnsinnig lieb er darauf reagiert, hätte ich das auch getan. Doch ich wusste es eben nicht, und meine Angst war einfach größer. Daran kann ich Junie aber keine Schuld geben, im Gegenteil. Jetzt, wo ich weiß, dass mein ganzer Albtraum auf Video gebannt ist, habe ich ihm alles sagen *müssen.*

Meine Güte ...

Nope. Da denkst du auch nicht dran. Kotzen und so, du weißt schon. Abgesehen davon bist du doch auch erleichtert, dass es endlich raus ist, oder? Dass Danny es weiß.

Schon.

Dann können wir dem ganzen Schlechten doch auch etwas Positives abgewinnen.

Ja, aber ...

Was?

Ich weiß doch auch nicht. Es ist noch nicht raus, wie Danny sich weiterhin verhält.

Nein, ist es nicht. Aber wenn du ihm keine Chance gibst, kannst du ihn auch gleich absägen.

Ich gebe ihm doch eine Chance. Wie könnte ich nicht, nach dem, wie er sich gestern Abend verhalten hat.

Dann weiß ich nicht, was dein Problem ist.

Ich habe keins. Doch, warte, *dich.* Also hau ab.

Zurück im Zimmer schnappe ich mir mein Handy vom Nachttisch. Eine Nachricht. Mein Herz macht einen Satz.

Mr Hottie ...

Das kann ich unmöglich so stehen lassen.

Ich hacke auf meine Kontakte ein und muss trotz all der Scheiße grinsen.

Thor: Guten Morgen, Kleine! Heute Cafeteria? Alles Weitere sehen wir dann, okay?

Puh ... Meine krüpplige Seele streckt ihr Bäuchlein Richtung Nachricht und lässt sich von ihr kraulen. Er hört sich normal an. Wie immer. Wie *vorher.*

Yep. 13 Uhr?

Bin da.

Nachdenklich spähe ich in meinen Minikleiderschrank.

Nach einer Weile ziehe ich eine schwarze Leggings nebst weichem, selbstverständlich rot-schwarz kariertem Angorapulli heraus, greife mir BH und Slip in klassischem Schwarz und ohne Schnörkeleien – danach ist mir heute nicht – und schlüpfe hinein. Dann noch ein wenig Rouge und rosafarbenen Lippenstift aufgelegt und ich fühle mich okay. Nicht toll, aber okay. Es reicht, um der Welt die Zähne zu zeigen.

Meine Haare flechte ich auf der heilen Seite zu einem Zopf und puste mir nebenbei den Pony aus der Stirn.

So, und nun: Kopf hoch, Krönchen richten, weiter geht's. Tut es erfahrungsgemäß eh immer.

***

Der Kaffee in der Cafeteria schmeckt ehrlich übel. Vor allem, wenn man den im Shady's gewohnt ist. Aber es hilft nichts, ich brauche Koffein und eine andere Option habe ich im Moment nicht. Das Zeitfenster bis zur nächsten Vorlesung ist zu schmal, als dass ich kurz in mein Lieblingscafé flitzen könnte. Ich bin zwar schnell, aber so schnell auch wieder nicht.

Noch einmal lese ich mir meine Psychologie-Mitschriften durch. Mein Hirn kann sich nichts merken, wenn es nicht bei der Sache ist. Das Ende meines Bleistifts sieht mittlerweile komplett zerkaut aus und ich seufze tief. Kapitulation ist angesagt.

Eben will ich die Uniunterlangen in die ewige Verdammnis – aka meine Unitasche – befördern, als sich ein freundliches Gesicht mit sonnengebleichten blonden Haaren und türkisblauen Augen zu mir herunterbeugt.

»Hey, Sam.«

Meine Hand katapultiert die Unterlagen daraufhin mindestens zwei

Meter an meiner Tasche vorbei und das Ende des Bleistifts zwischen meinen Zähnen wird endgültig zerbissen.

»Connor!« Erschrocken schnappe ich nach Luft. Ich kann nicht genug betonen, wie ich meine Schreckhaftigkeit hasse. Andererseits, wenn ich mir meine ganzen anderen Ticks anschaue, ist der noch der beste.

»Sorry«, meint er gleich entschuldigend und hebt seine Hände wie zum Frieden.

Mist. Gott.

Am liebsten würde ich mich in den Kaffeebecher setzen und die Hände über den Kopf zusammenschlagen. So. Peinlich.

Obwohl er mich entwaffnend anlächelt, habe ich das Gefühl, splitterfasernackt vor ihm zu sitzen, und zwar *nicht* gephotoshopt.

Denk. Nicht. An. Gestern. Wehe. Du. Dumme. Kuh.

Hitze schießt in meine Wangen und ich starre ihn an.

»Äh ... hi!« Der Inbegriff von Coolness.

»Wirst du etwa rot?« Er schmunzelt und beugt sich über den Tisch zu mir herüber. »Glaub mir, Sam: Wenn überhaupt, habe *ich* einen Grund, mich zu schämen, nachdem, was gestern passiert ist. Immerhin gehöre ich der männlichen Gattung an. Aber du? Du mit Sicherheit nicht.«

Ich habe ihn vorher schon gemocht, aber jetzt ...? Junie kann sich glücklich schätzen, aber das weiß sie auch.

»Danny kommt auch gleich, er hängt noch in der Schlange fest.« Connor lehnt sich wieder zurück.

Ich muss meine ganze Willenskraft aufbringen, um ihn nicht wie ein dankbarer Dackel abzuschlecken, dass er gestern Abend vorerst mit keiner Silbe erwähnt.

Mit einem Tablett in der Hand kommt Danny auf uns zugeschlendert, lässt seinen Rucksack auf den Tisch fallen, küsst mich kurz auf den Scheitel und faltet sich neben mich auf die Bank. Alles wie immer. Die beiden machen mich fix und fertig.

»Junies Klausur steht noch aus, oder?«, fragt Danny und beginnt sein undefinierbares Essen zu verschlingen.

Himmel und ... was ist das?

Ich kann förmlich spüren, wie meine Augen groß wie Basketbälle werden, als ich auf seine Handknöchel starre. Alles offen. Wund. Schon leicht verkrustet, aber ... was zur ...

»Danny hat heute Nacht mit den Fliesen in der Dusche gekuschelt«, beeilt sich Connor zu sagen, als er meinen entsetzten Blick sieht. »Keine Panik, er hat niemanden umgebracht. Wobei«, er grinst leicht, »du solltest mal die Fliesen sehen. Ich glaube, die Uni muss ein paar neue springen lassen.«

Danny schaufelt nach wie vor ungerührt das Essen in sich hinein und sieht mich nicht an. Dafür mustere ich ihn umso genauer.

Dunkle Schatten sitzen unter seinen Augen. Rasiert hat er sich nicht, ich kann Bartstoppeln an seinem Kinn und den Wangen sehen. Seine Haare sind zerzauster als sonst und alles in allem sieht er aus, als hätte er eine heftige Nacht inklusive Kneipenschlägerei hinter sich. Zumindest wenn man seine Fäuste mit ins Gesamtbild aufnimmt. Auf die Frechheit, dass er dafür noch immer gnadenlos gut aussieht, gehe ich gar nicht erst ein. Trotzdem.

Eine unsichtbare Schlinge legt sich um meinen Magen.

Meinetwegen.

Er sieht meinetwegen so fertig aus.

»Die Fliesen waren ohnehin hässlich. Kein Verlust. Wann hat Junie ihre Klausur?«, fragt Danny noch mal nach und schaut mich an.

Sein Blick ist ... distanziert?

Mein Herz macht einen Abgang in die Leggings und meine Augen suchen in seinen hektisch nach ... keine Ahnung? Einem Zeichen, dass alles okay ist? Zwischen uns? Nach gestern? Oder nicht?

»Äh ...«, stoße ich mal wieder sehr eloquent hervor. »Nach der Mittagspause. Alles in Ordnung?«, muss ich unbedingt wissen und taste nervös nach dem Gummiband unter meinem Jackenärmel.

»Alles gut.«

Er lächelt zwar, doch das Lächeln erreicht seine Augen nicht. Sie sehen müde aus, traurig und stumpf. Als hätte jemand die Fröhlichkeit und Wärme auf einen Schlag aus ihnen herausgesaugt. Ein Parasit. Ich. Wer soll es sonst gewesen sein?

Ständig habe ich nur darüber nachgedacht, wie er *mich* danach ansehen könnte, behandeln würde, was sich für *mich* ändern würde. Nicht eine Sekunde habe ich darauf verschwendet, mir vorzustellen, wie es für *ihn* sein würde zu erfahren, was mir angetan wurde. Wie *er* darunter leiden würde.

Mein Gott. Darüber muss ich erst mal nachdenken.

»Ich muss los. Aber ich sag dir Bescheid, sobald ich zu Hause bin, ja?«, schlage ich ihm eilig vor.

Er sieht mich aufmerksam an. »Yep. Ich komm später vorbei, okay?«

»Ja, klar. Bis später.« Hastig greife ich nach meiner Tasche und der Kaffeetasse, nicke den beiden flüchtig zu und hetze Richtung Halle davon.

Meine Güte.

Ich bin ein Parasit.

Ein Leben aussaugender Parasit.

50

Danny

»Was ist los mit dir?« Connor sieht mir eindringlich in die Augen, nachdem Sam das Weite gesucht hat.

»Ernsthaft?«, knurre ich ihn an, ohne darüber nachzudenken.

Ich brauche endlich ein Ventil. Am besten eins, das es verdient hat, für mich Ventil zu spielen. Ich wüsste da auch schon jemanden. Nur komme ich an den im Moment leider nicht ran.

Connor hebt seine Hände beschwichtigend von sich weg.

»Ich kann mir nicht vorstellen, was du gerade für Mordfantasien haben musst, aber reiß dich zusammen. Sie braucht jetzt *dich*, keinen rachedurstigen Neandertaler.«

»Meinst du, ich weiß das nicht?«, schleudere ich ihm frustriert entgegen. »Aber ich fühl mich so hilflos!«

»Jeez, Danny, leiser«, zischt Connor, nachdem sich bereits ein paar Studenten zu uns umgedreht haben.

Ich versuche meine Atmung unter Kontrolle zu bekommen und fange innerlich an zu zählen …

Ach, Scheiß drauf.

»Ich kann an nichts anderes mehr denken«, platzt es aufgebracht aus mir heraus, während ich beginne, meinen ganzen Müll bei ihm abzuladen. »Ich habe sie ständig vor Augen, wie er sie … scheiße, Connor. Sie war *fünfzehn!* Fast noch ein Kind. Er hat sie beinahe umgebracht. Was soll ich jetzt machen? Was? Und dann hat der Wichser auch noch alles aufgenommen und weitere Mädchen … *Fuck, Connor!*« Noch nie in meinem ganzen Leben habe ich mich so machtlos gefühlt. Mehr geht nicht.

»Halt die Fresse, Danny. Oder willst du, dass die ganze Uni von der Sache Wind bekommt?«, raunt er mich an.

Jetzt fange ich doch an zu zählen. Ein Fuck, zwei Fucks, drei Fucks …

»Eins nach dem anderen, okay? Rede mit Sam. Frag sie, was sie unternehmen will. *Ob* sie etwas unternehmen will. Es ist ihre Entscheidung. Danach rede mit deinem Dad. Oder mit Sean, das ist vermutlich besser. Deinen Dad kannst du immer noch mit ins Boot holen, wenn Sean ihr nicht weiterhelfen kann. Aber vorher musst du mit Sam sprechen.«

Er holt kurz Luft und ich nutze meine Chance. »Ich weiß, Mann, aber was … Ich weiß nicht, wie ich damit umgehen soll, ich meine … Scheiße, ich will ihn einfach nur töten. Stell dir vor, es wäre Junie. Was würdest du tun? Was. Würdest. Du. Tun?« Einen Rat könnte ich gerade wirklich gut gebrauchen.

»Gute Frage.« Connor fährt sich durch seine blonden Haare. »Durchdrehen?«, meint er dann verkniffen.

Das bringt mich weiter. Schönen Dank auch.

»Wenn ich an ihn rankommen würde, würde ich ihn ebenso umbringen wollen, keine Frage, aber das macht es auch nicht ungeschehen. Ich würde im Knast landen und Junie wäre das alles immer noch passiert. Mal nüchtern betrachtet.«

Müde rubble ich mir mit den Händen übers Gesicht.

»Weiß ich doch. Weiß ich doch alles.«

»Sei für sie da. Dräng sie nicht. Sie wird dir schon zeigen, was sie braucht. Es hat sich doch nichts geändert, sie ist die Gleiche wie vorher. Nur kennen wir jetzt ihre dunkle Seite. Aber das ist auch schon alles.«

Er hat recht. Verdammt, er hat recht. Ich führe mich total bescheuert auf.

Wütend auf mich selbst schiebe ich mein Essen weg und lasse meinen Kopf mit einem dumpfen »Mann« neben das Tablett fallen. »Du hast recht«, nuschle ich durch die Tischplatte und höre Connor lachen.

»Wow, krieg ich das schriftlich?«

»Halt die Schnauze. Ich habe einen Moment der Schwäche. Nutz ihn bloß nicht aus.«

»Dann komm. Wir müssen ein paar Gegner tackeln. Bereit?« Connor steht auf und schlägt mir leicht auf den Hinterkopf.

Das wird mir bestimmt guttun. Ein bisschen Frust rauslassen. Beziehungsweise geballte Aggression. Oder auch Mordgelüste befriedigen. Na, hoffentlich geht das gut.

Mit Sam muss ich gleich danach reden. Ich will nicht, dass sie mein Verhalten vorhin falsch interpretiert, das traue ich ihr glatt zu. Mir ist nicht entgangen, dass sie nach gestern recht verunsichert ist, meine Gefühle ihr gegenüber betreffend. Wobei das völliger Bullshit ist. Und dann muss ich sie davon überzeugen, dass Junie und sie vorerst bei uns pennen sollen.

Nur über meine Leiche lasse ich sie nach alldem noch eine einzige Nacht allein in ihrem Zimmer schlafen.

51

Junie

Bio ist zum Glück nicht so extrem in die Hose gegangen, wie ich nach heute Nacht befürchtet habe. Ich werde es schon bestanden haben. Aber ehrlich gesagt, ist mir das gerade ziemlich schnuppe. Ich habe größere Sorgen.

Noch während ich den Uniflur entlang hetze, checke ich mein Handy. Gestern Abend habe ich noch versucht Caleb zu erreichen. Er hat sich immer noch nicht zurückgemeldet. Mist.

Ich werde es später noch einmal versuchen. Ich muss ihn dringend warnen!

Zügig schreibe ich Sam eine kurze Nachricht.

Bleibt es bei 16 Uhr bei uns?

Sie ist online.

Müsste ich schaffen. Hocke noch in der Bibliothek. Blöde Lernerei.

Wem sagt sie das?

Wenn es was bringt, ist alles gut. Bist du sauer auf mich?

Das musste sein, ich kann es nämlich nicht ertragen, wenn sie mir böse ist.

Wie könnte ich?

Mir fällt ein Stein vom Herzen. Ich habe gar nicht bemerkt, wie groß der war. Nach einem kurzen Blick auf die Uhr beschließe ich, im nächsten Shop noch eben unsere Getränkevorräte aufzufüllen, und mache mich dann auf den Weg in unser Wohnheim.

Mein Smartphone vibriert in meiner Jackentasche, als ich die Eingangstür vom Wohnheim erreiche.

Ich glaube, ich habe Danny verjagt, Junie.

Was?

Bist du bescheuert? Nie im Leben! Wie kommst du auf so einen Müll?

Er hat gestern Nacht noch die Dusche in ihre Einzelteile zerlegt.

Ich runzle die Stirn. Hoppla.

Er musste wohl seinen Frust loswerden. Das zeigt doch nur, wie viel du ihm bedeutest. Wie kommst du bloß auf den Schwachsinn, du hättest ihn verjagt?

Er hat mich heute in der Cafeteria so seltsam angeschaut. So abweisend.

Nachdenklich fahre ich mir übers Gesicht und laufe die Treppen zu unserer WG hoch. Wenn Danny sie tatsächlich abschießt, war es das für sie. Das wäre die ultimative Katastrophe in der ganzen Scheiße und das will wirklich etwas heißen.

Ich würde ihn umbringen. Das kann er nicht bringen. Das *wird* er aber auch nicht bringen. Ich müsste mich schon extrem in ihm täuschen. Andererseits wäre es auch nicht so, als hätte ich mich noch nie in jemandem getäuscht.

Verflixt.

Nein. So ist er nicht. Er war vor Sam ein ziemlicher Player, so wie Connor auch, und sein Selbstbewusstsein braucht beinahe eine eigene Daseinsberechtigung, aber er ist kein Arsch. Auf keinen Fall. Nicht so eins.

Tu mir einen Gefallen und interpretier in seinen Blick nicht so viel hinein. Das war heftig gestern, er muss das auch alles erst mal verdauen. Er ist heute sicher nur fertig. Ganz bestimmt. Du kannst ihn nicht verjagen. Mit gar nichts. Selbst wenn du dir noch so viel Mühe geben würdest.

Meinst du wirklich?

Ganz bestimmt. Mach dir nicht ins Hemd.

Hm. Okay. Ach, und ... Connor ist der Hammer, das weißt du, oder?

Und wie.

Ja, weiß ich. Aber wie kommst du jetzt darauf?

Ich habe ihn heute Mittag in der Cafeteria getroffen. Er hat echt cool reagiert.

Daraufhin schreibe ich nichts mehr. Mein Hirn ist wie leergefegt. Ich starre erst ungläubig und dann entgeistert auf meine Hand, die eben den Schlüssel ins Schloss stecken wollte.

Unsere Tür ruht lediglich im Rahmen, der an der Seite leicht abgesplittert ist. Das Schloss sieht unbeschädigt aus.

Meine Hände fangen plötzlich so stark an zu zittern, dass ich kaum die Tür aufstoßen kann.

Als ich ganz langsam und mit weichen Knien unsere Küche betrete, fallen mir fast die Augen aus den Höhlen. Hier sieht es aus, als hätte eine Bombe eingeschlagen. Sie haben uns schneller gefunden, als ich dachte.

Scheiße!

Magensäure schießt mir sauer und ätzend die Speiseröhre hoch und eine unsichtbare, eiskalte Hand legt sich um meine Kehle.

Sam hat mir gestern Abend den Stick zurückgegeben und mich gebeten, ihn vorerst wieder in meinem alten Turnschuh zu verstecken. Bis sie weiß, was sie damit anstellen will.

Heilige ...

Panisch schmeiße ich die Papiertüte mit den Einkäufen auf den Tisch und schieße wie von der Tarantel gestochen in mein Zimmer. Dort krame ich den alten, zerschlissenen Chuck unter meinem Bett hervor – er ist noch da! –, reiße einmal mehr den Nagel von der Sohle und könnte heulen vor Erleichterung. Der Stick liegt nach wie vor in der kleinen Kuhle, die ich gestern mit einem Küchenmesser ins Gummi geschnitzt habe.

Ich lasse mich beruhigt auf den Hintern fallen und atme tief durch. Dann drücke ich den Stick zurück ins Gummi, stopfe den Schuh in meine Unitasche, aus der ich meine Unterlagen reiße und schiebe sie mir über Hals und Schulter.

Beinahe hysterisch laufe ich die Wohnung ab, schaue in Sams Zimmer, in dem es auch nicht besser aussieht, und renne erneut in die Küche. Die Tür drücke ich, so gut es geht, in den Rahmen, das Schloss ist vollkommen nutzlos geworden, es rastet nicht mehr ein.

Ich muss sofort Sam Bescheid geben. Und was ist mit den Campus-Cops? Aber wenn ich sie rufe, werden sie fragen, was genau los ist. Es ist offensichtlich, dass hier massiv nach etwas gesucht wurde. Die Schubladen sämtlicher Schränke sind auf dem Fußboden verteilt, Sams und meine Kleider liegen überall herum, die Badezimmerschränke wurden aufgerissen und unsere Kosmetika nebst Notfallapotheke haben es sich in den Waschbecken gemütlich gemacht.

Die Gedanken rasen nur so durch meinen Schädel.

Es könnte auch nur Geld gesucht worden sein, und genau davon muss die

Campuspolizei ausgehen. Dass es sich hierbei um einen simplen Einbruch handelt, bei dem nach Wertgegenständen gesucht wurde.

Aufgelöst krame ich nach meinem Handy. Ich muss sie anrufen. Ob ich will oder nicht. Das Türschloss muss auf jeden Fall repariert werden – heute noch.

Aber zuerst muss ich Sam Bescheid geben.

52

Sam

Mir raucht der Kopf. Vom ganzen Lesen tun mir schon die Augen weh.

Gähnend werfe ich einen Blick auf meine Uhr. Huch? Halb vier? Wie ist das denn passiert? Mist. Weil ich alles doppelt und dreifach durchgehen musste, da meine Konzentration heute verständlicherweise nicht die beste ist, habe ich die Zeit vergessen. Nun muss ich mich beeilen, damit ich noch rechtzeitig ins Zimmer komme. Wobei mir Junie sicher verzeihen wird, wenn ich mich ein wenig verspäte.

Ich schlüpfe in den Mantel, ziehe mir die Mütze über, schmeiße meine Unterlagen in die Tasche und mache mich auf den Weg, um die Bücher zurückzugeben.

Das kann dauern – die Schlange der Studenten ist lang. Was machen die denn alle noch hier? Ich dachte, ich bin der einzige Trottel, der an einem Freitagnachmittag so lange in der Bibliothek hockt.

Sogar Ms Obercheerleaderin Kelly ist da und mustert mich angesäuert von der Seite. Ich weiß schon, dass sie der Meinung ist, ich hätte ihr Danny vor der Nase weggeschnappt, aber ganz ehrlich? Selbst wenn Danny und ich nie etwas miteinander angefangen hätten, hätte er trotzdem kein Interesse mehr an ihr gehabt.

Ergeben stelle ich mich an der Schlange an und hole mein Handy aus der Tasche.

Hoppla! Vier verpasste Anrufe und eine Voicemail von Junie? Nach gestern rutscht mein feiges Herz sofort in meine Leggins.

Meine Finger rasen über die Tasten.

> Sorry, hatte mein Handy auf lautlos, sonst hätten sie mich aus der Bib geschmissen. Was ist los? Alles in Ordnung?

Noch während ich tippe, kann ich sehen, dass sie online ist.

Komm her! Sofort!

Okay?

Was ist passiert?

In unserer Bude sieht's aus, als hätte ein Junkie nach seiner Crack-Pfeife gesucht!

Verdammter ... Mein Herz beginnt zu puckern.

Der Stick?

Noch da. Komm schnell. Ich kann Connor nicht erreichen. Blödes Training.

Oh, Gott sei Dank!

Bin unterwegs.

Die Bücher nehme ich mit, ich gebe sie morgen zurück. Dann muss ich eben Strafe zahlen.

***

Als ich vor unserem Wohnheim ankomme, sehe ich bereits den Wagen der Campuspolizei davor parken.

Ich sause die Treppen nach oben und als ich um die Ecke schlittere, sehe ich auch schon den zersplitterten Rahmen unserer WG-Tür.

Heilige Scheiße!

Hektisch schubse ich die Tür auf und eine kreidebleiche Junie steht mit zwei Campus-Cops in der Küche. Ihre lange Mähne hat sie zu einem Pferdeschwanz gebunden, aus dem sich ein paar Strähnen gelöst haben. Ihre hellbraunen Augen sind um ein paar Nuancen dunkler und blicken die Polizisten müde und verstört an. Die Unitasche hat sie sich quer über die Brust gelegt und hält sie fest, als hätte sie dort die Kronjuwelen der britischen Königin versteckt.

Als sie mich sieht, grinst sie erleichtert und zieht mich in ihre Arme.

Die zwei Polizisten, die ratlos in der Küche herumstehen, mustern mich aufmerksam.

»Dann sind Sie wohl die Mitbewohnerin?«, fragt mich der Schmächtigere der beiden. Er sieht aus, als wäre er direkt von der Highschool aus für diesen Job rekrutiert worden.

»Ja, Samantha Mathison.« Ich nicke ihm zu.

Der andere Polizist, Garcia, zumindest steht das auf seinem Namensplättchen an seiner Brust, klärt mich unnötigerweise auf: »Wie Sie sehen können, ist eingebrochen worden.«

Ehrlich? Da wäre ich in hundert Jahren nicht draufgekommen.

Junie zwickt mir unauffällig in den Arm. *Sei nett, Grinch.*

Ja, ja ... ist ja schon gut.

»Ms Chaplan konnte allerdings bestätigen, dass keinerlei Gegenstände entwendet wurden. Bargeld haben Sie hier nicht verwahrt?«, will Garcia von mir wissen.

Ich schüttle den Kopf. Das wenige Bargeld, das ich habe, steckt immer in meinem Geldbeutel. Es ist ja nicht so, als hätte ich Millionen, die ich unter meiner Matratze horten könnte.

»Dann können wir davon ausgehen, dass der oder die Täter unverrichteter Dinge abgezogen sind.« Kurz runzelt er die Stirn. »Wobei es hier so aussieht, als hätte jemand die Nadel im Heuhaufen gesucht.« Er wirft einen prüfenden Blick zu Junie, die diesen aus großen Kulleraugen unschuldig erwidert. Das kann sie gut: jahrelanges Training.

»Morgen früh sollte der Hausmeister hier auftauchen. Er wird ein provisorisches Schloss anbringen, sodass Sie sich für das Wochenende sicher fühlen sollten. Am Montag wird dann die Tür ausgetauscht.« Erneut sieht er zu mir. »Finden Sie beide für heute Abend eine Schlafmöglichkeit?«

»Ja, kein Problem«, antwortet Junie an meiner Stelle, da sie meinen entsetzten Gesichtsausdruck bemerkt.

Mir war schon klar, dass unsere Männer es seit gestern überhaupt nicht mehr gern sehen, wenn wir nachts allein sind. Aus den offensichtlichen Gründen, die uns eben unter die Nase gerieben werden. Ich habe ja auch ein mulmiges Gefühl, so ist es nicht.

Allerdings hatte ich gehofft, zumindest noch ein paar Nächte umhinzukommen, mit Danny in einem Bett zu schlafen. Es hätte doch gereicht, wenn Connor hier bei Junie im Zimmer pennt. Nur weil Danny jetzt meine Vergangenheit kennt, heißt das nämlich nicht, dass ich besonders scharf darauf bin, dass er auch das letzte Bisschen meiner dunklen Seite sieht.

Super. Einfach nur super.

Garcia wendet sich noch einmal an mich.

»Leider kommt es immer wieder zu Einbrüchen in den Wohnheim-WGs, doch bislang ist es dabei geblieben, sodass ich denke, Panik wäre hier fehl am Platz.«

Junie wirft mir einen spöttischen Blick zu. Übersetzung: Bleibt locker, Leute, bloß keine Panik, ist ja nichts passiert, die neue Tür kommt Montag und alles geht seinen normalen Gang.

Yep. So läuft das hier an der Uni.

Der Schmächtige nimmt seine Schirmmütze vom Küchentisch und geht an Junie vorbei auf die kaputte Tür zu.

»Falls noch etwas sein oder Ihnen noch etwas einfallen sollte, sagen Sie uns bitte Bescheid. Sie wissen ja, wo Sie uns finden können.«

Junie nickt schnell und ist sichtlich froh, die beiden loszuwerden. Da ist sie definitiv nicht allein.

»Ja, Sir, machen wir. Vielen Dank für Ihre Hilfe.«

Als die beiden endlich aus unserer Küche verschwunden sind, frage ich Junie sofort: »Bist du okay?«

»Ja. Alles gut. Der Stick ist noch da, das ist das Wichtigste.« Sie klopft zur Bestätigung auf ihre Tasche und sieht mich triumphierend an. Angesichts der Lage hat sie auch allen Grund dazu. Sie waren zwar gründlich, aber Junies Versteck war besser. Fantasie hat sie schon immer reichlich gehabt, doch diesmal hat sie sich selbst übertroffen. Zum Glück.

»Wir sollten uns dranmachen, Ordnung zu schaffen«, schlägt sie vor und räumt die ersten Nahrungsmittel in die Schränke zurück.

Überall liegen Packungen von Frühstücksflakes und Toastbrot verstreut und – zugegebenermaßen – eine Menge Skittles-Tüten. Vermutlich sollte ich mich wirklich gesünder ernähren.

»Wie geht's *dir* denn, Grinch?« Aufmerksam mustert sie mich.

Darauf habe ich jetzt keinen Bock.

»Ging schon mal besser, aber auch schon mal schlechter«, antworte ich deswegen ausweichend und räume die Gläser und Tassen, die den Angriff überlebt haben, weg.

»Du solltest ...«, fängt sie an, als sich ihr Handy meldet.

Anscheinend ist es Connor, denn sie fasst grob zusammen, was passiert ist, brummt ein paar Mal zustimmend und legt dann auf.

»Sie sind in fünf Minuten da. Bis dahin packen wir am besten ein paar Sachen.«

O Mann. Ich will nicht zu den Jungs ziehen. Mir bleibt nichts anderes übrig, ich weiß, aber trotzdem ... Mir wird schlecht, wenn ich daran denke, dass ich heute in Dannys Bett schlafen soll. Vermutlich auch deswegen, weil es nicht meine Entscheidung ist, sondern sie mir aufgezwungen wird. Aus notwendigen Gründen, klar, aber nichtsdestotrotz.

Scheiße.

»Sam?«, höre ich hinter mir, als ich in Richtung meines Zimmers stapfe. »Das wird schon alles werden, okay? Versprochen«, murmelt Junie und hört sich dabei genauso hilflos an, wie ich mich fühle. Sie will mir eine Hand auf die Schulter legen.

Nope. Jetzt nicht. Ich muss packen.

***

»Was nun?«, fragt Connor in die Runde und wischt sich seine blonden

Surferhaare aus der Stirn, während er einen tiefen Schluck von seinem Bier nimmt.

Wir sind mittlerweile in der WG der Jungs angekommen und sitzen in Dannys Zimmer. Das Ganze hat etwas von Kriegsrat-Halten und ich fühle mich unfassbar unwohl.

Keine Ahnung, *was nun*. Keine verflixte Ahnung. Ich wünsche mich in die Bibliothek zurück. Ablenkung. Das wäre schön. Fast den ganzen Tag habe ich es geschafft, nicht an diese alles erdrückende Scheiße zu denken, und jetzt sitze ich hier und bin wieder mittendrin, statt nur dabei.

Erste Ameisen beginnen über meine Haut zu trappeln.

War klar, dass die kommen.

Yep. War es.

»Wir müssen erst mal wissen, ob auf dem Stick das drauf ist, was dieser Caleb behauptet. Was wir dann machen, ist deine Entscheidung, Kleine«, sagt Danny.

Er hat mich auf dem Bett auf seinen Schoß gezogen und das erste Mal kann ich ihn nicht ertragen. Seine Ruhe, seine Wärme, seine Stärke, diese vermaledeite Geborgenheit, an die ich mich die letzten Wochen so schnell gewöhnt habe. Ich kann es einfach nicht ändern. Ich fühle mich eingeengt, bedrängt und all die Gefühle und Gedanken, die ich den ganzen Tag mehr oder minder erfolgreich vor mir hergeschoben habe, prasseln nun auf mein kleines Seelchen nieder.

Die Ameisen haben sich mittlerweile rasant vermehrt und tanzen Salsa auf meiner Haut. Verflixt zusammenreißen muss ich mich, um mich nicht überall zu kratzen.

»Was soll denn sonst drauf sein, Danny?«, wirft Junie ungeduldig ein. »Uns wurde doch heute einmal mehr bewiesen, dass er anscheinend sehr wertvoll für diese Schweine ist. Das wäre er nicht, wenn nicht genau *das* drauf ist, was Caleb sagt.«

»Ich weiß, Junie, schon klar. Aber, wie gesagt, es muss auch erkennbar sein, *wer* auf diesem Video zu sehen ist. Wenn Sam und Oliver nicht klar identifizierbar sind, dann kann sie sich den ganzen Psychostress, den das mit sich bringt, gleich sparen.«

Er hat recht. Scheiße.

Auf meinem Armgelenk liegt seine große Hand, sodass ich mein Gummiband nicht schnalzen lassen kann. Ich schiebe sie genervt zur Seite.

Schnalz. Schnalz. Schnalz.

Danny sagt nichts mehr, er hat sein Kinn auf meinem Kopf abgelegt und streichelt meine Oberarme.

Mittlerweile wütet ein ganzer Ameisenhaufen in meinem Körper.

Der kaputte Panzer, der immer noch in Splittern vor meiner krüppligen Seele liegt, rappelt sich langsam auf.

Klonk.

Ein erster kleiner Teil von ihm hat sich erneut um sie gelegt, die handtellergroße Augen macht.

Was soll der Mist?

Weiß ich auch nicht.

Wir waren auf so einem guten Weg.

Ich weiß.

Das kannst du mir nicht antun!

Ich mach es nicht mit Absicht, glaub mir.

Tu doch was dagegen.

Was denn?

Zuallererst, fang nicht an, Danny auszuschließen.

Mache ich das denn?

Du fängst gerade wieder damit an. Lass das.

Ich weiß nicht, wie.

Es kotzt mich so an, dass ich auf einmal das Gefühl habe, diese eine Horrornacht sei erst letzte Woche gewesen und nicht vor sechs Jahren. Es kotzt mich so an, dass ich nicht weiß, wie ich es schaffen soll, das Video weiterzugeben; es ist das einzig Richtige. Ich weiß, ich muss es machen, da ich es mir sonst niemals verzeihen könnte, wenn dieses Monster tatsächlich wieder freikommen sollte und ich nichts getan habe, um es zu verhindern. Obwohl ich es dieses Mal könnte. Endlich.

Warum freue ich mich nicht?

Weil du die Hosen gestrichen voll hast. Randvoll. Weil du feige bist. Warst du schon immer. Du hättest ihn ja gleich anzeigen können, dann ...

Lass gut sein. Ich fühle mich schon beschissen genug.

Demonstrativ rutsche ich von Dannys Schoß und stehe auf.

Schuld und Panik liefern sich ein Kopf-an-Kopf-Rennen in meinem Schädel. So wie es aussieht, läuft es auf ein Unentschieden hinaus.

Weil ich nicht weiß, was ich sonst tun soll, laufe ich ins Bad und schmeiße die Tür hinter mir zu.

Du kannst da auch gleich einziehen, sooft, wie du dich darin verbarrikadierst.

Verpiss dich.

Kaltes Wasser fließt über meine Handgelenke, als ich sie unter den Wasserhahn halte. In den Spiegel schaue ich gar nicht erst. Ich kann mir nicht in die Augen sehen. Alles, was ich erkennen würde, ist die Schuld, die mir aus den Augenhöhlen springt, und ich brauche sie nicht zu sehen, um zu wissen, dass sie mich vorerst nicht mehr in Ruhe lassen wird. Wahrscheinlich geht sie eh nie. Also: Willkommen im Club. Auf einen mehr oder weniger kommt es auch nicht an.

Es klopft an der Tür.

»Alles okay?«, will Danny durch die Tür wissen.

Kann er mich nicht *einmal* in Ruhe lassen?

Klonk.

Ein zweiter, etwas größerer Teil des kaputten Panzers klatscht an meine Seele. Wie ein Magnet, der von ihr angezogen wird, hängt er sich abermals an sie dran.

Es tut mir leid. Wirklich.

Sie schaut mich nur schweigend an. So dermaßen traurig, dass es mir das Herz bricht.

»Sam?« Wenn er mich Sam nennt, sollte ich mich beeilen zu antworten, sonst bricht er gleich die Tür ein.

»Alles in Ordnung, wirklich. Ich brauche nur kurz ein wenig Zeit für mich, okay?«

Klonk.

Ein dritter Teil des Panzers dockt an meine Seele an. Der bleibt nichts anderes mehr übrig, als mich nur noch aus einem Auge vorwurfsvoll anzustarren.

»Ich bin in der Küche, ja?«

Ich frage mich, ob seine Stimme nur wegen der Tür so dumpf klingt.

Mit geschlossenen Augen warte ich, bis sich seine Schritte entfernen. Gut so. Das Letzte, was ich jetzt verdient habe, ist so jemanden wie Danny. Ich hasse mich momentan selbst so massiv, dass ich mir permanent ins Gesicht schlagen könnte.

Klonk.

Der letzte Teil des Panzers schließt die letzte Lücke um meine Seele herum und es wird wieder finster und kalt. Das ist okay, damit kann ich umgehen. Die Wärme und Helligkeit haben mir ohnehin Angst eingejagt.

Red dir doch nicht so einen Müll ein. Du hast es genossen.

Ich kann dich nicht hören.

Sei nicht so kindisch, du blöde Kuh.

Was willst du von mir? Es war nur ein einziger Tag ohne den Panzer. Du hast dich kaum so schnell daran gewöhnen können.

Ich wollte mich aber daran gewöhnen, denn es hat sich so verflixt gut angefühlt und das weißt du auch.

Tja, Pech gehabt, ich habe es leider nicht verdient.

Komm mal klar und hör auf, dich selbst zu bemitleiden.

Ich bemitleide mich nicht selbst, sondern sehe der Realität ins Auge.

Die da wäre?

Wie kann mich jemand mögen, geschweige denn lieben, bei dem, was ich getan habe – oder besser gesagt, *nicht* getan habe?

Hör auf damit. Du sagst Junie, sie sei nicht schuld an dem, was dir damals passiert ist, kannst dir aber selbst nicht verzeihen, dass du ihn nicht angezeigt hast?

Das ist doch etwas völlig anderes.

Ach ja? Inwiefern denn? Sie macht sich Vorwürfe, dass du vergewaltigt wurdest. Du machst dir Vorwürfe, dass ein anderes Mädchen nach dir vom gleichen Monster vergewaltigt wurde.

Du vergisst da eine Klitzekleinigkeit: Mittlerweile geht es um Mord. Um einen *verfluchten Mord!* Abgesehen davon kann ich mir beim besten Willen nicht vorstellen, dass Danny mich noch will, nun, wo er weiß, was mit mir passiert ist. Wer will schon so jemanden?

Jetzt reiß dich mal am ...

Nein! Halt endlich deine Klappe und lass mich in Frieden! Ich habe etwas zu tun und das ist wichtig. Ich muss das *jetzt* machen, sonst mach ich es nie.

Einmal mehr schleiche ich mich wie ein dämlicher Dieb aus dem Bad, um die Lage zu checken.

Die drei haben sich in die Küche zurückgezogen, deren Tür leicht angelehnt ist; ich kann ihre leisen Stimmen hören.

Einmal tief durchgeatmet und dann angle ich nach Junies Unitasche. Ich ziehe den Turnschuh heraus, in dem der Stick nach wie vor steckt, schnappe mir Dannys Laptop vom Schreibtisch und schließe mich erneut im Bad ein.

Inzwischen steht mein ganzer Körper lichterloh in Flammen. Die Ameisen haben so gute Arbeit geleistet und überall hingepinkelt, dass er nicht mehr nur juckt, sondern regelrecht brennt.

Im Schneidersitz setze ich mich auf den Fliesenboden und klappe den Laptop auf. Meine Hände zittern so stark, dass ich eine Ewigkeit brauche, um mit dem Stick die winzige Öffnung zu treffen. Es piept verhalten, als es mir endlich gelungen ist und der Stick vom Rechner erkannt wurde.

Ich puste mir den Pony aus der Stirn, stehe ruckartig auf, schnalze ein paar Mal mit dem Gummi, reibe mir fest übers Gesicht und lasse mich dann wieder in den Schneidersitz fallen. Meinen pochenden Kopf spüre ich kaum noch, er ist auch völlig nebensächlich.

Der Mauszeiger schwebt unheilvoll über dem Symbol. Während ich hastig mit einem Doppelklick draufgehe, kneife ich die Augen fest zusammen. Das Problem ist nur, dass ich vorher nicht darauf geachtet habe, die Lautstärke zu regulieren. Das Erste, was also in Maximallautstärke aus dem Laptop dröhnt, ist *seine* Stimme.

Eiswürfel schießen über meine Wirbelsäule und ich reiße hektisch die Augen auf, um die Lautstärke herunterzufahren, kann aber vor lauter Panik den Knopf nicht finden.

Scheiße!

Mein Herz legt einen Sprint ein und meine Hände fangen an zu schwitzen, während ich die Augen auf die Tastatur des Laptops geheftet habe. Ich kann sie nicht dazu bewegen, auf den flimmernden Bildschirm zu sehen. Sie weigern sich. Konsequent.

Mittlerweile hacke ich unkontrolliert auf die Tastatur ein, da ich seine Stimme *überhaupt* nicht ertragen kann und auf keinen Fall will, dass die anderen mitbekommen, was ich hier gerade tue. Geschweige denn, irgendeinen noch so ultrakleinen Ausschnitt meines persönlichen Albtraums zu sehen bekommen.

Und genau in dem Moment, in dem ich all meinen verflucht geringen Mut zusammennehme und meine Augen mit einem Ruck auf den Bildschirm richte, ertönt ein derart grässlicher, zerrissener, qualvoller Schrei, sodass ich mir sofort die Hände auf die Ohren presse. Den Drecksknopf auf der Tastatur finde ich sowieso nicht mehr.

»Sam!«, brüllt jemand vor der Badezimmertür. »Mach die Scheißtür auf! *Sofort!*«

Ich kann nicht. Ich höre Danny zwar trotz dieses hässlichen, grauenvollen Schreies – *O mein Gott, ist das laut! Kann sie nicht aufhören, so zu schreien!* –, aber ich kann mich nicht bewegen, da mein Blick am Bildschirm festgetackert ist und um nichts auf dieser Welt kann ich ihn da mehr loseisen.

Neben mir splittert der Türrahmen, in meinen Ohren rauscht es.

Der Schrei ist einem röchelnden Keuchen gewichen, als ich sehe, wie *er* seinen Körper auf meinen schiebt. Meine Lunge pumpt alle Luft, die sie kriegen kann, in meinen Körper und es scheint wieder mal nicht zu reichen.

Jemand reißt mir den Laptop vor den Augen weg und klappt ihn zu. Dem Video scheint das nichts auszumachen, es läuft weiter, was ich an *seinem* Stöhnen und Schnaufen und *meinem* erstickten Röcheln hören kann.

Mir dreht sich der Magen um.

»Zieh den beschissenen Stick endlich raus, Connor!«, schreit Junie ihn an und greift selbst danach.

Dann ist Stille.

Ohrenbetäubende Stille.

Okay. So weit, so gut. Caleb hat uns also die Wahrheit erzählt. Wenigstens das kann ich von meiner Liste an Aufgaben, die anscheinend in naher Zukunft auf mich zukommen, abhaken.

Plötzlich rieche ich Zitrone, Minze und das Meer und springe so schnell auf, dass ich Punkte vor den Augen flirren sehe.

»Allesgutmirgehtsgutnixpassiertfassmichbloßnichtan«, brabble ich unkontrolliert, weil ich weiß, dass es das ist, was Danny vorhat. Ich bin ein bisschen stolz auf mich, dass ich nicht zusammenklappe. Damit das auch so bleibt, brauche ich dringend Abstand.

Mittlerweile klebe ich an der Badezimmerwand, während ich auf seinen Brustkorb starre, ihm in die Augen zu sehen kommt überhaupt nicht in die Tüte. Er kommt immer näher und ich kiekse: »Junie?«

Zum Glück kennt sie mich in- und auswendig, deswegen zieht sie Connor und einen sehr widerwilligen Danny aus dem Badezimmer und lehnt die Tür an. Das Schloss ist futsch, so viel ist klar.

Mit den Händen stütze ich mich auf den Knien ab und zähle bis zehn.

Reicht noch nicht ganz. Noch mal von vorn. Mach zwanzig draus, zwanzig ist besser.

Meine Atmung verlangsamt sich allmählich. Ich rutsche an den Fliesen nach unten, bis mein Hintern auf den Boden klatscht und ich den Kopf zwischen die Knie stecken kann.

Wird schon. Sehr gut. Fein. Noch ein wenig schwindlig, aber geht schon.

Puh, das war knapp. Aber ich habe es geschafft. Tschakka! Ich bin die Queen im Panikattacken-Vermeiden.

Gib nicht so an. Du hattest ja heute schon eine. Das reicht vermutlich.

Du kannst mir nie *ein einziges Mal* ein Kompliment machen, oder?

Wieso auch? Ist eben ohnehin nur der Verdienst vom Panzer gewesen. Hätte der nicht wieder ganz schnell dein Seelchen umschlossen, sähst du jetzt alt aus.

Mit dir zu diskutieren ist einfach nur anstrengend.

53

Danny

Planlos sitze ich auf meinem Bett. Sam ist seit einer gefühlten Stunde im Bad und ich weiß nicht, was ich machen soll.

Junie meinte, bevor sie mit Connor in sein Zimmer abgedampft ist, ich müsse ihr Freiraum geben. Gut. Dann mache ich das mal.

Meine Nikes liegen auf dem Fußboden und mein Hoodie baumelt am Schreibtischstuhl.

Ich bin einmal mehr von ihr beeindruckt. Öfter mal was Neues. Keine Ahnung, was es sie an Kraft gekostet haben muss, das Video anzuspielen. Sie ist so mutig, dass mir fast die Luft wegbleibt.

Bevor Connor den Laptop zugeschlagen hat, konnte ich einen kurzen Blick auf den Bildschirm erhaschen. Das, was ich gesehen habe, hat gereicht, und die Audiofrequenz hätte mich beinahe vollkommen unmännlich auf den Fußboden kotzen lassen. Wenn ich schon so darauf reagiere, wie ergeht es dann erst Sam?

Unruhig fahre ich mir übers Kinn. Wenn ich mir überlege, was alles seit gestern Nachmittag passiert ist ... Das ist der totale Irrsinn.

Am liebsten würde ich mein Mädchen aus dem Badezimmer zerren, zu mir ins Bett holen, sie an mich drücken und nie wieder loslassen. Aber ich habe das ungute Gefühl, dass sie mir eine knallen würde, würde ich es versuchen. Das ist der einzige Grund, weshalb ich noch auf dem Bett sitze.

Ich schnappe mir seufzend meinen Laptop und beginne »Video als Beweismaterial« und »Verjährungsfrist bei Vergewaltigung Minderjähriger« zu googeln. Sicher weiß ich, dass nur ein richtiger Staatsanwalt genaue Auskunft darüber geben kann, wie es in diesem Fall aussieht. Sich vorab zu informieren, schadet jedoch nicht. Außerdem komme ich mir dann nicht so brutal unnütz vor.

Immer wieder schiele ich zur angelehnten Badezimmertür.

Als ich vorher diesen markerschütternden Schrei gehört habe, hätte ich mir beinahe in die Hosen gepinkelt, er ging mir durch und durch. Ich habe nicht an die Konsequenzen gedacht, bevor ich die Tür eingetreten habe. Sie war verschlossen, Sam hat nicht aufgemacht, dann eben so. Jetzt ist die blöde Tür hinüber und sie kann sich nicht mehr einsperren, hat also alles sein Gutes. Das kann ich nämlich gar nicht leiden.

Meine Augen heften sich abermals an den Bildschirm.

Aber wenn sie in den nächsten zehn Minuten nicht rauskommt, schaue ich nach. Dann klatscht sie mir eben eine. Ist mir scheißegal. Es geht mir zwar darum, das zu tun, was sie will, und sie zu nichts zu zwingen, aber wie gesagt ...

Die Tür knarzt leise; ich höre ihre leichten Schritte auf dem Fußboden. Da ich sie nicht gleich anstarren will, zwinge ich mich, meinen Blick weiterhin auf die Gesetzestexte vor mir gerichtet zu halten.

»Wir sollten schlafen gehen. Es ist spät und mein Kopf tut weh.« Ihre Stimme klingt seltsam distanziert.

Deswegen löse ich meinen Blick nun doch vom Laptop und sehe sie an.

Nervös zupft sie an ihrem Gummiband herum. Ihre Haare fallen weich um die schmalen Schultern, den Pony pustet sie sich wie immer ungeduldig aus der Stirn. Ihre Nase ist gerötet und ihre Augen sind nicht mehr ganz so gewitternachtblau, dafür merkwürdig leer. Sie weichen meinen konsequent aus.

Meine Selbstbeherrschung leistet im Moment ganze Arbeit. Wie sie da so vor mir steht, brüllt alles in mir, sie doch endlich in den Arm zu nehmen, aber ich weiß verdammt noch mal einfach nicht, was sie will.

Wir müssen dringend reden. Es gibt so vieles, über das wir sprechen müssen. Wenn ich als Mann das schon sage, will das was heißen. Aber heute nicht mehr. Heute war das alles schon genug.

Also stehe ich wortlos auf und laufe ins Badezimmer, um mir die Zähne zu putzen. Aus den Augenwinkeln sehe ich, wie Sam sich ein Kissen und die Oberdecke vom Bett schnappt und zu mir ins Bad kommt.

»Was wird das?«, frage ich erstaunt und versuche ihren Blick zu bekommen. Klappt nicht. War klar.

Sie verhält sich genauso wie gestern in ihrer Küche. Nach ihrem Seelenstriptease. Das gefällt mir null.

»Ich will dir nicht die Matratze vollsauen, falls heute Nacht mein Kopf bluten sollte«, murmelt sie und schiebt sich an mir vorbei, um das Bettzeug auf die Bademattte zu legen.

»Hä?«, kann ich nur machen. Sie will doch nicht ernsthaft …?

»Ich schlafe im Bad. Dann kriegen wir beide unsere Ruhe.«

Aber so was von Auf-gar-keinen-fucking-Fall! »Spinnst du?« Etwas Originelleres fällt mir beim besten Willen nicht ein. »Du hast mir schon gesagt, dass du öfter Albträume hast, das stört mich ni …«, setze ich an, komme aber nicht weit.

Ihr Kopf ruckt in den Nacken und sie starrt mich an.

»Woher willst du das wissen? Du hast doch keine Ahnung, wie ich mich dann verhalte?«, unterbricht sie mich kühl und sehr rational.

Ich glaube, ich stecke in Schwierigkeiten, und weiß nicht einmal ansatzweise, in welchen und wieso.

»Ich werde es rausfinden. Irgendwann hätte ich das doch ohnehin getan.« Ich will ihr eine Haarsträhne aus dem Gesicht streichen.

Sie duckt sich unter mir weg und greift nach ihrer Zahnbürste.

»Hättest du, ja?«

Wie bitte? Was ist denn jetzt hier los?

»Äh, ja? Sam, ich weiß, dass du dich schwertust Leuten zu vertrauen. *Mir* zu vertrauen. Das ist auch kein Wunder, aber …«, erwidere ich ruhig, aber wieder komme ich nicht weit.

»Du weißt einen Scheißdreck«, zischt sie mich an und wirft die Zahnbürste ruppig ins Waschbecken.

»Was?« Langsam werde ich ungeduldig.

»Du kennst mich nicht, Danny. Kapierst du das nicht?«, faucht sie weiter, ihre großen blauen Augen werden erneut ziemlich gewittrig. »Du hast mich nie gekannt. Du weißt nur das von mir, von dem ich wollte, dass du es kennenlernst. Doch leider macht mich das andere genauso aus und davon weißt du erst seit einem verflixten Tag! Also hör auf so zu tun, als könntest du mich verstehen oder würdest mich kennen oder sonst irgendwas.« Sie nimmt abermals die Zahnbürste in die Hand, quetscht einen Streifen Paste drauf und schiebt sich die Bürste so kräftig in den Mund, dass ich sie an ihre Zähne stoßen höre.

»Keine Ahnung, was das hier werden soll, aber das kannst du vergessen«, ergreife ich meine Chance. »Du wirst heute weder auf dem Badezimmerfußboden pennen – nur weil du dich für deine Albträume schämst oder Angst hast, ich könnte damit nicht klarkommen – noch wirst du es schaffen, mich wegzuschubsen.«

Sie spuckt aus, pfeffert die Zahnbürste in den Plastikbecher und funkelt mich an.

»Pass mal auf, Danny. Ich sag's auch ganz langsam, damit du mitkommst.«

Sie sollte aufpassen, allmählich werde ich nämlich auch wütend.

»Ich kann heute leider nicht in unsere WG zurück, aber morgen wird das Schloss repariert und dann werde ich sofort wieder mein Zimmer beziehen.«

Ja, sicher! Nur über meine Leiche.

»Heute Nacht sieht es leider so aus, dass ich hierbleiben muss, aber ich werde *nicht* mit dir in einem Bett schlafen, hast du mich verstanden?«

Tief durchatmen und ruhig bleiben. »Sam, ich ...«

»Hast du mich verstanden?«, schreit sie mir ins Gesicht, ihre Augen blitzen mich eiskalt an.

Fuck noch mal! Was soll das?

Frustriert fahre ich mir in den Nacken und hebe dann beide Hände kapitulierend vor meinen Körper.

»Okay. Gut. Dann tauschen wir die Zimmer. Junie schläft hier bei dir und ich gehe zu Connor«, schlage ich einen Kompromiss vor.

»So ein Schwachsinn. Lass die beiden in Frieden, sie wollen sicher vor der ganzen Scheiße auch mal Ruhe haben«, schubst sie ihn sofort beiseite.

»Schätze, sie sehen das anders.« Ich will mich auf den Weg in Connors Zimmer machen, werde aber von ihr am T-Shirt zurückgehalten.

»Das ist doch lächerlich. Ich schlafe im Bad und die Sache ist erledigt.«

Ungläubig schüttle ich den Kopf, obwohl ich lieber *sie* schütteln will.

»Da sind wir tatsächlich mal einer Meinung. Das *ist* lächerlich! Du führst dich gerade mehr als kindisch auf.« Ich habe ja gesagt, dass ich langsam wütend werde. »Du willst nicht mit mir in einem Bett schlafen? Fein, kannst du haben. Ich will dich zu nichts drängen, aber: Du. Wirst. Nicht. Auf. Dem. Boden. Schlafen. Klar so weit?«

»Das kann dir doch egal sein.«

»Bist du jetzt bescheuert, oder was?«, brülle ich, denn nun ist mein eh schon megadünner Geduldsfaden endgültig gerissen.

Erschrocken schaut sie mich an.

»Fuck, Sam ... hilf mir doch mal«, knirsche ich betont beherrscht und versuche sie ein letztes Mal irgendwie zu erreichen. »Was soll ich tun? Was? Ich will dich am liebsten nur festhalten, aber so, wie du aussiehst, knallst du mir dann eine, und ich weiß nicht, was du erwartest, was du von mir willst, wie ich mich jetzt verflucht noch mal verhalten soll?« Ach, Kacke, das kam irgendwie falsch rüber.

Sie starrt mich an, während ich fieberhaft überlege, wie ich das noch mal schnell anders formulieren könnte.

»Ich *erwarte* nichts von dir. Klar? *Gar nichts.*« In ihren Augen ist's jetzt zappenduster.

Scheiße.

»Da fragst du mich allen Ernstes gestern, wieso ich es dir nicht erzählt habe? Genau *deswegen*. Weil du dann nicht mehr weißt, wie du dich verhalten sollst. Weil dann alles kompliziert wird. Vorher war es so schön einfach«, flüstert sie und drängt sich an mir vorbei, ohne mich zu berühren. »Und sind wir mal ehrlich: *Kompliziert* kannst du sicher nicht gebrauchen und ich genauso wenig.«

Mit offenem Mund lässt sie mich im Badezimmer stehen und marschiert nun doch auf Connors Zimmer zu.

Wie zur Hölle noch mal konnte das so fulminant in die Hose gehen?

Fuck noch eins!

54

Sam

Das war doch mal super. Jetzt habe ich alles, was ich wollte, richtig? Da habe ich mich das erste Mal in meinem Leben Hals über Kopf in einen Mann verknallt und was mache ich? Ich schubse ihn weg. Aber so richtig. Und genau das wollte ich. Ich habe ihn nicht verdient, ich habe – genau genommen – gar nichts Gutes mehr verdient. Zumindest fühle ich mich momentan so.

Es ist Samstagnachmittag, der zweite Tag nach *Stunde null,* wie ich es so schön dramatisch formuliere, ich liege auf meinem Bett und starre mit Coldplay in den Ohren die Zimmerdecke an.

Junie habe ich gestern dann doch gefragt, ob sie mit mir zusammen in Dannys Zimmer schlafen kann. Danny ist bloß kopfschüttelnd in Connors Zimmer gestapft und hat die Tür hinter sich zugeknallt. Mission geglückt.

Gott, tut das weh. So weh. Viel mehr als mein Schädel. Der pocht nur noch dumpf vor sich hin. Trotzdem kann ich kaum noch atmen und das liegt ausnahmsweise nicht an einer bevorstehenden Panikattacke. Ich kann ihn riechen, überall riecht es nach der blöden Zitrone und der noch blöderen Minze und ich fühle mich so allein. Alles ist so kalt ohne ihn.

Du armes Würstchen, war dein Plan wohl doch nicht so clever und durchdacht?

Halt die Klappe.

Du widerst mich an, weißt du das? Du bist so voller Selbstmitleid, dass es geradezu stinkt und die Schuldgefühle …

Hau ab!

Keine Sorge, bin schon weg. Redet eh keiner mehr mit dir. Alle sind stinksauer. Libido ist ernsthaft angepisst und von der Seele, die du in den Panzer zurückgesteckt hast, fang ich gar nicht erst an. Mordsmäßig sauer sind sie.

Dann verpisst euch doch endlich!

Stille.

Gut. Ganz toll.

Bevor ich mich noch weiter in meinem Leid suhlen kann, höre ich vor der WG-Tür ein Rumsen.

»Mach auf!«, ruft Junie durch die Tür.

Stimmt, sie hat noch keinen Schlüssel für das neue Schloss, das heute Morgen eingebaut wurde.

Mühsam quäle ich mich aus dem Bett, schleppe mich zur Tür und öffne ihr. Sie drückt sich an mir vorbei und baut sich vor mir auf.

O nein ... Bitte, bitte nicht.

»Du verhältst dich scheiße. Das weißt du, oder?« Dramatisch schmeißt sie ihre blonde Mähne nach hinten, die sie heute offen trägt und die ihr in großen Wellen über die Schultern fällt.

»Ich geh mir ein paar Wechselklamotten holen und dann verschwinde ich wieder. Ach, und ...« Sie sieht mich aus zusammengekniffenen Augen an. »Danny kommt später mit seinen Sachen vorbei und wird in *meinem* Zimmer pennen, bis der ganze Mist vorbei ist.«

War klar, dass so was kommt. Zwecks der Sicherheit und so weiter. Trotzdem. Das ist jetzt irgendwie ganz blöd.

»Muss das unbedingt s ...«, setze ich also an, aber Junie fuchtelt mir energisch mit ihrem spitzen Finger vorm Gesicht herum.

Oh, oh.

»Sag mal, bist du doof? Erstens kannst du hier nicht allein pennen, dafür ist die Gefahr zu groß, dass noch einmal jemand einbricht, um den Stick zu suchen, und das weißt du auch.«

Ich klappe meinen Mund auf, um etwas zu erwidern, aber sie lässt mich nicht. Natürlich nicht.

»Zweitens werde *ich* hier mit Sicherheit nicht mehr schlafen, da wären wir dann zwei Mädchen gegen einen psychopathischen Spinner. Und dass er dich *einmal* niedergeschlagen hat, reicht doch, findest du nicht? Also ist es nur logisch, dass ich drittens bei Connor schlafe und Danny hier bei dir, beziehungsweise eben in meinem Zimmer.«

Sie schnappt sich den neuen Zweitschlüssel, der mit dem Schloss heute Morgen geliefert wurde.

»Das ist …«, setze ich abermals an, aber sie fährt mir wieder über den Mund.

»Ist mir scheißegal, was das für dich ist! Wir machen es so, Schluss. Aus. Ich habe keinen Bock, dass *dir* noch mal was passiert. Und ich habe keinen Bock, dass *mir* was passiert. Es ist ein Fakt, dass die Jungs körperlich stärker sind als wir, ob es dir gefällt oder nicht. Es ist ein Fakt, dass wir anscheinend so lange in Gefahr sind, bis du dir überlegt hast, was du mit dem Stick anstellen willst. Keiner von uns würde dich *jemals* zu irgendeiner Entscheidung drängen. Du brauchst Zeit, darüber nachzudenken, was du nun machen willst. Vollkommen verständlich. Aber in dieser Zeit wird es genau diese WG-Konstellation geben. Ende der fucking Durchsage!«

Sie holt tief Luft, während ich das Gefühl habe, frontal von einem Bus überfahren worden zu sein. Das letzte Mal, dass sie mir so eine Ansage gemacht hat, ist schon länger her.

»Und jetzt zu Danny.«

Kacke, sie fängt gerade erst an.

»Da hast du dir das erste Mal in deinem Leben einen anständigen Typen geangelt, der dich über alles vergöttert, und du verkackst es so dermaßen! Glaub bloß nicht, dass ich nicht checke, was hier läuft.«

Mittlerweile läuft sie wütend auf und ab, ihre Haare wippen im gleichen Takt aufgeregt hin und her und ihre Hände scheinen ein fuchtelndes Eigenleben zu führen.

Ich will hier weg!

»Hör auf, ihn wegzuschubsen, das hat er nicht verdient und du erst recht nicht. Es kotzt mich an zu sehen, wie du dir dein eigenes Glück versaust. Schaut so deine Selbstgeißelung aus? Dass du ihn wegstößt, um dich zu bestrafen, hä?«

Ihr Finger bohrt sich in meine Schulter.

Ich schlucke.

»Was? Du bist doch sonst so schlagfertig!?«

Ich weiß. Da hatte ich aber auch noch meine innere Stimme, meine Seele, meine Libido – die sind auf einmal alle weg. Na ja, nicht weg natürlich. Aber sie halten die Klappe, wie ich es ihnen befohlen habe. Tun sie sonst nie. Jetzt schon. Klar irgendwie.

»Ich habe schon kapiert, wie schuldig du dich fühlst, stell dir vor. Was glaubst du, wie es *mir* dann erst geht? Ich war diejenige, die auf Calebs Kontaktaufnahmen nie reagiert hat. *Meinetwegen* ist den zwei Mädchen und Gott-weiß-wie-vielen-noch das passiert, was ihnen passiert ist. Nicht deinetwegen. Du kannst dir höchstens vorwerfen, dass du ihn damals nicht direkt angezeigt hast, als man noch sein Sperma in dir hätte nachweisen und deinen Körper als Beweis hätte nehmen können.«

Ich kann sie bloß anstarren … nur starren, starren, starren.

»Aber Herrgott, Sam, du warst fünfzehn! Wir waren noch Kinder! Wenn du mir schon ständig sagst, ich hätte keine Mitschuld an dem, was dir passiert ist, dann verzeih dir gefälligst selbst, weil auch *du* keine Schuld an dem hast, was das Dreckschwein mit anderen Mädchen nach dir gemacht hat. Schuld ist nur das gottverdammte Monster selbst!«

»So einfach ist es aber nicht, oder?«, krächze ich nun doch und bin ziemlich stolz, dass ich überhaupt etwas herausbekomme. Junie ist gerade ziemlich einschüchternd. »Klar ist er daran schuld. Das bestreite ich auch nicht. Aber *ich* bin daran schuld, dass er weiterwüten konnte. Das ist auch ein *Fakt*, Junie.«

Sie schaut mich verzweifelt an, ihre Wangen sind ganz fleckig. »Gut, Sam. Ganz, wie du meinst. Jede von uns hat ihr Päckchen an Schuld zu tragen. Aber eins sag ich dir: Wenn du dich weiter so benimmst, ist Danny bald weg, und dann heul bloß nicht rum.« Sie geht mit langen Schritten in ihr Zimmer, reißt ihren Kleiderschrank auf und stopft ein paar Sachen in ihren Weekender. »Und noch was: Danny kann ja wohl für nichts irgendwas. Warum ist es dann in deiner Welt fair, wenn du *ihn* bestrafst? Denn das tust du. Und das weißt du auch. Und das ist *richtig* scheiße von dir.« Mit dieser klaren Ansage wirft sie mir einen letzten stinksauren Blick zu, stapft zur Tür, reißt sie auf und knallt sie hinter sich ins Schloss.

Wow. Das war ... äh ... Junie.

Überrumpelt stiere ich die Tür an, als mein Handy piepst.

Es tut mir verflixt leid, dass das alles so gelaufen ist. Für dich. Für mich. Für die anderen Mädchen. Aber, Sam, mach das mit Danny nicht kaputt, ja? Bitte?

O Mann ... was für ein Chaos.

Ich laufe in mein Zimmer zurück und donnere die Tür zu.

Was mache ich denn jetzt bloß? Danny war doch derjenige, der gestern gesagt hat, er weiß nicht, was ich von ihm will. Wie er sich verhalten soll. Woher soll *ich* das denn ausgerechnet wissen? Mal abgesehen von Junie bin ich im zwischenmenschlichen Feld bescheiden aufgestellt.

Moment. Ich kenne aber eine, die da besser aufgestellt ist. Besser noch als Junie.

Abermals greife ich nach meinem Handy.

Tut mir leid, Tracy, du bist wieder gefragt.

***

Hm. Ich hätte nicht anrufen sollen. Doch, hätte ich schon. War schon besser so. Es ist wirklich der Hammer, dass sie immer Zeit für mich zu haben scheint. *Immer.* Keine Ahnung, was ich ohne sie tun würde.

Nachdenklich blicke ich auf mein Smartphone und gehe dann auf *Antworten.*

Mir auch. Da ist so viel schiefgelaufen, was unter »shit happens« zu verbuchen ist ... Und danke. Du weißt schon. Für alles.

Halt die Klappe. Sonst muss ich noch mal vorbeikommen und dich knuddeln.

Ganz bestimmt nicht.

Nur über meine Leiche. Gehabt euch wohl! Psycho bitch: over and out.

Du Spinner!

Meinem geschundenen Herzen geht es etwas besser. Aber es verzeiht mir immer noch nicht ganz, das ist jedoch keine Überraschung.

Tief seufzend schleppe ich mich ins Bad, ziehe meine Klamotten aus und schlüpfe unter die Dusche. Da sich eine relativ stabil aussehende Kruste auf meinem Cut gebildet hat, traue ich mir das Haarewaschen zu.

Nach dem Föhnen ziehe ich eine Jogginghose an und kann nur noch ein sauberes Schlafshirt mit einem Snoopy-Print darauf finden. Wenigstens der Spruch passt zu meiner Laune. Ich muss morgen unbedingt Wäsche waschen.

Notgedrungen schaue ich flüchtig in den Spiegel. Meine Augen sehen zwar glücklicherweise wieder weniger blutunterlaufen und mehr dunkelblau aus, doch ich bin sogar für meine Verhältnisse zu blass, und meine Lippen sehen seltsam blutleer aus.

Ich schnappe mir einen Lipliner und tupfe ein zartes Rosé darauf. Die dunklen Ringe kaschiere ich mit Concealer und ein Hauch Rouge kommt auf meine Wangenknochen, die mehr hervorzustehen scheinen als noch vor zwei Tagen. Dabei fällt mir ein: Wann habe ich eigentlich das letzte Mal was gegessen? Ich glaube, das ist schon länger her.

Junie ist nicht da und es ist witzlos, für mich allein zu kochen, hab ja keine Ahnung, wann Danny kommt. Ich schlurfe lustlos in die Küche und schnappe mir einen von den Dutzend Take-away-Flyern.

Verflixt.

Sogar hier hat sich dieser zitronig-minzige Geruch …

»Noch nichts gegessen?«

Ich zucke so heftig zusammen, dass ich mit der Hüfte an den Küchentisch knalle und vor Schmerz versucht bin, in die Knie zu gehen.

So ein Mistkerl!

»Sorry«, hat eben jener Mistkerl auch noch die Nerven zu sagen und grinst mich schief an. »Wie geht's deinem Kopf?«

»Geht schon«, nuschle ich und wische mir einmal hektisch mit den Händen über die Jogginghose.

»Monday morning = Fuck off, world.« Danny grinst immer noch, als er den bekloppten Spruch laut vorliest, der über meinem schnarchenden Snoopy prangt.

»Abgesehen davon, dass nicht Montagmorgen ist, passt es ganz gut«, murmle ich und hole tief Luft. »Hunger?« Ich will ja kein Unmensch sein.

»Nein, ich habe schon gegessen.« Mit einem Ruck dreht er sich zu Junies Zimmertür um.

Bleib!, kreischt mein krüppliges Seelchen.

Ach was? Jetzt auf *einmal* sind wir zurück, oder wie?

Seine hünenhafte Gestalt passt knapp unter dem Türrahmen hindurch und sein weicher grauer Wollpulli sieht zum Reinkuscheln aus. Die Haare sind gekonnt zerstrubbelt und kräuseln sich niedlich im Nacken. Meine Güte, und er riecht so dermaßen lecker. Mist.

Nope. Not gonna happen.

Er weiß ja nicht, was ich nun von ihm erwarte und wie er sich verhalten soll.

Gott, gib ihm doch mal eine Pause! Er hat immerhin auch viel zu verarbeiten.

Wollt ihr mich eigentlich veräppeln? Fast den ganzen Tag seid ihr weg, dann taucht *er* hier auf und ihr veranstaltet wieder ein Höllenchaos?

Logisch. Deswegen existieren wir doch überhaupt.

Weswegen?

Um zu verhindern, dass du ständig Bockmist baust.

Hört ihr euch eigentlich auch mal zu?

Brauchen wir nicht. Hauptsache, du tust es.

Ach, ihr könnt mich alle mal.

55

Danny

Der Laptop liegt auf meinen Oberschenkeln und meine Finger ruhen regungslos auf der Tastatur. Ich habe sämtliche Gesetzestexte bezüglich der ganzen Sache gegoogelt, werde aber nicht schlau daraus. Vor allem die Verjährungsfrist betreffend.

Nachdem das alles über sechs Jahre her ist, ist es fraglich, ob dieser kranke Psycho noch dafür belangt werden kann. Was ziemlich scheiße wäre. Klar könnten wir das Video trotzdem gegen ihn verwenden und es dem Staatsanwalt im jetzigen Fall zukommen lassen, doch ich bezweifle, dass es irgendetwas bringen würde.

Aber hier habe ich etwas gefunden: *Bestimmte Sexualverbrechen gegen Opfer unter 18 Jahren können jederzeit vor dem 28. Geburtstag oder innerhalb von 10 Jahren nach der Begehung der Straftat unter bestimmten Bedingungen verfolgt werden.* Das ist wieder typisch. »Bestimmte Sexualverbrechen« und »unter bestimmten Bedingungen«.

Mir liegt das Strafrecht wirklich, aber was ernsthaft nervt, ist, dass es so kompliziert ist. Warum können sie nicht direkt klärend danebenschreiben, was unter diesen zwei äußerst schwammigen Begriffen steckt? Welche Sexualverbrechen und unter welchen Bedingungen?

Ungeduldig trommle ich mit den Fingern auf dem Touchpad herum.

Mir wird nichts anderes übrigbleiben, als meinen Bruder oder meinen Vater zu fragen. Doch das muss ich vorher mit Schneewitt ... Sam klären. Sie ist jetzt erst einmal wieder nur Sam. Punkt. Distanz schaffen und so. Was mir hier in Junies Zimmer mehr als schwerfällt. Trotzdem, ich bin doch kein bescheuertes Jojo, das sie an sich heranziehen oder von sich wegwerfen kann – je nach Lust und Laune.

Sicher kann ich verstehen, dass es schwierig für sie ist – diese ganze Vertrauenskiste. Aber nach gestern Abend weiß ich nicht mehr, ob sie das überhaupt will. Und wenn sie das gar nicht mehr will, werde ich sie nicht dazu zwingen können, geschweige denn wollen.

Stolz ist manchmal ehrlich ätzend und gerade in diesem Fall fehl am Platz, aber ich kann auch nicht aus meiner Haut und werde ihr nicht ständig hinterherlaufen. Ich hätte mich gestern anders ausdrücken sollen, das sehe ich ein. Das ist auch alles neu für mich, ich war noch nie mit jemandem zusammen, der mit so viel Scheiße klarkommen musste. Und ich weiß manchmal nicht, wie ich richtig reagieren soll. Wenn sie das nicht packt, kann ich es auch nicht ändern.

Der nächste Schritt muss definitiv von ihr kommen. Verarschen lasse ich mich äußerst ungern. Außerdem habe ich nach ihrem letzten Spruch gestern keine Ahnung, ob wir noch zusammen sind. Doch abgesehen davon werde ich sie trotzdem nicht allein lassen. Wer weiß, was diesem Pisser von gestern noch so alles einfällt, um an den Stick zu kommen.

Apropos Stick, ich habe keinen Plan, wo Sam den versteckt hat. Hoffentlich dort, wo keiner ihn finden kann.

In der Küche kann ich sie rumoren hören und versuche so gut es geht, sie zu ignorieren. *Ich* werde nicht derjenige sein, der das Gespräch sucht.

Allmählich merke ich, wie ich erneut wütend werde. Auf so ziemlich alles. Auf die beschissene Situation, in der sie und momentan wir alle stecken; auf diesen verfickten Psycho, wegen dem wir da drinstecken – ich bin definitiv gegen die Todesstrafe, aber er bringt mich ernsthaft zum Umdenken. Auf Sams Verhalten, auch wenn ich es teilweise verstehen kann ... Auf alles eben.

Junies Zimmertür habe ich nur leicht angelehnt und kann ab und an einen Blick auf Sam erhaschen, wie sie in der Küche auf und ab läuft. Im Hintergrund spielt das Album *Boombox* von den Beatsteaks, von wem sonst. Anscheinend gibt es wieder Pizza, ich kann die Salami bis hierher riechen. Obwohl ich schon gegessen habe, läuft mir das Wasser im Mund zusammen. Was soll ich sagen? Ich bin ein Typ und wir können *immer* essen. Manche Klischees stimmen einfach.

Dennoch werde ich nicht in die ...

»Danny?«, fragt Sam zaghaft, während sie mich durch den Türspalt anlinst. Ihre Augen sehen aus wie die dunkelblaue Tiefsee, kein Gewitter in Sicht. Zumindest nicht für den Moment.

Fragend blicke ich sie an.

»Ich schaffe meine Pizza nicht. Die ist riesig. Magst du wirklich nichts? Dann leg ich die Reste in den Kühlschrank.« Verlegen fummelt sie an ihrem großen Snoopy-Shirt herum. Sie sieht mal wieder zuckersüß aus. Keine Ahnung, wie ich mich von ihr fernhalten soll, wenn sie so vor mir in der Tür steht ... so klein und schön und verletzlich.

Verflucht.

Mir wird gerade klar, dass das so was von nicht klappen wird.

»Nein danke. Vielleicht später«, antworte ich knapp und starre abermals auf meinen Laptop.

»Oh, okay«, sagt sie nervös. »Hm ... dann ... soll ich die Tür zumachen oder so lassen?«

»Lass sie so.« Ich fahre fort, auf der Tastatur herumzutippen.

So leicht mache ich es ihr nicht. Da muss sie sich etwas Besseres einfallen lassen als Pizza. Wie, zum Beispiel, mit mir zu reden. Offen und ehrlich. *Das* wäre mal etwas ganz Neues. Macht sie aber nicht. Natürlich nicht. Sie geht einfach von de ...

»Das mit gestern ...«

Mein Kopf schießt einmal mehr nach oben, ich hebe die Augenbrauen und sehe sie erwartungsvoll an.

»Das war wirklich kindisch. Oder lächerlich. Oder beides. Ich weiß auch nicht.« So unsicher hat sie mich noch nie angesehen. »Jedenfalls ... sorry.«

Mit einem Ruck zieht sie ihren Kopf vom Türspalt weg und lässt mich verwirrt auf dem Bett sitzen. Das ist es, was sie die ganze Zeit tut. Sie *verwirrt* mich. Permanent.

Fahrig wische ich mir mit den Händen übers Gesicht, stehe auf und gehe ihr hinterher. Mir reicht's.

In der Küche angekommen, bremse ich ab und sehe sie die Pizza in den Kühlschrank packen. Sie hat kaum etwas davon gegessen.

»Was war kindisch oder lächerlich?«

Mit verschränkten Armen lehne ich mich gegen die Spüle und blicke abwartend auf sie hinunter.

Sie fährt herum und starrt mich erschrocken an. Dann fängt sie sich wieder und nuschelt: »Dass ich im Bad schlafen wollte. Das war blöd. Aber ich brauchte Zeit für mich und konnte nirgendwohin ausweichen.«

»Warum bist du dann nicht gleich zu Junie gegangen? Ich habe dir das doch als Kompromiss vorgeschlagen.« Dieses Mal lasse ich sie nicht wieder abhauen. Wir regeln das jetzt. Ich drehe sonst durch.

»Junie musste meinetwegen schon auf genug Dinge verzichten, irgendwann reicht es auch mal.«

So eine gequirlte ... Egal. Später.

»Und du meinst, da wäre die eine Nacht so ins Gewicht gefallen? Abgesehen davon hast du sie am Ende doch ohnehin gefragt.«

»Ich habe eben in diesem Moment keinen anderen Ausweg gesehen.« Sie schaut an mir vorbei, als mir einmal mehr die Hutschnur mit einem hörbaren Schnalzen reißt.

Und zwar so richtig.

»Keinen anderen Ausweg gesehen? Du hättest mit *mir* vorliebnehmen können? Mit *mir reden* können? Sam?« Ich mache einen Schritt auf sie zu und bleibe dicht vor ihr stehen, während sie stur meinen Brustkorb mit ihrem Blick durchbohrt. »Ich bin dein *Freund*. Wir haben in den letzten zwei Tagen kein einziges Mal ausführlich miteinander reden können, seitdem ich von deiner Vergangenheit weiß und sich die Ereignisse verflucht noch mal nur so überschlagen haben. Und das Erste, was du tust, als wir mal die Gelegenheit gehabt hätten, ist, mich wieder wegzuschubsen. Dass du das am Anfang versucht hast, okay, das kann ich nachvollziehen. Aber jetzt? Was bin ich eigentlich für dich?«

Ihre Finger krallen sich an der Kühlschranktür fest und ich weiß, ich dringe gerade in ihre Komfortzone ein, auf die sie mächtig viel Wert legt, aber auch das ist mir scheißegal.

Von ihr kommt nichts. »Sam? Noch mal frag ich nicht. Langsam kannst du mich wirklich ...«

»Was willst du jetzt von mir hören?«, zischt sie mich wütend an.

Mir ist vollkommen bewusst, dass ich sie in die Ecke dränge, und ich weiß, wie sehr sie das hasst. Doch ich werde nicht damit aufhören, bevor sie nicht ihren Mund aufmacht.

Immerhin sieht sie mich wieder an und ich sehe nur Gewitterblitze. Fein. Das überlebe ich.

»Die Frage ist nicht so schwer: Was. Bin. Ich. Für. Dich? Dein Freund? Einfach nur ein Fuck-Buddy? Wobei ich ja dachte, dass wir darüber schon hinaus waren, bevor es überhaupt angefangen hatte, aber gut, da habe ich mich anscheinend getäuscht.«

»Spinnst du?«, fährt sie mich an und pikst mir mit ihrem spitzen Finger in den Bauch, aber mehr kommt nicht.

Also weiter provozieren. Kann sie haben. David ist nicht der Einzige, der gut darin ist.

»Wolltest du bloß eine schöne Zeit haben und endlich wissen, wie sich normaler Sex anfühlt? Ohne dazu gezwungen zu werden? Ohne Schmerzen?« Ich sollte genau *jetzt* meine Fresse halten, aber ich kann nicht. »Ich hoffe, es hat dir gefallen. Hoffe ich wirklich. Ein richtiges Paar waren wir ohnehin nie, oder? Denn sobald ich versuche dir *emotional* näherzukommen, schließt du mich aus. Also hatten wir sowieso nie eine echte Beziehung, wenn du mir die Hälfte von dir vorenthältst ... oder wie viel auch immer deine Vergangenheit dich ausmacht. Du hast völlig recht gehabt. Ich kenne dich gar nicht richtig. Also, wollen wir weiter Fuck-Buddys bleiben? Lust auf einen Fick?«

Sam starrt mich wie gelähmt aus riesengroßen Augen an und mir wird jetzt erst richtig bewusst, wie enttäuscht ich bin, dass sie mir offensichtlich null vertraut. Ich kann nicht aufhören zu reden. Und *was* ich da rede.

Sie wird mich hassen, wenn ich fertig bin, aber dann ist das eben so.

»Dass du mir nicht gleich davon erzählen wolltest oder konntest, kann ich verstehen. Ich kann auch verstehen, dass du mich ab und an angelogen hast, um es nicht erzählen zu müssen. Aber nun, wo ich es weiß, brauchst du mich doch nicht mehr auszuschließen! Warum tust du das? Hast du eigentlich eine Ahnung, was in *mir* vorgeht, seitdem ich weiß, was dir damals passiert ist? Was *ich* mir für beschissene Sorgen um dich gemacht habe, als ich dich vorgestern mit Connor und den anderen auf dem Quad gefunden habe? Wie es *mir* geht, weil du mich gestern wieder mal weggeschubst hast? Ich hatte gehofft, wir könnten darüber reden. Über alles. Aber nein, du schließt mich *immer* aus! Hör. Auf. Damit!«

Sie fängt allmählich an, sich von mir am Tisch wegzuhangeln.

Ich rutsche nach.

Mann, bin ich ein Arsch.

»Wo willst du hin, hm? Wieder eine Tür hinter dir zuknallen und abschließen? Glaub mir, mir ist fuckegal, wie viele Türen ich eintreten muss, bevor du mir nicht endlich sagst, was das zwischen uns ist. *Rede mit mir!*«

An ihrem Blick kann ich sehen, dass ich beginne, ihr Angst einzujagen, und das schnürt mir sofort die Kehle zu. Verflucht. Das wollte ich nicht.

Aber sie muss endlich ihren Mund aufmachen.

»Ich frag dich ein letztes Mal. Was bin ich für dich? Wenigstens die Antwort will ich haben, dann lass ich dich in Ruhe«, schiebe ich daher ruhiger hinterher und trete einen Schritt zurück.

Sam steht einfach nur da. Ihr Brustkorb hebt und senkt sich schneller als üblich, ihre Augen sind kugelrund und stieren mich an, als würde sie mich gerade zum ersten Mal sehen. Und nachdem sie ein paar Mal kurz hintereinander hart geschluckt hat, antwortet sie heiser: »Thor mit einem Vorschlaghammer.«

Hä? Was soll ich denn damit anfangen?

Mit diesen Worten hechtet sie in ihr Zimmer und knallt die Tür hinter sich zu.

Himmelarsch. Sie macht es schon wieder!

»Gib mir zehn Minuten. Bitte. Dann geht's weiter. Versprochen«, kommt ihre Stimme gedämpft durch die Tür und ich kapituliere.

»Zehn Minuten, Sam. *Zehn!*«, knurre ich zurück und gehe energisch zum Kühlschrank.

Nachdem ich mir ein Bier geschnappt und für Sam ein Glas Weißwein eingeschenkt habe, falte ich mich auf einem dieser Liliput-Campus-Stühle, die um den kleinen Küchentisch stehen, zusammen und warte ab. Es wird hoffentlich ein längeres Gespräch und Alkohol entspannt ja bekanntlich. Zumindest in Maßen. Fünf Minuten hat sie noch.

Thor? Mit Vorschlaghammer? Darauf kann ich mir keinen Reim machen. Also habe ich keine Ahnung, ob das gut oder schlecht ist.

Meine Finger trippeln unruhig auf der Tischplatte herum und das Bier schmeckt schal.

Ich war zu hart. Weiß ich. Aber was hätte ich tun sollen? Ich habe es so satt, dass sie immer vor mir wegläuft. Ausgerechnet vor mir. Ich will nur das Beste für sie. Seitdem ich sie kenn ...

»Bin wieder da, sorry.« Sam klingt außer Atem, als sie ihre Tür aufreißt, auf mich zukommt, sich zwischen meine Beine drängt und mit rot gefleckten Wangen auf mich hinunterblickt. Ihre Augen sind einmal mehr tiefseeblau. Sie überrumpelt mich vollkommen.

Öfter mal was Neues.

»Willst *du* mich denn noch?« Ihre Augen flitzen zwischen meinen hin und her. Im Röntgenmodus.

»Das ist so eine bescheuerte Frage«, setze ich sofort an, bevor sie sich über mich beugt und ihre Lippen auf meine knallen.

56

Sam

»Dann bin ich jetzt dran«, murmle ich an seinem Mund, während ich ihn immer noch küsse.

»Hm?«, brummt er zurück und vergräbt seine Hände vorsichtig in meinen Haaren.

»Ich bin nicht gut in so was. Weißt du ja schon«, versuche ich atemlos zu erklären, nachdem ich meine Lippen von seinen gelöst habe und in seinem Blick bade.

Seelchen ist schon kopfüber hineingesprungen, ich konnte sie nicht länger halten, und der alte mir so wertvolle Panzer liegt einmal mehr zerschlagen auf dem Boden. Thor hat ganze Arbeit geleistet.

»Aber ich probier's, versprochen.«

Er ist ganz ruhig, bewegt seine Finger sanft in meinen Haaren auf und ab und lässt mir Zeit.

»Ich weiß nicht, wie das geht … Nähe. Beziehung. Vertrauen. Der Einzige, mit dem ich jemals ansatzweise so etwas hatte, war Oliver. Immerhin waren wir eine Zeit lang zusammen. Kein gutes Beispiel.« Mein Becken drehe ich ein, um mich auf sein Knie setzen zu können.

»Ich habe Angst«, flüstere ich, als ich mein Gesicht in die Beuge zwischen seiner Schulter und seinem Hals verstecke. Sein Duft hüllt mich ein. So lecker, so warm. »Angst, zu vertrauen, Angst, verletzt zu werden, Angst, wieder *dem Falschen* zu vertrauen.« Ich zwinge mich aus der Geborgenheit der Beuge heraus und sehe in seine Schokopistazienaugen, die mich warm mustern.

»Auch wenn ich weiß, dass du mir nie auf diese Weise wehtun würdest. Aber es fällt mir verdammt schwer, verstehst du?«

Er blinzelt einmal kurz und legt mir seine warme, große Pranke in den Nacken.

»*Niemals.* Nur über meine Leiche«, sagt er nachdrücklich.

Sein offener und ehrlicher Blick flirtet unverhohlen mit Seele und Libido. Beide flippen vollkommen aus und knallen mein Herz wie beim Squash abwechselnd in einem rasanten Rhythmus gegen meinen Brustkorb.

»Ich weiß, dass jeder, der sich fallen lässt, Gefahr läuft, verletzt zu werden. Aber ich habe nach der Sache verlernt, jemand anderem außer Junie zu vertrauen. Es war schlichtweg kein anderer da. Es sollte ja niemand davon erfahren und wir waren gut darin, es zu verheimlichen.« Das Squashspiel in meinem Inneren versuche ich zu ignorieren, was nicht gerade leicht ist.

»Musstest du nicht ins Krankenhaus?«, fragt er leise und lässt seine Hände weiterhin durch meine Haare gleiten.

»Ich konnte nicht. Auf keinen Fall. Selbst wenn ich noch recht jung war, ganz naiv war ich auch nicht. Mir war klar, dass das Fragen nach sich ziehen würde, auf die ich keine Antworten hätte geben können. Mit fünfzehn ist es einem schon unangenehm, mit Erwachsenen über normalen Sex zu sprechen. Wie hätte ich über das reden können, was er mir angetan hat? Ich habe mich so dafür geschämt. Und ich habe mich geschämt, weil ich es nicht verhindern konnte.«

Permanent suche ich in seinen Augen nach Anzeichen von Ekel, nach Unverständnis, nach Verurteilung, doch da ist nichts. Nur schokoladige Wärme. Er unterbricht mich nicht, um mich mit irgendwelchen Phrasen abzuspeisen, sondern nickt nur kurz und streicht mir die Haare hinter meine Schultern.

»Ich hatte Glück im Unglück. Da war viel Blut, aber nichts, was eine Frauenärztin nicht hätte richten können.«

Eine seiner Hände rutscht kurz aus und legt sich dann leicht an meine Wange.

»Wie hast du das alles geschafft?« Das erste Mal kann er mir direkt in meine krüpplige Seele blicken, die sich plötzlich starr vor Schreck in eine Ecke verkrümelt hat.

Hat er mich etwa gerade angescha …?

Was hast du denn gedacht? Das wolltest du doch die ganze Zeit, oder? *Fick dich, Panzer,* und so? Jetzt komm auch damit klar. Für Beschwerden ist es endgültig zu spät.

»Da gab es noch Tracy. Sie ist Psychotherapeutin und eine enge Freundin von Junies Familie. Sie ist mit mir zu einer befreundeten Ärztin gegangen, sonst hätte ich vermutlich nicht einmal das gemacht. Junie hat sie kontaktiert, als sie nicht mehr weiterwusste. Ich habe nach wie vor Kontakt zu Tracy und rufe sie ab und zu an, wenn etwas passiert, mit dem ich nicht klarkomme oder das mich verwirrt. Zum Beispiel die Sache mit dem Stick. Oder die ersten Male Sex mit dir.« Verlegen beiße ich mir auf die Unterlippe und schiele an seinem Kopf vorbei. Gott, ist das peinlich.

Danny legt auch seine andere Hand an mein Gesicht, umschließt es sanft und gibt mir einen Kuss auf die Nase.

»Ich habe gemerkt, dass du noch nicht viel Erfahrung hast, aber ich hätte niemals gedacht, dass dir so etwas Schlimmes hätte passiert sein können. Du hast recht.« Er runzelt die Stirn und umkreist mit seinen Daumen meine Wangenknochen. »Ich hätte dich anders behandelt. Ich wäre vorsichtiger gewesen. Wäre das so schlimm gewesen?«

Ich schlucke.

Diese ganze Situation ist dermaßen ungewohnt für mich, dass sie mich heillos überfordert.

Das kann er mir anscheinend ansehen, denn er drückt meinen Kopf in seine Halskuhle zurück und streichelt mir über den Rücken. Besser. Es ist einfacher für mich, wenn ich ihm bei diesem Gespräch nicht in die Augen sehen muss.

»Warum hast du nach unserem ersten Mal geweint? Hast du Angst vor mir bekommen?«

»Gott, nein. Es war so schön und ich musste damit erst mal klarkommen. Ich habe noch nie mit jemandem geschlafen, geschweige denn einen Orgasmus gehabt, weil ich mich noch nie so fallen lassen konnte. *Das* hat mir Angst gemacht, aber nicht du. *Nie* du«, versuche ich ihm zu erklären. Es ist mir ehrlich wichtig, dass er das versteht.

»Die anderen haben's wohl nicht draufgehabt«, gluckst er an meinem Kopf.

Mr Mega-Ego. Ich hätte es wissen müssen, das ist so typisch für ihn. »War klar, dass jetzt so was kommen musste.«

»Die Steilvorlage konnte ich mir nicht entgehen lassen.« Er lacht leise, wird kurz darauf aber wieder ernst. »Hast du vor dem ersten Mal mit mir Panik gehabt?«

»Ein wenig. Aber ich war vor allem wahnsinnig aufgeregt. Ich dachte, mein Herz bricht mir den Brustkorb auseinander.«

»Das habe ich gemerkt. Wenn ich es gewusst hätte, hätten wir darüber reden können, Kleine.«

»Ich wollte nicht reden. Ich wollte es einfach nur tun und endlich wissen, wie sich echter Sex anfühlt. Außerdem hatte ich Angst, dass du nicht mehr willst, wenn du weißt, was damals passiert ist.«

»Wieso das denn?« Er klingt erstaunt.

»Weil du mich vielleicht so gesehen hättest, wie ich mich lange Zeit gesehen habe.«

»Wie hast du dich gesehen?«

Unruhig rutsche ich auf seinem Schoß herum. »Kaputt. Beschmutzt. Schwach. Feige.«

Abrupt zieht er meinen Kopf aus seiner sicheren Halskuhle und durchbohrt mich mit seinem Blick.

»Ich könnte dich niemals so sehen, Sam. Weil du alles andere bist, aber sicherlich nichts *davon*. Hörst du?«

Seiner Stimme kann ich entnehmen, dass jeder Widerspruch zwecklos wäre, also kann ich ihn mir gleich sparen und nicke bloß.

»Du bist eine mutige, starke Frau, die in der Vergangenheit furchtbare Dinge erlebt hat.«

Irgendwie wird mir das alles zu viel. Ich komme mir völlig ausgeliefert vor. Und das ist ein Gefühl, mit dem ich nur Schlechtes in Verbindung bringe.

»Klar so weit?«

Ich kann ihm ansehen, wie wichtig es ihm ist, dass ich ihm glaube. Wie gesagt: Widerspruch zwecklos. Also nicke ich wieder.

Er drückt mich sanft in seine Halskuhle zurück.

»Der ganze Sex … hätte dich das nicht triggern können? Der war ja nicht immer nur vanilla.«

»Das habe ich am Anfang auch befürchtet, aber du hast es nie getan. Unser Sex hatte nie irgendwas mit damals zu tun. Zu keiner Zeit. Und ich habe dabei gemerkt, dass ich es nicht immer nur soft mag. Das hätte ich vielleicht nie rausgefunden, wenn du es von Anfang an gewusst hättest. Dann hätten wir es wahrscheinlich nie anders gemacht. Doch es hat mir Angst eingejagt, dass ich auch auf härteren Sex stehe. Ich wusste nicht, ob das normal ist oder nicht. Tracy hat mich aber beruhigen können. Trotzdem hatte ich danach noch mehr Schiss, dir von meiner Vergangenheit zu erzählen. Ich konnte nicht abschätzen, ob du es verstehen würdest. Ich wollte nicht, dass du denkst, ich sei pervers oder so.« Nervös krabbeln die Finger meiner Hand unter das Gummi an meinem Gelenk.

Schnalz. Schnalz, schnalz, schn …

»Du redest manchmal so einen Bullshit«, murrt er in meine Haare. »Ich hätte dich doch nicht als pervers angesehen, nur weil du auf härteren Sex stehst. Tu ich doch auch.«

»Ja, aber du hast auch nicht meine Vergangenheit.«

»Das hat doch damit nichts zu tun. Egal auf was du stehst: Die Hauptsache ist doch, dass du dich dabei wohlfühlst.«

Mit tausendprozentiger Sicherheit bin ich mittlerweile knallrot im Gesicht.

Sex zu haben oder mit demjenigen darüber zu sprechen ist etwas komplett anderes, stelle ich gerade fest.

Doch prüde, oder was?

Du gehst mir manchmal ernsthaft auf die Nerven.

»Du hättest es mir trotzdem früher sagen müssen. Wenn ich dich getriggert hätte, hätte ich überhaupt nicht gewusst, was los ist. Das wäre scheiße gewesen, Sam.«

»Ich weiß. Aber ich wollte *einmal* von einem Mann ganz normal behandelt werden.«

»Du *bist* normal. Und so hätte ich dich auch behandelt.«

»Woher weißt du das?«

»Weil ich dich jetzt auch normal behandle. *Obwohl* ich es weiß. Wir fangen sicher nicht an, es nur noch vanilla zu machen. Es sei denn, du willst das.«

»Bloß nicht.« An seinem Hals muss ich grinsen.

»Du kleines, versautes Ding«, lacht er brummig auf und kneift mir neckisch in den Hintern. »Was ist mit *ihm?* Hast du danach noch mal was von ihm gehört oder gesehen?«, fragt er wieder ernst und reicht mir mein Glas Weißwein.

Das kann ich gut gebrauchen.

Wir nehmen beide einen tiefen Schluck.

»Nur in den zwei Wochen danach, als meine Eltern noch nicht zurück waren. Er stand manchmal auf dem Gehsteig gegenüber und hat zu unserem Haus gestarrt. Mehr nicht. Das hat schon ausgereicht, um mich in Panik zu versetzen.«

»Das glaub ich dir sofort«, presst er hinter zusammengebissenen Zähnen hervor und legt beschützend einen Arm um meine Hüfte.

Ich sage nichts mehr, weil mir der Stick eingefallen ist. Als könnte ich ihn auch nur für eine Sekunde vergessen. Zuerst muss ich mich erkundigen, ob ich eine Chance habe, mit diesem Beweis gegen ihn vorzugehen.

»Meinst du, du kannst deinen Bruder oder deinen Dad mal fragen, wie das mit dem Videomaterial als Beweismittel in meinem Fall aussieht?«

»Klar. Das wäre auch mein Vorschlag gewesen. Wenn du etwas unternehmen willst.«

»Ich *muss.* Eine wirkliche Wahl habe ich nicht. Schlimm genug, dass ich ihn damals nicht angezeigt habe.«

»Du hast Angst gehabt, Sam. Jeder kann das verstehen. Und du hast *immer* eine Wahl.« Er streicht mir erneut über den Rücken.

»Mag sein. Aber hätte ich es gemacht, wäre den anderen einiges erspart geblieben.«

»*Wenn* er verurteilt worden wäre. Seine Eltern sind anscheinend sehr wohlhabend. Die kriegen immer die besten Anwälte, die darauf spezialisiert sind, die Sprösslinge der Superbonzen aus sämtlicher Scheiße zu ziehen.«

Besser geht es mir dadurch nicht, doch damit muss ich wohl leben.

»Wo hast du eigentlich den Stick versteckt?« Er sieht mich neugierig an und ich komme nicht umhin zu schmunzeln.

»An einem richtig guten Ort.«

57

Danny
»Ihr zwei seid wirklich gut im Verstecken«, staune ich, nachdem Sam mich an der Hand in ihr Bad gezogen hat.

Unter dem Waschbecken ist eine Fliese locker, was man von außen jedoch nicht erkennen kann. Mit einem Messer, das sie sich aus der Küche geschnappt hat, hebelt sie die Kachel aus der Wand und deutet auf den winzigen Stick im kleinen Hohlraum dahinter.

»Logisch. Jahrelange Übung.« Sie grinst mich verschmitzt, aber auch ein bisschen traurig an.

Ich ziehe sie an mich und gebe ihr einen Kuss auf die weichen Lippen.

»Jetzt habe ich nur noch eine Frage«, sage ich leise.

»Hm?«

»Thor mit einem Vorschlaghammer? Was soll ich denn damit anfangen?«

Sie löst sich von mir und schaut mich verlegen an.

»Weil du es heute schon das zweite Mal geschafft hast, meinen Panzer zu zerschlagen.«

Vorher war ich ihr schon längst nicht mehr böse, aber nun hat sie es mit einem Satz mal wieder geschafft, mich komplett umzuhauen.

»Wann war das erste Mal?«

»Nachdem ich euch von der Nacht erzählt habe.« Sie lehnt ihren Kopf erneut an meine Brust.

Ich bin glücklich. Ja, echt. Schnulzig, aber was kann ich dafür? Es fühlt sich so gut an.

»Meinen hast du bei unserem ersten Kuss kaputt gehauen«, flüstere ich ihr ins Ohr.

Sie sieht überrascht zu mir auf.

»*Du* hattest einen Panzer?«

»Hat den nicht jeder? Manche sind dicker, manche weniger dick, aber ich schätze, jeder hat einen.«

»Und warum du?«

»Weil ich nach meiner Freundin auf der Highschool keine Beziehung mehr haben wollte. Sie war meine erste große Liebe und es hat verdammt wehgetan, voneinander getrennt zu werden. Zumal keiner von uns es wollte. Wir sind beide an unterschiedliche Unis gegangen, deshalb kam es, wie es kommen musste. Das hat mir vorerst gereicht.« An der Hand ziehe ich sie aus dem Bad.

»Nach unserem ersten Kuss also, ja? Dann war dein Panzer aber nicht besonders dick.«

»Oder du hast mächtig stark zugeschlagen.« Ich hebe sie auf meine Hüften, gehe zu ihrem Bett und lasse mich mit ihr drauffallen.

»Das glaub ich nicht.«

»Weil du dich ständig unterschätzt. Lass das«, sage ich und knabbere an ihrer Unterlippe. Ihr Mund öffnet sich etwas und ich küsse sie richtig. Das reicht bei mir locker aus, um wahnsinnig nach ihr zu werden.

Meine Hand wandert unter ihr Snoopy-Shirt, streichelt ihren flachen Bauch und rutscht dann höher zu ihrer Brust. Ungeduldig schiebe ich ihren BH nach oben, damit ich ihre nackte Haut spüren kann. Mit Daumen und Zeigefinger kneife ich ihr sanft in die Brustwarze und sie drückt ihr Becken an meins. Ihre warme Zunge umkreist meine, ihre Hände krabbeln unter meinen Wollpulli und streicheln meinen Rücken.

Ich richte mich auf, ziehe ihn mir samt Shirt über den Kopf, während sie ihr Oberteil nebst BH auf den Boden wirft. Bei der Jogginghose helfe ich ihr und als ich dann endlich nackt auf ihr liege, umfasse ich ihren Kopf mit meinen Händen.

»Meinst du, es geht? Nicht, dass deine Kopfschmerzen schlimmer werden.«

»Das ist mir so was von scheißegal, Danny.« Sie grinst mich verschmitzt an.

»Tststs, Schneewittchen … so gierig?« Ich grinse zurück und küsse sie auf ihre süßen Lippen.

»Immer. Du weißt doch, ich habe einiges nachzuholen«, kichert sie. Nicht affektiert oder gespielt, sondern unschuldig mädchenhaft. So fucking Schneewittchen-niedlich.

»Alles klar, Kleine.« Mit den Lippen fahre ich seitlich an ihrem Hals entlang und achte darauf, ihre Kehle nicht zu berühren.

Verflucht.

Kurz schließe ich die Augen. Das Letzte, an das ich jetzt denken will, ist der entsetzliche Grund dafür. Ohne dass ich es verhindern kann, achte ich dieses Mal noch mehr auf ihre Körpersprache und bemühe mich, es mir nicht anmerken zu lassen. Ich weiß ja, sie würde es nicht wollen.

Ihre Hände liegen locker auf meinen Schultern, ihr Körper ist entspannt. Mit einer Hand umschließe ich eine ihrer Brüste, streichle sie und versuche meinen Kopf frei zu bekommen. Meine Zunge fährt über ihren Nippel und ich beiße zärtlich hinein, was sie leise seufzen lässt. Diese Frau ist so sinnlich, dass es mich fast umbringt.

Über ihren Bauch küsse ich mich hinunter bis zu ihrem Schamhügel. Das Seufzen wird zu einem Keuchen, als ich mit meiner Zunge ihr kleines Knöpfchen umkreise und mit einem Finger zwischen ihre Schamlippen gleite.

»Du bist immer so feucht für mich«, murmle ich an ihrer Mitte und ziehe sie ganz in den Mund.

Sie beginnt unter mir unruhig zu werden. Also lasse ich ihre Brust los und drücke mit meiner Hand leicht auf ihren Unterbauch.

»Hör auf zu zappeln«, brumme ich und dringe mit einem Finger in sie, während ich weiterhin mit der Zunge über ihre empfindlichste Stelle gleite. Mein Kopf wird angenehm leer.

Mittlerweile hat sie ihre Hände neben sich ins Laken gekrallt und ihr Brustkorb hebt und senkt sich schneller. Ich nehme einen zweiten Finger dazu und krümme beide leicht, als ich in ihr bin. Eng umschließt sie mich, während ich weiter in sie stoße.

»Nicht aufhören«, stöhnt sie.

Ich grinse.

»Was krieg ich dafür?« Mit der Zunge fahre ich fest über sie.

»Bist du bescheuert?« Sie sieht mich wütend an.

Also ziehe ich meine Finger aus ihr heraus und puste leicht auf ihre Mitte.

»Verflixt«, keucht sie frustriert. »Schon gut, keine Ahnung, was du willst, hör nur nicht auf.«

Ich lache auf. Aber da sie sich ehrlich verzweifelt anhört, mache ich dort weiter, wo ich eben aufgehört habe. Sie braucht wie immer nicht lange, um auf Touren zu kommen. Ihre Oberschenkel beginnen zu zittern.

Als ich mit meinen Zähnen an ihrem Knötchen knabbere und mit den Fingern fester in sie stoße, merke ich, dass sie loslässt. Meine Hand drückt stärker auf ihren Bauch, da sie inzwischen ernsthaft zappelt und ich nicht will, dass sie sich aus Versehen zu stark an meine Zähne presst.

Mit einem heiseren, lang gezogenen Wimmern explodiert sie schließlich unter mir. Sie zieht sich krampfartig um meine Finger zusammen, ihre Fersen hat sie in die Matratze gestemmt und ihr Oberkörper biegt sich durch. Der Anblick, den ich von hier unten auf mein sich vor Lust windendes Mädchen habe, ist einfach grandios.

Als ich mich auf sie lege, verlagere ich mein Gewicht auf die Ellenbogen, die ich links und rechts von ihr aufstütze.

»Bin ich auch der Erste gewesen, der dich je geleckt hat?«

»Wenn ich Ja sage, passt dein Ego durch gar keine Tür mehr, oder?«, schnauft sie erschöpft und schaut mich mit verschleierten Augen an.

»Du glaubst nicht, wie scharf es mich macht, dass ich der Erste für dich bin«, knurre ich und presse mich an ihre Mitte.

Verdammt ... was vergessen.

Ich will mich von ihr hochdrücken, um ein Gummi aus meiner Jeans zu fischen, als sie mich am Unterarm zurückhält.

»Ich habe angefangen die Pille zu nehmen.« Ihre Wangen werden leicht fleckig.

»Wann?«, frage ich verblüfft und lege mich zwischen ihre Beine zurück.

»Vor knapp zwei Wochen. Sie brauchte ein wenig, bis sie wirkt. Wenn du magst, können wir ab jetzt ohne. Ich bin sauber. Weißt du ja.« Noch einmal grinst sie so herrlich verlegen.

»Ich auch. Ich habe es immer nur mit Gummi gemacht. Außerdem werden wir ohnehin regelmäßig gecheckt.« Ich kann es kaum noch erwarten, in ihr zu sein und sie voll und ganz zu spüren.

Als ich mich Zentimeter um Zentimeter in sie schiebe, stöhnt sie leise in meinen Mund. Ich fühle sie viel intensiver als vorher, spüre, wie sie sich seidig und eng um mich schließt. Das ist ein unbeschreibliches Gefühl.

Meine Hand streichelt ihre Brust, die andere liegt locker an ihrer heilen Kopfseite. Ihre Finger krallen sich in meine Schultern und sie beißt mir in die Unterlippe, während ich tiefer in sie gleite. Ich muss mal wieder aufpassen, dass das hier kein schnelles Ende nimmt.

Als ich ganz in ihr bin und beginne, langsam und tief in sie zu stoßen, nimmt sie mein Gesicht in ihre kleinen Hände und sieht mich aufmerksam an. Behutsam zeichnet sie mit ihrem Zeigefinger die Narbe an meiner Schläfe nach.

Ich stoppe. »Alles okay?«

Sie nickt leicht. »Du wolltest wissen, was du von mir kriegst.«

Bevor ich etwas erwidern kann, legt sie ihre Hand auf meine und führt sie von ihrer Brust zu ihrem Hals. Als meine Finger die zarte Haut ihrer Kehle berühren, will ich sie wegziehen, doch sie hält sie fest und sieht mich nur mit ihren tiefseeblauen Augen an.

Holy! Ich schlucke hart.

Mein Daumen liegt federleicht auf ihrem Kehlkopf, ich kann ihren Puls unter meinen Fingerspitzen rasen spüren. Ganz sanft streiche ich über ihre Kehle und lasse sie dabei keine Sekunde lang aus den Augen.

Mein mutiges Schneewittchen lässt ihre Arme locker auf das Laken fallen und führt sie über ihren Kopf zusammen. In meinem Hals wird es massiv eng und mein Herz fängt an zu stottern.

Es ist eine Geste der völligen Hingabe und Auslieferung.

»Mehr hab ich nicht. Ich hoffe, es reicht«, flüstert sie und sieht mich nervös an.

Ich bin ernsthaft kurz davor loszuheulen. *Ich!*

Dieses. Mädchen. Macht. Mich. So. Fertig!

»Sam …« Noch einmal kurz schlucken, nur zur Sicherheit. »Das ist mehr als genug. Aber so was von.«

Locker lege ich meine große Pranke an ihren Oberarm, ohne ihn zu umschließen, und presse meine Stirn an ihre. Mein Daumen streichelt sanft ihre Kehle.

Und während wir uns in die Augen schauen und ich wieder langsam und tief in sie dringe, wird mir klar, was wir hier gerade tun. Mein Herz schlägt schmerzhaft an meinen Brustkorb. Ich weiß, dass ich sie nicht mehr gehen lassen kann. Dass ich sie liebe.

Ihre Augen werden glasig. Als sich eine kleine Träne löst und über ihre Wange kullert, fange ich sie mit meinen Lippen auf. Sie ist heiß und schmeckt salzig. Ich schiebe eine Hand unter ihren sexy Hintern und hebe ihn ein wenig an. Wir lassen uns immer noch nicht aus den Augen, als ich tiefer in sie dringe, mein Tempo beschleunige und sie leicht zu zittern beginnt.

»Du fühlst dich so gut an, Kleine. Gott, du bist so schön«, raune ich heiser, während ich sie weiter liebe. Schweiß sammelt sich zwischen ihren Brüsten und auf meiner Stirn, als ich sie küsse.

Nach einer gefühlten und verflucht schönen Ewigkeit kann ich spüren, wie sie sich enger um mich zusammenzieht. Ihre Augen schimmern nachtblau und ihre Lider flattern. Mit dem Daumen drücke ich auf ihr Knöpfchen und massiere es behutsam. Ihre Finger krallen sich in die Kopfleiste des Bettes, sie presst den Kopf ins Kissen, bäumt sich unter mir auf und als ich sanft in ihr Nervenbündel kneife und dreimal fest in sie stoße, hält sie den Atem an.

»Danny«, wimmert sie, während sie um mich herum heftig zu zucken und zu krampfen beginnt und einmal mehr explodiert.

Das fühlt sich so genial an und gibt mir den Rest.

Meine Eier kribbeln immer stärker, alles wird unglaublich warm und mit zwei weiteren Stößen folge ich ihr. Mein Kopf fällt in ihre Halskuhle, ich pumpe tief in sie und knurre ins Kissen. Zimt und Orange umhüllen mich. Ich kann ihren kräftigen Herzschlag an meiner Brust fühlen.

»Du machst mich irre, Sam. Einfach nur total irre«, keuche ich an ihrem Ohr und streichle ihren zitternden Oberschenkel.

Als wir uns einigermaßen beruhigt haben, hebe ich sie hoch und trage sie ins Bad.

***

Bevor sie eine Chance hat, mich abermals wegzustoßen, trage ich sie nach dem Duschen zurück ins Bett, schlüpfe in Boxershorts und T-Shirt – sie hat sich schon ihr Schlafshirt übergezogen –, ziehe sie in Löffelchenstellung an mich und decke uns mit ihrer Decke zu.

Sie sagt nichts, liegt nur stocksteif wie ein Brett an mich gedrückt da.

»Es gibt nichts, was dir vor mir peinlich sein muss, das weißt du, oder?« Ich streichle ihren Bauch.

»Schon. Theoretisch. Du hast keine Ahnung, wie ich bin, wenn ich schlecht träume. Ich weiß es ja selbst nicht, aber mir ist es so unangenehm, wenn du mich so siehst«, nuschelt sie ins Kissen.

Mit einem Ruck drehe ich sie zu mir um und blicke ihr aufmerksam in die Augen.

»Warum? Was denkst du, was passiert, wenn ich dich so sehe?«

»Dass ich dich verjage?« Sie kann mich kaum ansehen.

»Du kannst mich nicht verjagen. Geht nicht. Ist unmöglich. Und erst recht nicht mit deinen Albträumen. Versprochen.« Mir ist wirklich wichtig, dass sie das endlich kapiert.

»Woher weißt du das?«

»Ich dachte eigentlich, du vertraust mir. Oder habe ich das mit der Kehle eben falsch gedeutet?«

»Doch, natürlich. Und, nein, hast du nicht, aber …«, setzt sie an und jetzt reicht's mir. Ich bin müde und will endlich mal neben meiner Freundin einschlafen.

Also drehe ich sie wieder um, drücke sie an meine Brust und knipse die Nachttischlampe aus.

»Da hast du's. Und nun halt die Klappe und schlaf.«

Ende der Diskussion. So macht man das.

***

Erst weiß ich nicht, wo ich bin. Alles fühlt sich wohlig-weich an und ich kann ganz viel Zimt und Orange riechen. Aber irgendetwas ist seltsam.

Ich brauche ein paar Sekunden, bis ich spüre, wie mich jemand mit aller Kraft von sich drücken will. Kleine Fäuste bohren sich in meine Brust. Ich versuche meine vom Schlaf klebrigen Augen zu öffnen. Ein schmerzvolles Wimmern dringt an meine Ohren und das reicht mir endgültig, um sie aufreißen zu können.

Sam versucht mit aller Kraft mich aus dem Bett zu schubsen. Meine Hände tasten hektisch nach der blöden Lampe auf dem Nachttisch. Als ich endlich den bescheuerten Knopf gefunden und mich zu ihr umgedreht habe, erstarre ich und mein Herz rutscht mir mit Anlauf in die Boxershorts.

Mittlerweile liegt sie an der äußersten Bettkante so weit wie möglich von mir entfernt flach ausgestreckt auf dem Bauch. Ihr ganzer Körper ist verkrampft und stockstarr, während sie mit den Händen wild an ihrem Hals kratzt und röchelnd versucht Luft zu bekommen. Der Anblick ist grausam. Ich rutsche vorsichtig zu ihr auf.

»Kleine, alles gut, du träumst n …«, flüstere ich beruhigend in ihr Ohr, aber weiter komme ich nicht.

Mit einem qualvollen Schrei reißt sie ihren Ellbogen nach oben und trifft mich mitten im Gesicht.

Scheiße, tut das weh!

Zischend atme ich ein, ignoriere jedoch den Schmerz; er ist ein Scheißdreck zu dem, den mein Mädchen gerade ertragen muss.

»Sam, komm schon«, versuche ich sie einzufangen.

Sie liegt immer noch auf dem Bauch, ihre Hände befinden sich nun wie festgetackert über ihrem Kopf, als würde sie von einer unsichtbaren Kraft niedergedrückt werden. Ihr schmerzvolles Wimmern gibt mir fast den Rest.

Gott, ich könnte ausrasten. Dieser gottverdammte Wichser!

Doch meine Wut bringt sie auch nicht weiter. Deshalb versuche ich mich zusammenzureißen, lege mich neben sie und streichle ihren Rücken.

»Alles gut, Kleine, du bist hier bei mir, okay? Ich bin's, Danny. Du träumst nur.«

Aber als sie laut zu schreien anfängt, kann ich nicht mehr an mich halten.

So behutsam, wie es mir in dieser Situation möglich ist, nehme ich sie und drücke sie mit ihrem Rücken an mich. Mit meinen Beinen presse ich ihre auf die Matratze, ihre Arme verschränke ich vor ihrem Oberkörper und halte sie auf diese Weise still. Wie erwartet versucht sie sich mit aller Kraft aus meiner Umarmung zu lösen, aber sie hat keine Chance.

»Bitte, bitte nicht, bitte nicht«, schluchzt sie panisch.

Mein Herz wird schwer. Doch bevor ich etwas sagen kann, geht ein Ruck durch ihren Körper und ihr Kopf schnellt nach hinten. Gerade noch rechtzeitig kann ich mit meinem Gesicht ausweichen, bevor es zu einer weiteren schmerzhaften Kollision kommen kann.

»Was …?«, keucht sie atemlos.

Ich kann ihrer Stimme anhören, dass sie aufgewacht ist, und lockere daraufhin allmählich den Druck um ihren Körper.

Sofort dreht sie sich in meinen Armen zu mir. Mit weit aufgerissenen Augen, in denen das nackte Grauen steht, sieht sie mich vollkommen verängstigt an und rutscht so weit von mir weg, dass sie, bevor ich sie halten kann, mit ihrem Hintern zuerst vom Bett knallt. Sie rappelt sich hastig auf, taumelt einen weiteren Schritt nach hinten und stößt sich dabei mit ihrer Hüfte am Schreibtisch an.

In der Zwischenzeit habe ich mich aufgerichtet, traue mich aber nicht, vom Bett aufzustehen und auf sie zuzugehen.

»Du hattest bloß einen Albtraum. Dir kann nichts passieren. Alles ist gut«, versuche ich wieder sie zu beruhigen und habe keine Ahnung, ob es funktioniert.

Sie atmet noch immer schwer, aber zumindest ist sie wach.

Damit kann ich arbeiten. Glaube ich.

»Gott, Scheiße ...«, stöhnt sie und reibt sich die Hüfte. Sie zittert am ganzen Körper und reißt ihre Augen auf, vermutlich, um nicht zu weinen.

»Sam, schau mich an. Bitte.« Langsam bewege ich mich auf dem Bett auf sie zu, sodass sie am Ende nur noch eine Armlänge von mir entfernt steht.

Sie zieht fahrig an ihrem Gummiband und lässt es ein paar Mal kräftig schnalzen, bevor sie zumindest in meine Richtung schielt. Doch leider erwidert sie nicht meinen Blick, sondern starrt verstört auf meine Boxershorts.

Instinktiv schnappe ich mir ein Kissen, platziere es auf meinen Schoß und lege dann meine Hand auf ihren Arm. Als ich erleichtert feststelle, dass sie nicht vor mir zurückzuckt, ziehe ich sie sanft zu mir aufs Bett und drücke ihren Kopf in meine Halsbeuge. Ich weiß, wie sehr sie das mag. Mit ihr im Arm und dem Kopfkissen zwischen unseren Becken lege ich mich zurück und streichle ihren Rücken auf und ab.

»Es ist alles gut. Du bist in Sicherheit. Ich hab dich«, brumme ich in ihre Haare und halte sie fest. Immer wieder flüstere ich ihr mantraartig ins Ohr, dass sie bei mir in Sicherheit ist.

Nach einer Weile spüre ich, dass ihr Körper an meinem weicher wird.

»Tut mir leid. Mir ist das so peinlich«, nuschelt sie leise in meine Kuhle.

»Du redest so einen Schwachsinn.« Ich bemühe mich entspannt zu klingen. »Ich habe dir gesagt: Dir muss nichts peinlich sein. Und verjagen lasse ich mich davon sicher nicht. Und jetzt sei still und mach die Augen zu.«

Die ist mir schon eine ... ernsthaft.

Leicht schüttle ich den Kopf, vergrabe meine Nase in ihren Haaren und schließe die Augen.

58

Sam

Wäsche waschen. Dringend. Nachdem ich all unsere dreckigen Klamotten im Wäschekeller des Wohnheims in eine Trommel gestopft habe, schnappe ich mir den Korb und schlurfe zurück in unsere WG. Danny ist anscheinend schon in der Küche, denn ich kann vor der Tür Kaffeeduft erschnuppern. Lecker.

Der Sexgott kann auch noch Kaffee kochen. Das ist eine hervorragende Kombination. Ich glaube, wir behalten ihn.

Mir brandet aus allen Ecken und Enden ein gewaltiger Applaus entgegen.

Wurde auch Zeit, du Schnellspanner.

Ja, ja, ist ja gut jetzt.

Dann können wir ja gleich noch mal ins Bett und …

Reiß dich zusammen, Libido. Mir tut von heute Morgen immer noch alles weh, weil *du* dich nicht am Riemen reißen konntest.

Hey, was kann ich denn dafür? Dannys Libido ist noch viel versauter als ich.

Als ob dir das nicht gefallen würde …

Du ahnst ja nicht, wie sehr! Wir verstehen uns blendend.

Fein, freut mich. Nun ist trotzdem erst mal Pause.

Aber …

Nope.

Nur ein wenig …

N.E.I.N.

Schon gut, schon gut.

Meine Güte.

Obwohl er nun einen meiner Albträume mitbekommen hat, hat er mich heute früh so wie immer behandelt. Ganz normal. Als wäre nachts nichts vorgefallen. Zwar hatte ich das Gefühl, dass er noch mehr auf meine Körpersprache geachtet hat, aber als ich ihm deutlich zu verstehen gegeben habe, wie sehr ich genieße, was er mit mir und meinem Körper anstellt, hat er sich entspannt und war wieder ganz er selbst. Keinen Deut anders würde ich ihn haben wollen.

Uff, und *wie* er er selbst war.

Ach so? Und WIR können uns nicht zügeln, oder wie?

Nope. Könnt ihr nicht.

Du doch auch nicht.

Mag sein. Aber ich bin hier der Boss.

»Ich habe eben mit Sean telefoniert«, sagt Danny, als ich die Küche betrete, und reicht mir einen Becher.

Sein Wangenknochen, den ich heute Nacht mit meinem Ellbogen verschönert habe, ist rot und leicht geschwollen. Während ich an meinem Kaffee nippe, versuche ich mein schlechtes Gewissen deswegen resolut auf die Seite zu schubsen.

»Was sagt er?«

»Das, was zu erwarten war. Er muss sich zuerst das Video ansehen, bevor er etwas dazu sagen kann.«

Kurz schließe ich die Augen. Das war klar, ich habe nichts anderes erwartet, doch die Hoffnung stirbt eben immer zuletzt.

»Aber wenn man die Personen und die Handlung klar erkennen kann, solltest du nach wie vor etwas unternehmen können. Es kommt ja auch auf die Schwere des Tatbestandes an.«

»Ich weiß. Aber ich habe keine Ahnung, ob das in meinem Fall zum Tragen kommt.«

Schnalz, schnalz, schnalz.

Dannys warme Hand legt sich um mein Handgelenk.

»Lass das Sean rausfinden. Er will wirklich gern helfen.«

O Gott, es wird langsam ernst. Der Gedanke daran, dass irgendjemand, egal ob bekannt oder unbekannt, dieses Video zu sehen bekommt, macht mich extrem nervös. Ich darf gar nicht darüber nachdenken, wie viele Leute es im Darknet schon angesehen haben, als es dort noch verfügbar war. Der süße Kaffee in meinem Mund schmeckt plötzlich seltsam gammelig. Aber es hilft nichts, oder? Also straffe ich meine Schultern und frage ihn: »Ziehen wir das Video vom Stick und schicken es ihm per Mail?«

»Würde ich auch sagen. Dann soll es Sean gleich bei sich speichern und aus seinem Postfach löschen. Ich lösche es dann in meinen gesendeten Objekten. Sicher ist sicher.« Er runzelt die Stirn. »Ich kann das gleich machen, wenn du ...« Ein Klopfen an der Tür unterbricht ihn.

»Ich bin's, macht auf!«, ertönt Junies dumpfe Stimme und ich lasse sie herein.

Sie gibt mir einen Schmatz auf die Wange und flötet: »Ich brauche noch ein paar Unterlagen, bin gleich wieder weg.« Ihr Blick huscht prüfend zwischen uns hin und her. Anscheinend gefällt ihr, was sie sieht, denn sie strahlt zufrieden und kneift mir in den Hintern.

»Braves Kind.«

Bevor ich zuschlagen kann, schwebt sie schon in ihr Zimmer und wühlt in ihrem Schreibtisch herum. Ihre blonden Haare liegen heute offen um ihre Schultern und ihre Augen funkeln wieder. Das beruhigt mich.

Danny schaut mich mit hochgezogenen Brauen an, aber ich schüttle nur den Kopf. Dass Junie mich wegen ihm ordentlich zusammengestaucht hat, werde ich ihm sicher nicht erzählen. So weit kommt's noch. Dann ist Hulk ein Dreck gegen sein Ego.

Zum Glück vibriert sein Handy in diesem Moment. Er schnappt es sich und schaut stirnrunzelnd darauf, als er sieht, wer ihn anruft.

»Was willst du?«, fragt er genervt.

Wer da wohl dran sein könnte? Es muss jemand sein, der ihm ziemlich auf die Nerven geht.

»Was?«, schreit er plötzlich entsetzt in den Hörer. »Wieso ... *Was?*« Noch während er in sein Handy brüllt, schlüpft er in seine weißen Nikes und die Jacke. »Ich bin sofort da!«

Verwirrt beobachte ich ihn und als er die Tür aufreißt, ruft er mir stinksauer zu: »Jemand fackelt gerade mein Auto ab!«

»Ehrlich?« Junie steht hinter ihm in der offenen Zimmertür und starrt ihn erschrocken an.

»Ihr wartet hier auf mich oder Connor. Ich wette, dass das alles zusammenhängt.« Schon ist er aus der Tür und knallt sie hinter sich ins Schloss.

Junie schaut mich an und ihre Augenbrauen schießen in die Höhe.

»Wa …?«

Erneut klopft es an der Tür.

Dannys Schlüssel liegen auf dem Küchentisch, in der ganzen Aufregung hat er sie wohl vergessen. Also nehme ich sie und will sie ihm in die Hand drücken, als ich die Tür öffne …

59

Danny

Mein Auto! Diese blöden Arschlöcher!

Wütend flitze ich auf den Uniparkplatz zu, der ungefähr fünf Gehminuten vom Wohnheim entfernt liegt.

Meine Nikes klatschen auf den nassen Rasen des Quads, der vom Dauerregen komplett aufgeweicht ist, während ich querfeldein zu meinem Wagen hetze – oder besser gesagt zu den Überresten. Kelly hat mir eben sehr bildlich beschrieben, wie es lichterloh in Flammen steht.

Durch die hohen Bäume und die Gebäude der Universität rund um den Quad kann ich den Parkplatz erst erkennen, als ich die letzte Baumreihe erreicht habe. Meine Schritte werden langsamer, als ich meinen Dodge unbehelligt in seiner Parklücke stehen sehe.

»Was zur Hölle ...«, schnaufe ich und sehe Connor auf mich zusprinten.

Augenblicklich jagt mir ein kalter Schauer über den Rücken und die Wucht der Erkenntnis trifft mich wie ein Faustschlag in den Magen.

Ich bin so verflucht dämlich!

»Scheiße, haben sie dich auch reingelegt?«, brüllt er mir entgegen, als er in Hörweite ist.

Sofort bremse ich ab und drehe mit rasendem Herzen um, denn mehr brauche ich nicht, um zu wissen, dass es nur darum ging, uns von unseren Mädchen wegzulocken. Meine Lunge brennt, während ich mit Connor im Rücken so schnell zum Wohnheim zurückrenne, wie ich nur kann.

Ich kann nur noch an eins denken: Wenn den Mädchen etwas passiert ist und ich Kelly erwische, ist sie fällig.

60

Sam

Perplex starre ich in Jerrys Gesicht, als er mich blitzschnell rückwärts gegen den Küchentisch stößt und sich in die Küche drängelt. Zeitgleich taucht hinter ihm ein anderer Kerl mit einer tief in der Stirn sitzenden schwarzen Mütze auf, der sich wendig umdreht, um die Tür hinter sich zu schließen. Das Letzte, das ich kurz vorher noch sehen kann, ist Kellys Rückseite, die gerade die Treppe hinunterhetzt. Bevor ich meinen Mund aufmachen kann, fällt die Tür jedoch schon ins Schloss.

Das ist nicht gut.

Hinter mir höre ich Junie zischend die Luft einziehen, bevor sie Jerry anfaucht: »Was willst du blöder Mistkerl denn hier? Was soll die Scheiße? Und wer ist denn *der* da? Vin Diesel für Arme?«

Vin Diesel für Arme dreht sich um und hat sich den schwarzen Schal bis unter die Augen gezogen. Bis auf seine Statur und seine Augen kann man nichts mehr von ihm erkennen. Er könnte irgendwer sein.

Der Typ vom Quad, schießt es mir plötzlich durch den Kopf. Mein Herzschlag nimmt an Geschwindigkeit auf und ich schlucke trocken.

So eine Scheiße!

»Halt die Fresse, du blöde Schlampe«, knurrt Jerry sie an und der vermummte Pisser packt sie am Arm.

»Wo ist der Stick?«

Sie reißt entsetzt die Augen auf.

»Wollt ihr mich verarschen? Jerry, was hast du mit …«, keift sie drauflos, aber er wischt ihr über den Mund.

»Jetzt pass mal auf, du blöde Bitch, ich bin hier nicht zum Quatschen. Gebt uns den Stick und wir sind weg. Sache erledigt.«

Der andere Typ drückt Junies Arm immer mehr ab, ihre Nägel krallen sich in seinen Handrücken.

»Du tust mir weh, du Schwein«, presst sie hinter zusammengebissenen Zähnen hervor.

Er zeigt sich davon völlig unbeeindruckt und sagt nichts.

»Sag mir, wo er ist, Sam, sei so gut. Oder muss ich dich erst in den Arsch ficken, bevor du mir gehorchst?«, säuselt Jerry in mein Ohr.

Meine Knie werden auf einen Schlag butterweich. Woher weiß er ...?

»Ich dachte, Oliver hätte dich ganz gut abgerichtet, aber das hat anscheinend doch nicht so gut geklappt.«

Oh, Scheiße! Heilige Scheiße!

»Was für eine Ironie es gewesen wäre, hätte ich dich auf der Verbindungsparty rumgekriegt ... Ich wusste sofort, wer du bist.«

Mein Blick rast zu Junie, die ihren Atem angehalten hat und mich aus weit aufgerissenen, panischen Augen anstarrt. Fragezeichen springen daraus hervor. Mir geht es genauso.

Jerry packt mich von hinten im Genick und drängt mich in mein Zimmer, Junie wird von dem anderen Typen hinter mir her geschubst.

»Fass sie nicht an, du Arsch!«, schreit sie Jerry an, was beinahe komisch ist, denn es wäre nicht so, als hätte sie die leiseste Chance gegen diesen Gangsterverschnitt.

In meinen Ohren beginnt es zu rauschen und ich warte auf den Adrenalinkick. Der kommt auch endlich, als sich Jerrys Hand um meine Kehle legt und zudrückt.

»Da stehst du drauf, oder?«, keucht er erregt in mein Ohr.

Mehr brauche ich nicht, um aus meiner Starre aufzuwachen.

Abrupt ramme ich meinen Ellbogen nach hinten, ziehe ihn in letzter Sekunde nach oben und spüre Knochen auf Knochen krachen.

»Du blöde Schlampe!«, brüllt Jerry und boxt mir mit voller Wucht in eine Niere, sodass mir fast die Luft wegbleibt.

Fuck, tut das weh!

Junie schreit laut auf und nun schaltet sich Vin Diesel für Arme ein. Sein vermummtes Gesicht schiebt sich vor meins, ich werde wie ein kleines Kätzchen nur noch durch Jerrys Griff in meinem Nacken aufrecht gehalten.

»Du sagst uns jetzt *sofort*, wo er ist, sonst werde ich mit deiner Freundin das anstellen, was Oliver mit dir gemacht hat, hast du mich verstanden?« Seine Stimme ist leise und heiser, er flüstert beinahe, was er vermutlich mit Absicht macht, damit wir seine Stimme nicht wiedererkennen können. Er packt Junie abermals, drückt sie mit ihrem Rücken an seinen Körper, umschließt mit einer Hand ihre Kehle und fährt mit der anderen unter ihren Rock.

Der Trigger in mir fängt endgültig an zu geifern, aber das Adrenalin schubst ihn resolut vor sich her.

»Du hast eine Minute und dann ficke ich sie vor deinen Augen, hast du mich verstanden?«

Ich habe nicht die geringsten Zweifel, dass er genau das machen wird.

Junie versucht ihre Schenkel zusammenzupressen und gleichzeitig mit den Füßen seine Beine zu treffen. Über ihre Lippen kommt kein Wort mehr, nur noch ein leichtes Rasseln, er scheint dementsprechend zuzudrücken.

»Lass sie los. *Lass sie sofort los!* Ich gebe ihn euch ja!«

Junie schüttelt hektisch den Kopf. Trotz der Panik in ihren Augen und der Hand an ihrer Kehle würgt sie hervor: »Mach das nicht, dann hat er wieder gewonnen.«

»Der Preis ist viel zu hoch, Junie«, flüstere ich, bevor ich mich an Jerry wende: »Lass mich los, sonst kann ich ihn nicht holen.«

»Sag mir, wo er ist. *Ich* hole ihn«, knurrt er zurück und übt mittlerweile so großen Druck auf mein Genick aus, dass ich das Gefühl habe, es könnte brechen.

»Im Bad. Unterm Waschbecken. Eine Fliese ist locker. Im Hohlraum dahinter liegt er«, presse ich hinter zusammengebissenen Zähnen hervor. Das Adrenalin hält mir Panik und Trigger immer noch vom Hals, so gut es geht, auch wenn in meinen Ohren inzwischen ein wahrer Orkan tobt.

Jerry schiebt mich am Nacken an Junie und dem anderen Dreckskerl vorbei ins Bad und drückt mich vor dem Waschbecken auf die Knie.

»Gib ihn mir«, verlangt er ungeduldig und geht hinter mir ebenfalls in die Hocke, ohne mich eine Sekunde lang loszulassen.

»Ist ja gut, ich mach ja schon.«

Meine Hände zittern so stark, dass ich meine Fingernägel kaum in die kleine Ritze bekomme, um die Kachel zu lösen. Beim dritten Anlauf klappt es endlich. Ich pule den Stick heraus und halte ihn vor mir in die Höhe.

Jerry greift danach und zerrt mich zurück auf die Beine.

Der andere Typ hat nach wie vor seine Hand um Junies Kehle gelegt, scheint aber nicht mehr zuzudrücken, als Jerry mich zurück ins Zimmer stößt.

»Kopien?«, raunt er mich an.

Erschrocken sehe ich zu Junie. Fuck, warum zur Hölle sind wir da nicht draufgekommen?

Ihm scheint mein Blick nicht entgangen zu sein, da er ungläubig auflacht.

»Ihr seid so dämlich. Gut für uns.« Er steckt den Stick in seine Hosentasche und schubst mich mit dem Rücken aufs Bett. »Wenn du auch nur ein Wort zu irgendeiner Behörde über das Video verlierst, kommen wir wieder, hast du mich verstanden? Wie du siehst, können uns eure lächerlichen Football-Bodyguards nicht davon abhalten.« Er lässt von mir ab und verschwindet mit dem anderen Mistkerl, der schon in der Küche auf ihn wartet, aus der WG-Tür.

Junie hockt zitternd auf dem Fußboden. Der ganze Überfall hat nicht länger als fünf Minuten gedauert. Fünf verflixte Minuten.

Verflucht! Nun ist alles wieder auf Anfang.

Ich setze mich auf dem Bett auf. Weiße Pünktchen vor meinen Augen veranstalten Tanzalarm vom Feinsten. Das Adrenalin verabschiedet sich langsam, meine Beine werden immer weicher und der einzige Grund, der mich davon abhält, eine ausgewachsene Panikattacke zu bekommen, krabbelt gerade auf allen vieren auf mich zu.

»Was ist das nur für ein Albtraum?«, flüstert Junie entsetzt und reibt kräftig ihren Hals, an dem sich bereits rote Druckstellen abzeichnen.

»Es tut mir so leid, dass ihr da alle mit reingezogen werdet.« Ich stütze meinen Kopf in die Hände.

»Das ist doch nicht deine Schuld.« Sie legt mir eine Hand auf den Oberschenkel, zieht sie jedoch gleich wieder zurück. »Sorry, tut mir leid.«

Sie weiß, ich ertrage jetzt keinen Körperkontakt.

»*Mir* tut es leid. Hat er dir sehr wehgetan? Zeig mal.« So gut es geht, versuche ich mich zusammenzureißen, hebe den Kopf und deute auf ihren Hals.

Sie winkt ab.

»Schon gut. Ist nicht weiter schlimm.« Nun grinst sie schief. »Aber ich hab mir vor Angst fast in die Hosen gepinkelt.«

»Nicht nur du.« Keine Ahnung, wie andere in unserer Situation reagiert hätten, aber unsere Art, mit Scheiße klarzukommen, war schon immer der Humor. Auch wenn an der ganzen Sache überhaupt nichts witzig ist.

»Verdammt. Danny wollte Sean heute das Video schicken. Er hat es sich aber noch nicht auf den Laptop gezogen. Das hätten wir als Allererstes machen sollen, nachdem hier eingebrochen wurde. Wir sind so bescheuert, dass es kracht«, stöhne ich und lasse mich seitlich aufs Bett zurückfallen, da der Schlag in die Niere nachhaltig schmerzt.

»Wir konnten nicht damit rechnen, dass Oliver anscheinend mehr als einen Kerl auf den Stick angesetzt hat. Jerry? Wieso zur Hölle Jerry? Anscheinend kennen sie sich, so, wie er von Oliver gesprochen hat«, grübelt sie vor sich hin und rubbelt erneut gedankenverloren über ihren Hals. Nur an ihrem blassen Gesicht und ihren zittrigen Händen kann ich sehen, wie sehr sie der Überfall mitgenommen hat. »Aber ich kann mich an keinen Jerry erinnern. Du?«

Jemand schlägt laut an unsere Tür und Junie und ich fahren zusammen.

»Junie! Sam!«, hören wir Connor brüllen.

Junie rappelt sich auf.

Die beiden Männer stürzen herein, noch bevor Junie die Tür ganz öffnen kann. In ihren Gesichtern steht eine Mischung aus Panik und Wut. Schwer atmend stehen die beiden vor uns.

Wir starren uns alle einen Moment schockiert an, bevor bei Junie die Dämme brechen und sie schluchzend in die Knie geht.

61

Connor

Es ist mittlerweile Nachmittag. Ich sitze mit Sam am Küchentisch und trinke den gefühlt hundertsten Kaffee.

Junie liegt im Bett und schläft noch immer. Sie ist heute Vormittag vollkommen erschöpft auf mir eingeschlafen, nachdem ich sie von der Küche in ihr Bett getragen hatte. Als ich die Druckstellen an ihrem Hals gesehen habe, wäre ich fast durchgedreht.

Diese verfluchten Pisser, was geht nur in solchen Typen vor?

Danny und ich mussten uns gewaltig zusammenreißen, um nicht sofort auf den Campus zu rennen und nach ihnen zu suchen.

Und Kelly, dieses verlogene Biest. Immerhin hat sie uns beide reingelegt. Mit der gleichen bescheuerten Lüge. Und wir Vollidioten sind auch noch darauf reingefallen.

Im Moment ist Danny mit Nick und David unterwegs und durchkämmt die Gegend nach ihnen. Die beiden haben zwar keine Ahnung, um was es hier geht, doch sie sind Teamkollegen und Freunde genug, um nicht weiter nachzufragen und wollen helfen. So etwas ist nicht selbstverständlich und dafür stehen wir tief in ihrer Schuld.

Den Weg zur Campuspolizei haben wir uns gespart. Abgesehen davon, dass die meisten inkompetente Idioten sind, was sollen wir ihnen erzählen? Dass Jerry und ein Unbekannter Sam und Junie angegriffen haben, um an ein Video zu kommen, auf dem Sams Vergewaltigung vor sechs Jahren zu sehen ist, was wiederum einem reichen Schnösel aus Plymouth gefährlich werden könnte, der wegen Mordes angeklagt im Knast sitzt und sich bisher immer aus der Affäre ziehen konnte?

Wir haben keinerlei Beweise mehr, die das alles untermauern könnten.

Jeder mit einem einigermaßen guten Anwalt – und ich bin mir sicher, Jerry kann ebenfalls auf gute zurückgreifen, wenn er für diesen Oliver die Scheiße wegräumt – würde unsere Anschuldigungen im Nullkommanichts in ihre Bestandteile zerlegen.

Der Stick ist weg, das Video nicht mehr in unseren Händen und wie es Sam dabei geht, will ich überhaupt nicht wissen.

Ich schiele verstohlen in ihre Richtung.

Gedankenverloren sitzt sie am Küchentisch und schnalzt unaufhörlich mit ihrem Gummiband. Ihr Handgelenk ist gerötet. Gerade will ich sie fragen, ob ich etwas für sie tun kann, als Danny durch die Tür poltert.

Mit wütendem Gesichtsausdruck und patschnassen Haaren schüttelt er den Kopf, als er meinen fragenden Blick sieht. Dann wirft er die Schlüssel auf den Tisch, schält sich aus seiner Regenjacke und tropft damit die halbe Küche voll.

»Schmeiß sie in meine Dusche, dann wird hier nicht alles nass«, murmelt Sam und sieht ihn müde an.

Seine Gesichtszüge werden sofort sanft. Ich trete den Rückzug an, ich will nicht stören. Außerdem wollte ich ohnehin nach meinem Sunshine schauen.

Leise schließe ich ihre Zimmertür hinter mir. Sie hat sich keinen Zentimeter bewegt und schläft tief und fest. Egal wie tough sie wirkt, diese Wichser müssen ihr einen mordsmäßigen Schrecken eingejagt haben.

Vorsichtig setze ich mich neben Junie aufs Bett und streichle ihr durch die weizenblonde Mähne. Mein großes All-American-Girl.

Sie nuschelt etwas Unverständliches und reißt plötzlich ruckartig den Kopf in die Höhe. Ihr verwirrter Blick bleibt an meinen hängen und sie seufzt erleichtert auf.

»Hey«, brummt sie mit kratziger Stimme und reibt sich den Schlaf aus den Augen, während sie sich aufsetzt. »Was hab ich verpasst? Ist die blöde Welt endlich untergegangen?« Sie gähnt herzhaft und ihr Kiefer knackt, während ich kurz auflache. Solange unsere zwei Mädchen Witze reißen können, ist noch nicht alles zu spät.

»Du pennst seit drei Stunden wie eine Tote. Ich musste nachsehen, ob du noch lebst.«

Sie zwickt sich in den Arm. »Ja, sieht leider so aus.« Schief grinsend schiebt sie hinterher: »Lass mich raten, Sam sitzt entspannt in der Küche und bereitet ein Vier-Gänge-Sonntagsmenü vor?«

»Ganz so ist es nicht, aber sie sitzt tatsächlich in der Küche.«

Sie steht auf und wankt ins Bad. Ihre elektrische Zahnbürste geht an und ich lege mich mit verschränkten Armen hinter dem Kopf aufs Bett.

Wie Sam sich noch so auf den Beinen halten kann, weiß ich wirklich nicht. Manche zerbrechen sicher an dem, was sie erlebt hat. Andere werden stärker. Sie wirkt manchmal regelrecht hart. Das ist wohl ihre Art, damit umzugehen.

Das Koffein pumpt durch meine Adern. Ich starre nachdenklich die Zimmerdecke an, bis *Sabotage* von den Beastie Boys aus Junies Unitasche wummert.

»Junie, dein Handy!«

»Schau mal, wer es ist. Ich wollte gerade duschen gehen!«, ruft sie zurück.

Faul rolle ich mich vom Bett und schnappe mir ihre Tasche. Als ich den Anrufer auf dem Display sehe, fällt mir beinahe das Handy aus der Hand.

Hastig greife ich danach und bin in drei langen Sätzen im Badezimmer.

Junie zuckt zurück, als ich ihr das Display so dicht vor die Nase halte, dass ich sie fast damit getroffen hätte.

»Was …?«

Nach dem ersten Schreck nimmt sie es mir aus der Hand und antwortet.

»Ist ja gnädig, dass du dich *jetzt* auch mal meldest. Ich habe sicher zwanzig Mal versucht dich zu erreichen. Bei uns läuft der totale Horrortrip … Was?«

Sie wird still und geht an mir vorbei zum Schreibtischstuhl, auf den sie sich mit einem lauten Plumps fallen lässt.

»O Gott. Wann?« Stille. »Das tut mir leid. Diese blöden … ja. Ja, ja.« Sie nickt und verdreht die Augen. Eine Weile lässt sie ihn reden. »Das haben wir inzwischen auch herausbekommen. Unsere WG wurde auf den Kopf gestellt, Sam wurde niedergeschlagen und heute Morgen haben uns zwei Wichser überfallen und den Stick abgenommen. Ist also richtig gut gelaufen«, schnaubt sie und hört erneut zu. »Das weiß ich auch. Hast du das Video nur auf diesem einen Stick gehabt? Keine Kopie gemacht? Ist es noch auf irgendeiner Festplatte, in irgendeiner Cloud, was weiß ich?«

Seine Antwort brauche ich nicht zu hören, ich kann an Junies Gesicht ablesen, dass nichts davon der Fall ist.

Verflucht.

»Ist ja sensationell. Also war's das, oder?«, stöhnt sie, bis ihr noch etwas einfällt. »Sagt dir der Name Jerry Worthington irgendwas? Wor-thing-ton. Genau.« Wieder ein Augenrollen. Dann setzt sie sich ruckartig kerzengerade auf. »Beschreib ihn mir!« Und dann: *»Heilige Scheiße!«*

62

Junie

»Okay, passt auf«, platzt es aus mir heraus, bevor ich mit Connor auf den Fersen in der Küche angekommen bin.

Sam sitzt mit ihrem Laptop vor sich am Küchentisch, während Danny unter der Dusche ist, was man am Wasserrauschen unschwer erkennen kann. Ist mir egal, es muss sofort aus mir raus, sonst explodiere ich.

»Caleb hat eben angerufen.«

Sam hebt eine Augenbraue, bis sie unter ihrem Pony verschwindet, und sieht mich abwartend an.

»Er wurde vorgestern auf dem Rückweg vom Campus zum Flughafen zusammengeschlagen, und zwar ordentlich. Er liegt noch im Krankenhaus, deswegen konnte er mich erst jetzt zurückrufen.« Ich schnappe mir einen Becher und schenke mir Kaffee ein. »Jetzt, wo es brenzlig wird, lässt Olivers Daddy die Äffchen tanzen und alles unter die Lupe nehmen. Dabei sind sie auf die Sache mit dem Video gestoßen und haben herausgefunden, dass Caleb es sich damals heruntergezogen hat. Oliver wird ihnen gesagt haben, dass Caleb sich das Video nicht zum eigenen Vergnügen heruntergeladen hat; er hat sich ja sofort danach von ihm distanziert. Mit ein wenig Recherche, was mit dementsprechendem Kleingeld nicht schwer ist, haben sie Caleb ausfindig gemacht und sind ihm vom Flughafen bis an den Campus gefolgt. Klar so weit?«

Sam nickt und schnalzt mit ihrem Gummiband.

»Als sie ihn auf dem Rückweg abgefangen haben, hatten wir aber schon den Stick, was sie aus Caleb herausprügeln konnten. Er hat anscheinend lange durchgehalten, sonst wäre er nicht erst heute früh aus einem künstlichen Koma geholt worden.«

»Ach, du Scheiße …«, stöhnt Sam auf und schlägt ihre Hände vors Gesicht.

»Du sagst es. Er hat keinen der Typen erkannt. Die sahen alle so aus wie dieser Vin-Diesel-Verschnitt. Wahrscheinlich war der ohnehin mit dabei. Aber es geht noch weiter.«

Danny kommt in T-Shirt und Boxershorts in die Küche und stellt sich hinter Sam. Seine Haare sind noch nass vom Duschen und der Duft seines Duschgels liegt in der Luft.

»Was hab ich verpasst?«

»Später«, kommt von allen Seiten.

»Alles klar«, murmelt er und hält die Klappe.

»Vom Video hat Caleb keine Kopien gemacht, er hat es auch auf keiner Cloud oder Festplatte gespeichert. Außerdem hat er mittlerweile einen neuen Laptop, das Ganze ist ja schon über fünf Jahre her. Es war nur auf dem Stick, den uns die zwei Oberschweine heute Morgen abgenommen haben.«

»So eine verdammte …«, flucht Danny hinter Sam.

»Ich weiß. Aber dafür weiß ich jetzt, wer Jerry ist.« Ich habe wieder ihre ungeteilte Aufmerksamkeit. »Laut Caleb kennt er nur einen Jerry von damals und das ist der Halbbruder von Oliver – väterlicherseits. Calebs Beschreibung passt wie die Faust aufs Auge. Es ist Worthington.«

Stille.

Ich nehme einen tiefen Schluck aus meinem Becher und spucke den Kaffee direkt in die Tasse zurück.

»Der ist ja kalt!«

Sam hat ihre Ellbogen auf den Küchentisch gestemmt und den Kopf in den Händen vergraben.

»Wie kann ein Karma allein so scheiße sein? Irgendwas muss ich in meinem vorherigen Leben richtig verbockt haben. Ich meine«, sie sieht mich wütend und ungläubig an, »da wechseln wir die Uni wegen eines vergleichsweise harmlosen Mistkerls, nur um dann auf eine Uni zu kommen, an der der Halbbruder dieses verdammten Monsters studiert. Das ist doch … das ist …« Sie rauft sich die Haare.

»Der Teufel scheißt immer auf den größten Haufen. Treffender kann ich es gerade nicht ausdrücken.« Etwas Besseres fällt mir dazu wirklich nicht ein. Ich grinse sie schief an. Anders als mit Galgenhumor komme ich mit der Sache nicht mehr klar.

Danny streichelt gedankenverloren Sams Schultern.

»Bleibt noch Kelly. Wie passt die in die ganze Sache rein?«, grübelt er.

»Keinen Plan. Sie hat was mit Jerry. Oder zumindest lief da mal was zwischen den beiden«, meint Connor, während er neuen Kaffee aufsetzt.

»Abgesehen davon schiebt sie einen ziemlichen Hass auf Sam«, werfe ich ein. »Sie sieht das so, dass du ihr Danny vor der Nase weggeschnappt hast.«

Sam blickt genervt hoch. »Ich weiß schon. Aber *das* ist dann doch zu krass, oder? Sich in so eine Scheiße verwickeln zu lassen?«

»Unterschätz bloß nicht Eifersucht und Missgunst. Das kann eine explosive Mischung sein. Außerdem hat ihr Jerry vielleicht gar nicht gesagt, um was es genau geht«, gebe ich zu bedenken.

»Wenn wir Jerry schon nicht finden, müssen wir uns zumindest Kelly schnappen«, meint Connor.

Yep, und dann kann sie sich auf etwas gefasst machen. Ich hoffe inständig für sie, dass sie keine Ahnung hat, um was es hier geht. Falls doch, bringe ich sie eigenhändig um.

63

Kelly

Schon vorher hatte ich ein richtig mieses Gefühl bei der Sache, aber jetzt weiß ich es: Ich habe einen großen Fehler gemacht und keine Ahnung, ob ich ihn wiedergutmachen kann. Nur versuchen kann ich es.

Der grüne Balken auf dem Laptop, der anzeigt, wann das Video endlich hochgeladen ist, ist bei 67 Prozent. Inzwischen schwitze ich so stark, dass mir der Schweiß von der Stirn in die Augenbrauen läuft.

Jerry fährt morgen früh zu seinem Vater, um ihm den Stick höchstpersönlich zu übergeben. Dann ist die Sache für sie erledigt. Anscheinend hat sein Vater nicht genug Vertrauen in seinen Sohn, als dass er ihm zutrauen würde, einen USB-Stick zu zerstören. Oder er will ihn für seine eigene perverse Pornosammlung haben. Mit dieser Sache will ich nichts zu tun haben.

Mein Magen ist so übersäuert, dass ich aufpassen muss, nicht erneut zu würgen.

85 Prozent.

»Kelly?«, ruft mich Jerry aus dem Bad.

Wir sind in seiner eigenen Wohnung in der Nähe des Campus.

»Kommst du endlich?«

Ich weiß, was er will. Bisher wollte ich es auch, obwohl Jerry manchmal ein richtiges Arschloch sein kann. Dass das mit ihm nicht die große Liebe wird, war mir klar. Vor allem, nachdem ich Danny nicht aus meinem System bekomme.

Danny.

Mein Herz tut immer noch so weh, dass ich durchdrehen könnte.

Die ersten fünf Minuten dieses entsetzlichen Videos haben gereicht, um mich davon zu überzeugen, dass Jerry mich von vorn bis hinten belogen hat. Ich habe es geahnt. Deswegen habe ich das Video überhaupt erst angespielt.

100 Prozent.

Hat das gedauert!

Fahrig ziehe ich den Stick aus seinem Laptop und lege ihn hastig wieder dorthin, wo Jerry ihn versteckt hat. Dann kontrolliere ich auf der Seite des Filetransfer-Anbieters noch einmal, ob die Videodatei tatsächlich hochgeladen ist, und schreibe nur einen Satz dazu:

Ich hatte keine Ahnung. Sorry. Kelly!

Zu mehr bleibt keine Zeit, ich will nichts riskieren. Ich drücke auf *Senden*.

Ich schlüpfe hektisch aus meinem Oberteil. Dann tappe ich unruhig mit den Fingern auf der Tischplatte neben dem Laptop herum. Es dauert einen Moment, bis ein großes grünes Häkchen erscheint und mir sagt, dass der Versand geklappt hat.

Sofort lösche ich die Seite aus der Browser-History und klappe den Laptop zu.

»Ich komm schon!«, rufe ich zurück, reiße mir die restlichen Klamotten vom Leib und hole tief Luft, bevor ich mich auf den Weg ins Badezimmer mache. Würde ich es nicht tun, würde er sofort merken, dass etwas nicht stimmt. Das darf ich unter keinen Umständen zulassen.

Ich schlucke schwer, als ich die Tür öffne.

64

Danny

Vermutlich sind die Mädchen nun, da Jerry und Co den Stick haben, nicht mehr in unmittelbarer Gefahr. Sicher sein können wir jedoch nicht, deshalb belassen wir es vorerst bei der WG-Aufteilung.

Dass Kelly uns von den Mädchen weggelockt hat, um Jerry und diesem anderen Typen die Möglichkeit zu geben, über sie herzufallen und den Stick an sich zu reißen, kann ich noch immer kaum glauben. Ich bin mir fast sicher, dass Kelly keine Ahnung hat, in was genau sie da hineingeraten ist. Sie mag ein Miststück sein, aber sie ist kein abgrundtief böser Mensch. Das muss man schon sein, wenn man einem Mörder und Vergewaltiger hilft, Straffreiheit zu erlangen. Vor allem als Frau kann sie doch die Strafvereitelung einer Vergewaltigung nicht unterstützen wollen. Oder?

Noch sind Connor und Junie bei uns. Wir haben etwas vom Thai bestellt, keiner von uns hat heute noch Lust, vor die Tür zu gehen. Erstens ist bei allen die Laune im Keller, zweitens schüttet es nach wie vor wie aus Kübeln und drittens sind wir alle zu faul.

Auf Sams Laptop, der auf ihrem Schreibtisch steht, läuft *Hangover 3*, unsere Mädchen liegen auf Sams Bett und Connor und ich haben es uns auf dem Boden bequem gemacht. Überall liegen Pappschachteln mit Essensresten herum.

Connor spielt mit seinem Handy herum. Ab und an kommt ein Kichern von Junie, die sich anscheinend als Einzige auf den Film konzentrieren kann. Sam hat ihren Kopf auf ein Kissen gelegt und die Augen geschlossen. Ihre Mähne fällt wie ein Fächer um ihren Kopf. Ich streiche ihr eine verirrte Haarsträhne aus dem blassen Gesicht. Sie hat von dem Essen heute Abend wieder kaum etwas angerührt und ich mache mir ernsthafte Sorgen um sie. Die letzten Tage müssen die Hölle für sie gewesen sein.

Müde reibe ich mir über die Augen und denke nach. Der Stick ist weg und mit ihm die Chance, den Wichser anklagen zu können. Kein Video, kein Beweis. Kein Beweis, keine Anzeige. Wie es aussieht, war alles umsonst. Die ganze Aktion von diesem Caleb, Junie den Stick persönlich vorbeizubringen.

Holy, ist das alles frustrierend.

Tief seufzend stehe ich auf, um mir ein Bier aus der Küche zu holen.

»Auch eins?« Mit meinem Fuß kicke ich leicht an Connors Bein.

»Mhm«, brummt er zustimmend. Mehr bekommt auch er nicht mehr zustande. Kein Wunder. Den Tag kann man meinetwegen komplett in die Tonne treten.

Mein Smartphone liegt auf dem Küchentisch. Während ich die Kühlschranktür öffne, werfe ich einen kurzen Blick darauf. Bis auf eine E-Mail habe ich keine weiteren Nachrichten erhalten und wenn mich der Absender nicht dezent aus der Bahn werfen würde, hätte ich sie vermutlich ignoriert.

»Was zur Hölle ...?«, murmle ich, als ich hastig meinen E-Mail-Account öffne.

Connor ruft nach seinem Bier, während ich nicht fassen kann, was ich da sehe.

Ich hole fahrig meinen Laptop aus dem Rucksack, klicke auf den Link, der der E-Mail beigefügt ist und lade die Datei herunter.

Kurze Zeit später hat sich mein Verdacht bestätigt.

Mit einem Schlag bin ich hellwach und konzentriert.

»Connor?«

»Was ist so schwer daran, zwei Bier zu holen?« Er schlendert demotiviert in die Küche.

Wortlos halte ich ihm den Bildschirm unter die Nase.

Seine Augenbrauen schießen in die Höhe, als er auf die Datei stiert.

»Sieh mal einer an. Hat da etwa jemand ein Gewissen entwickelt?«

»Sieht ganz danach aus.«

Sam liegt immer noch wie erschossen auf ihrem Bett, Junie hingegen sieht neugierig zu uns.

»Was ist los?«, will sie wissen, als sie zu uns in die Küche stößt.

Connor reicht ihr meinen Laptop weiter.

Nach einem kurzen Blick darauf schaut sie uns erst verblüfft und dann mit einem breiten Grinsen an.

»Kelly scheint sich wohl nicht entscheiden zu können, ob sie ein böses oder ein gutes Mädchen sein will.« Mit einem Blick auf Sam fragt sie: »Soll ich sie wecken? Sie sollte es wissen. Speichere das Video auf jeden Fall an einem sicheren Ort ab, Danny. Ich habe keine Lust darauf, dass es uns noch mal so leicht unterm Hintern weggeklaut werden kann.«

»Ich werde es nicht in meine Cloud packen. Das ist zu riskant.« Was Datenklau betrifft, bin ich vermutlich so vorsichtig wie Caleb, da mein Vater, was das anbelangt, regelrecht paranoid ist. Zu Recht. Mittlerweile können alle möglichen großen Internetfirmen auf so viele Privatdaten der Nutzer zugreifen, dass einem schwindlig wird. Für einen Staatsanwalt wäre so etwas mehr als nur verheerend. Daher ist er, was das Internet betrifft, von jeher vorsichtig. Jules, Sean und ich haben ihn deswegen immer aufgezogen.

Aber wenn ich nur daran denke, dass dieses Video in falsche Hände gelangen oder sogar weiterverbreitet werden könnte, wird mir kotzübel. Caleb hat schon recht gehabt, das Video nicht zu verschicken, sondern auf einem Stick zu lassen.

»Lass sie schlafen«, sage ich, während ich mein erledigtes Schneewittchen auf ihrem Bett betrachte. »Ich werde morgen früh mit ihr darüber reden. Wir haben es zurück, das ist vorerst das Wichtigste. Ich leite es an euch beide und Sam weiter. Sobald ihr es abgespeichert habt, nennt ihr die Datei um und ändert den Dateityp, okay? Nur zur Sicherheit.«

Junie gähnt so ausgiebig, dass ich fast ihre Mandeln sehen kann.

»Alles klar. Lass uns hier schlafen, Babe. Ich habe keine Lust mehr, die WG zu wechseln.« Sie gibt Connor einen kurzen Kuss auf den Mund und er drückt sie an sich. »Ist das okay für dich, Danny? Schätze, Sam lässt dich inzwischen bei sich im Bett pennen, oder?«

»Ich lasse ihr keine andere Wahl mehr.« Ich sehe bestimmt aus wie ein richtig glücklicher Trottel. Bin ich auch. Gebe ich zu. Macho war gestern.

Sie strahlt mich an und gibt mir einen Schmatz auf die Wange. »Ich freu mich für euch. Wirklich. Und brichst du ihr das Herz, breche ich dir die Beine, und zwar alle drei.« Ihr Strahlen wird immer breiter, aber ich wäre vollkommen bescheuert, würde ich sie nicht ernst nehmen.

»Hast du noch was von deinen Sachen in meinem Zimmer?«

Ich schüttle den Kopf. Sie dreht sich zu ihrer Tür um, als ich mich mit meinem Laptop an den Küchentisch setze.

»Dann leg ich mich jetzt hin. Ich bin schon wieder hundemüde.« Sie gähnt noch einmal lautstark, bevor sie in ihr Zimmer tapst und die Tür hinter sich schließt.

»Ich habe es dir geschickt.« Meine Finger fliegen über die Tasten. Sam und Junie schicke ich es ebenfalls per Mail und lösche anschließend die Übertragungsbestätigung des Filesharers sowie die Mail von Kelly aus meinem Postfach.

»Ich habe es bekommen.« Connor tippt auf seinem Handy herum. »Ich speichere es morgen auf meinem Laptop.« Er trinkt sein restliches Bier aus. »Meinst du, es reicht?«, fragt er, als er aufsteht, um Junie in ihr Zimmer zu folgen. »Für eine eigene Anklage, meine ich?«

»Hoffentlich. Ich werde es Sean schicken, wenn das für Sam okay ist. Er soll es sich anschauen und kann dann sicher mehr sagen. Vielleicht haben wir ja Glück und dieser Psycho wird sowieso für den Mord an dem Mädchen verknackt.«

»Vielleicht wäre es für Sam trotzdem nicht verkehrt ihn anzuzeigen, wenn sie eine Chance gegen ihn hätte. Um ihrer selbst willen.«

Ich blicke überrascht auf, doch er hat sich schon umgedreht und verschwindet durch Junies Tür. Ich kenne Connor schon einige Jahre, aber in letzter Zeit erstaunt er mich immer wieder.

Mit gerunzelter Stirn klappe ich den Laptop zu und trinke mein Bier aus.

Nachdem ich mir die Zähne geputzt und mich bis auf die Boxershorts und mein T-Shirt ausgezogen habe, ziehe ich Sam, die mittlerweile tief und fest schläft, ihre Jeans von den Hüften und die Strickjacke von ihren Schultern.

Als das geschafft ist, hebe ich sie hoch, schlage die Decke um und lege sie neben mich auf die Matratze. Sie nuschelt irgendetwas Zusammenhangloses, als ich uns beide zudecke und meine Hand unter ihren Kopf fädle. Kurz wird sie unruhig und drückt sich im Schlaf von mir, aber als ich ihren Kopf sanft in meine Halskuhle presse, seufzt sie tief und drückt ihre Nase an meinen Hals. Dort, wo meine Halsschlagader vor sich hin wummert.

Gähnend schlinge ich meinen anderen Arm um ihren Rücken und ziehe sie noch dichter an mich.

Was für ein krasser Tag. Aber mit meinem Mädchen in den Armen und ihrem Orangen-Zimt-Duft in meiner Nase werden meine Glieder im Nullkommanichts schwer und mir fallen die Augen zu.

***

Etwas zappelt an meinem Körper. Ich brauche einen Moment, um mich orientieren zu können.

Sams Gesicht ist an meinen Hals gedrückt, ich kann ihren zitternden, hektischen Atem an meiner Haut spüren. Ihr Herz rast an meiner Brust.

»Alles gut«, murmle ich schlaftrunken, habe die Augen aber immer noch geschlossen und will Sam nicht loslassen, um die Nachttischlampe anzuknipsen. »Du träumst nur. Alles okay, Kleine«, flüstere ich in ihre Haare und versuche sie an mich gepresst zu halten. Ist leichter gesagt als getan, da ihr ganzer Körper vor Anspannung vibriert. Ihre Fäuste drücken sich unangenehm in meinen Bauch.

»Shhh.« Ich streiche ihr mit einer Hand durch die Haare. Mich wundert nach Jerrys Überfall heute nicht, dass sie schlecht träumt. Das würde vermutlich auch jede andere tun, ohne ihre Vorgeschichte zu haben.

»Alles gut, Sam, alles gut. Ich bin da«, murmle ich weiter und habe das Gefühl, dass es allmählich hilft und ihre Muskeln sich ein bisschen entspannen. Auf einmal höre ich sie deutlich meinen Namen sagen.

Ich öffne die Augen. In der Dunkelheit kann ich kaum etwas erkennen, aber ich rücke dennoch ein wenig von ihr ab und blicke zu ihr hinunter.

Ihre Lider sind fest geschlossen und die Augen dahinter bewegen sich wie kleine Pingpongbälle hin und her.

»Kleine, ich bin da«, versuche ich erneut sie mit meiner Stimme zu erreichen, und habe keine Ahnung, ob das funktioniert oder nicht.

Sie wimmert und krallt sich mit ihren Fingern in mein T-Shirt.

»Hilf mir!« Ihre Stimme hört sich so verzweifelt an, dass mein Herz kurz davor ist, in meine Boxershorts abzuhauen.

»Mache ich, Sam, ich helfe dir, ich bin da. Keiner kann dir was tun, hörst du?«, sage ich leise und es scheint sie ein wenig zu beruhigen. Ihre Fäuste an meinem T-Shirt entkrampfen sich, ihr Herz pocht nicht mehr ganz so schnell.

Mit meiner Hand umschließe ich ihre an meiner Brust. Sie fühlen sich eiskalt an. Ich schiebe sie unter mein T-Shirt an meinen nackten Bauch, quetsche sicherheitshalber wieder ein Kissen zwischen unsere Becken und ziehe die Bettdecke noch weiter über sie. Währenddessen brumme ich irgendwelche Sachen, die hoffentlich beruhigend auf sie wirken.

Mit Eiswürfeln an der Bauchdecke lässt es sich zwar nicht so gut einschlafen, aber das ist mir scheißegal. Meine Hand streichelt unablässig ihren Rücken auf und ab, auf meinem anderen Arm liegt immer noch ihr Kopf und ich spüre, wie sie sich immer mehr entspannt. Ihre Hände werden warm an meinem Bauch, ihr Atem geht wieder ruhig und gleichmäßig und lullt mich allmählich ein.

Mein letzter Gedanke gilt Jerry. Wenn ich ihn erwische, wird er dafür büßen. Und ich für meinen Teil kann es kaum noch erwarten.

65

Sam

»Schick es ab«, sage ich entschlossen und beschleunige meine Schritte, Danny läuft neben mir her. Wir sind auf dem Weg zur Strafrechtsvorlesung, die Connor schwänzt, da er Junie, die im Moment das Austauschen unserer neuen Tür beaufsichtigt, nicht allein lassen möchte. Ich musste an mich halten, um sie nicht anzuflehen, gleich eine stahlverstärkte Safetür einzusetzen. Da wäre mir wohler. Aber das Leben ist kein Ponyhof.

»Sicher? Ich will nicht, dass du dich zu irgendetwas gedrängt fühlst.«

Er ist so süß, wie er mich besorgt von oben mustert, dass sich meine kleine heilende Seele zufrieden über die Lippen schleckt, einen Seufzer ausstößt und weiterdöst. Mittlerweile scheint sie sich an seine ungefilterten Blicke gewöhnt zu haben.

Meine kalte Hand krabbelt in seine warme Pranke und drückt sie kurz.

»Ja. Sicher. Ich muss so schnell wie möglich wissen, wie die Chancen stehen, dass ich ihn anzeigen kann. Dann kann ich mir immer noch Gedanken darüber machen, ob ich das auch will. Wobei, das brauche ich eigentlich nicht«, schiebe ich hinterher, da mir klar wird, dass es für mich keine andere Option gibt. Wenn ich Chancen habe, werde ich ihn anzeigen. Punkt. Keine Diskussion.

Vermutlich ist mir das auch deshalb klar geworden, weil um ein Haar meine letzte Möglichkeit dahin gewesen wäre, *ihn* für das bluten zu lassen, was er mir angetan hat.

Kelly könnte ich nach wie vor dafür vierteilen, dass sie unsere Jungs von uns weggelockt und Jerry freie Bahn verschafft hat, doch sie hat es wiedergutgemacht. Einigermaßen. Mich würde interessieren, woher ihr Sinneswandel kam.

»Dann betrachte es als erledigt.« Aufmunternd lächelt Danny mir zu. Seine Haare sind von der Nacht zerstrubbelt und fallen ihm wild in die Stirn.

Ich habe so gut geschlafen wie lange nicht mehr, obwohl ich mich daran erinnern kann, kurzzeitig schlecht geträumt zu haben. Doch mit Danny an meiner Seite, seinem Geruch in meiner Nase und seinem ruhigen Herzschlag an meinem Ohr ist es mir tatsächlich gelungen, die dunklen Schatten dorthin zu schieben, wo sie hergekommen sind.

Und neben ihm aufzuwachen ist ein ziemliches Highlight für mich. War ja heute früh auch erst das zweite Mal. Meine Güte, ich gewöhne mich so schnell an Sachen, von denen ich bis vor ein paar Wochen nie gedacht hätte, dass ich sie jemals ertragen könnte.

Wären da nicht meine Schuldgefühle, die mir regelrecht den Magen zuschnüren und den Appetit verderben. Wie ich mit ihnen umgehen soll, weiß ich immer noch nicht. Da muss Tracy wohl mal wieder ran. So leid es mir tut. Ohne sie scheine ich momentan nicht lebensfähig zu sein.

Montagmorgen ohne Kaffee ist ein wahrer Albtraum. Stöhnend schleppe ich mich mit Danny in den Vorlesungssaal. Als ich Kelly in einer der vorderen Reihen ausmachen kann, bin ich jedoch mit einem Schlag hellwach.

Danny hat sie offensichtlich auch gesehen, denn er macht sich bereits auf den Weg zu ihr.

»Später.« Ich ziehe ihn an seiner Jacke zurück und schubse ihn die Treppe hoch zur hintersten Reihe.

Das Letzte, was ich momentan gebrauchen kann, ist zusätzliche Aufmerksamkeit. Nein, danke. Die letzten Tage habe ich so viel ungewollte Aufmerksamkeit bekommen, dass es mir für den Rest meines Lebens reicht.

Mürrisch hört Danny auf mich und setzt sich auf einen der hintersten Stühle.

»Aber nach der Vorlesung ist sie fällig«, brummt er stinksauer und schmeißt seine Bücher lautstark auf den Tisch.

Kelly dreht sich zu uns um und schaut mich direkt an. Müde sieht sie aus, dunkle Schatten liegen unter ihren Augen, ihre lockigen blonden Haare hat sie zu einem Pferdeschwanz zusammengefasst und ihre sonst so hellblauen

Augen wirken dumpf und glanzlos. Mit leerem Blick nickt sie mir zu und sieht dann wieder nach vorn.

Keine Ahnung, wieso, aber sie tut mir plötzlich leid.

Ich weiß, dass sie nach wie vor in Danny verliebt ist. Ich weiß, dass sie sich mit Jerry, dem größten Schwein der Geschichte nach *ihm*, ablenken wollte. Ich weiß, dass sie mir eins auswischen wollte und Jerry sicher nur deshalb geholfen hat. Ich weiß, dass sie keine Ahnung hatte, um was es genau ging. Das macht es alles nicht besser, aber anscheinend hat sie herausgefunden, was Sache ist und hat das Richtige getan. Das rechne ich ihr hoch an, auch wenn ich lieber nicht darüber nachdenken möchte, ob sie das Video gesehen hat. Und wer noch?

Bevor meine Gedanken Amok laufen können, kommt zum Glück unser Prof. Wenn ich daran denke, dass ich letztes Mal wegen viel weniger die Uni gewechselt habe, muss ich beinahe lachen. Unfassbar, was in der kurzen Zeit, in der wir hier sind, schon alles für Scheiße passiert ist.

Unter dem Tisch drückt Danny kurz mein Bein und ich versuche mich auf die Vorlesung zu konzentrieren.

***

»Er wird nicht besser, da kann man sagen, was man will.« Junies Gesichtszüge entgleisen ihr mal wieder, als sie in der Cafeteria missmutig den Kaffeebecher von ihren Lippen nimmt.

Kelly ist nach der Vorlesung so schnell abgehauen, dass wir sie nicht mehr zur Rede stellen konnten. Irgendwann erwische ich sie schon noch. Sie kann nicht ewig vor mir davonlaufen.

Danny und Connor sind im Moment mit Nick, David und dem Rest ihres Teams bei der Spielanalyse. Wir konnten sie knapp davon überzeugen, dass sie uns am helllichten Tag auf dem Campus getrost allein lassen können. Erstens denkt Jerry ja, lediglich er sei im Besitz des Videos und somit wäre die Gefahr für Oliver gebannt, und zweitens wird er uns kaum mitten in der Cafeteria abstechen. Wozu auch?

Wenn ich an unsere erste Uniparty hier denke ... wie Jerry seine Lippen auf meine gedrückt hat ... Er, der Halbbruder meines personifizierten Albtraums ...

»An was auch immer du denkst, es scheint noch widerwärtiger zu sein als der Kaffee.« Junie sieht mir prüfend in die Augen und greift nach meiner Hand, die einmal mehr mein Gelenk mit dem Gummi foltert.

»Keine Ahnung ... es ist im Moment verflixt viel zu verarbeiten«, gebe ich zu. Leugnen bringt bei ihr ohnehin nichts.

Danny hat mittags mit Sean in Boston telefoniert, dem er kurz zuvor das Video gemailt hat. Er hat ihn gebeten, es auf einem sicheren Firmenserver zu speichern und die Mail zu löschen. Ob er paranoid ist und übertreibt, kann ich nicht beurteilen, dafür kenne ich mich mit dem ganzen Internetmist zu wenig aus. Mir reicht es, wenn ich Nachrichten schreiben, telefonieren und googeln kann, der Rest interessiert mich nicht. Also lasse ich Danny machen und muss abwarten.

Weil du ja auch so gut im Warten bist ...

»Sean hat das Video. Er meldet sich, wenn er mehr weiß. Gott, Junie.« Kräftig reibe ich mir übers Gesicht. »Wenn ich nur daran denke, dass sich wildfremde Menschen dieses Video ansehen, nun auch Dannys Bruder ... Ich weiß, ich sollte mich daran gewöhnen. Wenn ich Anzeige gegen ihn erstatte, werden es ja viel mehr Leute zu Gesicht bekommen, aber trotzdem. Das ist hart, wirklich hart.« Ich sehe sie verzweifelt an.

Sie schenkt mir einen warmen Blick und streichelt meine Hand.

»Das glaub ich dir, Sam. Aber du tust das Richtige. Sobald Sean sich zurückgemeldet hat und du weißt, wie deine Chancen stehen, machst du das Schwein platt. Das wird dir sicher guttun und hilft bestimmt gegen deine Schuldgefühle.«

»Fang bloß nicht davon an«, stöhne ich. »Ich habe keinen Plan, wie ich mit denen umgehen soll.«

»Hör auf damit, Sam. Die Dinge sind, wie sie sind, wir können sie nicht mehr ändern. Wir wissen beide erst seit letzter Woche von dem Video. Es ist *nicht* deine Schuld. Wenn dann schon Calebs und meine.« Sie lässt von meiner Hand ab und ich weiche ihrem Blick aus.

Es hat keinen Zweck, mit ihr darüber zu diskutieren, dass es von Anfang an meine Schuld war. Schließlich habe ich ihn nicht angezeigt, als ich selbst noch ein wandelnder Beweis war. Klar hat sie recht. Die Dinge sind so, wie sie sind, keiner kann etwas daran ändern, wir können nur anfangen damit zu leben. Aber das entpuppt sich als immer schwieriger.

***

»Sam! Warte!«, ertönt es hinter mir, als Junie und ich uns am späten Nachmittag in Richtung der Wohnheime aufmachen. Der Dauerregen hat endlich nachgelassen und die Abendsonne lugt hinter ein paar regenschweren Wolken hervor. Die Stimmung wäre fantastisch, würde in meinem Schädel nicht das reinste Chaos herrschen.

Wir drehen uns um und sehen Kelly auf uns zulaufen.

»Sieh mal einer an!« Junie verschränkt die Arme provozierend vor ihrer Brust und geht gleich in die Vollen, bevor Kelly ihren Mund öffnen kann. »Du hast uns ja ganz schön verarscht, was?«

Kapitulierend hebt Kelly die Hände vor ihren Körper, als sie vor uns zum Stehen kommt.

»Lass mich kurz mit Sam reden, dann verschwinde ich wieder.« Sie sieht Junie bittend an, die nur abwertend die Schultern zuckt und mir einen Blick zuwirft.

»Trifft sich gut, ich wollte dich auch sprechen. Was zur Hölle hast du dir dabei gedacht?«, frage ich sie.

»Es tut mir leid.« Sie sieht mich zerknirscht aus ihren hellblauen Augen an, die genauso erschöpft dreinblicken, wie ich mich fühle. »Jerry hat mich reingelegt. Ich wusste nicht, um was es wirklich geht, das musst du mir glauben. Aber sobald ich das Video angespielt habe ...«

»Du hast *was?*«, unterbreche ich sie, meine Stimme klettert dabei zwei Oktaven höher. Ich habe es gewusst!

Fang jetzt bloß nicht wieder mit dem Scheiß von wegen »Uni wechseln« an.

»Nur die ersten paar Minuten. Die haben mir gereicht, um zu wissen, dass er mich angelogen hat.« Nervös wippt sie auf ihren Fußballen auf und ab. »Danach habe ich es sofort per Mail an Danny geschickt.«

»Wir würden gern artig Danke sagen, aber du hast uns erst in die Scheiße geritten. Wenn du Danny und Connor nicht mit deiner Märchengeschichte weggelockt hättest, hätte Jerry keine Chance gehabt, an den Stick zu kommen«, zischt Junie sie wütend an, doch Kelly ignoriert sie und unterbricht nicht eine Sekunde lang den Blickkontakt zu mir.

»Es tut mir ehrlich leid, Sam, ich ... ich hoffe, er wird dafür bezahlen.«

Was soll ich dazu noch sagen?

»Sonst noch was?« Der Grinch in mir starrt mich enttäuscht an.

Wie? Das war's schon?

Was soll ich deiner Meinung nach tun? Ihr eine reinhauen? Sie wusste nicht, um was es geht, und *als* sie es wusste, hat sie das Richtige getan und jetzt hat sie sich entschuldigt.

»Nein. Ich wollte nur, dass du weißt, dass es mir wirklich leidtut. Und ich fände es nett, wenn Jerry nicht erfahren würde, dass *ich* euch das Video geschickt habe«, schiebt sie leise hinterher.

»Daher weht also der Wind. Von wegen, du willst dich entschuldigen. Du willst nur deinen Hintern retten!«, faucht Junie.

Kelly weicht einen Schritt zurück und hebt einmal mehr die Hände.

»Ich hätte bei der Sache nie mitgemacht, hätte ich gewusst, um was es geht. Das müsst ihr mir glauben!« Ihr Blick flitzt hektisch zwischen Junie und mir hin und her. »Ich bitte euch nur, dass ihr Jerry nicht sagt, wie ihr wieder an das Video gekommen seid. Er wird mich umbringen, wenn er herausfindet, dass ich es war. Ist für euch sicher auch besser, wenn er vorerst nicht erfährt, dass ihr erneut im Besitz des Videos seid.« Sie sieht mich abermals eindringlich an. »Das kannst du zwar den Behörden zuspielen, aber ohne deine Aussage ist es wertlos, Sam. Wenn er weiß, dass er verloren hat und die Aufnahme weitergereicht wurde, wird er sicher alles versuchen, damit du keine Aussage machen kannst. Jerry hat regelrechte Panik vor seinem Vater, er würde alles tun, was er sagt. *Alles.* Sein Vater schreckt vor nichts zurück, jetzt, wo sein Lieblingssohn droht, im Knast zu verrotten.«

Schlagartig wird meine Kehle trocken und Eiswürfel schießen an meiner Wirbelsäule entlang. Ich muss schlucken und schiele zu Junie.

Das, was Kelly sagt, klingt logisch. Ich wäre sicher auch noch darauf gekommen, hätte ich mich getraut, überhaupt schon so weit zu denken.

Junie erwidert unruhig meinen Blick.

»Wir würden alle davon profitieren, wenn Jerry vorerst ahnungslos bleibt«, schiebt Kelly hinterher.

Ich muss ihr recht geben, also nicke ich. Beste Freundinnen werden wir trotzdem nie.

»Ist angekommen.« Ich drehe mich um, hake mich bei Junie unter, ziehe sie Richtung Wohnheim und lasse Kelly hinter mir.

»Lass dich bloß nicht von ihr stressen. Wir passen gut auf dich auf, okay? Jerry und Vin Diesel werden nicht mehr an dich herankommen.« Sie drückt kurz meinen Arm, um ihren Worten Nachdruck zu verleihen. »Ich bin gespannt, wann wir Jerry-das-Arschloch hier wiedersehen. Heute habe ich ihn nirgendwo ausfindig machen können.«

Hoffentlich erst mal nicht. Mein Bedarf an Arschloch-Fressen ist vorerst gedeckt.

66

Danny

Nachdem ich frische Klamotten aus meinem Zimmer geholt habe und mir Junie ihren WG-Schlüssel in die Hand gedrückt hat, mache ich mich auf den Weg zu Sam.

Sean hat mir geschrieben. Er wird sich heute Abend bei mir melden und würde gern mit Sam persönlich sprechen. Ich bin gespannt, ob er etwas ausrichten konnte.

Connor und ich haben den ganzen Tag nach Jerry Ausschau gehalten, aber er scheint sich heute nicht auf dem Campus aufgehalten zu haben. Nick und David haben ihn ebenfalls nicht gesehen.

Wenn ich nur an seine Fresse denke, sehe ich rot. Keine Ahnung, was passieren wird, wenn er mir über den Weg läuft. Jedes Mal, wenn ich den blauen Fleck an Sams Rücken sehe, will ich sofort meine Faust in seinem Gesicht versenken. Ungebremst und mit voller Kraft.

Junie hat mich über ihr Zusammentreffen mit Kelly aufgeklärt und einmal mehr bin ich wütend geworden. Mir war klar, dass sie sehr wohl noch in Gefahr ist, wenn die Gegenseite Wind davon bekommt, dass wir wieder im Besitz des Videos sind und sie Oliver anzeigen will. *Falls* sie eine Chance hat. Ohne ihre persönliche Aussage ist die Aufnahme in der Tat wertlos. Allerdings habe ich noch nicht mit ihr darüber geredet. Eins nach dem anderen.

Nun hat Kelly sie jedoch mit der Nase draufgestoßen und ihr damit Angst eingejagt. So viel zum Thema »eins nach dem anderen«.

Nachdem ich die Tür zur WG aufgeschlossen habe, werfe ich meinen Rucksack nebst Tasche mit den Klamotten auf den Küchentisch. Sams Zimmertür ist sperrangelweit auf, sie sitzt in ihrem – natürlich – rot-schwarz karierten Kuschel-Hoodie an ihrem Schreibtisch und kaut auf einem Bleistift herum.

»Hey.« Sie lächelt mich an. Mit wenigen langen Schritten bin ich bei ihr und gebe ihr einen Kuss auf den Scheitel.

»Hey, Kleine.« Von der Wunde am Kopf kann man nichts mehr erkennen, ich spüre nur noch ein wenig Schorf, als ich vorsichtig mit meinem Finger darüberstreiche. »Hast du schon gegessen?«, frage ich und lasse mich auf ihr Bett fallen.

»Nein, noch nicht. Mein Appetit hält sich in Grenzen«, nuschelt sie abwesend und vertieft ihre Stupsnase erneut in die Bücher. Das gefällt mir gar nicht.

Ich rutsche zur Bettkante vor und drehe den Schreibtischstuhl zu mir herum.

»Du musst etwas essen, sonst wirst du ganz klapprig und dürr und ich habe nichts mehr zum Anfassen.«

Ihre Augen blitzen belustigt auf. »Keine Sorge, ist noch genug da.«

»Mmh«, brumme ich, ziehe sie zu mir und packe ihren süßen Apfelpo. »Aber wir wollen doch nicht, dass das hier«, ich drücke ihre Pobacken fest zusammen, »verschwindet.«

Sie lacht auf und legt ihre Hände an meinen Oberkörper, als ich mich mit ihr nach hinten fallen lasse. Auf meiner Brust stützt sie sich ab und sieht mir verschmitzt in die Augen.

»Wie gesagt, so schnell verschwinden Hintern in der Regel nicht.«

»Sag das nicht. Alles an dir ist so klein.«

Sie knufft mir kräftig in die Seite und ich umschlinge sie mit meinen Armen.

»Da braucht es sicher nicht viel, und schwupps, ist er weg. Das würde ich nicht verkraften.«

»Das können wir natürlich nicht zulassen.« Sie kichert und versucht sich zu befreien. Bevor ihr das jedoch gelingt, drehe ich mich mit ihr um, sodass sie unter mir zum Liegen kommt.

»Unter keinen Umständen«, murmle ich und knabbere an ihrer Unterlippe.

Mit ihren tiefseeblauen Augen funkelt sie mich an. »Was schlägst du vor?«

Dass wir uns die Klamotten vom Leib reißen?

»Take-away? Oder darf ich dich ausführen?« Da ich weiß, dass sie an der

Seite ihres Halses furchtbar kitzlig ist, streife ich locker mit meiner Fingerkuppe darüber.

»Verflixt, Danny, hör auf!«

Ich grinse. »Ich weiß, du musst noch lernen ...«

Energisch greift sie nach meiner Hand.

»Lass mich dich ausführen«, schlage ich vor, drehe mich mit ihr auf die Seite und streichle mit der anderen Hand unverfänglich ihren Rücken. Sanft zeichne ich ihren Rippenbogen nach. Sie hat die letzten Tage definitiv an Gewicht verloren und das geht gar nicht; sie ist ohnehin schon sehr schlank. Noch weniger sollte sie auf keinen Fall wiegen.

»Der Italiener neben dem Shady's hat bestimmt noch einen Tisch frei.«

»In Ordnung. Du hast recht. Ich sollte hier mal wieder raus, mir fällt schon die Decke auf den Kopf«, stimmt sie mir seufzend zu und ich bin zufrieden.

»Sean wollte mich heute Abend anrufen«, beeile ich mich zu sagen, da sie schon aufstehen will, doch nun stockt sie in ihrer Bewegung.

Ich beobachte sie aufmerksam.

Auf einmal sieht sie noch kleiner aus als ohnehin schon. Als sei sie geschrumpft durch die ganze Last, die sie schleppen muss. Ich will ihr nur beim Tragen helfen, doch sie tut sich so verdammt schwer damit, es zuzulassen.

»Er würde gern mit dir sprechen.«

Angespannt sieht sie mich an.

»Hat er sich das Video schon angesehen?«

»Davon gehe ich aus. Ich weiß auch nicht, wie es jetzt weitergeht, er wollte das mit dir persönlich besprechen.« Der leichte, unbeschwerte Moment von eben ist komplett dahin.

»Macht Sinn«, murmelt sie gedankenverloren und steht auf. »Ich muss noch ein bisschen lernen, aber um sieben kann es losgehen, ja?«

»Perfekt«, brumme ich und reibe mir übers Kinn. O Mann ... ich kann nur hoffen, dass das alles irgendwie gut geht. Keine Ahnung, was das nun heißen soll. Eben einfach gut. Für sie.

Sie hätte es so was von verdient.

67

Sam

Skeptisch mustere ich mich im Badezimmerspiegel.

Danny hat recht, ich habe abgenommen. Das habe ich auch schon bemerkt. Mein Appetit scheint wie verflogen zu sein und ich weiß nicht, was ich dagegen unternehmen kann. Ist nicht so, dass ich aus reiner Selbstgeißelung nichts mehr zu mir nehmen würde. Mein Magen scheint sich jedes Mal automatisch zu verschließen, sobald meine Nase Essensgeruch wahrnimmt.

Diese verfluchten Schuldgefühle! Es ist zum Verrücktwerden. Ich muss wirklich dringend Tracy anrufen. Mir wächst das alles über den Kopf.

Ich zupfe am Rollkragen meines schlichten schwarzen Pullovers und flechte mir dann die Haare zu einem Zopf. Es klopft an der Badezimmertür.

»Sam? Sean ist am Telefon«, dringt Dannys tiefe Stimme durch die Tür.

Schon?

Auf einmal werde ich wieder nervös.

Fahrig reiße ich die Tür auf und Danny hält mir sein Handy unter die Nase. Schlucken. Noch mal schlucken. Mein Hals ist auf einmal so trocken. Saharamäßig trocken.

»Hallo?«, quetsche ich heraus, als ich ihm das Smartphone abgenommen habe. Ich laufe ins Zimmer und setze mich aufs Bett. Mein Fuß beginnt auf den Boden zu tappen.

»Hallo, Sam«, brummt eine warme, tiefe Stimme durch das Handy.

Ich muss schmunzeln. Sie erinnert mich sofort an Danny und ich entspanne mich minimal.

»Ich bin Sean, Dannys Bruder. Freut mich sehr, dass ich mal deine Stimme höre.« Er klingt ruhig und freundlich.

»Ich freue mich auch, von dir zu hören.«

»Danny hat dir sicher schon erzählt, dass ich von jetzt an gern mit dir direkt sprechen will. Es geht ja um dich und nicht um meinen kleinen Bruder. Schlimm genug, dass er denkt, er sei der Nabel der Welt.« Ein tiefes Lachen gluckert durch den Hörer.

Ich grinse.

Danny sieht mich mit hochgezogenen Augenbrauen an. Mit einer wedelnden Hand bedeute ich ihm mich allein zu lassen. Zwei Huntingtons auf einmal verwirren mich.

»Und sein Ego erst«, stimme ich Sean danach zu.

Er steigt sofort darauf ein.

»Schlimm, oder? Das braucht beinahe eine eigene Daseinsberechtigung.«

Das Eis ist gebrochen. Deswegen nehme ich all meinen Mut zusammen. »Hast du dir das Video angesehen?«

»Ja, habe ich«, antwortet er und wird ernst. »Es tut mir sehr leid, dass dir so etwas angetan wurde, Sam. Ich hätte dich gern unter anderen Umständen kennengelernt.«

»Ich dich auch«, murmle ich verlegen. Mein Fuß tappt abermals auf den Fußboden.

Krampfhaft versuche ich, die Bilder in meinem Kopf zu verdrängen, die er in ihrer ganzen Brutalität auf dem Video gesehen hat und die in meinem Kopf laut kreischen.

Glücklicherweise war es das aber anscheinend mit der gefühlvollen Ebene; seine Stimme wechselt in einen neutralen Anwaltston. Genau das, was ich brauche.

»Okay, folgendermaßen: Ich arbeite bei der Staatsanwaltschaft Massachusetts hier in Boston und bin im Sommer fertig mit meinem Staatsexamen. Bis dahin kann ich allerdings selbst noch keine Fälle vor Gericht vertreten, nur assistieren. Die Frage ist ohnehin, ob dein Fall überhaupt vor Gericht kommt.«

Mir wird ganz schwer ums Herz. War doch alles umsonst?

»Damit meine ich nicht, dass wir nichts unternehmen können«, fährt er schnell fort, als könne er meine Gedanken lesen.

Ich atme hörbar aus.

»Sondern, dass es bei solchen Fällen gut sein kann, dass die Parteien sich auf einen Vergleich einigen.« Er räuspert sich und ich versuche mich auf seine sachliche Stimme zu konzentrieren. »Auf dem Video sind eindeutige Straftaten zu sehen. Sexuelle Nötigung, schwere Körperverletzung, Vergewaltigung. Des Weiteren kann man Täter und Opfer eindeutig identifizieren, was sehr wichtig ist. Dann ist es so, dass du zum Zeitpunkt der Tat minderjährig warst. Fünfzehn, ist das korrekt?«

»Ja, es ist kurz nach meinem Geburtstag passiert«, antworte ich heiser.

Am anderen Ende ist ein Rascheln zu hören.

»Dann sieht es so aus, dass du vor deinem 28. Geburtstag oder innerhalb von zehn Jahren nach der Begehung der Straftat noch Anzeige erstatten kannst.«

Mir fällt ein Stein vom Herzen …

»Es liegt eine besondere Schwere der Schuld vor, da der Täter äußerst brutal vorgegangen ist. Sobald du Anzeige gegen ihn erstattet hast, wird diese von der Staatsanwaltschaft geprüft. Wenn alle Bedingungen erfüllt sind, wird durch sie Anklage erhoben. Auch für den Fall, der aktuell gegen ihn verhandelt wird, dürfte deine Anzeige, solltest du eine erstatten wollen, von Interesse sein; immer vorausgesetzt, der Angeklagte wird in diesem Fall nicht aus Mangel an Beweisen freigesprochen. Falls doch, wird der Gegenseite deine Anzeige auch nicht mehr helfen.«

… und direkt auf meinen Fuß. Scheiße.

»Aber falls nicht, kann deine Anzeige unterstützend auf den anderen Fall einwirken und sogar sein Strafmaß erhöhen. Wie dem auch sei«, er holt tief Luft, »essenziell ist in jedem Fall, dass du persönlich und offiziell Anzeige erstattest. Das kannst du gern bei mir direkt erledigen, wenn du möchtest. Das Beweismaterial habe ich ja bereits. Ich habe zwar keinen Einfluss darauf, wer deinen Fall zugewiesen bekommt, aber ich würde zusehen, dass ich assistieren kann. Falls du das willst.«

O Gott.

An der Bettkante beuge ich mich leicht nach vorn und stütze meine Ellbogen auf die Knie ab.

»Du musst das auch nicht sofort ent …«

»Doch. Muss ich. Ich meine, ja, ich will Anzeige erstatten. Bei dir. Was muss ich dafür tun?« Ich bin ein bisschen stolz auf mich, dass ich vor lauter Courage nicht das Handy fallen lasse.

Kurze Stille am anderen Ende der Leitung. Mein Herz wummert in meinen Ohren.

»Okay, Sam. Das ist gut. Dann wäre es am besten, du würdest so bald wie möglich zu mir nach Boston kommen. Der andere Fall wird auch hier verhandelt. Die Straftat, die an dir begangen wurde, hat zwar laut Danny damals in Plymouth stattgefunden, aber das liegt ja in Massachusetts. Es handelt sich also um denselben Bundesstaat, insofern unterliegt er derselben Staatsanwaltschaft.«

Meine Gedanken haben einmal mehr einen Freifahrtschein im wildesten Karussell des Jahrmarktes ergattern können und scheinen sich dort auszutoben.

Ich bin Sean unendlich dankbar, dass er so nüchtern und sachlich über den Fall spricht, der für mich der reinste Horror ist. Anders würde ich es nicht schaffen, mit jemand Wildfremden darüber zu reden. Und obwohl ich Sean noch nie in meinem Leben gesehen habe, fühle ich mich seltsamerweise gut aufgehoben. Er kann nicht sehen, wie schwer mir das alles fällt. Das macht es mir leichter.

»Sam?«

Eben. Er kann dich nur hören. Du musst schon was sagen.

»Ja, ich bin noch da, sorry«, presse ich heraus, setze mich wieder aufrecht hin und reibe mir fahrig über die Stirn. »Wann passt es dir denn?«

»Du kannst kommen, wann du willst. Ich bin ohnehin immer hier. Feierabende kenne ich schon seit Jahren nicht mehr.« Er lacht leise auf. Es hört sich rau an. »Ich schätze, das ist der Dank, wenn man für den Staat arbeitet. Besprich dich heute Abend mit Danny, wann ihr herfahren könnt, und schreib mir danach eine Nachricht. Dann habe ich auch gleich deine Handynummer, okay?«, schlägt er pragmatisch vor. »Einen Gefallen tust du mir damit auch, ich habe diesen nervigen Sack nämlich schon eine gefühlte Ewigkeit nicht mehr gesehen. Er geht mir fast ein wenig ab. Aber sag ihm das bloß nicht«, schiebt er verschwörerisch hinterher.

Ich muss lächeln. »Keine Sorge, ich werde schweigen wie ein Grab.« Mein Fuß tappt immer noch vor sich hin. »Danke, Sean. Für alles.«

»Nicht dafür, Sam. Noch habe ich rein gar nichts erreicht.«

O doch, hast du wohl. Du ahnst nicht, wie viel ...

Mit geschlossenen Augen bleibe ich noch einen Moment sitzen, da ich Angst habe, meine Beine könnten mein Gewicht noch nicht tragen.

Heilige Scheiße. Das ist gut, oder?

Ja, ist es.

Ich kann das alles noch gar nicht fassen.

Solltest du aber, und zwar so schnell wie möglich, denn es geht los. Du scheinst deine Rache zu bekommen. Vielleicht anders, als du es dir in deinen Splatter-Fantasien vorgestellt hast, dafür aber hochoffiziell. Und wenn du als Sahnehäubchen noch bei dem anderen Fall helfen kannst, krieg ich vielleicht auch diese bescheuerten Schuldgefühle unter Kontrolle.

Das hört sich zu schön an, um wahr zu sein.

Ein bisschen Glück brauchst du auch mal. Nimm es an.

Plötzlich rieche ich Minze, Zitrone und das Meer.

Danny zieht mich hoch in seine Arme und ich schiebe meine Hände unter seinen Hoodie an die warme Haut. Sie fühlt sich noch ein wenig feucht an, da er eben duschen war.

»Alles okay?«, will er wissen.

Ich nicke an seiner Brust und höre das Wummern seines Herzens.

»Danny?«

»Hm?«

»Ich glaub, ich habe Hunger.«

68

Danny

Was für ein Nachmittag.

Sam, Junie, Connor und ich sind heute zu Sean nach Boston gefahren, damit Sam Anzeige gegen diesen Psycho erstatten konnte. Sean will sie heute noch ans Büro der Staatsanwaltschaft faxen, aber da Freitag ist, passiert vor Montag nichts. Er meldet sich, wenn sie geprüft wurde, geht aber davon aus, dass die Staatsanwaltschaft Anklage erheben wird, die der Gegenpartei dann unverzüglich zugestellt werden wird. Nachdem der Wichser bereits in U-Haft sitzt, brauchen sie sich wenigstens nicht mehr um seine Festsetzung zu kümmern.

Junie sitzt mir gegenüber und sieht mal wieder so aus, als hätte sie ernsthafte Absichten, sich ihren Kiefer auskugeln zu wollen, so ausgiebig gähnt sie. Ihre Arme, die sie eben noch weit über den Kopf durchgestreckt hat, plumpsen herunter und sie wirft sich rückwärts auf Sams Bett.

Connor prustet plötzlich los.

»Was?« Ich runzle die Stirn. »Habe ich was verpasst?«

Er geht vorsorglich einen Schritt vom Bett zurück, seine Augen funkeln neckisch.

»Ich musste gerade an *Bonjour* denken. Tut mir leid, Sunshine, aber …« Er fängt ein Kissen von Junie ab. »Wenn ich mir vorstelle, dass du komplett nackt vor den Franzosen stehst …«

»Freut mich wirklich, dass meine Geschichte euch anscheinend nachhaltig so amüsiert«, murrt sie, aber ernsthaft böse wirkt sie nicht. »Hoffentlich läuft das Telefonat zwischen Grinch und ihren Eltern einigermaßen glimpflich ab. Sie telefoniert schon seit einer Ewigkeit mit ihnen«, sagt sie besorgt, als Sam auch schon mit hochroten Wangen aus der Küche schleicht.

»Mann, war das furchtbar«, murmelt sie und wirft sich mit ihrem Handy in der Hand neben Junie aufs Bett.

»Bier?«, ruft mir Connor, der mittlerweile vor dem Kühlschrank in der Küche steht, zu.

»Yep«, antworte ich, bevor Sam auch schon stöhnt: »Und für mich die Flasche Weißwein, bitte. Ein Glas kannst du dir sparen.«

»Aber für *mich* ein Glas«, ergänzt Junie und blickt sie mitfühlend an. »So schlimm gleich?«

Sam dreht sich auf den Bauch und nuschelt ins Kissen: »Gott! So unangenehm.«

»Wenigstens hast du es jetzt hinter dir«, versuche ich sie aufzumuntern, knie mich neben sie ans Bett und kraule ihren Rücken, der heute in einer schwarzen Bluse steckt.

»Schon. Aber ich glaube, nächstes Mal, wenn ich sie sehe, kann ich ihnen erst mal nicht in die Augen schauen. Sie haben zwar cool reagiert, aber trotzdem. Sie waren total schockiert.« Ihre Worte klingen durch das Kissen gedämpft.

»Wen wundert's? Die Story könnte direkt aus einem Horrorfilm kommen«, meint Junie.

Sam reißt Connor fast die Flasche Weißwein aus der Hand, als er aus der Küche zurückkommt.

Junie grapscht sich die Gläser und schenkt ein, während Connor mir mein Bier reicht. Sie drückt Sam das Glas in die Hand und stellt mit ihrem iPod die Beatsteaks an. *Access Adrenalin* dröhnt aus den Miniboxen und das Bier schmeckt heute verdammt gut. Also gleich noch einen Schluck.

Dann setze ich mich hinter Sam aufs Bett und drücke sie mit ihrem Rücken an mich. Ihre kleinen kalten Finger krabbeln in meine Hand und verschränken sich mit meinen.

»Wenigstens hast du heute richtig viel geschafft«, resümiert Junie. »Du hast Anzeige erstattet und deine Eltern eingeweiht. Nun ist die Staatsanwaltschaft dran und die erhebt hundertprozentig Anklage.«

»Du musst es ja wissen, du Staranwältin«, neckt Connor sie und zieht sie zu sich auf den Boden.

»Dafür brauch ich null Ahnung von der ganzen Materie zu haben«, befindet Junie, als sie mit einem Kieksen in seinen Schoß plumpst. »Wir haben wasserdichte Beweise, was soll da schon schiefgehen?«

»Dein Wort in Gottes Gehörgang.« Sam kuschelt sich an mich und ihr unverwechselbarer Duft steigt mir in die Nase.

Es fühlt sich verflucht gut an, dass sie mich inzwischen so an sich heranlässt.

69

Sam

»Deine Anzeige ist durch, Sam«, dröhnt Seans tiefe Stimme durch mein Smartphone. »Die Staatsanwaltschaft Massachusetts hat Anklage gegen Oliver Kent wegen schwerer sexueller Nötigung, schwerer Körperverletzung und Vergewaltigung an einer Minderjährigen erhoben.«

Es ist Dienstagnachmittag und ich stehe vornübergebeugt im Bad – natürlich, wo sonst? –, um nicht umzukippen.

Es passiert. *Wirklich!* Ich kann es nicht fassen, ich kann es verflucht noch mal einfach nicht fassen!

Ernsthaft? Reiß dich zusammen, Sam. War doch klar, dass es so weit kommt. Das war doch die ganze Absicht dahinter.

Ja, ich weiß, du Klugscheißer.

Oh, ich weiß, was hier los ist.

Ach?

Logisch. Ein ganz klarer Fall von Schiss vor der eigenen Courage.

Schönen Dank auch, da wäre ich im Leben nicht draufgekommen.

Was immer du auch tust, du musst es durchziehen, das weißt du. Oder?

Yep.

Sicher?

Ja!

»Sam?«

Hätte ich etwas sagen müssen? Hat er mir eine Frage gestellt? Es rauscht gerade so laut in meinen Ohren.

»Hm?«, kann ich nur machen, da meine Magensäure von einer unsichtbaren Faust nach oben transportiert wird.

»Ist Danny bei dir?«, höre ich ihn plötzlich fragen.

»Nein, er … er ist mit Connor beim Training«, stottere ich und rutsche an der Wand nach unten, bis mein Hintern auf der Badematte aufschlägt.

»Sorry, vielleicht hätte ich es dir erst sagen sollen, wenn Danny bei dir ist.« Er klingt zerknirscht.

»Das konntest du doch nicht wissen. Außerdem bin ich schon ein großes Mädchen.« Hoffentlich kann er mir meine Lüge nicht durchs Handy anhören. Denn ganz ehrlich? Ich fühle mich, als wäre ich fünf Jahre alt und hätte Angst vorm großen, bösen Wolf.

»Wo ist Junie?«

Besorgnis liegt in seiner Stimme.

»Bei ihrer Lerngruppe, glaube ich.« Seine Sorge weiß ich zu schätzen, wirklich, doch andererseits habe ich es so satt, dass momentan alle ständig besorgt um mich sind. Also reiße ich mich zusammen und versuche eloquent zu klingen.

»Alles ist in Ordnung, Sean, das haut mich nicht gleich aus den Latschen.«

Du kannst echt lügen, dass sich die Balken biegen.

»Danny kommt in ein paar Stunden vorbei und Junie schreibe ich kurz an. Vielleicht kann sie nach der Lerngruppe einen Abstecher hierher machen. Mach dir keine Sorgen, ich schaff das schon«, versuche ich ihn zu beruhigen. Oder mich. Wohl eher mich.

»Na gut. Sorry noch mal, Sam. Aber das sind gute Neuigkeiten, okay? Den Rest bekommen wir auch noch hin.«

Den Rest. Witzig ist er auch noch. Der ganze Scheiß fängt doch gerade erst an.

»Ich weiß, Sean. Okay, dann … halt mich auf dem Laufenden.« Ich möchte das Telefonat so kurz wie möglich halten. Ich muss mich sammeln. *Sammeln!*

»Mach ich. Die Staatsanwältin, die deinen Fall auf dem Tisch hat, will dich sicher bald sehen. Ich melde mich, wenn ich einen Termin mit ihr vereinbart habe.«

Die Staatsanwältin? Ich kann mein Glück kaum fassen. Eine Frau. Das beruhigt mich ein wenig.

»Danke dir, Sean. Mal wieder«, murmle ich.

»Nicht dafür, Sam. Grüß alle von mir. Bis bald!«

»Mach ich. Bis bald.« Hastig drücke ich auf den kleinen roten Hörer auf meinem Smartphone und atme tief durch. Und noch mal.

Nein, noch nicht besser.

Also noch mal. Noch mal. Noch mal.

Yep. Geht wieder. So lala.

Zur Sicherheit will ich noch ein paar Mal mein Gummiband schnalzen lassen, aber schon beim ersten Mal zucke ich schmerzvoll zusammen.

Mein Blick fällt auf mein Handgelenk und ich verziehe angewidert das Gesicht.

Bäh, das ist ja ekelhaft, Sam! Schäm dich.

Es ist mittlerweile rot geschwollen. Unter dem Gummiband kann ich eine leichte Kruste getrockneten Blutes erkennen. Scheinbar habe ich es übertrieben und noch nicht einmal bemerkt.

Verflixt noch eins, das ist nicht gut.

Ach, echt?

Tief seufzend rapple ich mich vom Boden auf, wanke aus dem Bad und lasse mich aufs Bett plumpsen. Ich wünschte, Danny wäre hier.

Scheiße, seit wann bin ich so abhängig von ihm? Keine Ahnung, ob ich mich darüber freuen oder ob es mich nerven soll.

Er hat Training und wird schon kommen, wenn er fertig ist. Beruhig dich mal.

Ich weiß. Tu ich ja schon.

In der Embryonalstellung zusammengerollt tippe ich eine Nachricht an Junie.

> Es hat tatsächlich für eine Anklage gereicht. Sie ist raus. Wo bist du? Werde gerade wahnsinnig. SOS!

Mein Handy landet neben mir auf dem Bett und ich knabbere an meinem Daumen herum. Sollte ich nicht tun, ändern kann ich es aber auch nicht. Meine Bettdecke vibriert.

Super. Hab Lerngruppe. Danach muss ich helfen, den Sportschuppen auszumisten. Komm doch auch. Kann Hilfe gebrauchen und wir können reden?

Den Sportschuppen? Warum das denn?

Was hast du angestellt?

Die drei flirrenden Punkte sagen Hallo.

Lange Geschichte. Erzähl ich dir dann. Kommst du?

Wann?

30 Minuten sollte ich schaffen.

Na gut. Wenigstens dämmert es um diese Uhrzeit noch nicht. Danny und Connor können uns dann dort abholen und nach Hause begleiten. Heute gehe ich mit Sicherheit kein Risiko ein. Junie sollte das auch nicht tun. Es ist ganz gut, wenn ich mich mit ihr treffe. So sind wir wenigstens zu zweit, falls etwas passieren sollte.

Hm, hat ja letztes Mal auch mordsmäßig was gebracht.

Kannst du mal aufhören, ständig so negativ zu sein?

Mach mich auf den Weg. Bis gleich.

Schnell gehe ich auf Dannys Kontakt.

Treff mich gleich mit Junie am Sportschuppen. Anscheinend hat sie Scheiße gebaut und muss helfen, ihn auszumisten. Könnt ihr uns nach dem Training da abholen? Ach, und es wurde Anklage erhoben!!

Der Akku meines Handys ist erneut auf schlappen zwanzig Prozent, aber viel Zeit, ihn aufzuladen, habe ich nicht mehr. Es wäre auch nicht so, als hätte ich das nicht erst heute früh erledigt. Das nervt langsam akut.

Meine Wohlfühlhose tausche ich gegen eine Slimfit-Jeans, schlüpfe in die Chucks und greife nach meiner braunen Lederjacke. Heute ist es deutlich wärmer als die letzten Tage; der eisige Wind hat sich gen Westen verpisst. Wird auch Zeit, immerhin haben wir Frühling. Wenn es nach mir ginge, können sich die tristen, deprimierenden regnerischen Tage langsam, aber sicher verkrümeln.

Es wird endlich Zeit für ein wenig Sonnenschein.

70

Junie

Der Kaffee in der Cafeteria hat sich heute an Beschissenheit selbst übertroffen. Hätte ich nicht in zehn Minuten diese nervige Lerngruppe, hätte ich mich schon längst auf den Weg ins Shady's gemacht. Das Gesöff kann ich kaum trinken, es ist so bitter, dass meine Geschmacksknospen regelrecht zusammenzischen. Den Reißverschluss meines moosgrünen Blousons habe ich mittlerweile geöffnet.

Mir ist plötzlich so heiß, dass ich das Gefühl habe, innerlich zu verbrennen. Noch dazu ist meine Kehle staubtrocken. Was ist hier los?

Benommen will ich von der Bank rutschen, als ich auch schon einen kräftigen Arm an meiner Taille spüre.

»Schwindlig? Geht bald vorbei, keine Sorge. Hab's nicht allzu hoch dosiert«, raunt mir jemand ins Ohr.

Alles dreht sich und die Stimme hört sich seltsam dumpf an. Aber so viel, dass das hier gerade in Richtung Katastrophe abdriftet, begreife ich sofort.

Ich will mich aus dem inzwischen unnachgiebigen Griff befreien, doch alles schwankt und wankt um mich herum und verschwimmt vor meinen Augen. Meine Lider werden schwer wie Blei. Ich versuche wenigstens zu schreien oder zu sprechen, zu flüstern, irgendetwas. Aber meine Zunge fühlt sich an wie in Beton gegossen, ich kann sie nicht von meinem ausgetrockneten Gaumen lösen. Nur ein undefinierbares Lallen entweicht meinem Mund.

Ich höre mich an, als wäre ich sternhagelvoll.

»Alles okay mit ihr?«, fragt jemand anderes.

Krampfhaft versuche ich, meinen Kopf von der Schulter des fremden Mannes zu heben, der mich grob und bestimmt mit sich zerrt, doch ich bekomme ihn keinen Millimeter nach oben.

Scheiße!

»Ja, alles in Ordnung. Ich kümmere mich um sie, keine Sorge«, höre ich ihn sprechen und erst jetzt erkenne ich seine Stimme.

Mir wird eiskalt und ich versuche zu brüllen, aber mein Körper scheint mir überhaupt nicht mehr zu gehorchen. Es ist, als würde er die Befehle meines Gehirns rigoros ignorieren und wäre kein Teil meiner Selbst mehr, während ich spüre, wie ich vom Vin-Diesel-Verschnitt aus der Cafeteria geschleift werde.

Ab und zu rutscht mein widerstandsloser Kopf von seiner Schulter und ich kann schemenhaft ein paar Studenten an uns vorbeilaufen sehen, die mich teils mitleidig, teils hämisch ansehen, während ich mit seinem Arm um meine Hüften aus der Uni torkle.

Herrgott, *nein*, ich bin nicht besoffen, es ist 16 Uhr! Und, Fuck, kann mir mal jemand helfen, ich werde hier gerade entführt!

Warum. Unternimmt. Denn. Niemand. Etwas?

71

Danny

Frisch geduscht stehe ich neben Connor vor meinem Spint und scrolle nur in Boxershorts durch meine Nachrichten.

Sean hat dreimal versucht mich zu erreichen, und Sam hat mir vor zwei Stunden geschrieben. Die Anklage ist raus. Jetzt geht es also wirklich los. Hoffentlich reißt Sean dem Wichser so richtig den Arsch auf. Er hätte es so was von verdient. Und so vieles mehr. Aber der Rest der Nachricht macht keinen Sinn.

Stirnrunzelnd blicke ich zu Connor.

»Seit wann muss Junie beim Sportschuppen-Ausmisten helfen? Hat das nicht das Ruderteam aufs Auge gedrückt bekommen?«

Connor schlüpft in seine Vans und streift sich seinen Parka über.

»Was laberst du da?«

Ich halte ihm mein Handy unter die Nase.

Seine Augenbrauen klettern nach oben und er kramt sein Smartphone aus der hinteren Hosentasche. Mich beschleicht ein ganz blödes Gefühl. Schnell scrollt er durch seine Kontakte und hält sich dann das Handy ans Ohr. Da er genau neben mir steht, kann ich hören, wie Junies Mailbox angeht. Er schaut mich alarmiert an.

Mein Gefühl wird immer beschissener.

»Sie hat nichts davon gesagt, dass sie dabei helfen muss. Es macht auch keinen Sinn. Sie ist im Laufteam, die haben nichts mit dem Sportschuppen am Hut. Da ist nur unser Equipment und das der Ruderer und der Basketballspieler drin.«

Ich steige hektisch in meine Bluejeans, ziehe mir mein T-Shirt samt Hoodie über den Kopf, schnappe mir mein Basecap und die Jacke und versuche zeitgleich Sam zu erreichen. Fuck, auch nur die Mailbox.

Mein Gefühl ist mittlerweile derart scheiße, dass es mir fast die Luft zum Atmen abschnürt.

»Heute wurde Anklage erhoben«, presse ich heraus, als ich Connor am Arm packe und aus der Umkleide ziehe. Nick und David, die beide außerhalb vom Campus wohnen, kann ich über den Quad Richtung Parkplatz schlendern sehen.

»Hey!«, brülle ich ihnen hinterher und sie drehen sich um. Ungeduldig winke ich sie zu uns. »Habt ihr eine Ahnung, wer heute den Sportschuppen ausmisten muss?«

Papa Bär schaut mich irritiert an.

»Keiner. Der ist schon seit letzter Woche verriegelt. Da wurde überall Rattenbekämpfungsmittel ausgelegt, nachdem die Hälfte der Ersatzklamotten von den Viechern angeknabbert wurde.«

Mein beschissenes Gefühl macht nackter Panik Platz, die sich wie ein Lauffeuer rasend schnell in meinem Körper ausbreitet.

Ich lasse meine Sporttasche fallen und sprinte los.

Connor liegt einen Sekundenbruchteil hinter mir.

Mein Herz bricht mir beinahe den Brustkorb auseinander, so stark klopft es, als ich das Footballfeld erreiche und in Richtung des dahinterliegenden Sportschuppens davonstürme.

Zwei Stunden.

Sie hat mir vor zwei Stunden geschrieben.

In zwei Stunden kann viel passieren. Kann *alles* passieren.

Fuck, fuck, fuck!

Ich bekomme kaum mit, dass David und Nick hinter uns her hetzen. Ich bekomme kaum mit, dass meine Oberschenkel durch das schnelle Tempo übersäuern, da sie vom Training bereits ordentlich gefordert wurden. Ich bekomme kaum mit, wie mein Körper immer verzweifelter versucht Sauerstoff in meine Lunge zu pumpen. Ich sehe nur Schneewittchen vor meinen Augen. Immer nur mein Schneewittchen.

72

Sam

Kann es sein, dass wir unfassbar dämlich sind oder diese Dreckskerle unfassbar clever? Vielleicht ist es auch eine für uns tödliche Mischung aus beidem?

Wie dem auch sei, sie haben Junie und mich in den Sportschuppen gelockt, in dem wir mit unglaublichen zwei Vin-Diesel-Verschnitten und einem Arschloch-Jerry eingesperrt sind. Von den beiden sieht man nicht mehr als die Augen. Schwarze Mützen und Schals bedecken ihre Gesichter nahezu komplett. Jerry hingegen hat sich nicht die Mühe gemacht sich zu tarnen.

Junie liegt regungslos in einer Ecke des Schuppens. Die Schweine haben ihr noch nicht mal eine Jacke oder etwas Ähnliches unter den Kopf geschoben. Entsetzt sieht sie mich aus halb offenen Augen an und bewegt sich kaum. Jedes Mal, wenn sie versucht etwas zu sagen, kommt nur ein lallendes, unverständliches Kauderwelsch aus ihrem Mund. Ihr Handy, mit dem Jerry mir in ihrem Namen die Nachrichten geschickt hat, liegt auf einem Regal neben ausrangierten Footballhelmen.

Ich korrigiere mich: Wir sind definitiv unfassbar dämlich, denn dass nun auch Junie und ich auf diesen bescheuerten Handy-Trick hereingefallen sind, spricht Bände.

Als ich vor dem Schuppen ankam, wurde ich so schnell von Jerry ins Innere gezogen, dass ich nicht reagieren konnte. Nicht schreien, nicht um mich treten, nichts. Er hat mich vollkommen überrumpelt. Zum zweiten Mal.

Seitdem sitze ich auf meinem Hintern in der Ecke Junie gegenüber und versuche krampfhaft, nicht in Panik zu verfallen. Leichter gesagt als getan. Obwohl sich erneut das Adrenalin blicken lässt und Trigger und Panik von mir wegzuschubsen versucht, gelingt es ihm nämlich kaum noch.

Die Innenseiten meiner Wangen habe ich mir mittlerweile wund gebissen und ich spüre den metallischen Geschmack von Blut auf meiner Zunge. Die Ameisenherde ist abermals aufgetaucht und trappelt mit ihren Millionen Füßchen über meine angespannte Haut. Mein Herz wummert schmerzhaft in meiner Brust, in meinen Ohren tobt der allzu vertraute Orkan. Meine Hände sind schweißnass und an den Gelenken mit Kabelbindern hinter meinem Rücken gefesselt.

Kurzum: Unsere Lage ist mehr als nur höllenbeschissen.

Jerry tippt permanent auf seinem Handy herum und scheint vergessen zu haben, dass wir da sind. Als er fertig ist, sieht er zu einem der vermummten Typen auf.

»Sie sind in einer Stunde da. Dann kann's losgehen.«

»Was kann losgehen?«, krächze ich endlich und scheine meine Stimme wiedergefunden zu haben. Wurde auch Zeit.

Jerry schaut mich genervt an und ist mit zwei langen Schritten bei mir. Er kniet sich vor mich.

»Keine Ahnung, wie du Schlampe wieder an das Video gekommen bist, aber die Anklage wird nicht standhalten«, zischt er mich verächtlich an.

Kleine Speicheltröpfchen landen auf meinen Lippen. Ich versuche ruhig in den Bauch zu atmen, um mir nicht auf den Schoß zu kotzen.

»Geht ja auch schlecht, wenn die Hauptbelastungszeugin wie vom Erdboden verschluckt ist.« Ein hämisches Grinsen überzieht sein Gesicht und ich kann eine gewisse Familienähnlichkeit mit dem Monster von Halbbruder ausmachen.

Ich ruckle verzweifelt an meinen Handgelenken, die Kabelbinder schneiden mir unangenehm ins Fleisch. Doch das ist mein geringstes Problem.

»Was habt ihr mit uns vor?« Ich hasse mich dafür, dass meine Stimme so zittert.

Er steht auf. »Das wirst du noch früh genug sehen.«

»Was habt ihr Junie gegeben?«

»Haldol. Das ist das Praktische, wenn der Vater in gewissen Kreisen verkehrt.«

Haldol?

Verwirrt sehe ich zu Junie, die ergeben ihre Augen schließt. Keine Ahnung, was das für ein Zeug ist, aber so wie es aussieht, weiß Junie es ganz genau. Da scheint sich ihre Biologiepaukerei gelohnt zu haben. Blöderweise hilft es uns in dieser Sekunde gar nichts.

Mühsam öffnet sie abermals ihre Lider und reißt sie dann übertrieben weit auf, vermutlich, um nicht der lähmenden Müdigkeit, die ihr offensichtlich in den Gliedern steckt, nachzugeben.

Und was meint Jerry mit den »gewissen Kreisen«? Was ist das hier nur für eine riesengroße Scheiße?

»Was wollt ihr mit ihr? Ihr braucht sie doch nicht. Sie hat mit der ganzen Sache nichts zu tun«, flehe ich Jerry an.

»Da hast du recht. Aber wir haben sie gebraucht, um so schnell wie möglich an *dich* ranzukommen, und jetzt kommt sie mit. Wenn wir sie hierlassen, würde sie singen wie ein Kanarienvogel.« Er lässt sich auf einen Hocker neben der Werkbank nieder und stiert mich an. Seine stumpfen grünen Augen glitzern hasserfüllt.

»Warum machst du das alles, Jerry? Ist dir dein Bruder wirklich so viel wert, dass du für ihn in den Knast wandern würdest?«, frage ich, da ich merke, dass mir das Reden die Panik vom Hals hält.

»Knast? Wieso sollte ich da rein müssen? Oder meinst du im Ernst, ihr kommt aus der Sache heil raus?«

»Wollt ihr uns umbringen, oder wie?« Ein Blick in seine kalten Augen lässt das ungläubige Lachen, das gerade auf dem Weg nach oben war, sofort in meiner Kehle stecken bleiben. »Fuck, Jerry ... das kann doch nicht dein Ernst sein!«, hauche ich stattdessen entsetzt. »Willst du ernsthaft für deinen Bruder *töten?«* So viel zum Thema, Reden hält mir die Panik auf Abstand.

Er sieht mich emotionslos an. »Du hast keine Ahnung, aus welcher Familie wir stammen.«

Vin-Diesel-Verschnitt Nr. 1 lehnt sich mit dem Hintern an die Werkbank und Nr. 2 steht nach wie vor mit verschränkten Armen vor der Brust und dunklem Blick neben Junie.

»Mit uns legt man sich nicht an, Schlampe! Und wenn man so dämlich ist, es zu tun, muss man mit den Konsequenzen leben. Hast du dich nie gefragt, mit was unser Vater sein Geld verdient, nachdem er so stinkreich ist?«

Seine Stimme wird noch ätzender und brennt sich ihren Weg durch meine Gehörgänge direkt in mein Hirn.

»Er ist ein sehr wichtiger Mann in gewissen Kreisen, mit extrem lukrativen Geschäften. Macht und Einfluss hat er genug, oder wieso, glaubst du, ist schon Olivers erste Anklage nicht durchgegangen? Bei dieser hier wird es nicht anders laufen.« Er steht ruckartig vom Hocker auf und kniet sich erneut neben mich.

Mittlerweile zittere ich unkontrolliert. Ich kann nichts dagegen unternehmen, es kommt von innen heraus, ich höre sogar meine Zähne aufeinanderschlagen.

»Er hätte dich gleich erledigen sollen. Das war sein einziger Fehler. Bei der letzten Fotze hat er es wenigstens hinbekommen, auch wenn er da schon wieder Scheiße bauen musste. Aber nichts, was mein Vater nicht ausbügeln könnte. Der Fall ist so gut wie gestorben. Sie können ihm nichts. *Nichts.* Und da glaubst du ernsthaft«, er beugt sich so nahe zu mir, dass seine Stirn fast meine berührt, »dass wir zulassen, dass ihm so eine dahergelaufene Bitch, die mit ihrem ersten Fick nicht klargekommen ist, zum Verhängnis wird? Wegen eines verfluchten *Videos?*« Er blickt mir tief in die Augen und ich sehe nichts. Einfach nichts. Sie sind so leer wie ein Kinosaal an einem Montagmorgen.

Er spuckt mir ins Gesicht und ich halte automatisch die Luft an.

Gott, es ist nur Spucke, hätte auch seine Faust sein können, also entspann dich.

Entspann dich? Sag mal, hast du den Knall nicht gehört?

Doch. Schon. Der war ja laut genug. Aber durchdrehen bringt jetzt auch nichts.

»Du und dieser beschissene Caleb. Am liebsten hätte ich ihn totgeprügelt für die ganze Scheiße, die er uns eingebrockt hat.«

Junie stößt einen erstickten, winselnden Laut aus, woraufhin Vin Diesel Nr. 2 ihr, ohne zu zögern, mit dem Fuß in die Seite tritt. Der winselnde Laut erstirbt und sie schließt die Augen.

Und plötzlich spüre ich noch etwas anderes in mir aufwallen. Es kommt wie eine Dampfwalze mit Überschallgeschwindigkeit ungebremst auf mich zugerast. Nichts kann ich unternehmen, um ihn zu stoppen; der Hass schießt heiß und ungefiltert durch meine Venen, breitet sich rasend schnell aus und entlädt sich in meinem Mund.

»Was kann ich denn dafür, dass dein grenzdebiler Psychopathen-Bruder so bekloppt war, uns zu filmen? Sich selbst zu filmen, wie er mich *vergewaltigt* hat, und das Video noch dazu ins Darknet zu stellen? Ich meine …« Ich fange an zu lachen.

Scheiße, was soll das? Willst du uns umbringen? Halt die Klappe!

Geht nicht. Sorry. Beschwer dich beim Verstand, der hat eben auf der Flucht vor dem Hass die Biege gemacht.

»Wie kann man nur so verdammt blöd sein?«

Jerrys Augen verengen sich zu Schlitzen.

Ich weiß, ich sollte meinen Mund halten, ich hätte ihn nie aufmachen, geschweige denn *aufreißen* dürfen, so, wie ich es gerade tue, aber ich kann nicht anders.

Ich muss tatsächlich Todeswünsche haben.

»Und jetzt musst du seine ganze Scheiße ausbügeln? Was bist du? Sein Babysitter? Der uneheliche, ungeliebte, ewig an zweiter Stelle stehende Bruder, der ihm immer alles hinterherräumen muss? *Du* wirst bluten dafür, wenn man dich schnappt, nicht er. *Du* wirst in den Knast wandern, allein schon für das, was du Junie und mir hier antust. Freiheitsberaubung? Was steht noch an? Klang nach Kidnapping, oder? Und dann? Mord? Halleluja, Jerry, die Liste wird ja immer länger! Ob Daddy dich da auch so raushauen wird wie seinen kostbaren Erstgeborenen? Schon komisch, dass er dich damals nie erwähnt hat. Nicht *ein einziges Mal* habe ich von einem Jerry gehört. Als würdest du überhaupt nicht exist …« Jerrys Faust trifft mich mitten im Gesicht.

Mein Kopf fliegt nach hinten und kracht gegen die Holzwand des Schuppens, Sterne explodieren vor meinen Augen und ich höre Junie schreien. Das ist gut. Sie kann wieder schreien. Sehr gut. Immer positiv denken.

Ein beißender Schmerz breitet sich rasend schnell auf meiner linken Gesichtshälfte aus, ich kann nicht lokalisieren, wohin er genau geschlagen hat.

Die Wange, das Auge, der Kiefer, alles ist ein einziger, kreischender, greller Schmerz.

Das Problem ist nur, dass mich das nicht stoppen kann. Nichts scheint mich stoppen zu können. Ich fühle weder Panik noch Angst. Höchstens Angst vor mir selbst, denn was hier gerade mit mir passiert, kann ich nicht verstehen. Panisch in der Ecke liegen und in eine Papiertüte hecheln müsste ich, aber plötzlich könnte ich nicht weiter davon entfernt sein.

Es ist, als hätten sich all der Hass, die Wut, die Angst, die Panik, die Traurigkeit der letzten sechs Jahre in mir zu einem letzten, ultimativen Gegenschlag versammelt. Selbst wenn ich wollte, ich könnte mich nicht aufhalten. Keine Chance. Außerdem will ich nicht. Denn ich habe es so satt!

Ich habe es so satt, die Prinzessin-in-Nöten zu sein, ich habe es so satt, eine Person zu sein, um die man besorgt sein muss, ich habe diese Albträume so satt, die Scham, die Panikattacken, das verfluchte Gummiband, das Über-die-Schulter-Sehen, ich habe alles so verdammt satt!

Meine kleine, nicht mehr so krüpplige Seele hat sich die dicksten Boxhandschuhe übergezogen, die sie auf die Schnelle auftreiben konnte, und steigt in den Ring.

»Wow, Jerry! Guter Treffer, Mann! Gut gemacht! Einer wehrlosen, gefesselten Frau mit voller Kraft mitten ins Gesicht zu schlagen; *das* ist es, was einen wahren Mann ausmacht.« Das erste Mal, seit ich hier sitze, rapple ich mich vom Boden auf.

Mein Schädel dröhnt, meine linke Gesichtshälfte fühlt sich an, als hätte jemand Benzin darüber gegossen und sie angezündet, aber das sind alles Nebensächlichkeiten.

»Was ist es, hm? Sag es mir, Jerry! Warum meinen die Männer aus deiner Familie immer, mir in die Fresse hauen zu müssen? Habe ich etwa *Opfer* auf meine Stirn tätowiert?«, brülle ich ihn weiter an und taumle einen Schritt auf ihn zu.

Dummerweise klingelt es mittlerweile in meinem linken Ohr, sodass mich mein Gleichgewichtssinn ziemlich im Stich lässt.

Jerry stiert mich an, als wäre ich das Mädchen aus *The Ring*, das gerade aus dem Brunnen klettert und – *Yes!* – tritt einen Schritt zurück.

Feiern kannst du dich später. Theoretisch. Wenn du das hier überlebst. Das wirst du aber nicht. Jetzt nicht mehr. Schönen Dank dafür.

Dann ist doch eh schon alles egal, oder?

»Was wirst du jetzt tun, Jerry? Ich spiel wohl nicht so mit, wie du es gern hättest? Soll ich mir vor Angst in die Hosen pinkeln, weil wir mit euch drei Psychos in diesem Schuppen stecken? Weil wir euch körperlich unterlegen sind? Ihr uns das Leben zur Hölle machen könnt? Du hast eines vergessen, du Arschloch!« Ich hole tief Luft und diesmal sind es meine Speicheltröpfchen, die in Jerrys Gesicht spritzen. »Da war ich schon längst und die hat mich auch nicht geschafft!«

Und in der gleichen Sekunde, in der Jerry erneut seine Faust gegen mich erhebt, donnert die Schuppentür gegen die Holzverkleidung. Die Luft wird erfüllt von Schreien, Brüllen, Flüchen und den ersten knochenbrechenden Geräuschen.

73

Danny

Ich kann Sam schon von draußen brüllen hören. Noch nie hat sich ihre Stimme in meinen Ohren schöner angehört. Connor reißt mich in letzter Sekunde an der Schulter zurück, bevor ich die Schuppentür aufreißen kann.

»Warte! Lass uns erst mal sehen, wie viele da drinnen sind und ob sie bewaffnet sind oder nicht«, zischt er mich an, lässt jedoch sofort meine Schulter los, als er meinen Blick sieht. Offensichtlich ist er tödlich. Wundert mich nicht, ich fühle mich im Moment nämlich tatsächlich wie Thor. Zwar ohne Vorschlaghammer, dafür aber mit einer Menge Adrenalin, Hass und Wut im Bauch.

»Du kannst dich gleich austoben, versprochen«, beeilt er sich zu sagen.

David und Nick bremsen außer Atem dicht hinter uns.

»In was für eine Scheiße sind eure Mädchen da reingerutscht?« David stützt sich keuchend mit seinen Händen auf den Knien ab.

Ich schüttle nur den Kopf. »Später.«

»Das könnte gefährlich werden«, raunt Connor den beiden zu.

Aber wir wären nicht befreundet, würden sie jetzt nicht desinteressiert mit den Schultern zucken.

»Einer für alle.« Nick zückt sein Handy und entfernt sich ein paar Schritte von uns mit den Worten: »Ich ruf die Bullen. Die echten.«

Connor zieht mich am Arm um den Schuppen herum. Durch ein kleines Fenster können wir einen Blick nach drinnen werfen.

Drei Typen stehen im Raum, scheinbar unbewaffnet. Einer davon ist Jerry. Sam hat sich direkt vor ihm aufgebaut und schreit ihm ins Gesicht. Holy Shit und *was* sie da schreit!

»Ist sie wahnsinnig geworden?«, flüstert Connor entsetzt neben mir.

Ich kann nicht sagen, ob ich vor Stolz auf ihren Mut platzen oder eher ausrasten sollte. Denn so, wie es aussieht, hat sie schon einen guten Schlag einstecken müssen.

Ihre linke Gesichtshälfte ist geschwollen und ich kann einen blutigen Cut in Höhe ihres Wangenknochens ausmachen. Ihre Hände hat sie hinter ihrem Rücken verschränkt. Freiwillig würde sie das sicher nicht tun, also muss ich annehmen, dass sie ihr auf den Rücken gefesselt wurden.

Junie kann ich nicht sehen. Fuck, wo steckt sie?

Ein Blick zu Connor reicht. Wir umrunden hastig den Schuppen und postieren uns vor der Tür.

Nick kommt zurück und steckt das Handy in seinen Parka.

»Auf drei!«, zische ich meinen Freunden zu.

Als wir bei drei angekommen sind, heben Connor und ich zeitgleich ein Bein und rammen es mit voller Wucht in die schäbige Holztür.

Durch den Blick durchs Fenster weiß ich sofort, wohin ich als Erstes laufen muss. Junie, die links an der Wand schlaff und mit halb geöffneten Augen am Boden liegt, bringt mich kurzzeitig aus dem Konzept, aber Connor ist schon bei dem Wichser neben ihr und rammt ihm seine Faust mitten ins Gesicht.

Jerry hat seine Hand erhoben und will gerade zu einem weiteren Schlag gegen mein Mädchen ausholen, aber das kann er vergessen. Schlimm genug, dass ich den ersten Schlag nicht verhindern konnte.

Mit vier langen Schritten bin ich bei ihm, packe ihn an seiner Jacke, schleudere ihn mit dem Rücken auf die Werkbank und dresche meine Rechte mit voller Kraft in sein Gesicht. Ich kann hören, wie seine Nase bricht und es fühlt sich so gut an.

»Du blöder Wichser! Was läuft falsch in eurem Hirn?« Den nächsten Schlag platziere ich in seine Magengrube.

Er ist immer noch so überrascht von unserem Angriff, dass er keine Zeit hat, seine Bauchmuskulatur anzuspannen, bevor meine Faust ihn trifft.

Aus den Augenwinkeln kann ich Nick sehen, der sich den zweiten unbekannten Dreckskerl geschnappt hat. Connor ist nach wie vor mit dem ersten beschäftigt und prügelt gnadenlos auf ihn ein. Unser Bare-Knuckle-Training mit Nick scheint sich auszuzahlen.

Sam ist in dem ganzen Chaos mit ihren auf dem Rücken gefesselten Händen zu Junie getaumelt und kniet vornübergebeugt neben ihrem Kopf, wohl um zu verhindern, dass ihr jemand aus Versehen ins Gesicht tritt. Warum kann Junie sich kaum rühren?

Ehe ich mir darüber weitere Gedanken machen kann, rammt mir Jerry sein Knie in den Bauch und versucht mich von sich zu schieben. Ich allerdings kann rechtzeitig meine Bauchmuskeln anspannen, deshalb halten sich die Schmerzen in Grenzen. Außerdem bin ich noch längst nicht fertig mit ihm, denn ich sehe Rot. Blutrot.

Pures, reines Adrenalin pumpt durch meine Adern. Als Jerry sich an mir hochzieht, um mir seinen Kopf ins Gesicht zu hämmern, ducke ich mich weg, platziere eine Faust in seine Seite auf Höhe der Nieren und umschließe mit der anderen seinen Hals. Ein ächzendes Geräusch entweicht seiner Kehle. Meine Finger drücken erbarmungslos zu, während ich meinen Körper seitlich drehe, um nicht von seinen Tritten in die Eier getroffen zu werden.

Jerrys Augen werden größer und scheinen langsam aus den Höhlen zu treten, sein Atmen rasselt mir ins Gesicht.

Ich beuge mich dicht an sein Ohr.

»Ich kann's gar nicht erwarten, bis Sam dich genauso in den Knast bringt wie deine Missgeburt von Bruder – und das *wird* sie, mach dich darauf gefasst.« Da es sich so wahnsinnig gut anfühlt, erhöhe ich den Druck auf seinen Kehlkopf. »Wenn du sie nur noch *einmal* schief anschaust, töte ich dich.« Meine Stimme ist nur noch ein Zischen.

Vor meinen inneren Augen sehe ich den blauen Abdruck seiner Faust an ihrem Rücken, die Panik in ihren Augen, wenn sie nachts schreiend aufwacht, ihre auf dem Rücken gefesselten Hände, ihre geschwollene, linke Wange und ich muss all meine Willenskraft aufbringen, um ihm nicht den Kehlkopf zu zerquetschen.

Also begnüge ich mich mit etwas auch ganz Nettem, reiße meinen Kopf in den Nacken, um Schwung zu holen, und krache diesmal mit meiner Stirn in sein Gesicht. Seine Nase ist nur noch ein blutiger Brei, sein Gesicht vom Sauerstoffmangel knallrot angelaufen und ich zwinge mich den Griff um seine Kehle etwas zu lockern.

»Wie fühlt sich das an, hm? Denk das nächste Mal daran, bevor du wieder auf unschuldige Frauen einschlägst, du scheiß Schwächling.«

Meine Fresse, wenn ich bei Jerry schon so ausraste, sollte ich diesem Oliver wirklich nie begegnen. *Niemals.* Ich würde ihn umbringen. Mit Sicherheit.

Plötzlich trifft mich ein fieser Schlag in die Seite und ich werde von einem der Unbekannten umgerissen. Keine Ahnung, welcher von beiden es ist, sie sehen vollkommen identisch aus. Wie Zwillinge.

Ich hole zu einem gewaltigen Tritt aus, als der Typ von David zurückgezogen und gegen die Holzwand katapultiert wird.

»Sorry, Danny!«, keucht er in meine Richtung, bevor sich seine Faust in den Zwilling versenkt.

Hastig sehe ich mich um, ob hier irgendetwas ist, mit dem ich diesen Flachwichser Jerry fesseln kann, der röchelnd auf der Werkbank liegt.

Im Regal kann ich ein Bündel Kabelbinder ausmachen und muss einen Bogen um Connor machen, der sich immer noch mit dem anderen Zwilling prügelt. Er sieht nicht danach aus, als würde er Hilfe benötigen. Der Zwilling hingegen schon. Mütze und Schal liegen auf dem Boden verteilt, Connor kniet auf seinem Brustkorb und drischt die Luft aus seiner Lunge.

Ich schnappe mir die Kabelbinder, grapsche nach Connors Faust und drücke ihm ein Bündel davon in die Hand. Außer Atem stiert er mich an, bis er knapp nickt. Sein Beschützerinstinkt bei Junie scheint gerade genauso einzuschlagen wie meiner bei Sam.

Jerry hat sich derweil zusammengekrümmt und liegt auf der Seite, die Hände hält er sich schützend vors Gesicht. Grob reiße ich ihn hoch, zwinge ihm die Handgelenke auf den Rücken und lasse einen Kabelbinder einrasten. Fest. Von ihm kommt nur noch ein Röcheln. Mein Mitleid hält sich massiv in Grenzen.

Fieberhaft suche ich die Regale nach einem Werkzeug ab, mit dem ich Sam wiederum von ihren Fesseln befreien kann. Mein Blick bleibt an einer Gartenschere hängen.

Jerry und einer der Zwillinge liegen inzwischen fest verschnürt auf Boden und Werkbank, Nick und David kümmern sich um den anderen Typen.

Connor hat Junie vorsichtig angehoben und nun lehnt sie mit dem Kinn auf der Brust schlaff an seinem Oberkörper.

»Was ist los mit dir, Sunshine?« Man kann eindeutig die Angst in seiner Stimme hören.

Bevor ich mich hinter mein mutiges Mädchen knie, fasse ich sie sanft an den Schultern an, damit sie sich nicht erschrickt und ich ihr am Ende mit der Schere in die Handgelenke schneide.

Ihr ganzer Körper wird förmlich durchgeschüttelt, so stark zittert sie.

»Hal ...dol«, klappert sie mit den Zähnen und sieht zu Connor.

Was ...?

»Ein Neuroleptikum«, kommt von David, der wie Junie Biologie belegt hat. Er wischt sich ungeduldig etwas Blut von der Lippe. »Wird unter anderem bei Schizophrenie angewendet. Sehr beliebt bei Psychiatern. Man kann es aber auch als K.-o.-Tropfen verwenden.«

Was sind das doch für kranke ...

»Fuck, was muss ich jetzt machen?«, schreit Connor ihn an.

Seine Oberlippe ist aufgeplatzt, unter seinem rechten Auge wird langsam, aber sicher ein Veilchen sichtbar, die blonden Haaren liegen zottelig und verschwitzt an seinem Kopf an. Die Arme hat er fest um Junie geschlungen, damit sie ihm nicht wegkippen kann.

»Da kannst du nichts machen. Die Wirkung hält in der Regel ein paar Stunden an. Wie lange, kann ich dir nicht genau sagen, ich kenne ja die Dosierung nicht. Wir haben doch die Bullen gerufen, da kommt sicher ein Krankenwagen mit.« David klopft Connor beruhigend auf die Schultern, der vollkommen fertig sein Kinn auf Junies Scheitel legt.

Mittlerweile habe ich es geschafft, Sams Kabelbinder durchzuschneiden. Ihre Handgelenke sind knallrot, die Haut drumherum streckenweise aufgeplatzt; vor allem dort, wo sie immer ihr Gummiband trägt.

Sie reißt ihre Arme blitzschnell nach vorn und fällt dabei gegen Nicks Beine, der schräg hinter Connor steht. Um ihr aufzuhelfen, bückt er sich, doch sie prallt wie ein Gummiball an ihm ab, springt hektisch auf, wankt leicht und macht einen Schritt aus unserer Runde heraus. Dass sie am Rande eines völligen Nervenzusammenbruchs steht, kann jeder Idiot erkennen.

Bevor ich sie mir jedoch schnappen kann, höre ich schwere, polternde Schritte, eine Horde von sechs bis an die Zähne bewaffneten Polizeibeamten stürmen den Schuppen und dann geht alles blitzschnell.

74

Sam

Noch mehr Menschen. Noch mehr Männer. Das hat mir gerade noch gefehlt.

Zumindest ist unschwer zu erkennen, dass sie Polizisten sind. Zur Sicherheit gibt sich aber mein guter Freund Adrenalin noch mal kurz die Ehre und linst um die Ecke. Er dachte wohl, er könne schon Feierabend machen. Zu früh gefreut.

Nachdem es nicht die Campus-Cops, sondern die echten Bullen sind, scheinen sie die Situation sofort richtig einzuschätzen. Drei von ihnen packen sich die am Boden liegenden Dreckskerle sowie Jerry und führen sie nach draußen. Einer der Bullen geht vor Junie und Connor in die Hocke und ein anderer führt einen extrem widerwilligen Danny am Arm ein Stück weiter weg.

»Was ist hier los?«, verlangt der Cop zu wissen und David schaltet sich ein.

Nick, den ich eben beinahe umgeworfen hätte, da ich an seine Beine gekippt war, steht schräg hinter Connor und versucht meinen Blick zu bekommen.

Uff. Ist im Moment schwer.

Vorsichtig macht er einen Schritt auf mich zu und streckt mir die Hand entgegen, aber ich weiche nach hinten aus. Es geht nicht. Ehrlich nicht. Auch wenn mich das Adrenalin noch nicht ganz verlassen hat, traue ich mir selbst nicht über den Weg. In mir herrscht ein absolutes Durcheinander. Alles könnte im Moment passieren, wenn mir jemand zu nahekommt. Das Risiko ist mir eindeutig zu hoch.

Bevor ich mir weitere Gedanken über die möglichen Konsequenzen von Körperkontakt machen kann, taucht der sechste Bulle vor meinen Augen auf, beugt sich zu mir hinunter und sagt: »Miss? Kommen Sie bitte mit mir?«

Äh … Nein?!

Jetzt stapfen auch noch zwei Sanitäter in voller Montur und mit ihren Koffern in den Schuppen und das Chaos ist komplett. Allerdings muss ich ihnen zugutehalten, dass es zumindest ein geordnetes Chaos ist. Ich habe mich immer gefragt, was das genau sein soll. Nun weiß ich es. Ich hätte auch sterben können, ohne es zu wissen.

Einer geht vor Junie in die Hocke, der andere kommt auf mich zu und drängelt den Cop zur Seite. Seine weiße Uniform und sein hochgewachsener Körper vermitteln eine gewisse Autorität.

»Miss? Alles in Ordnung? Lassen Sie mich mal Ihr Gesicht ...« Er hebt die Hand und sieht mich aufmerksam an.

Hastig trete ich noch einen Schritt zurück und pralle dafür wieder an Nick, diesmal an seinen Brustkorb. Der Schuppen ist auf einmal verflixt klein geworden.

Zischend hole ich Luft und brabble: »Alles okay, tut nicht weh, kümmern Sie sich lieber um Junie.«

»Um sie kümmert sich mein Kollege«, meint er freundlich.

Ablenken ist also nicht. Mist.

Seine Hand kommt immer näher auf mich zu. Weiter zurückweichen kann ich nicht, ich drücke mich schon fast in Nicks Brust hinein und bin ihm mehr als dankbar, dass er keine Anstalten macht, mich zu berühren.

»Wenn Sie mich anfassen, beiß ich Ihnen die Finger ab, verstanden?«, fauche ich und weiß, dass ich mich verrückt anhöre. Das bin ich auch. Denn nichts ist mehr an seinem Platz. Alles wurde verrückt. Im wahrsten Sinne.

Dem Cop scheint der Geduldsfaden zu reißen, er macht erste Anstalten, mich am Arm zu packen, doch der Sanitäter geht dazwischen. Zum Glück. Ich hätte nämlich keine Lust, wegen Widerstandes gegen die Staatsgewalt festgenommen zu werden. Genau das wäre passiert, wenn er mich nun angefasst hätte.

»Sie steht unter Schock. Geben Sie ihr ein paar Minuten.«

Absolut korrekt.

»Ruhig atmen, Sam, okay?«, brummt mir Nick von hinten leise ins Ohr.

Ich kann seinen Herzschlag an meinem Hinterkopf fühlen. Nicht Dannys, aber trotzdem ein bisschen beruhigend, da ich ihn kenne. Mit dem

Atmen hat er recht. Ich glaube, das habe ich die letzten paar Sekunden glatt vernachlässigt.

Mein Blick schießt zur Tür, aus der mittlerweile Danny mit David und dem Bullen verschwunden ist. Junie wird derweil von Connor und dem anderen Sanitäter aus dem Schuppen getragen und übrig bleibe ich mit drei Männern.

Na, prima.

»Ihre Kollegen benötigen sicher Ihre Hilfe bei den Zeugenaussagen«, spricht der Sanitäter den Cop ruhig an und ich höre Unnachgiebigkeit in seiner Stimme. Auf einmal wird er mir richtiggehend sympathisch, denn der Bulle dreht sich daraufhin widerwillig um und macht auf dem Absatz kehrt.

Und da waren's nur noch zwei.

»Ich heiße Matt.« Langsam tritt der Sanitäter einen Schritt zurück, lässt mich jedoch nicht aus den Augen. »Bist du noch woanders als im Gesicht verletzt?«, will er wissen.

»Nein. Nur eine Beule am Kopf, glaub ich«, nuschle ich und sehe vom Adrenalin nur noch die Kehrseite. Es verpisst sich. Scheiße.

Meine Knie schlottern nur noch, mein Herz tobt sich in meinem Kopf aus, was ich vermutlich dem Zusammenstoß mit der Schuppenwand zu verdanken habe, und meine Atmung macht, was sie will. Noch dazu fange ich ernsthaft an zu schwitzen.

»Darf ich mir das mal anschauen?«, fragt er, beugt sich zu seinem Koffer hinunter und öffnet ihn.

»Ähm …« Mehr kriege ich ums Verrecken nicht heraus.

»Setz dich kurz auf den Hocker, es dauert nicht lange, keine Sorge.« Er sieht mich nicht an, als er sich die Gummihandschuhe, die ihn vor Infektionen schützen sollen, überstreift und eine kleine Taschenlampe aus dem Koffer zieht.

Also setze ich mich. Was bleibt mir anderes übrig?

Dann kniet er sich vor mich hin und sieht Nick abwartend an, der sich daraufhin ebenfalls aus dem Staub macht.

Uff. Nur noch einer. Mit dem komme ich klar. Locker.

Seine Augen scannen meine linke Gesichtshälfte und er wirkt konzentriert. Mit seiner Hand tastet er vorsichtig meinen Wangenknochen ab.

Ich zucke zusammen. Fuck, tut das *weh!*

»Sorry«, murmelt er, hebt dann meine Handgelenke hoch und dreht sie hin und her. »Nichts gebrochen, das ist doch schon mal gut.« Er grinst mich schief an. »Aber du wirst ein Veilchen bekommen, so viel ist sicher.« Erneut beugt er sich über seinen Koffer und greift nach dem Verbandszeug. »Ich desinfiziere deine Handgelenke und lege dir eine Mullbinde an, okay? Wenn sie sich entzünden, könnte das ernsthaft unangenehm werden.«

Ist es jetzt schon, aber danke.

»Brauchst du das noch?« Er deutet auf das Gummiband an meinem linken Handgelenk, das ich mir schnell abziehe und in meiner Lederjacke verschwinden lasse, bevor er meine Handgelenke bandagiert.

Um nicht völlig durchzudrehen, versuche ich, mich auf etwas anderes zu konzentrieren als auf seine Berührungen. Nachdem er auch die Beule an meinem Hinterkopf untersucht und mir mit der Taschenlampe in die Augen geleuchtet hat, scheint er zufrieden zu sein. Seine Handschuhe wirft er in den Koffer zurück, klickt ihn zu und steht auf. Ich tue es ihm sofort gleich.

Nichts wie raus hier.

Der Schuppen fährt Karussell.

»Gegen den Schock.« Lächelnd greift er in seine Jackentasche und reicht mir einen Schokoriegel. »Zuckerwasser wäre effizienter, doch der tut es auch erst mal und schmeckt besser. Möchtest du ein Beruhigungsmittel haben?«

»Nein, danke. Ich komm klar.« Ich will endlich aus diesem Schuppen raus.

»Okay, dann ... hoffentlich auf Nimmerwiedersehen.« Noch ein schiefes Grinsen und er ist weg. Wie das gemeint war, weiß ich und kann es nur genauso zurückgeben.

Auf wackeligen Füßen verlasse ich den Schuppen und atme gierig die frische, kühle Frühlingsluft ein. Überall liegt schwerer, süßlicher Blütenduft in der Luft, der merkwürdig deplatziert wirkt. Die gesamte Rasenfläche hinter dem Schuppen wird mit dem rot-blau-flackernden Licht der Einsatzfahrzeuge überzogen. Von Jerry und den anderen Dreckschweinen ist nichts mehr zu sehen. Danny, David, Nick und zwei Polizisten stehen an einem Einsatzfahrzeug. Offensichtlich nehmen sie ihre Aussage auf.

Als Danny meinen Sanitäter an sich vorbeilaufen sieht, dreht er sich suchend in meine Richtung um. Sein Kinn ist geschwollen, die Haare zerzaust und an seiner Jacke klebt Blut. So wie es aussieht, nicht seines. Puh. Er lächelt mir beruhigend zu und fährt sich mit der Hand durch die Haare. Die Knöchel sind wund und blutig. Viel schlimmer als damals, als er die Duschfliesen neu gestalten wollte.

Junie und Connor kann ich nicht mehr ausmachen, nachdem der Rettungswagen jedoch gerade abfährt, gehe ich davon aus, dass die beiden ins Krankenhaus gefahren werden. Keine Ahnung, wie viel von den Drogen Junie in ihrem Kreislauf hat. Gott, hoffentlich wird sie bald wieder. Alles andere würde ich nicht überleben. Am besten fahre ich ihr gleich hinterher und ...

»Ich muss jetzt wirklich Ihre Aussage aufnehmen, Miss.« Wie aus dem Nichts taucht der Bulle von vorhin neben mir auf und ich reiße instinktiv die Arme vor meinen Oberkörper.

»Tut mir leid. Ich wollte Sie nicht erschrecken.« Er nimmt etwas Abstand. Mit einer Handbewegung bedeutet er mir ihm zu folgen. Da mir nichts anderes übrigbleibt, setze ich mich völlig erledigt in Bewegung.

Das ist alles irre. So irre.

***

Als die Bullen endlich abgedampft sind, möchte ich nur noch zu Junie ins Krankenhaus. Ich muss so bald wie möglich wissen, wie es ihr geht, sonst drehe ich durch. Sie ist der einzige Grund, warum ich nicht komplett zusammenklappe und die Panikattacke, die einmal mehr geifernd in den Startlöchern steckt, noch einigermaßen abwehren kann.

Danny, der mir während seiner Befragung die Autoschlüssel seines Dodge gegeben hat, kommt zügig über die Rasenfläche auf den Parkplatz.

Innerlich vollkommen aufgewühlt sitze ich auf dem Beifahrersitz, mein rechtes Knie stößt unkontrolliert und in rasantem Rhythmus gegen die Beifahrertür. Meinen Oberkörper lehne ich nach vorn, um mit den Händen meine Beine still zu halten. Das klappt nur bedingt, weil ich jetzt im Ganzen durchgeschüttelt werde und meine Zähne wieder ungesund aufeinanderschlagen.

Gott, ist das nervig, wenn die körpereigenen Drogen verschwinden und man mit den Entzugserscheinungen zu kämpfen hat.

Danny öffnet die Fahrertür und hievt seinen riesigen Körper auf den Sitz.

Meine Beine tanzen mittlerweile Rumba auf der Fußmatte, ich kann nichts dagegen unternehmen.

Er sieht mich besorgt an. Sehr besorgt. Von Nahem sehen seine Handknöchel, auf die ich gerade starre, sogar noch übler aus. Sie sind nicht nur blutig und offen, sondern auch geschwollen. *Das* hätte sich der Sanitäter mal ansehen sollen.

»Sam.« Er dreht seinen Oberkörper zu mir, seine Hand kommt langsam auf mich zu.

»N ... nicht gut.« Meine Zähne klackern aufeinander und ich drücke mich an die Beifahrertür.

Er zieht seinen Arm zurück, sein Blick geht ins Bodenlose der Besorgnis.

Scheiße. Es tut mir leid, Danny. So leid. Alles.

»K ... kannst du einfach losfahren? Zu Junie«, kriege ich heraus und versuche krampfhaft mich anzuschnallen. Das ist gar nicht so leicht, wenn alles zittert und vibriert und wackelt.

»Okay.« Mit einem letzten beunruhigten Blick direkt in meine kleine krüpplige Seele, die k.o. in der Ecke sitzt und sich konsequent weigert, die Boxhandschuhe auszuziehen, lässt er den Motor an und fährt aus der Parklücke.

75

Danny

Wir sind eben aus dem Krankenhaus gekommen, in dem Junie über Nacht aufgenommen wurde. Ihr geht es den Umständen entsprechend gut und man hat ihr Blut abgenommen, um ein Toxscreen zu veranlassen. Morgen wird sie entlassen.

Sam läuft wie ein aufgescheuchtes Huhn in ihrem Zimmer auf und ab. Ihre Lederjacke hat sie aufs Bett geworfen, die Chucks hat sie sich bereits in der Küche abgestreift.

Von der Türschwelle aus beobachte ich sie ganz genau.

Sie sieht schlimm aus und ich bin mir sicher, dass sie Schmerzen hat. Ihre Handgelenke sind bandagiert und die Haare fallen ihr strähnig ins Gesicht. Ein Auge ist mittlerweile vollständig zugeschwollen, das andere mit einem so starken Dunkelblau versetzt, dass es beinahe schwarz wirkt. Gespenstig blass ist sie, fast weiß, und ihre Lippen sind blutleer. Immer wieder ballt sie die Hände zu Fäusten und schüttelt sie kurze Zeit später aus.

Noch nie habe ich sie so fertig gesehen. Noch nicht einmal damals, als wir sie auf dem Quad gefunden haben. Es hat mich so dermaßen angekotzt, dass ich im Schuppen nicht zu ihr konnte, weil Mr Supercop *sofort* wissen musste, was da los war, dass ich fast ausgerastet wäre.

Und nun weiß ich nicht, wie ich mich verhalten soll.

Am liebsten will ich sie mir mal wieder schnappen, in meine Arme ziehen und nie wieder loslassen, aber sie sieht so aus, als würde sie einen Herzinfarkt bekommen, würde ich es versuchen. Also mache ich das Einzige, was mir spontan einfällt. Ich gebe ihr Raum.

»Ich ruf kurz Sean an, okay?«, sage ich und beobachte ihre Reaktion.

Sie durchbohrt meinen Brustkorb mit ihrem Blick und nickt ruckartig.

Dann dreht sie sich um und verschwindet im Bad. Ich muss mich mächtig zusammenreißen, um ihr nicht hinterherzulaufen.

***

Zwanzig Minuten später sitze ich immer noch am Küchentisch und höre das Wasser von Sams Dusche rauschen. Sean wird sie morgen anrufen und vorher ein paar Erkundigungen einholen, dann sehen wir weiter.

Müde stehe ich auf, schnappe mir neue Boxershorts, ein T-Shirt und meine Jogginghose aus meiner Tasche und gehe in Junies Bad.

Als die warmen Strahlen auf meinen Körper treffen, spüre ich langsam einen ausgewachsenen Muskelkater. In den Schultern, den Beinen, den Armen. Teils vom Training, teils von der Schlägerei.

Meine Handknöchel brennen unangenehm, trotzdem halte ich sie unter den Wasserstrahl, um eventuellen Schmutz auszuspülen. Das Duschgel war keine besonders clevere Idee, da nun meine Handrücken regelrecht glühen.

Genervt steige ich aus der Dusche, trockne mich ab, schlüpfe in die neuen Klamotten und sprühe mir Desinfektionsspray aus Junies Erste-Hilfe-Kasten auf die Knöchel. Ein Blick in den Spiegel reicht, um mich wissen zu lassen, dass ich ansonsten in Ordnung bin. Mein Kinn ist ein wenig geschwollen, aber das juckt mich nicht.

Zurück in Sams Zimmer stelle ich fest, dass sie nach wie vor unter der Dusche ist.

Stirnrunzelnd klopfe ich an die Badezimmertür.

»Sam? Alles in Ordnung da drin?«

Keine Antwort.

»Sam? Sag was, sonst komm ich rein!« Erpressung, ich weiß. Aber was soll ich machen?

»Ich bin okay, komme gleich raus«, dringt ihre heisere Stimme dumpf durch die Tür.

Unruhig bleibe ich stehen und bin kurz davor, dennoch das Bad zu stürmen, als die Dusche abgestellt wird.

Na gut. Fünf Minuten gebe ich ihr noch.

»Danny?«

»Ja?«, antworte ich sofort und habe schon die Klinke in der Hand.

»Kannst du heute in Junies Zimmer schlafen?«

Verflucht. Ich hätte es mir denken können. So gut kenne ich sie mittlerweile, dass ich schon befürchtet habe, dass sie mich erneut ausschließt – oder es zumindest versuchen wird. Aber es hilft nichts, ich muss ihren Wunsch respektieren. Zwingen will ich sie zu nichts, trotzdem zerreißt es mich beinahe, sie jetzt allein lassen zu müssen.

»Okay.« Ich kann die Niedergeschlagenheit in meiner eigenen Stimme hören. »Du weißt, wo ich bin, ja?«

»Yep«, sagt sie eilig und ich höre, wie der Föhn angestellt wird.

Also trete ich den Rückzug an, schmeiße mich auf Junies Bett und starre an die Decke. Das mit dem Schlafen wird mir heute schwerfallen. Ich bin viel zu aufgewühlt und kann das Gefühl nur schwer ertragen, dass Sam keine zehn Meter neben mir ist und ich nicht zu ihr darf.

Das ist doch scheiße.

***

So viel zum Thema, das Schlafen wird mir schwerfallen. Keine zwei Sekunden später bin ich weggedämmert. Irgendetwas hat mich jedoch gerade aufgeweckt. Als ich meine Augen schwerfällig öffne, sehe ich einen Schatten in der Tür stehen.

Ruckartig setze ich mich auf.

Sam steht schwer atmend auf der Schwelle, ihre Silhouette wird vom Küchenlicht beschienen.

»Hey«, flüstere ich mit einer vom Schlaf rauen Stimme. Mein Herz fängt an zu pochen.

Sie steht da wie angewurzelt und ihr Brustkorb hebt und senkt sich rasch.

Langsam schwinge ich meine Beine aus dem Bett. Es scheint so, als würde sie zu mir wollen, wüsste aber nicht, wie sie die Distanz überwinden sollte.

In Zeitlupe stehe ich auf, sie rührt sich noch immer nicht. Ihr Atem geht immer hektischer.

Vielleicht hat sie eine Panikattacke? Oder sie schlafwandelt?

Ihre Haare hat sie zu einem dicken Pferdeschwanz gebunden und der Pony fällt ihr auf einer Seite tief in die Augen. Die Schwellung in ihrem Gesicht hat den Maximalgrad erreicht.

Regungslos verharren wir beide eine Weile im Zimmer, bis es mir zu blöd wird und ich mich ruhig in Bewegung setze.

Wenn der Prophet nicht zum Berg kommt, muss der Berg eben zum Propheten kommen. Oder in meinem Fall zum Schneewittchen.

»Hey«, murmle ich wieder, da mir nichts Besseres einfällt.

Sie sieht weiterhin auf meinen Brustkorb, weicht jedoch nach wie vor nicht vor mir zurück, bis ich vor ihr stehen bleibe. Orange und Zimt hüllen mich ein. Ihre Lunge pumpt mittlerweile so stark, sodass es an Hyperventilieren grenzt.

»Shhh.« Meine Hände lege ich leicht an ihre Oberarme.

Sie zittert, als hätte sie Schüttelfrost, und ihre Zähne klappern aufeinander. So wie im Schuppen. Allmählich macht sie mir Angst, da sie so aussieht, als hätte sie einen ernsthaften Schock, was mich nicht weiter wundern würde. Ihr Körper ist stocksteif und ihr Keuchen zerrt an meinen Nerven.

Ich stelle mich noch dichter vor sie, ihre Stirn berührt jetzt beinahe meinen Brustkorb. Mit meinen Händen fahre ich an ihren Rücken. Nachdem sie mich immer noch nicht zurückstößt, drücke ich sie behutsam an mich. Schweiß rinnt ihre Schläfen hinunter und ich frage mich, wie sie noch aufrecht stehen kann.

»Hm …«, macht sie mit einer sehr hohen, kindlichen Stimme und drückt mich mit ihren flachen Händen am Oberkörper weg.

Doch allein die Tatsache, dass sie zu mir gekommen ist, lässt mich mutig werden und ich rutsche nach. Außerdem bin ich nun schon so weit gekommen, loslassen werde ich sie nicht mehr. Unter keinen fucking Umständen.

»Komm zu mir, Kleine, alles ist okay«, flüstere ich und erhöhe mit meiner Hand den Druck auf ihren Rücken, mit der anderen fahre ich vorsichtig an ihren Hinterkopf und kann eine ziemliche Beule ertasten.

Dieser verdammte ...

Aber an ihn werde ich jetzt sicher nicht denken.

Sie zuckt zusammen und lehnt ihre Stirn an meine Brust.

Mehr brauche ich nicht. Ich schlinge meine Arme um sie, hebe sie hoch und trage sie in ihr Bett. Die Decke schlage ich zurück, lege Sam auf ihre heile Seite und bevor sie mir wieder abhauen kann, habe ich sie an mich gedrückt. Ihr Gesicht presse ich sanft in meine Halskuhle. Die ist nur noch für sie reserviert. Mit ihrem Namen darauf. Versteht sich von selbst.

Stocksteif wie ein Brett liegt sie neben mir. Ihr Herz rast an meiner Seite und ihr Atem geht nach wie vor viel zu schnell.

»Alles ist gut. Sie sind weg, du bist hier bei mir, Junie ist im Krankenhaus, Connor ist bei ihr, alles ist in Ordnung«, rede ich leise und beruhigend auf sie ein.

Ein ersticktes Schluchzen kommt aus ihrer Kehle und ich spüre es dicht an meiner Haut.

»Shhh, du bist sicher. Ich pass auf dich auf. Immer.« Keine Ahnung, woher das auf einmal kommt, aber es ist genau das, was ich fühle.

Ihre Hände krallen sich plötzlich ruckartig in mein T-Shirt und sie drängt sich so stark an mich, als würde sie in mich hineinkriechen wollen.

Behutsam drücke ich sie noch fester an mich.

»Alles gut, Kleine, alles ist okay«, brumme ich immer wieder und komme mir so bescheuert vor, weil es das Einzige ist, was mir einfällt. An meinem Hals spüre ich, wie sie tief Luft holt und dann einen so dermaßen gequälten Schrei in meine Haut presst, dass mir die Luft wegbleibt. Mein Herz stolpert und Tränen schießen mir in die Augen.

Fuck noch eins!

Noch nie in meinem ganzen Leben bin ich mir so beschissen hilflos vorgekommen wie in diesem Moment. Holy, ich könnte die Wände hochgehen! Alles würde ich machen, wenn ich ihr ein wenig von diesen ganzen Schmerzen nehmen könnte.

Sam zittert unkontrolliert, holt abermals tief Luft und schreit und schreit und schreit. Und ich halte und halte und halte sie.

Nach einer kleinen Ewigkeit scheint alles raus zu sein, was raus musste. Ihr zierlicher Körper liegt schlaff in meinen Armen, die kleinen Fäuste kraftlos an meinem Bauch und nur noch vereinzelte Schluchzer schütteln sie durch. Langsam streichle ich ihren Rücken auf und ab.

Und dann fängt mein Magen an zu knurren. Aber richtig laut. Bei der ganzen Scheiße, die heute abgegangen ist, habe ich völlig vergessen, etwas zu essen. Ist nicht so, als hätte ich überhaupt Hunger gehabt ... Wow, dass ich das mal erleben darf.

Auf einmal fühle ich, wie sich ihre Mundwinkel an meinem Hals nach oben ziehen. Noch ein tiefer Rumpler meines Magens und sie fängt an zu kichern.

»Sorry, Kleine, aber ich habe nach dem Training keine Zeit gehabt, etwas zu essen. Ich musste dich retten. Footballheld in schimmernder Rüstung und so ... Du weißt schon. Uff!«

Ihre Faust boxt mir unangenehm in den Bauch.

»Der war fies«, beschwere ich mich und bin so fucking erleichtert, dass sie wieder kichern kann.

»Halt bloß die Klappe. Wenn ich ein Typ wäre, hätte ich den Dreckskerlen die Fresse poliert«, knurrt sie heiser.

Daran zweifle ich keine Sekunde.

»Bist du aber nicht. Nur dein Mundwerk ist tödlich ... für alles andere hast du mich.« Bevor sie mich noch weiter boxen kann, rolle ich mich auf sie. »Was denn? Das macht ein Team aus. Der eine ist fürs Grobe zuständig, die andere fürs Feine.« Ich grinse sie an und nehme ihr Gesicht ganz sanft in meine Hände.

Sie funkelt mich an und wird dann ganz still.

Ich muss mehrmals hart schlucken, bevor ich heiser sagen kann: »Ich habe mir solche Sorgen um dich gemacht, ich wär fast draufgegangen, Sam. Ich bin so froh, dass ich rechtzeitig da war ... Na ja ... nicht ganz so rechtzeitig.« Ich scanne ihr Gesicht. Sacht streichle ich über ihre linke Seite; sie fühlt sich genauso heiß und geschwollen an, wie sie aussieht.

Ihre Hände fahren durch meine Haare.

»Tut mir so leid, Danny. Ich wollte nicht, dass das alles so endet. Dass alles noch viel komplizierter wird, als ich dachte. Ich wollte nie, dass jemand verletzt wird. Oder dass du mich retten musst. Ich wollte dich nie in so eine Situation bringen.«

Wohin das führt, kann ich mir denken, aber das kann sie vergessen. »Halt die Klappe, Sam, sonst werde ich ernsthaft sauer. Ständig lädst du dir die Schuld von irgendwelchen kranken Psychopathen auf. Du kannst nichts dafür, okay? Du bist völlig unschuldig in die ganze Scheiße reingerutscht. Geht das endlich mal in deinen Dickschädel?« Sie sieht mich immer noch viel zu schuldbewusst und traurig an. »Hör mir mal gut zu: Ich bin ein großer Junge und kann auf mich achtgeben. Und du bist meine Freundin. Oder?«

Sie schluckt hart und nickt schnell. Ihre großen tiefseeblauen Augen sehen mich aufmerksam an – also eher eines.

»Okay, und ein großer Junge passt nun mal auf sein Mädchen auf. Er versucht es zumindest.« Stirnrunzelnd streiche ich über den Cut an ihrem Wangenknochen. »Das liegt quasi in der Natur der Sache. War schon bei den Steinzeitmenschen so. Warum sollte es bei uns also anders laufen?«

Sie macht ihren Mund auf, doch ich drücke rasch meinen Zeigefinger auf ihre zuckersüßen Lippen.

»Und weil das eben nun mal so ist, bin ich dein Footballheld in schimmernder Rüstung und stolz darauf. Ich würde nie mehr jemand anderes sein wollen.« Und da eh schon alles scheißegal ist, hole ich tief Luft und mit einem weiteren Magenknurren sage ich: »Ich liebe dich, Sam. Genauso wie du bist. Mit all deinen Päckchen. Lass mich dir endlich beim Tragen helfen, ohne dass ich dich ständig um Erlaubnis fragen muss.«

Ihr unverletztes Auge wird verdächtig feucht.

Fuck.

Ist das jetzt gut oder schlecht?

76

Sam

Was hat er da gerade gesagt? Was. Hat. Er. Da. Gerade. Gesagt?

Schrei nicht so! Sonst bekommen wir allesamt einen Hörsturz.

Seelchen und Libido sind dabei, eine riesige Flasche Champagner zu entkorken und von allen Seiten brandet mir Applaus entgegen. Für nichts und wieder nichts. Es kann ja schlecht an mir liegen, dass er mich liebt.

Nun mach mal halblang und verpass deinen Minderwertigkeitskomplexen einen ordentlichen Handkantenschlag. Die fallen uns mächtig auf die Nerven.

Er hat *tatsächlich* gesagt, dass er mich liebt!

Hör endlich auf, so zu schreien.

Ist ja gut. Entschuldigung, dass ich mich freue.

Ja, ja, lass stecken. Ist ja nicht so, als wärst du es gewöhnt, dass man solche Dinge zu dir sagt.

Genau. Endlich mal ein bisschen Verständnis.

Dir ist aber schon klar, dass du auch etwas sagen solltest.

Hm?

Ernsthaft?

Hä?

Liebst du ihn?

Äh ...

Sam! Verkack das bloß nicht. Der Champagnerkorken ist schon halb draußen und ich weiß ja nicht, wie du das siehst, aber ohne Seele und Libido lebt es sich richtig bescheiden. Also würde ich es mir an deiner Stelle mit den beiden nicht unbedingt versauen und das wirst du, wenn du jetzt Scheiße baust.

Wieso an meiner Stelle? Du *bist* ich.

Eben drum.

Danny liegt nach wie vor auf mir und funkelt mich mit seinen Augen so liebevoll und warm an, dass mir ganz schwindlig wird.

Hektisch beginne ich zu schlucken, da ich merke, dass der Kloß es sich erneut in meiner Kehle bequem macht, als hätte er dort mittlerweile ein verflixtes Wohnrecht.

Danny grinst über beide Ohren.

»Hab ich dich tatsächlich sprachlos gemacht?«

Ähm ...

»Dir steht alles, Schneewittchen.«

Ha, ha.

»E ... essen?«

So. Das war's. Er wird so was von sauer sein, wenn du nicht ...

»Ja, bitte«, stöhnt er theatralisch, rollt sich von mir und zieht mich an der Hand mit sich. »Mit knurrendem Magen kann ich nicht schlafen.«

Mann, hast du Schwein. Er ist echt perfekt. Aber warte nicht zu lange ...

Jetzt lasst mich mal in Ruhe, okay? Ist ein wenig viel heute.

Libido und Seelchen können es einfach nicht lassen und fangen an, den Champagner wegzukippen. Sollen sie. Sie haben es sich verdient.

Halb zwölf ist es bereits und da ich nicht glaube, dass noch irgendein Geschäft offen ist, durchsuche ich den Kühlschrank nach etwas Essbarem. Danny forstet unseren Küchenschrank durch, aus dem ihm jede Menge Skittles-Packungen entgegenfliegen.

»Ernsthaft?« Mit hochgezogenen Augenbrauen steht er in meiner größten Sucht und sieht mich schmunzelnd an. »Ich glaube, wir müssen uns mal über Zucker als Hauptbestandteil deiner Nahrung unterhalten.«

»Was denn? Solange es nicht ansetzt?«, maule ich und könnte ihn abknutschen, dass er sich so normal verhält und nichts von mir erwartet.

Ich liebe ihn auch. Natürlich tue ich das. Ich habe keine Ahnung, warum ich es ihm nicht sagen kann. Vorhin wäre der perfekte Moment gewesen, aber er hat mich so überfahren, dass meine Zunge vor lauter Schreck wie gelähmt war.

»Das wäre bei dir nicht wirklich das Problem, nein.« Sein Schmunzeln wird ein wenig anzüglich.

Libido liegt mittlerweile betrunken mit der Champagnerpulle in der Ecke, weswegen sie vermutlich noch dreckiger als normalerweise zurückschielt.

»Wir haben Champignons«, sage ich hastig und verstecke meinen Kopf abermals im Kühlschrank. »Junie macht am Wochenende immer ihre Omeletts, deshalb haben wir auch noch ein paar Eier.«

Danny tritt hinter mich. Seine Körperwärme geht auf mich über und ich kann seinen einzigartigen Duft riechen.

»Dann mal her damit. *Ich* koche. Das letzte Mal, als du die Pfanne heiß gemacht hast, hast du es tatsächlich geschafft, die Butter verkokeln zu lassen.« Er greift über meinen Kopf hinweg und fischt die Eier aus der Tür.

»Keiner kann in allem perfekt sein.«

Er stellt die Eier ab und zieht mich mit einem Ruck an sich.

»Was heißt da *in allem perfekt*? Du kannst nicht kochen, du bist chaotisch, überall fliegen deine Skittles-Packungen in der Gegend herum, du hast null Vertrauen in irgendjemanden ...«, beginnt er aufzuzählen und ich ramme ihm meinen Ellenbogen in den Bauch. Das ist ungefähr so wirkungsvoll, als würde eine Maus auf einen Elefanten einprügeln.

»Der letzte Punkt war fies.«

»Das stimmt. Dafür kannst du nichts. Aber für die anderen Sachen schon«, lenkt er ein und legt sein Kinn auf meinen Scheitel. »Aber wer will schon perfekt sein?«, schiebt er schmunzelnd hinterher.

Na, ich sicher nicht. Fuck Perfection!

Während ich mich an ihn lehne, drehe ich meinen Kopf auf die Seite, damit ich seinen ruhigen, kräftigen Herzschlag hören kann.

»Gib mir mal die Pilze«, verlangt er und lässt mich los.

Nachdem ich sie ihm gereicht habe, lasse ich ihn in der Küche brutzeln und gehe in mein Zimmer.

Erschöpft setze ich mich an den Schreibtisch und packe meine Unitasche für morgen. Irgendetwas muss ich machen, bevor meine Gedanken wieder abdriften. In meinem Kopf herrscht nach wie vor das pure Chaos.

Ich räume meine Bücher ein und als ich nach meinem Studentenblock greife, fällt mir erneut meine alte, abgegriffene Wiederauferstehungsliste in die Hände.

Wirf sie weg, du brauchst sie eh nicht mehr.

Hmmm ... du hast recht.

Die restlichen Punkte werde ich wohl mein ganzes Leben lang nicht durchstreichen können.

Nostalgisch falte ich das Blatt noch ein letztes Mal auf.

~~1. Wieder richtig lachen~~
~~2. Eine volle Nacht durchschlafen~~
3. Keine Albträume mehr
4. Keine Panikattacken mehr
~~5. Mit einem Typen knutschen~~
~~6. Mit einem Typen rummachen~~
~~7. Mit einem Typen Sex haben~~
~~8. Mich in einen Typen verlieben~~
~~9. Von einem Typen geliebt werden, so, wie ich bin~~
10. Mich nicht mehr schämen
~~11. Mich wiederfinden~~

Mein Herz hüpft mir fast aus der Kehle und mir schießen einmal mehr die Tränen in die Augen. Dass ich den neunten Punkt nicht ausgestrichen habe, weiß ich hundertprozentig.

Aus der Küche tönt leise *Bullets from another dimension* von den Beatsteaks.

Durch meine Zimmertür schiele ich zu Danny, der gerade dabei ist, die Champignons zu schnippeln, und starre dann wieder auf das Blatt Papier in meinen Händen.

Er liebt mich. Anscheinend schon länger. Keine Ahnung, wie er den Zettel in die Finger bekommen hat. Vermutlich ist er einfach aus dem Block gefallen, so wie mir eben auch. Weiß der Teufel, wann er den neunten Punkt durchgestrichen hat, aber heute hat er es definitiv nicht getan. Das hätte ich mitbekommen.

Achtlos werfe ich ihn in die kleine Schreibtischschublade, stopfe den Block in meine Tasche und stehe auf.

Meine Knie beginnen zu zittern, doch diesmal hat es nichts mit Panik zu tun. Na ja, doch, schon, aber mit einer anderen Panik. Einer guten. Gibt es das überhaupt?

Mein Kopf wird ganz leicht, eine warme, prickelnde Welle schwappt in meinem Kreislauf hin und her und bevor ich wieder einen Rückzieher machen kann, laufe ich zu Danny in die Küche.

Er blickt vom Schneidebrett auf und lächelt mich mit seinen sanften Augen warm an. Ungeduldig reiße ich ihm das Messer aus der Hand, drängle mich an seinen Körper, stelle mich auf die Zehenspitzen und küsse ihn stürmisch.

»Huch? Womit habe ich das de …?«

»Halt die Klappe«, unterbreche ich ihn außer Aten und sehe ihm tief in seine wunderschönen Augen. Er wird ganz still. »Ich habe das noch nie gesagt. Aber ich probier's. Weil es stimmt. Nicht, weil du es gesagt hast.«

Seine Augen weiten sich leicht und er legt seine warmen Hände um mein Gesicht. So, wie er es immer macht. Und ich fühle mich dabei sicher, geborgen und geliebt. So, wie ich es immer tue.

»Ich liebe dich auch, Danny«, flüstere ich und halte mich an seinem Blick fest. »Du bist so perfekt, dass es fast zum Kotzen ist«, schiebe ich hinterher, weil ich romantisch einfach nicht kann. »Du riechst so verflixt lecker, deine Augen sehen aus wie Vollmilchschokolade mit Pistazienstückchen, du hast immer warme Hände, fühlst dich so gut an – und ich fühle mich bei keinem anderen Menschen so wohl wie bei dir.« Noch einmal stelle ich mich auf die Zehenspitzen und drücke ihm einen Kuss auf seine weichen Lippen. »Und ich werde so etwas nie wieder zu dir sagen, klar? Du weißt schon … dein Ego, die Tür und so weiter.«

Seine Lippen ziehen sich an meinen nach oben.

»Vollmilchschokolade mit Pistazienstückchen also.«

»Das ist das Einzige, was du dir von meiner Aufzählung gemerkt hast?«

»Ich habe mir *alles* gemerkt und werde ganz sicher nichts davon vergessen.

Aber dass du meine Augen mit Schokolade und Pistazien vergleichst, ist so typisch für dich. Du bist ein richtiger Zuckerjunkie, weißt du das?«, grinst er breit und küsst meine Nasenspitze.

Du hast ja keine Ahnung, was für einer.

Epilog

Sam – sechs Monate später

Fuck, schon wieder zu spät! Öfter mal was Neues. Und diesmal ist ausnahmsweise nicht mein Wecker daran schuld.

Meine Unitasche klatscht mir gegen die Oberschenkel, als ich über den Campus Richtung Shady's renne. Danny, Connor und Junie sind sicher schon längst da.

Mist.

Würde es dich wundern? Du bist eine volle Stunde zu spät. Das ist selbst für dich ganz schön ...

Ja, ist gut, ich hab's kapiert. Aber ich habe einen guten Grund, oder nicht?

Im Shady's ist die Hölle los und das wird auch so bleiben, wenn sie in der Cafeteria nicht endlich ihren Arsch hochkriegen und anfangen *richtigen* Kaffee zu verkaufen.

Ich reiße die Tür auf und stolpere ins Café.

»Grinch, hier!«, ruft mir Junie entgegen und winkt wild in meine Richtung.

Mit bestimmt knallrotem Kopf und ziemlich außer Aten drängle ich mich zwischen den Tischen hindurch, bis ich bei der Nische angekommen bin, in der meine drei zuckersüßen Helden sitzen.

Unter einem weißen Basecap strahlt mich mein Footballheld in schimmernder Rüstung an und Connor drückt mich kurz an sich. Darf er. Macht er ohnehin immer. Also habe ich mich daran gewöhnt. Mir bleibt nichts anderes übrig.

»Hey, Whitney Houston, wo hast du deine Bodyguards gelassen?« Connor grinst mich an.

»Der Spruch ist mittlerweile echt alt«, maule ich und lasse mich neben Danny auf die Bank plumpsen.

Der klaubt mir erst einmal einen halben Ahornbaum aus der Kapuze meines rot-schwarz gestreiften Hoodies. Dann gibt er mir einen dicken Kuss mitten auf den Mund und legt seine warme Pranke auf meinen Oberschenkel. Minze, Zitrone und das Meer umwehen mich.

Mmh ... immer noch so verflixt lecker.

»Mal im Ernst: Die beiden sind richtig gut.« Junie schlürft an ihrem Cappuccino. »Wenn ich es nicht besser wüsste, würde ich niemals denken, dass da irgendwo welche rumspringen.«

»Ich gehe null Risiko mehr ein. Das, was im März passiert ist, hat vollauf gereicht«, schnaubt Danny.

Wo er recht hat ...

Ich spähe aus dem großen Fenster nach draußen. Die Spätsommersonne gibt noch einmal richtig Gas und strahlt durch die mittlerweile blutrot verfärbten Ahornblätter. Meine Bodyguards sind tatsächlich nirgends zu sehen.

Dannys Vater hat mir nach der ganzen Sache im Frühjahr und im Hinblick auf den Prozess zwei Leibwächter auf den Campus gestellt, die mich unauffällig und rund um die Uhr im Auge behalten. Ich würde lügen, wenn ich behauptete, dass ich nicht erleichtert darüber bin. Ich weiß, die Prinzessin-in-Nöten. Mag sein. Aber ganz lebensmüde bin ich auch nicht. Zu Gesicht bekomme ich sie sowieso kaum. Sie mischen sich immer so unauffällig unter die Studenten und Professoren auf dem Campus, dass ich sie nur ganz selten ausmachen kann. Die zwei sind wie Houdini. Trotzdem gibt es mir ein enormes Gefühl der Sicherheit.

Danny lässt mich natürlich auch nie aus den Augen, genauso wenig wie Connor, Nick und David, die von mir letztendlich auch in die Geschichte eingeweiht wurden.

Oh, und der Prozess ... war der ätzend.

Wie ich es über die Schwelle des Gerichtssaals geschafft habe, weiß ich nach wie vor nicht. Es war zwar nur ein Vormittag, den ich mit dem Monster im gleichen Raum verbringen musste, aber das hat mir gereicht. Ihn wiederzusehen hat mich beinahe um den Verstand gebracht. Wenn Danny nicht gewesen wäre, hätte ich es sicher nicht geschafft, gegen ihn auszusagen.

Rückblickend weiß ich immer noch nicht ganz, wie ich das zustande gebracht habe. Doch ich habe es getan. Das ist die Hauptsache.

Tracy musste in der Zeit Überstunden einlegen. Ich habe sie so oft angerufen, dass ich schon Angst hatte, sie würde mich wegen Stalkings anzeigen. Aber anders wäre es nicht gegangen.

Und Danny hatte seine liebe Not mit meiner krüppligen Seele, die sich oft geweigert hat, ihre Boxhandschuhe auch nur für eine Sekunde in die Ecke zu schmeißen. Gewonnen hat er nicht immer. Aber verflixt oft.

»Warum hast du uns diesmal warten lassen?«, fragt Junie und hebt die Augenbrauen. »Ich meine, du hast eine Uhr, Grinch. Was ist so schwer daran, *einmal* pünktlich zu kommen?«

Sie hat ja recht.

»Ich habe noch mit Sean telefoniert.« Meine Finger krabbeln zwischen Dannys und verhaken sich miteinander. Das passiert inzwischen ganz automatisch.

Junies Brauen tackern sich unter ihrem Haaransatz fest.

»Und? Ist es da? Komm, sag schon, was ist jetzt?«, drängelt sie und sieht mich aufgeregt an.

Neben mir spannt Danny sich an und verhakt seine Finger eine Spur fester mit meinen. Connors Augen fixieren mich.

So etwas mag ich nach wie vor nicht. Aufmerksamkeit. Aber ich kann es ihnen nicht verübeln. Wie auch?

»Yep. Ist es. Das Urteil liegt bei Sean auf dem Tisch. Schuldig in allen Anklagepunkten. Zwölf Jahre bekommt er. Ohne Bewährung«, spanne ich sie nicht länger auf die Folter. Auf einen Vergleich ist die Staatsanwaltschaft gar nicht erst eingegangen.

»Tschakka!« Junie wirft ihre langen Arme nach oben.

»Zwölf Jahre? Das bezieht sich nur auf deinen Fall, oder?«, will Danny wissen.

Typisch. Immer der Überlegte. Außerdem kann ich ihm nichts vormachen. Er weiß, dass das noch nicht alles ist. Sein Blick sucht meinen und er bekommt ihn. Immer öfter. Ich arbeite daran.

»Ja.«

Hau es raus! Hau es einfach raus. Dann haben wir es hinter uns.

Einmal tief durchgeatmet.

»Das andere Urteil wegen Totschlags ist auch angekommen.« Am Tisch wird es ruhig. Ich kann die Anspannung förmlich auf meiner Haut knistern spüren. »Freispruch. Wegen mangelnder Beweise.«

Stille.

Dann knallt Danny seine Faust auf den Tisch und fängt an zu fluchen.

Junies Schultern sacken ein wenig nach vorn und sie sieht mich so enttäuscht an, wie ich mich fühle.

»Fuck«, zischt Connor hinter zusammengepressten Zähnen und lässt sich schwer nach hinten in die Polster fallen.

»Na ja, es ist keine große Überraschung«, murmle ich, löse meine Finger von Dannys und lasse mein Gummiband schnalzen. »War abzusehen. Meine Aussage hat daran auch nichts mehr ändern können.«

»Ach, Grinch.« Junie schluckt schwer und strafft ihre Schultern. »Du hast es versucht. Darauf kommt es schließlich an. Sein Vater hat anscheinend zu gute Verbindungen.«

Mit Sicherheit hat er Beweise verschwinden lassen. Wie vorher auch schon. Das hat Jerry ja damals im Schuppen angedeutet. Niemand konnte ihm etwas nachweisen. Keine Ahnung, was für ein hohes Tier er ist und in welchen kriminellen Kreisen er sich herumtreibt. Es gibt diverse Gerüchte, die von der Mafia bis hin zu unterschiedlichen Vereinigungen des organisierten Verbrechens reichen. So beängstigend … immer noch.

»Wie geht es jetzt weiter?«

Connor sieht mich mit seinen türkisblauen Augen an. Mir fällt plötzlich auf, dass sie genau die gleiche Farbe wie die Verpackung der Tropical Skittles haben.

»Keine Ahnung«, seufze ich und greife abermals nach Dannys Hand. Seine Faust öffnet sich unmittelbar für mich und seine warme Hand umschließt meine.

Ich habe wirklich keine Ahnung. Ich muss es wohl auf mich zukommen lassen. Ich weiß noch nicht einmal, ob Dannys Vater nun die Leibwächter abziehen wird, denn eigentlich ist die Sache vorbei. Sie müssen eine Unsumme an Geld kosten. Doch jedes Mal, wenn ich auch nur versuche das Thema anzusprechen, ernte ich von Dannys Vater einen vernichtenden Blick. Auch wenn er die gleichen sanften Augen hat wie Danny, mit ihm anlegen möchte ich mich auf gar keinen Fall. Er ist ein knallharter und verflixt guter Staatsanwalt.

Sean ist die Miniaturausgabe von ihm. Wobei, *Miniatur* ist falsch. Er hat sein zweites Staatsexamen erfolgreich absolviert und trägt mittlerweile ebenfalls den Titel eines Staatsanwalts.

Jedenfalls sollte ihr Dad sich bezüglich des Geldes nicht mit meinen Eltern anlegen, die schon mehrfach gedroht haben, ihm pauschal eine horrende Summe zu überweisen, wenn er ihnen nicht die Ausgaben, die er meinetwegen hat, nennt. Das Ende ist noch offen. Ich bin gespannt. Aber Wetten schließe ich nicht ab. Ich bin ja nicht bescheuert.

Ein paar Erstsemester-Studentinnen fallen unvermittelt ins Shady's ein und sehen sich neugierig um. Unsere Jungs bemerken es nicht einmal. Mein hünenhafter Thor legt sein Kinn auf meinen Kopf und ich lehne mich noch mehr an seine Seite.

»Wir werden sehen, was noch kommt. Jetzt sollten wir erst mal feiern, dass er verknackt wurde. Zwölf Jahre sind immerhin auch schon mal etwas.« Er löst seine Hand von meiner und legt mir den Arm um die Schulter.

»Yehaw! Unipartys in Ruhe genießen. Ohne Hackfressen à la Jerry sehen zu müssen!«, jubelt Junie und runzelt dann die Stirn. »Wobei ... um Kelly tut es mir fast ein wenig leid.«

Kelly hat für ihr letztes Jahr die Uni gewechselt. Vermutlich ist Jerry der Grund dafür. Ihm sowie den Vin-Diesel-Zwillingen – den Handlangern von Jerrys und Olivers Vater – wird wegen des Überfalls auf uns und der Entführung von Junie ebenfalls der Prozess gemacht. Auch in diesem Fall hat die Staatsanwaltschaft Anklage erhoben. Das wäre auch noch schöner gewesen. Jedoch ist Jerry auf Kaution frei. Momentan zumindest noch. Natürlich hat er Univerbot, aber ich an Kellys Stelle hätte auch meine Bedenken, ob sich so jemand wie Jerry tatsächlich daran hält. Sicher denkt er, er hätte noch eine Rechnung mit ihr offen. Da wäre ich vermutlich auch abgehauen.

»Soweit ich weiß, steigt heut Abend ohnehin eine Party«, sagt Danny.

Ich kann die Wärme seiner Hand durch meinen Hoodie am Oberarm fühlen.

»Party!«, ruft Junie und klatscht vergnügt in die Hände.

Connor schmunzelt.

»War klar, oder?«, meint er und grinst Danny und mich an.

»Schätze mal, dann wäre das geklärt. Bist du dabei, Kleine, oder doch lieber Kino?« Danny lächelt mich an.

»It's Partytime.« Es wird mal wieder Zeit für ein wenig Spaß, auf Partys haben wir uns alle das letzte halbe Jahr nämlich weniger bis gar nicht herumgetrieben.

Ich werfe einen Blick in die Runde. Vollmilchschokolade mit Pistazienstückchen, süßes Karamell und Tropical Skittles sitzen mit mir am Tisch und ich spüre, wie sich meine Mundwinkel nach oben ziehen. Das Universum scheint es gerade richtig gut mit mir zu meinen.

»Was grinst du so bescheuert?« Junie lacht. »Du siehst aus wie ein Zuckerjunkie, der deinen Vorrat an Skittles gefunden hat.«

Dem habe ich nichts hinzuzufügen …

ENDE von Band 1

Triggerwarnung

Diese Geschichte enthält folgende sensitive Themen:
Emotionale Gewalt
Körperliche Gewalt
Sexualisierte Gewalt
Selbstverletzendes Verhalten
Suizidale Gedanken

Danksagung

»M. J., schön, Sie wieder hierzuhaben. Das Jahr 2022 wird ein River-Jahr, oder?« Der Journalist nickt mir erfreut zu.

»Im Sinne von, *da kommen einige meiner Bücher raus*, ja. Auf jeden Fall. Aber ob sie erfolgreich werden, bleibt abzuwarten. Das entscheiden die Leserinnen und Leser.« Meine Füße, die dieses Mal in Doc Martens stecken, überkreuze ich unter dem kleinen Tisch, der zwischen uns steht. Der Wintermantel bleibt an, ich bin unglaublich verfroren.

»Dann legen wir gleich mal los.« Er schlägt seinen Block auf und schaltet das Aufnahmegerät auf dem Tischchen ein. »Nach Ihrem Selfpublisher-Debüt geht jetzt also Ihre *Fuck-Perfection*-Reihe an den Start und mit dieser Reihe der erste Band, der den gleichnamigen Titel trägt. Habe ich das korrekt verstanden?« Fragend sieht er mich an und streicht über seinen Dreitagebart.

»Mit der Geschichte um Sam und Danny beginnt das Ganze?«

»So ist es. Sam und Danny sind die beiden Hauptprotagonisten des ersten Bandes und machen somit den Anfang. Die Reihe umfasst vier Bände.«

»Dann los: Wem wollen Sie diesmal danken?«

»Meinem Verlag. Bei Carlsen Impress hat meine Buchreihe ein Zuhause gefunden. Dem ganzen Team dort – allen voran Nicole Boske, die mich aus vielen Manuskripteinsendungen herausgefischt hat – möchte ich ganz herzlich danken. Es ist ein Verlag, der an seine Autorinnen glaubt und das Miteinander großschreibt.« Nachdenklich beuge ich mich vor und nehme einen Schluck von meinem Kaffee. »Ansonsten bin ich meinem Mann und meinen Kindern sehr dankbar, auch meinen Freundinnen Rut und Anna, die mich seit Jahrzehnten schon begleiten und jede meiner bescheuerten Marotten ertragen.« Und davon gibt es viele! Scheiße, gibt es davon viele ... »Ich danke meinen Testleserinnen, vor allem Gaby, Dele, Susanne und Caro. Ein ganz dickes Dankeschön geht auch an Tatjana Dunker, die meine Fanseite ins Leben gerufen hat. Meine Blogger-Ladys leisten auch ganze Arbeit und unterstützen mich, wo sie können. Hinzu kommen drei Autoren-Kolleginnen: Marina Ocean, Kate Novella und Nova Cassini. Ihnen möchte ich ebenfalls für ihre Unterstützung danken. Und für ihre kritischen Augen. Ihnen entgeht kaum ein Rechtschreibfehler.« Noch mal einen Schluck Kaffee. »Dann gibt es vier Personen, denen ich ganz besonders danken möchte.«

Der Journalist lacht. »Wenn es um Danksagungen geht, scheinen Sie immer viel zu sagen zu haben.«

»Yep. Das ist das Mindeste. Ein Buch und vor allem eine ganze Reihe ist viel Arbeit. Allein ist das kaum zu schaffen, vor allem, weil man irgendwann betriebsblind wird.« Ich lächle zurück. Ist so. »Jedenfalls: Die vier Personen, die mich von Anfang an, noch bevor ich in den Verlag eingetreten bin, begleitet und vor allem massiv unterstützt und immer an mich geglaubt haben, sind Klarissa Klara Klein, Sissy Kaiser und Ismene Garber-Arndt. Marina Ocean kam unwesentlich später hinzu. Das habe ich Ihnen zwar alles letztes Mal bereits gesagt, doch ich möchte es auch hier noch einmal betonen: Ohne diese vier Frauen, die für Bücher brennen und mir vollkommen uneigennützig immer und immer wieder helfen und mich an die Hand nehmen, komme ich nicht mehr klar. Ihnen gilt der größte Dank. Nicht nur, weil ich ihnen jedes Mal die Rohfassung meiner Bücher um die Ohren klatschen darf, sondern vor allem auch, weil sie mittlerweile meine Freundinnen sind.

Freundinnen, die mich an die Hand genommen und wieder aufgerichtet haben, als ich am Boden lag und nicht mehr weiterwusste. Freundinnen, die mich motivieren, die mich weiterziehen, die mir ihre ehrliche Meinung geigen. Freundinnen, denen ich vertraue. Und mittlerweile weiß ich, wie verdammt selten gerade in der Buchbranche solche Freundinnen zu finden sind. Das ist kostbar. So kostbar.

Meinen Leserinnen und Lesern gilt der größte Dank. Meinen treuen Lesern, die mich bereits seit dem ersten Buch begleiten; meinen Leserinnen, die ich mit meinem Selfpublisher-Debüt begeistern konnte, und denjenigen, die mit diesem Roman neu hinzugekommen sind. Denn eine Autorin ohne diejenigen, die die Texte lesen, ist nichts.«

»Schön gesagt. Und wie eingangs bereits erwähnt, erscheinen auch die weiteren Bände der Reihe noch dieses Jahr. Der zweite Band wird sogar nicht lange nach dem ersten Band bei Impress veröffentlicht. Ist das korrekt?«

Ich nicke. »Absolut. Junie und Connor erhalten zwar die Hauptrollen in »Fuck Beauty«, aber auch die Figuren aus »Fuck Perfection« spielen weiterhin eine wichtige Rolle.«

»Fein. Ich denke, dann hätten wir alles«, befindet er und schaltet endgültig das kleine Gerät aus. »Wir sehen uns in zwei Monaten?«, will er noch wissen, als ich meine Jeansjacke schnappe, aufstehe und ihm zunicke.

»Yep. Ich bin da.«

»Schön. Also dass Sie wieder da sind. Auch in der Verlagswelt.« Er zwinkert mir zu.

»Danke, das ist sehr lieb von Ihnen. Und danke für Ihre Zeit und dass Sie mich auch für meine Verlagsreihe interviewen wollten.«

»Natürlich. Das ist mein Job ...«

Wenn dies tatsächlich ein Interview wäre, würde es vermutlich genauso ablaufen.

In diesem Sinne: Danke!

Danke, danke, danke, danke an euch alle! Falls ihr die letzte Danksagung gelesen habt, wisst ihr, was jetzt kommt:

*Ihr seid die absolut f*cking Besten in der kompletten Galaxie!*

Jeder.

Einzelne.

Von.

Euch.

***

Falls ihr mich suchen solltet, könnt ihr mich wie immer finden auf Facebook & Instagram.

DIE MACHT DER GEFÜHLE
TAUCH EIN IN ROMANTISCH-FANTASTISCHE GESCHICHTEN.
IM PRESS
#IMPRESSBOOKS
ALLES VON IMPRESS HIER:
IMPRESSBOOKS.DE

NEW ADULT ROMANCE

Alice Ann Wonder
LOVING THE ENEMY
ISBN 978-3-551-30303-5
Softcover
Auch als E-Book erhältlich

Nachdem Elaine ihren Nebenjob verloren hat, fallen ihre Pläne für den Sommer in sich zusammen. Sie kehrt nach drei Jahren der Abwesenheit zurück in ihre alte Heimat und läuft prompt dem Sohn der Familie in die Arme, die ihrer eigenen alles genommen hat – Cole Cunningham: Frauenheld, Angeber und verboten gutaussehend.

Anja Tatlisu
NOT OVER YOU
ISBN 978-3-551-30280-9
Softcover
Auch als E-Book erhältlich

Hayleys Leben könnte nicht besser laufen. Sie ist eine aufstrebende Fotografin in New York und steht kurz vor der Hochzeit mit ihrem bodenständigen Verlobten Dean. Doch nach ihrem Junggesellinnenabschied trifft sie auf ihre erste große Liebe. Noah bittet sie um ein allerletztes Date, bevor sie zum Altar schreitet.

Lana Rotaru
CRUSHED-TRUST-REIHE 1: KISS ME NEVER
ISBN 978-3-551-30278-6
Softcover
Auch als E-Book erhältlich

Andrew starb vor sechs Monaten bei einer Fahrt mit seinem Motorrad. Alle glauben an einen Unfall. Nur seine Schwester Amanda ist sich sicher: Es war Mord. Ganz oben auf ihrer Liste der Verdächtigen steht der selbstverliebte, arrogante Frauenheld Dante. Auf der Suche nach Beweisen kommt sie dem attraktiven Dante gefährlich nahe.

IMPRESS

WWW.IMPRESSBOOKS.DE

FUNKEN SPRÜHENDE
SPORTS ROMANCE

Mimi Heeger
SECRET CRUSH. DER STAR DER MANNSCHAFT
ISBN 978-3-551-30259-5
Softcover
Auch als E-Book erhältlich

Die schüchterne Journalistik-Studentin Lauren kann sich wirklich Schöneres vorstellen, als zwei Wochen lang einem arroganten Fußballstar an den Fersen zu hängen. Ausgerechnet sie soll über den berüchtigten Frauenheld Scott Peterson berichten und den verboten gut aussehenden Sportler in der Öffentlichkeit als einen repräsentablen und sympathischen jungen Mann darstellen.

Genovefa Adams
RISKY GAME. KÜSSE AUF DEM EIS
ISBN 978-3-551-30228-1
Softcover
Auch als E-Book erhältlich

Avery liebt die Sonne und Wärme der Südstaaten über alles. Als sie ihr Zuhause und ihre Freundinnen verlassen soll, bricht für sie eine Welt zusammen. Doch Averys neue Heimat hält nicht nur Schnee für sie bereit, sondern auch den charmanten Tyler. Er setzt alles daran, das Geheimnis um seine Identität zu bewahren, und führt Averys Herz dabei mehr und mehr aufs Glatteis.

WWW.IMPRESSBOOKS.DE

Impress
Die Macht der Gefühle

Wir produzieren nachhaltig
- Klimaneutrales Produkt
- Papiere aus nachhaltigen und kontrollierten Quellen
- Hergestellt in Europa

FSC
www.fsc.org
MIX
Papier aus verantwortungsvollen Quellen
FSC® C083411

Impress
Ein Imprint der Carlsen Verlag GmbH
April 2022

Lektorat: Julia Feldbaum
Umschlagbild und-gestaltung: www.bookcoverstore.com
ISBN 978-3-551-30451-3
www.impressbooks.de